古典文獻研究輯刊

二 六 編

曾 永 義 主編

第 1 冊

中國古代文法的嬗變與理論建構

王 明 強 著

國家圖書館出版品預行編目資料

中國古代文法的嬗變與理論建構／王明強 著 -- 初版 -- 新北
市：花木蘭文化事業有限公司，2022〔民111〕
目 2+236 面；19×26 公分
（古典文學研究輯刊 二六編；第 1 冊）
ISBN 978-986-518-991-4（精裝）
1.CST：文章學 2.CST：文學理論
820.8   111009910

ISBN-978-986-518-991-4

9 789865 189914

古典文學研究輯刊
二六編 第一冊   ISBN：978-986-518-991-4

中國古代文法的嬗變與理論建構

作　　者　王明強
主　　編　曾永義
總 編 輯　杜潔祥
副總編輯　楊嘉樂
編輯主任　許郁翎
編　　輯　張雅淋、潘玟靜、劉子瑄　美術編輯　陳逸婷
出　　版　花木蘭文化事業有限公司
發 行 人　高小娟
聯絡地址　235 新北市中和區中安街七二號十三樓
　　　　　電話：02-2923-1455／傳真：02-2923-1452
網　　址　http://www.huamulan.tw 信箱 service@huamulans.com
印　　刷　普羅文化出版廣告事業
初　　版　2022 年 9 月
定　　價　二六編 23 冊（精裝）新台幣 62,000 元　　版權所有‧請勿翻印

〈二六編〉總目

編輯部　編

《古典文學研究輯刊》二六編　書目

傳說研究專輯

神話研究專輯

專題研究專輯

名家論文集

域外漢文學研究專輯

《古典文學研究輯刊》二六編
各書作者簡介・提要・目次

第一冊　中國古代文法的嬗變與理論建構

作者簡介

　　王明強，南京中醫藥大學教授、博士、碩士生導師。南京中醫藥大學中醫國學研究所所長，江蘇省高校「青藍工程」中青年學術帶頭人，兼任中華中醫藥學會醫古文分會副主任委員、世界中醫藥聯合會中醫藥文獻與流派研究專業委員會常務理事、江蘇省中醫藥學會基礎理論與文獻研究專業委員會常務委員等。先後主持教育部人文社會科學研究項目等課題 10 餘項，參與國家社科基金重大項目等課題 10 餘項。著述、主（參）編著作和教材 20 餘部，發表學術論文 60 餘篇。榮獲國家教學成果二等獎、江蘇省教學成果特等獎和二等獎、江蘇省教育科學優秀成果特等獎、江蘇省「社科應用研究精品工程」優秀成果二等獎等。

提　要

　　「法」是我國古代文章學的重要範疇。相較於詩法，文法的研究相對滯後，其基本內涵、研究領域也一直沒有得到明確論述。本文力圖挖掘文「法」範疇的基本理論內涵，確定其研究領域，探索其在中國古代文章學中的地位與價值。

　　全文分六章。第一章通過對哲學文化範疇「法」向文論範疇「法」延展、演變的考察，探究文法的基本內涵和研究領域。通過考察，本章認為，哲學文化範疇的「法」在向文論範疇「法」演變過程中，其原有義項與文章創作

逐步滲透、結合，開拓形成師法、法度、技法三大文法領域。第二章對師法論展開探討。本章認為，根基於「天人合一」文化基因的「師法」論，隨著古代社會文化的發展，出現了從「法天」向「宗經法古」的轉換；出於文章創作的實踐需要，宗經從重道逐漸轉向重文章技法；隨著古代典籍累積日多，出現師法對象的選擇與論爭，並在論爭中逐步形成取道唐宋古文而探尋秦漢文章精蘊的師法理論；雖然法古理論與實踐構成古代文章發展主流，但基於中國文化本身所蘊涵的生生不息的創新通變基因，歷代文章家致力於文法的創新與變化。第三章從思想、結構、文體、創作四個方面考察古代文章法度的內涵，並從文化與才性兩個視角分析奇變存在的原因，進而論述法度與奇變之間辯證融通的關係。第四章梳理文章技法論的歷史發展脈絡，並從命意、篇章布置與行文、擇字鍊句三個方面考察古代為文技法。最後對「道進乎技」命題進行深入探討，認為該命題的涵義不是一般學者所理解的「熟能生巧」，而是「忘」技，達到「形全精復，與天為一」的境界，自然成文。第五章論述古文與時文文法的滲透與會通。本章認為古文與時文作為古代文章二種極為重要的文類，是古代文法論建設的主要奠基文體。古代文章家在以古文之法為時文以提高時文水平的同時，也極大地推進了古文文法的深入探討和總結，使得古代文法論得以繁盛和成熟。第六章論述古代文法的「自然」指歸。「自然」作為中國獨特文化語境下形成的一套獨具的詩學話語體系，作為最高指歸影響著詩文創作與欣賞，中國古代文法亦是以「自然」為指歸的。古代文章創作是源於「自然」，最高的追求是達到「誠」，即自然狀態的創作主體順其自然創作出「自然」之作品。當然，這裡的「自然」並不是道家的天性之「自然」，而是儒家「必然」意義上的「自然」。

目 次

第二、三冊　中國早期文學考論

作者簡介

　　劉鳳泉教授，1956 年生於內蒙古包頭市東河區。1980 年於包頭師範學院中文系大專畢業，1988 年於內蒙古師範大學中文系研究生畢業，獲文學碩士學位。先後任教於內蒙古師範大學、濟南大學、韓山師範學院。主要從事中國古代文學、中國古代文論、中國古代文化的教學與研究工作。編著有《中國古代文論旨要》、《中國古代文論選讀》、《東周列國志》（語譯修訂本）等十六種著作，發表學術論文六十多篇。

提　要

　　本書研究對象為中國早期文學。所謂中國早期文學，是指「文學自覺時代」之前的文學。全書收入三十三篇相關學術論文。緒論闡述早期文學研究的科學觀念，為早期文學研究提供重要的思想指導。上編為考證辨疑。其中對「小說」概念、漢賦源流、《屈原列傳》疑案、《毛詩序》作者、「貴和」思想等疑難問題，均作了深入細緻的考證，提出不同於前人的學術觀點。此外，對一些具體作品的篇章、語詞、句式、文意之難解處，也作了深入考證，提出獨到的理解。下編為論文析理。對早期文學的不同文學類型作了重點研究。在敘事文學方面，論述了原始神話小說因素的萌芽和演進、神話傳說與戰國游說故事的小說因素、《左傳》敘事、《史記》紀傳體等，揭示了早期敘事文學的審美特徵和發展軌跡。在議論文學方面，論述了《易經》卦爻辭的格言諺語、先秦諸子散文審美構成、韓非政論文學，揭示了早期議論文學的具體形式和特殊性質，及其獨特的審美價值。在抒情文學方面，探討了《詩經》、《楚辭》、漢樂府等的審美特點與演進軌跡。上下兩編合而觀之，可基本見出中國早期文學發展演進之軌跡。附錄是對文學史理論的思考，也是筆者研究早期文學發展史的一些指導思想。

目　次

上　冊

第四冊　漢武新政背景下的文學嬗變研究——以司馬遷《史記》為例

作者簡介

張學成，男，1972 年生，山東臨沂人，教授，文學博士。1996 年 8 月至 2019 年 5 月在臨沂大學文學院、沂蒙文化研究院工作。2019 年 5 月入職江蘇護理職業學院。原為山東省精品課程古代文學主講教師，臨沂大學第二屆學

術委員會委員，山東省高等學校創新創業教育導師，山東省古典文學學會會員。現為中國史記研究會會員，中國李清照辛棄疾學會會員，山東孫子研究會理事。主要從事中國古代文學與文化的教學與研究工作，兼及區域文化、旅遊文化研究。在各級期刊發表論文 50 餘篇，出版著作 5 部，主編、參編教材多部，主持並完成省廳級各類課題 10 餘項，獲各級獎勵近 10 次。

提　要

　　漢武新政對漢代乃至中國歷史的影響至遠至深，對當時的文人、文學和文化更是有著至深至遠的影響。漢武新政影響了當時文人心態的變化及其創作，各種文體都有了一定程度的嬗變。漢武新政背景下的文學嬗變表現在如下方面：文學創作主體發生了變化，眾文人由藩國向中央聚攏，京都長安成為絕對的文化中心；文學觀念發生了新變，政治功利性文學觀和私人化娛樂性文學觀相繼形成，文學出現經學化的特點，「班馬」文學觀比較成熟，大而美成為主流文學的最突出風尚。從體制上來說，在武帝時期，賦的體制發生了大的變化，從漢初以來的騷體賦向大賦轉變；大賦作家都有小賦之作，反映個人真性情的作品，往往篇幅短小，不是東漢以後才出現的；五言詩已經成熟；各體散文發展成熟，小說也有所發展。從抒情的角度來說，文學呈現出偏重外在世界描摹和內在心靈世界表現的共時存在，武帝時代的小賦有了許多真情的抒發，多了隱喻諷刺的「比興」寄託。《史記》由於曲折隱晦的抒情贏得了「無韻之離騷」的美譽。

　　從史傳散文、傳記文學發展的角度來講，《史記》的出現代表著重要的嬗變轉型。李陵事件毀掉了司馬遷的身體，但成就了偉大的《史記》。紀傳體《史記》從文學角度來看，就是歷史的紀傳化、人生的故事化。論文對《史記》的小故事文本進行了品評細讀，有了不少新的發現。論文從司馬子長之心、歷史人物之心、互見妙法寫心、寫心富有意義四個方面對《史記》寫心學進行初步的論述。《史記》中的空白法寫心具有獨特性。「互見法」與《史記》的寫心有著密切的關係，互見法的普遍使用表明了對一些歷史人物和歷史事件的看法，反映了子長之心；在通過互見法對不同歷史人物和歷史事件的對比中，表露了歷史人物之心。司馬遷在《史記》中的「寫心」富有意義，不但表現了歷史人物的心理，而且借歷史人物、事件寫出了司馬遷的「心史」，所以《史記》是一部抒情之書，還能有助於「成一家之言」。

目 次

第五冊　屈原在蒙芻議

作者簡介

　　牟懷川，男，1946 年生於重慶。1966 年青島二中高中畢業後，赴青海格爾木軍墾農場做農工。1973 年有機會至武漢當中學教員。1980 年考取上海師院碩士研究生，從師馬茂元教授治楚辭及唐詩。1983 年回武漢任職湖北省社科院文學所。為與暌違四十餘年之雙親重聚，1992 年移居加拿大，在 BC 省立大學獲博士學位（PHD）後，有幸留該校教古漢語，2018 年退休。曾在國內、外發表過一些研究溫庭筠和楚辭的中、英文著作。

主要發表著作（以下僅供參考）

〈試論杜甫的五言排律〉，《上海師範學院學報》，1983 年第一期

〈溫庭筠生年新證〉，《上海師範學院學報》，1984 年第一期

〈關於溫庭筠生平的若干考證和說明〉，《上海師範學院學報》，1985 年第二期

〈《史記》劉安傳理惑〉，《楚辭論文集》，齊魯書社，1986 年

〈溫庭筠從遊莊恪太子考論〉，《唐代文學研究》第一輯，1988 年第三期

〈溫庭筠改名案詳審〉，《文史》，1994 年第一期

〈溫庭筠江淮受辱始末考〉，《中華文史論叢》，2014 年第一期

〈韓終考疑〉，《江漢論壇》，2015 年第九期

〈溫庭筠《百韻》詩考注〉，《魏晉南北朝隋唐史資料》，2015 年第二期

〈溫庭筠改名補證〉，《魏晉南北朝隋唐史資料》，2016 年第一期

英文著作：*Rediscovering Wen Tingyun A Historical Key to a Poetic Labyrinth*, State University of New York Press, 2004

提　要

　　上篇《屈原真相淺探》：由考證韓眾始，懷疑楚臣屈原非《遠遊》作者。再從班彪父子之證據及漢儒論《楚辭》的兩重態度，考察劉安與屈原之奇異關係，並從《楚辭章句》原文找到「屈原」名字的解釋，是為王逸深藏的本識：以「屈原」為共名、以蓼太子為主的「淮屠」冤死者群才是《楚辭》的真正作者。其辭賦經史臣精巧編排、構成的「屈原賦」，乃使受害者變為模範忠臣。最後也順勢對有關歷史文本進行了辨偽。

　　下篇《在蒙飛卿別傳》：和「屈原」蒙蔽於《楚辭》編輯者「巧而寡信」的文學設計、而使讀者難識其廬山真面不同，溫庭筠的真相在很大程度上是被他生前死後揮之不去的誣蔑和他自己晦澀艷麗為主的風格所蒙蔽，致使讀者難入其堂奧而賞其珍。本文從證明其家世背景說起，把他人生重要際遇之來龍去脈乃至詩文風格，做了頗細考察；力圖澄清正史、野史的誣蔑而對他達到相對客觀之評價，為「飛卿」無復「在蒙」也。

　　因文旨隱晦與後賢偏解，作者未能使其文意真傳，良可嘆也。王逸史筆深藏的屈原本相和溫庭筠詩筆自描的在蒙真情，竟皆如是。為揭開被掩蔽的作者文心所在，乃用溫氏之字「在蒙」突出二人生前死後遭遇之外，兼表蓼太子大名（劉）「正則」。自知淺薄，而冀千慮一得，故名本書為《屈原在蒙芻議》。

目　次

第六冊　李白的人生轉捩與文學

作者簡介

　　李芸華，1991 年出生於陝西榆林，2020 年獲得廈門大學文學博士學位，任職廈門市文化和旅遊局，在《廈門大學學報》《廈大中文學報》等期刊發表《盛唐集賢學士之文學地位與影響》《周邦彥詞接受史新論》等論文 10 篇，主要研究方向是漢唐文學、中國古典詩歌研究、唐詩之路。

提　要

　　本文著眼於李白人生的幾個關鍵節點，採用外緣的考證和內在的文學藝術分析相結合的方法，考察人生轉捩與李白創作之間的關係，是李白人生與作品分期研究的首次系統嘗試。

　　實現從政理想是貫穿李白一生的主線，但他在政治上採取的三次重大行動都以失敗告終。一是開元十八年因雪謗無門西入長安求仕卻屢經困厄、落魄而歸，這是李白第一次有意識地實踐政治理想卻深刻地感受到世路艱難、抱負難以施展的關鍵事件。二是天寶元年秋因道士身份和道教信仰得以供奉翰林，獲得前所未有的近臣體驗，卻在天寶三載初被唐玄宗賜金放還，這是李白政治生涯的頂峰，也是他最接近人生理想卻與之失之交臂的重要經歷。三是至德二載因投身永王李璘軍幕被繫獄潯陽、流放夜郎，遭遇嚴重的生存危機和極致的生命體驗，身心受到重創，這是李白政治生涯中最慘烈的一次失敗，也是他一生最危險的時期。這三次重大挫折是李白人生的三個重要轉捩，它們不僅左右了李白的仕途和功名，也深刻影響了他的情緒和精神，進而在作品的內容、題材、體裁、風格等方面產生相應的丕變。此外，李白一生婚合四次，妻、妾在時間上是並存的，婚姻中的獨特體驗對他的創作也有重要影響，並以三次人生轉捩為界呈現出鮮明的變化。

目　次

第七、八、九冊　唐代文士與《周易》——白居易對《周易》的接受研究

作者簡介

　　譚立，男，1966 年 4 月 3 日出生於湖南省長沙市，籍貫湘潭市。湖南大學文學院文學碩士，湖南大學嶽麓書院哲學博士。1986 年始，先後從事文、史、哲教學工作，現為中國氣象局氣象幹部培訓學院湖南分院副教授。研究方向：中國哲學、經典詮釋學。出版專著一部，發表論文三十餘篇，主持、參加國家級、省級課題 4 項。中國哲學與傳統文化方向，開設《中國傳統文化與人文素養》、《中國傳統文化與湖湘精神》、《〈周易〉文化與人生規律》、《佛教文化》等課程。

提　要

　　作為文壇「元和主盟」之一的白居易是中晚唐具有重要影響的文士，其著作與《周易》關係十分密切。《周易》被譽為「群經之首」「大道之源」，較之經學家、思想家所注重的對《周易》原初意義的發掘和詮釋，白居易對《周易》的接受和闡揚具有更為貼近現實的意義。《周易》最具生命力的核心思想觀念，在白居易的著作中有著鮮活的表達，從而使得《周易》思想觀念具有了更為通俗、直觀與生動的體現。《周易》等經典思想在唐代既通過官學產生影響，同時借助白居易等文士，運用廣大民眾喜聞樂見的各種方式，潛移默化地影響著人們的生活。《周易》原理通過白居易等文士的政治實踐，對唐代國家治理產生了影響；通過白居易膾炙人口的文學作品，輻射至於社會各階層，對世俗社會產生了影響；通過白居易為人稱道的生活態度和生存模式，對後代士人的人生道路選擇和生存理念的形成產生了影響。相對經生與思想家專注於《周易》形而上的詮釋，其影響具有一定的侷限性而言，白居易等文士在《周易》思想觀念的接受、運用、傳播與普及化的過程中，具有不可替代的作用。白居易作為《周易》等經典理論與大眾之間的橋樑，透過其廣為傳播的文學作品，間接地將《周易》核心觀念傳達給受眾，不折不扣地履行「文以載道」的職責，體現出《周易》等經典思想對唐代社會的深刻影響

和跨越時空的意義。

目　次

上　冊

中　冊

下　冊

第十冊　陳師道與其師友

作者簡介

　　蔣成德，江蘇阜寧人。徐州工程學院編審。原徐州市政協常委、九三學社徐州教育學院主委、原《徐州教育學院學報》副主編。江蘇省中華詩學研究會理事，徐州楹聯家協會理事。出版《思與詩——郁達夫研究》《思想家型的編輯家——章炳麟　梁啟超　魯迅研究》《中國近現代作家的編輯歷程》《思想者詩人郁達夫論》《地域文史縱橫》等專著。參著《中國無產階級革命家詩詞鑒賞》。曾在《新文學史料》《郭沫若學刊》《深圳大學學報》等刊物發表論文數十篇。

提　要

　　陳師道是北宋時期的著名詩人，文學大家，是「江西詩派」的宗主之一，在中國文學史上佔有重要地位。他與其師曾鞏、亦師亦友之蘇軾以及蘇門「四學士」黃庭堅、秦觀、晁補之、張耒一直保持十分密切而友好的關係。而他的這些師友都是北宋中後葉的著名人物。在文學史上，陳師道雖是一代大家，但對其關注並不夠，研究也相對較少，遠不及其師曾（鞏）蘇（軾）之盛；雖然史稱黃（庭堅）陳（師道），二宗並舉，但與黃庭堅相比，對陳師道的研究就差得太遠了。故本書從交誼的角度，以繫年的方法，勾勒其與曾、蘇、黃、秦、晁、張這些北宋史上的大家的交遊與關係，以凸顯其在文學史上的實際地位，並藉此觀照北宋中葉的文人狀況與文化人相互之間的情誼；從中看到他們交往中那種情之深，誼之厚，實已超越親情，勝若父子與兄弟的關係。這般情誼之交，在文學史上並不多見；放在今天，更其難得，這對今天日漸稀薄的人際關係是一面很好的鏡子。今人應由此汲情取義，重建新的人際關係的道德文明。最後還對二十世紀八十年代以來陳師道研究進行敘錄，以見最近四十年來陳師道研究的基本情況，以期對學術研究提供幫助與參考。

目　次

第十一冊　西遊文學的形成

作者簡介

　　周運中，1984 年生，江蘇省濱海縣人，南京大學學士，復旦大學博士。中國海外交通史研究會理事、百越民族史研究會理事，南京大學海洋文化研究中心特約研究員。著有《鄭和下西洋新考》《中國南洋古代交通史》《中國文明起源新考》《正說臺灣古史》《濱海史考》《九州考源》《秦漢歷史地理考辨》《鄭和下西洋續考》《西域絲綢之路新考》《唐代航海史研究》《道士開闢海上絲綢之路》《魏晉南北朝地理與政局研究》《百越新史》《中國東南的歷史進程》《明代〈絲路山水地圖〉的新發現》《牛津藏明末閩商航海圖研究》《山海經通解》等書，發表論文百餘篇。

提　要

　　本書指出《西遊記》故事多數源自玄奘《大唐西域記》，在唐宋佛寺的俗講中逐漸變成文學作品。人參果的原型是塞舌爾的海椰子，西遊文學最早在山西產生，南宋流傳到江南。孫悟空源自猴子避馬瘟的習俗，宋元時期在南方融入華南猴神齊天大聖形象。蔡鐵鷹考證玉華國故事原型是吳承恩在湖北荊王府任教經歷，本書指出，鳳仙郡故事源自吳承恩任浙江長興縣丞的經歷，金平府故事源自吳承恩在南京的經歷，證明吳承恩確實是今本《西遊記》的改定者。吳承恩在書中暗批嘉靖帝迷信道術，用孫悟空在海上稱王影射在海上稱王的徽商王直，五指山暗指王直的號五峰，菩提祖師暗指王直的靠山葡萄牙人，金箍棒的原型是葡萄牙人帶到東方的火槍。

目　次

第十二冊　水滸故事的原型

作者簡介

　　周運中，1984 年生，江蘇省濱海縣人，南京大學學士，復旦大學博士。中國海外交通史研究會理事、百越民族史研究會理事，南京大學海洋文化研究中心特約研究員。著有《鄭和下西洋新考》《中國南洋古代交通史》《中國文明起源新考》《正說臺灣古史》《濱海史考》《九州考源》《秦漢歷史地理考辨》《鄭和下西洋續考》《西域絲綢之路新考》《唐代航海史研究》《道士開闢海上絲綢之路》《魏晉南北朝地理與政局研究》《百越新史》《中國東南的歷史進程》《明代〈絲路山水地圖〉的新發現》《牛津藏明末閩商航海圖研究》《山海經通解》等書，發表論文百餘篇。

提　要

　　本書指出《水滸傳》的故事原型是北宋末年和南宋前六年的諸多民間武裝，可以分為十個部分。前兩部分是宋江和晁蓋故事，第三部分是長江中游的張用故事，花榮源自張用。祝家莊和扈家莊故事源自祝友和扈成，混世魔王樊瑞源自福建的摩尼教主范汝為，芒碭山是今南平茫蕩山。燕青源自邵青，他俘虜監管建康水門的趙祥，又被招安到臨安。趙祥為趙構講各地好漢故事，成為《水滸傳》的祖本。瓦罐寺是建康的瓦官寺，槐橋是鎮淮橋。田虎故事源自太行山寨抗金武裝，沁源應是慶源。王慶故事是王善、祝友、祝靖、傅亮經歷的混合，全書在宋元時期的杭州說書人中間流傳，又被施耐庵、羅貫中潤色。

目 次

第十三冊　名與目：《紅樓夢》的視覺書寫

作者簡介

　　蘇嘉駿，生於馬來西亞，雪州沙登人。國立臺北大學中文系學士，國立中央大學中文所碩士、博士生。碩士時期師從康來新教授與李元皓教授，完成《名與目：《紅樓夢》的視覺書寫》。研究方向以中國古典小說、明清文學與文化為主。

提　要

　　《紅樓夢》自題名至全書情節推演，交織著豐富的眼目／視覺書寫。本論文策略性地擇取小說三個題名，分頭尋繹文本中不同面向的視覺書寫。「名與目」即標示出《紅樓夢》與「紅」，《風月寶鑑》與「鏡」以及《石頭記》與「眼」的論述架構及觀點。本文著眼於小說中的視覺元素、視覺物件乃至於視覺器官，探究其在敘事、象徵、寓意等層面的意涵，從中見出小說對於傳統資源的承繼與創新，進而掘發小說家超前的未來想像。再者，亦對魯迅「多立異名，搖曳見態」的表述作出回應。本文細讀小說文本，參照脂批評點，奠基前賢之論，進而衍伸補充，冀能再對《紅樓夢》的經典性有所詮釋與發明。

目　次

第十四冊　大禹治水傳說研究

作者簡介

　　夏楠，1987 年出生，山東濰坊人，文學博士，現任職於太原理工大學。

主要從事民間敘事、文學遺產等相關研究，承擔教育部人文社科基金、博士後面上項目等多項課題，先後發表學術論文十餘篇。

提　要

　　本書在傳說學視野下，對大禹治水傳說進行歷時與共時相結合的研究。研究過程中秉持大文學觀，通過整合傳世文獻、出土文獻、通俗文學、宗教文學等資料，梳理大禹治水傳說的生命史。主要論述其從創世到治世的話語轉變及由分散到定型的經典化過程，在這一過程中，宗禹為社神成為華夏認同的主要標識；在讖緯學說影響下，大禹治水傳說發展為神異傳說，並在儒釋道合流的背景下，生發出新的意義，讓我們得以看見大禹傳說的發展是人、神及歷史共謀的結果；本書也通過田野調查，以河南登封地區、浙江德清地區地方化大禹治水傳說為個案，對當代大禹治水傳說的種種面相做共時性探討，並立足在非物質文化遺產保護的語境，對傳說的遺產化與資源化實踐路徑進行歸納和總結。此外，本書涉及當代民眾的現代性隱憂問題，以當代大禹治水傳說中的尋根意識為切入點，探析傳說與心靈世界的關聯，呈現在尋根思潮的推動下，大禹傳說成為部分民眾個體生命感延伸的依託。

目　次

第十五、十六冊　民國以前學者對《山海經》的解構與重釋

作者簡介

　　鄭芷芸，臺北大學民俗藝術研究所碩士、輔仁大學中國文學系博士。現任致理科技大學、宏國德霖科技大學兼任助理教授，曾任教於輔仁大學、警察專科學校。長年遊走產學之間，標準的斜槓青年，除了教學工作外，亦身兼寫手、活動企劃、編輯、文創開發、策展廣宣等數職。在學術上，致力於

神話學、敘事學、民俗學等議題的研究。著有《中國花神信仰與其相關傳說之研究》、《民國以前學者對《山海經》的解構與重釋》。

提　要

　　本論題以「解構與重釋」為核心，代表所關注的研究對象乃是後人閱讀《山海經》文本後，所產生的再理解過程。「重釋」一詞在大多情況，可以表示一種「詮釋」，是西方文藝思潮下的重要產物。雖然，中國過去並沒有現代意義下的「詮釋學」（解釋學），但並不表示中國傳統學術中不存在著與「解讀」或「理解」、「衍伸」等等的相關閱讀行為，且古代文人持續著進行經典詮釋的傳統，創作大量而豐富的經典注疏作品，更是中國詮釋方式的展現。然而，自古及今的學者對於「經學」的解讀還是最為大宗，在自有的傳統學術背景之下（如「儒家」），當將對「經學」的闡釋轉移至類似《山海經》這類的書籍時，透過書中怪異的敘事模式，讓他們皆不得不跳脫了原本的解讀視域，分別擁有屬於自己獨領風騷的詮釋特色。

　　在現代從事中國神話學研究的學者眼裡，《山海經》的確具有身為神話文本的價值；但在古人面對充斥「語怪」的《山海經》內容時，卻沉浸、游移於這些「虛」與「實」的文字間徘徊。在過去那段還不知道「神話」為何物的歲月裡，《山海經》作為先秦典籍的重要文獻資料，那樣零碎式的詭譎神話情節可能才是歷代研究者眼裡最為困惑難解之處，此乃緣於中國文人於傳統學術上的務實個性、追求合理的生活經驗與道德價值所使然。《山海經》經劉歆校定成書於漢際以降，歷來學者紛紛對其進行各種詮釋與解讀，累積千年的研究辯證，到了清代臻至鼎盛。筆者歷數自西漢以來，輾轉流傳於魏晉南北朝、唐、宋、元、明、清代共二十位學者對《山海經》神話進行詮釋的特色，分析「神話文本」與「詮釋神話文本」的關係，藉以窺探傳統學術視域下，他們如何重新梳理《山海經》神話情節的深層意義。

　　本文開篇除了分析論題核心之外，亦剖析古代文人解經方法中含有敘事語境、結構重組與神話詮釋的技巧。爾後，以清朝為度，將全文分成「清代以前」與「清代」上下二篇，據此探討歷來文人學者的神話解讀，以及當代政經社會背景、學術思潮、風俗民情的關連性。包含：漢代《淮南子》與《論衡》對《山海經》神話文本比較及應用、魏晉文人對《山海經》神話寄託美感經驗和情懷、宋代疑經學術風氣下對《山海經》神話的思辨、明代學者對《山海經》神話的多元化詮釋，以及清代考據與詮釋的激盪磨合卻開啟《山

海經》神話研究的學術風潮。正因為有他們不斷地從事「解經」工作，讓《山海經》文本意義顯得更為多元，並且，看似彼此承先啟後的理念繼承或推翻，卻又帶有超越時空的存在意義，透過解讀神話與神話文本的對話，呈現精彩絕倫《山海經》神話文本中「語怪」與「紀實」的探索。

目　次

第十七冊　《莊子》天文譬喻與敘事之研究

作者簡介

　　牟曉麗，女，1987 年 2 月生，祖籍吉林德惠，臺灣中山大學文學博士，臺灣斐陶斐榮譽學會榮譽會員。福建工程學院人文學院講師，福建省社科基地「福建地方文獻整理研究」成員。

提　要

　　《莊子》一書多揚楚，對楚文明較為推崇。楚信巫鬼，重淫祀，其星占

是古代巫術傳統中重要的一部分，且楚為天文發達之地。本文試圖理清《莊子》與楚巫術傳統、天文文化的內在關聯。同時，運用 Lakoff-Johnson「概念譬喻理論」、敘事學研究、結合楚國的星占、戰國的五行等文化背景，闡發《莊子》寓言創作過程中制名稱義呈現的思維理路。

本文分成六章：第一章為「緒論」。第二章為楚國的天文學淵源，通過回溯楚國天文學的歷史發展，探討楚國始祖神話系統中的天文譬喻，以有助於《莊子》之理解。第三章對《莊子》中與巫術傳統密切相關的天文譬喻進行系統解析。第四章將參考敘事學研究探討《莊子》文本與天文密切相關處。第五章分析與《莊子》文本類似以天文空間連接組成敘事情節之〈柳毅傳〉、〈任氏傳〉、〈桃花源記〉、〈赤壁賦〉等作品。第六章為結論。

在寫作方面，以文本細讀、文獻分析、概念譬喻理論、敘事學、詮釋學等文學批評方法，結合中國漢字的音、形、義，以及巫術思維、天文學常識進行綜合研究，期待能豐富研究《莊子》之視角。

目　次

第十八冊　明末清初山左孝婦河流域文學家族關係研究

作者簡介

　　馬瑜理，山東大學文學博士，現任廣東海洋大學文學與新聞傳播學院講師。主要研究領域為明清家族文學與地域文化、中國古典園林與文學。發表學術論文：〈明清易代之際山左文人風貌與詩風的嬗變〉、〈論清初新城王氏與益都趙氏家族文學上的交叉影響〉、〈明末清初孝婦河文學世家的多元關係〉、〈明清時期粵西文學家族鉤沉〉、〈揚州賀氏東園考〉等十餘篇。主持省級課題：廣東省哲學社會科學「十三五」規劃項目「明清粵東西北文學家族研究」。

提　要

　　本文試圖把家族文學與地域文學相結合，盡可能全面地展現孝婦河流域的地理面貌、歷史概況、文化源流，以及明末清初文學家族的崛起、繁盛、衰落的發展簡史，並把文學家族與明清易代這一特殊歷史時期相結合，探討家族成員在明末黨爭、人生抉擇、新朝為官的生存狀態，突顯孝婦河流域士人的風貌及心態變化。進一步探討這些文學家族的多元關係，分析這些關係對家族成員在文學創作上的影響，總結出孝婦河流域文學發展的規律。

　　明清時期，山左孝婦河流域文風盛行，世家大族雲集，且主要集中在益都、淄川、新城三縣。因此，本文的關注點在於上述三縣的文學家族，在資料的處理上採取以孝婦河流域文學業績最為顯著的五個家族（益都趙氏、益都孫氏、新城王氏、淄川高氏、淄川張氏）為研究對象，由此間及到淄川畢氏家族以及蒲松齡、唐夢賚兩位文人。本文命題中的「家族關係」，主要指家族之間形成的婚姻、師生、宦友、文學交遊四位一體的多元關係。重點探討家族之間的文學交遊關係：如王氏家族與趙氏家族在詩歌創作上存在著世系間的交叉影響；高氏家族、王氏家族、張氏家族在詩風與審美趣味存在著一

定程度的相似性；王氏家族對張氏家族的直接影響與間接影響；孫氏家族受到趙氏家族影響的同時，亦與王氏家族的王士禛互為影響。家族中的核心創作成員，通過影響其他家族成員的文學創作，而進一步輻射山左詩壇的創作風氣，由此可窺見明末至清前期詩壇風尚的轉移與嬗變。

目　次

第十九冊　古典文學與文獻論稿

作者簡介

　　霍志軍（1969～），甘肅天水人，文學博士，天水師範學院文學與文化傳播學院教授，碩士生導師，中國語言文學一級學科碩士點中國古典文獻學學科帶頭人，入選甘肅省「飛天學者」特聘教授。現為甘肅省古代文學學會常務理事、甘肅省唐代文學學會理事、甘肅省四庫全書學會理事。近年來主要研究唐代御史與文學、隴右地方文獻等。主持國家社科基金項目「隴右地方文獻與中國文學地圖的重繪」「絲綢之路甘肅段考古發現與古代文學研究新拓展」等 2 項，國家社科基金重大項目子課題 1 項。在《文藝研究》《民族文學研究》《光明日報》等刊物發表論文 90 餘篇，主編《甘肅歷代著作集成》，著有《唐代御史與文學》《唐代御史制度與文人》《唐御史臺職官編年匯考》《隴東南民間文藝與社會生活》等 14 部。

提　要

　　本書立足於文藝學與文獻學相結合的研究方法，分別就隴右地區遠古彩陶藝術、唐代文學與文獻、宋代文學與文獻、金元文學、器物美學與中國文論的發生學等問題進行研究。

　　本書首先對隴右地區遠古彩陶藝術進行了綜合考察，距今約 5000 年的馬家窯文化彩陶出土數量頗為豐富、彩陶色彩絢麗、紋飾極富變化又和諧一體，被公認是中國彩陶藝術的巔峰，對探索華夏文明的起源及發展具有重要意義。其次，考察了唐代張說山水詩、白居易新樂府詩、宋代士人的「金石意趣」、金元詠俠詩等文學現象，提出了新的結論和看法。再次，對西夏文

學進行了綜合考察，西夏文學不僅拓展了中國文學地圖的地理範圍，而且彌補了中原文學的結構缺陷，提供了中原文學所未見的審美形式。最後，在器物美學視閾下對中國文論範疇的形成作了發生學研究。魏晉以降，大量有關製作陶器、玉器的術語，被嫁接到文學批評領域，成為古代文學批評中的「語言模子」和「思維模子」。古代文學批評家借助陶器、玉器製造，將一些難以言說的文學活動闡釋得通幽入微、酣暢淋漓，形成了富有民族特色的批評話語。美玉與美文的相互借鑒、治陶技藝與為文作詩的相互啟發，構成了中國古代文學批評的奇妙景觀，為化解當前中國文論的「失語症」提供了新的思考。

目　次

第二十、二一、二二冊　桃李不言──李生龍古典文學與文化論集

作者簡介

作者簡介

　　李生龍（1954～2018），男，湖南祁東縣人。湖南師範大學文學院教授，博士生導師。主要從事中國古代文學與文化的教學與研究。著有《無為論》《道家及其對文學的影響》《隱士與中國古代文學》《儒家文化與中國古代文學》《墨子譯注》《傳習錄譯注》《占星術》《道家演義》《精選今譯〈史記〉》等，在省級以上刊物發表論文 60 餘篇。主持課題多項。參加馬積高教授主持的國務院古籍整理出版十年規劃和「八五」計劃重點課題《歷代辭賦總匯》的編纂工作，任唐宋分冊副主編，具體負責唐代部分的審稿、編輯、補遺等工作，並點校明清辭賦 150 餘萬字。參加國家「九五」新聞出版重點項目《歷代方輿紀要》，完成雲南、貴州二省的點校工作。參加國家社科「九五」重點項目《中國道教科技史》的編纂，負責六朝道教天學部分的撰寫。曾任湖南省古代文學學會副會長，湖南省屈原學會副會長，湖南省孔子學會副會長，湖南省炎黃學會副會長，湖南省道家道教研究中心學術委員，湖南省道教協會永遠顧問等。《道家及其對文學的影響》獲湖南省第九屆優秀哲學社會科學優秀著作獎二等獎。2009 年被評為湖南省優秀教師。2010 年 9 月被聘任為湖南省人民政府參事。

編者簡介

　　段祖青，男，文學博士，江西農業大學人文學院中文系講師。

　　李華，女，文學博士，湖南師範大學文學院中文系講師。

提　要

　　本書輯錄了湖南師範大學文學院已故教授李生龍先生所撰論文 48 篇，主要涉及儒道思想與中國古代文學的相關研究。李先生生前傾力於此，並卓有建樹，曾出版《道家及其對文學的影響》《儒家文化與中國古代文學》等著作

多種。集中論文由於內容較為駁雜，不便分類，故僅統而收之。它們是李先生在治學道路上留下的雪泥鴻爪，為我們瞭解他的學術成就提供了一份重要資料。附錄將李先生去世後朋友、弟子的回憶文章與各方的唁電、輓聯匯合成集，以資紀念，從中亦可見先生之為人為學。

目　次

第二三冊　清代越南使節在廣東的文學活動研究

作者簡介

莊秋君，成功大學中文系博士，現為成功大學中國文學系博士後研究。關心越南漢文學、使節文獻學和民間文化。期盼有朝一日能跟隨越南使節的步伐，行走在使節之路上。

提　要

越南與廣東來往密切，自十七世紀起便有廣東人鄭天賜前往越南河僊地區墾殖；越南使節前往廣東的「非正式」出使，或途經廣東的正式使程，皆為使節們帶來不同的體驗，見聞亦不盡相同。

綜觀越南使節研究，目前研究者多半聚焦在使節的外交關係及個別的詩文研究，較少針對越南使節與某地的文學研究，根據《越南漢文燕行文獻》則可發現越南使節出使廣東達十二次之多，停留的時間從一個月到兩年不等，在停留廣東的這段時間裡，越南使節與當地文人交遊、購買中國書籍、刻印自己的創作並在廣東佛山出版等，從事多樣的文學活動。

清代越南使節在廣東的文學活動橫跨整個十九世紀，廣州地區也因為西力東漸而有很大的轉變，從越南使節對廣東的紀錄，可觀察出廣州在十九世

紀的變化，並且透過使節的異國書寫，理解外來者對廣東地區變化的理解與感受。

本論文從越南使節出使廣東的詩文集出發，探究越南使節在廣東的文學活動，除了了解越南使節的出使目的與活動之外，與當地文人的交流更可以補充廣東文學史不足之處，豐富東亞漢文學研究的視野。

本論文共分成七章，第一章整理並回顧中文及越南文有關越南使節的研究論著，並且闡述研究目的與方法；第二章討論十八世紀末至十九世紀初四個越南使節團途經或直接前往廣東的所見所聞；第三章以明命時期四度前往廣東的李文馥為主體，討論李文馥及其同行使節在廣東所留下的詩文作品，紀錄 1830 年代的廣東風貌及當地文人的交遊情形；第四章以嗣德前期前往廣東公幹的范富庶和受太平天國事件影響而改道廣東回國的潘輝泳及范芝香歲貢使團對於廣東的紀錄及與當地文人的互動為主要討論對象；第五章則以嗣德中期兩度前往廣東公幹的鄧輝㷸為主體，討論他在廣東期間所結識的廣東文人及其在廣東的所見所聞，並觀察在西方勢力影響下的廣東風貌。第六章討論 1883 年途經廣東前往天津的阮述與范慎遹使團在廣東的日記，從中發掘中越雙方對於法國入侵的意見及與當地文人的交流。

目　次

中國古代文法的嬗變與理論建構

王明強　著

作者簡介

王明強，南京中醫藥大學教授、博士、碩士生導師。南京中醫藥大學中醫國學研究所所長，江蘇省高校「青藍工程」中青年學術帶頭人，兼任中華中醫藥學會醫古文分會副主任委員、世界中醫藥聯合會中醫藥文獻與流派研究專業委員會常務理事、江蘇省中醫藥學會基礎理論與文獻研究專業委員會常務委員等。先後主持教育部人文社會科學研究項目等課題 10 餘項，參與國家社科基金重大項目等課題 10 餘項。著述、主（參）編著作和教材 20 餘部，發表學術論文 60 餘篇。榮獲國家教學成果二等獎、江蘇省教學成果特等獎和二等獎、江蘇省教育科學優秀成果特等獎、江蘇省「社科應用研究精品工程」優秀成果二等獎等。

提　　要

「法」是我國古代文章學的重要範疇。相較於詩法，文法的研究相對滯後，其基本內涵、研究領域也一直沒有得到明確論述。本文力圖挖掘文「法」範疇的基本理論內涵，確定其研究領域，探索其在中國古代文章學中的地位與價值。

全文分六章。第一章通過對哲學文化範疇「法」向文論範疇「法」延展、演變的考察，探究文法的基本內涵和研究領域。通過考察，本章認為，哲學文化範疇的「法」在向文論範疇「法」演變過程中，其原有義項與文章創作逐步滲透、結合，開拓形成師法、法度、技法三大文法領域。第二章對師法論展開探討。本章認為，根基於「天人合一」文化基因的「師法」論，隨著古代社會文化的發展，出現了從「法天」向「宗經法古」的轉換；出於文章創作的實踐需要，宗經從重道逐漸轉向重文章技法；隨著古代典籍累積日多，出現師法對象的選擇與論爭，並在論爭中逐步形成取道唐宋古文而探尋秦漢文章精蘊的師法理論；雖然法古理論與實踐構成古代文章發展主流，但基於中國文化本身所蘊涵的生生不息的創新通變基因，歷代文章家致力於文法的創新與變化。第三章從思想、結構、文體、創作四個方面考察古代文章法度的內涵，並從文化與才性兩個視角分析奇變存在的原因，進而論述法度與奇變之間辯證融通的關係。第四章梳理文章技法論的歷史發展脈絡，並從命意、篇章布置與行文、擇字鍊句三個方面考察古代為文技法。最後對「道進乎技」命題進行深入探討，認為該命題的涵義不是一般學者所理解的「熟能生巧」，而是「忘」技，達到「形全精復，與天為一」的境界，自然成文。第五章論述古文與時文文法的滲透與會通。本章認為古文與時文作為古代文章二種極為重要的文類，是古代文法論建設的主要奠基文體。古代文章家在以古文之法為時文以提高時文水平的同時，也極大地推進了古文文法的深入探討和總結，使得古代文法論得以繁盛和成熟。第六章論述古代文法的「自然」指歸。「自然」作為中國獨特文化語境下形成的一套獨具的詩學話語體系，作為最高指歸影響著詩文創作與欣賞，中國古代文法亦是以「自然」為指歸的。古代文章創作是源於「自然」，最高的追求是達到「誠」，即自然狀態的創作主體順其自然創作出「自然」之作品。當然，這裡的「自然」並不是道家的天性之「自然」，而是儒家「必然」意義上的「自然」。

緒　論

揚雄《吾子》云：「女惡華丹之亂窈窕也，書惡淫辭之淈法度也。」〔註1〕韓愈作《柳子厚墓誌銘》云：「衡湘以南為進士者，皆以子厚為師，其經承子厚口講指畫為文詞者，悉有法度可觀。」〔註2〕朱熹云：「《史記》不可學，學不成，卻顛了，不如且理會法度文字。」〔註3〕揭傒斯言：「學問有淵源，文章有法度。文有文法，詩有詩法，字有字法。凡世間一能一藝，無不有法，得之則成，失之則否。」〔註4〕唐順之《文編序》云：「不能無文，而文不能無法。」〔註5〕汪琬《答陳靄公書》云：「大家之有法，猶弈師之有譜，曲工之有節，匠氏之有繩度，不可不講求而自得者也。」〔註6〕在中國古代文論史上，文法論形成源遠流長的承傳發展線索，理論得到不斷拓展、充實和深化，從創作法則、創作規律及具體的創作技巧角度論說文章創作，考察文章的構思與傳達，成為我國古代文章學的核心論題之一。系統研究古代文法論，是古代文論研究的深入和細化，是構建古代文論體系的一項重要工程，頗具研究的價值與意義。

長期以來由於受「文以載道」思想影響，古代文法沒有得到應有重視，研究一直較為薄弱，且較為零散，缺乏系統性，文獻資料的整理與出版也相

〔註1〕漢・揚雄《揚子法言》卷二（諸子集成本），北京：中華書局，1954：5。
〔註2〕唐・韓愈撰，馬其昶校注，馬茂元整理《韓昌黎文集校注》，上海：上海古籍出版社，1986：512。
〔註3〕宋・黎靖德《朱子語類》卷一百三十九，北京：中華書局，1986：3320～3321。
〔註4〕元・揭傒斯《詩法正宗》，清乾隆《詩學指南》本。
〔註5〕明・唐順之《荊川先生文集》卷十，《四部叢刊》本。
〔註6〕清・汪琬《堯峰文鈔》卷三十二，《四部叢刊》本。

對滯後。相較於詩話、詞話的編撰出版，古代文章學文獻「文話」在相當長時期內處於無人問津的境地，給古代文法研究帶來極大不便。20世紀八十年代，王水照教授敏銳地發現了文話的學術價值，進行了較為系統地整理，並於2007年編輯出版《歷代文話》（全十冊），填補了我國古籍整理方面的空白。該書精選版本，嚴作點勘，收錄文話143種，600萬餘字，不但文獻資料較為齊全，而且其中頗有些傳本較為稀見，例如從東瀛採入六種，即陳繹曾《文章歐冶》、曾鼎《文式》、高琦《文章一貫》、王世貞《文章九命》、王守謙《古今文評》、左培《書文式・文式》等。至於採自國內各藏書單位的書籍，亦多有一些未經研究者使用過的，例如從國家圖書館藏本中錄入莊元臣《莊忠甫雜著》二十八種中的《論學須知》《行文須知》《文訣》三種。這部匯輯大冊為古代文論的系統研究提供了詳實而又可靠的文獻資料。「法」是歷代文話的重要理論範疇，出現頻率非常高。「法」的思想被歷代文話不斷繼承和發展，其內涵得到歷代文話的發展和完善，蘊含深刻，勝義紛呈，形成具有中國特色的文法理論體系。《歷代文話》的問世為古代文法研究提供了較為紮實的文獻基礎。

對於文法研究的內核與外延，學界一直沒有較為明確的論述。陸德海認為：「文法理論研究的最終目的是建立文法標準。在低級層次上，文法理論成為文章學的寫作程序；向上一步，則成為文藝學的風格論。作為文法標準的兩方面內容，文體風格論與寫作程序論是以對規範性研究為要務的文法理論的上下限。」〔註7〕初步確定文法研究目的，並大體劃定文法研究範圍。「法」在古代文論領域不是一般的術語、概念，而是基於中國古代文化基礎上具有獨特蘊義的範疇。「術語是指各門學科中的專門用語」，比如「格律」「章法」。「概念和範疇則不同，概念指那些反映事物屬性的特殊稱名，與術語一旦形成必能穩定下來不同，它有不斷加確自己的衝動，它的規範現實的標準越準確，意味著思維對客體的理性抽象越精確。術語作為它的物質載體或語言用料，是其形成過程中的重要因素，參與其形成的全過程，但就根本性上說，有賴其內涵的確立，至於它本身則是靜凝的、穩定的」，「範疇是比概念更高級的形式」，「概念是對各類事物性質和關係的反映，是關於一個對象的單一名言，而範疇則是反映事物本質屬性和普遍聯繫的基本名言，是關於一類對象的那種概念，它的外延比前者更寬，概括性更大，統攝一連串層次不同的概念，具有最普遍的認識意義」，「凡一家獨用的概念或名詞，不能算作有普

〔註7〕陸德海《明清文法理論研究》，上海：上海古籍出版社，2007：291。

遍意義的範疇」〔註8〕。文法研究領域的劃定應從「法」範疇本身出發，而不是作主觀臆測和模糊推定。「法」範疇是從哲學領域、社會文化領域進入文論領域的。其本身有模範、效法、刑法、方法等多個義項，在逐步向文論領域滲透的過程中開拓形成了法度、師法、技法三大文法領域，每個文法領域分別由一系列術語和概念組成，並分別形成了相關命題，如法度領域的「奇而法，正而葩」、師法領域的「為文當肖自己，不當求肖古人」、技法領域的「道進乎技」等等。且這三大領域及相關術語、概念和命題，並非截然分離，而是互相貫通、緊密聯繫，共同構建起具有明確內涵和外延的文法論系統。

由此，本書稿形成如下基本研究思路與方法：其一，在較為充分佔有相關資料基礎上，嘗試從「法」範疇本身出發進行文法理論的構建，理清文法論形成的脈絡，深入探討法度、師法、技法三大文法領域的蘊義，對相關命題形成的文化背景、發展歷程及內在理路進行剖析，力求探尋古代文法論的奧蘊之處；其二，文法論的理論架構是在動態的歷史發展中逐步成熟與完善，論文寫作必須要史論結合。

全書主要內容由文法概述、師法論、法度論、技法論四章組成，末二章探討文法論中的兩項專題：一是古文文法與時文文法的會通與滲透，一是古代文法的「自然」指歸。古文與時文是古代文章中二種極為重要的文類，古代文法論主要奠基於此二種文體，而二種文體的融通對古代文法論產生了深遠影響。以古文之法為時文是科考制度下形成的長期的、群體性的、自覺的文化行為，既有提高時文技巧以求售身的功利性目的，也蘊涵著以古文提高時文價值的人文追求。一般論者往往關注古文對時文之價值，而忽略時文對古文傳承和文法理論構建的重要作用。古代文法理論的建設，尤其是技法理論的突破性發展和繁盛與科考時文的需求是緊密不可分的。為此，單列一章進行論述，力求有所發明。「自然」是中國古代文法最高指歸，但「自然」作為中國獨特文化語境下形成的詩學話語體系，在文法研究領域並未得到應有的重視，故予以單章闡述，以求正於方家。

全書對文法的考察，注重從哲學和文化視角切入。筆者認為既然文論領域「法」範疇是哲學、社會文化領域「法」範疇的引入，對於文法理論的剖析就不能僅侷限於文論領域，而要具有哲學和文化的視角。許多命題只有到哲

〔註 8〕汪湧豪《中國古代文學理論體系：範疇論》，上海：復旦大學出版社，1999：
　　　4～5。

學文化領域探源方能獲得真正破解，如「奇而法，正而葩」基源於「中和」文化，師法之上的創新則基源於「通變」哲學基因，技法領域的「道進乎技」論則需到道家，尤其莊子「道」「技」觀中去探尋，方能明瞭其中真正蘊義。離開哲學文化的視角，往往會對文法理論的真正奧蘊產生誤讀。關於「奇而法，正而葩」的命題，一般論者僅從法與奇辯證統一立論，強調古代文論的辯證特性，而不能從「天人之辨」出發探求法度精嚴與博通背後的理論框架。劉熙載《遊藝約言》云：「書要有規矩繩墨。然規矩繩墨有天有人：人似嚴而實寬，天似寬而實嚴也。」〔註9〕「天似寬而實嚴」，是言萬物都有其自然之則，這種自然之則難以言述，卻又是不可違逆的天然規律。「人似嚴而實寬」，是言人為制訂的規矩樣式都是自然之則下的相對存在，看似精嚴，卻沒有絕對權威，可以不斷地予以突破，但千變萬化，總要「終入環中」，無法超越自然之則。法度與奇變，正是基於「人似嚴而實寬」的現實，並最終在「天似寬而實嚴」的框架下，走向融通與中和。對於技法領域「道進乎技」的命題，一般論者普遍誤讀，認為「道」是技法純熟後的自由化境，此種論調僅比技法至上主義向前跨越了一小步而已，是一種較為粗淺的解讀，並非古代文法真正奧義所在。老莊思想的核心和根基是「道法自然」，從而達致「無為而無不為」的境界。對莊子「技」「術」的言論，如不深入考察，易與道家思想相違拗。老莊崇尚「自然」，反對人為的智慧技巧，根本不能產生「熟能生巧」的理論。「道進乎技」不單是對「技」的超越，更要「忘技」，達到「形全精復，與天為一」的境界，順應物性自然行事，不是「以人裁天」，而是「以天合天」。延展至文論領域，即主張自然成文。清王元啟云：「作文雖可以組織，總須動合自然，勿露鑲嵌之跡。行文之法，又須行乎其所不得不行，止乎其所不得不止。其妙總不外乎自然合節。」〔註10〕「自然」在中國文化中意味著萬物自己自然而然產生並不斷肯定自己、發展自己、完善自己。所以，文章的形成絕非作者一人所為，而是作者與文章自身規律相化合的產物，這種為文的至精至妙之處難以言傳，古代文章家往往將行文技法的變化稱為「神變」，正是認識到這種變化的不可把握性。

〔註9〕清・劉熙載撰，劉立人、陳文和點校《劉熙載集》，上海：華東師範大學出版社，1993：582。

〔註10〕清・王元啟《惺齋論文》，王水照《歷代文話》（第四冊），上海：復旦大學出版社，2007：4162。

第一章　古代文法概述

　　文法內涵與研究範圍基源於「法」範疇，而「法」是從哲學、社會文化領域延展至文論領域，只有認真探究古代「法」觀念的起源和內涵，才能對文法領域「法」範疇有正確和周詳的認識。「法」範疇在向文論領域進入過程中，其原有義項與文章創作逐步滲透、結合，最終演變成為文章學的獨特範疇，並開拓形成師法、法度、技法三大文法領域。文法論的形成與發展對古代文章創作發揮了相當大的作用，具有重要的價值。

第一節　古代「法」觀念的起源與內涵

　　「法」之起源不在文藝領域，而是由哲學領域向社會文化領域，繼而向文藝領域的進入。《說文解字》釋「法」云：「灋，刑也。平之如水，從水；廌，所以觸不直者去之，從廌去。」段玉裁注云：「刑者，罰罪也。《易》曰『利用刑人，以正法也』，引申為凡模範之稱。木部曰『模者，法也』，竹部曰『範者，法也』，土部曰『型者，鑄器之法也』。」〔註1〕據段注，「法」本為「刑罰」義，引而申之產生「模範」義。但胡適的看法與之不同，胡適曾從文字學的角度認為古代有兩個「法」字：「一個作『佱』，從人從正，是模範之法。一個作『灋』，是刑罰之法。這兩個意義都很古，比較看來，似乎模範的『法』更古。」〔註2〕「刑罰」是社會政治領域「法」之內涵，而「模範」是

────────────

〔註1〕清・段玉裁《說文解字注》（據經韻樓原刻本整理影印），上海：上海古籍出版社，1981：470。
〔註2〕胡適《中國哲學史大綱》，北京：東方出版社，1996：324。

工藝領域「法」之內涵，「刑罰」之法是為治理社會所制定的強制性、懲罰性的行為準則，而「模範」之法是約定俗成的製作器物所遵循的規格、範型，它具有約束性，卻不具有強制性和懲罰性。「法」是一個比較古老的漢字，體現出我國古代很早就形成了「法」意識。理解「法」內涵的關鍵是探清「法」意識之緣起。

中西方都較早產生了「法」意識，但中國古代「法」意識形成的理路與西方並不相同。人類任何自覺的意識和行為，都是以認知為基礎的。因此，「法」觀念的萌生根源於古人對人與自然關係的一種認知。在脫離以自然神靈崇拜和圖騰崇拜為表徵的原始文化，向文明邁進的征程中，中西方的哲學思維走出了兩條截然不同的道路。西方哲學以獨立主體的確立為認識的基本前提，形成天人二分的二元認識論，強調人的目的性和自然的可利用性，主張「人為自然立法」。而中國文化與之不同，中國文化的特質在深體天人合一之道，追求的是一種天人圓融無礙的境界。在人與天的關係上，天是萬物本源，人是天工造化之物。東晉羅含《更生論》引玄學家向秀之言云：「天者何？萬物之總名。人者何？天中之一物。」〔註3〕從此出發，天是一切法則和價值的來源。董仲舒云：「道之大原出於天，天不變，道亦不變。」〔註4〕古人認為天地宇宙存在著一種自然的規範和秩序，萬事萬物都要順之而行、效之而動。《易·繫辭》曰「崇效天，卑法地」〔註5〕，《老子》二十五章云「人法地，地法天，天法道，道法自然」〔註6〕，莊子倡「法天貴真，不拘於俗」（《莊子·漁父》）〔註7〕，都凸顯了古人效法宇宙自然的思想。對於天地宇宙的自然法則，順之則昌，逆之則亡。《易·繫辭》云：「天尊地卑，乾坤定矣。卑高以陳，貴賤位矣。動靜有常，剛柔斷矣。方以類聚，物以群分，吉凶生矣。在天成象，在地成形，變化見矣。」〔註8〕《易·序卦傳》解釋「睽」卦云：「睽

〔註3〕清·嚴可均《全上古三代秦漢三國六朝文·全晉文》卷一百三十一，北京：中華書局，1958：2211。
〔註4〕漢·班固《漢書》卷五十六，北京：中華書局，1964：2518～2519。
〔註5〕宋·朱熹《周易本義》（據清明善堂刻本影印），天津：天津古籍出版社，1986：297。
〔註6〕朱謙之《老子校釋》（新編諸子集成本），北京：中華書局，1984：74。
〔註7〕陳鼓應《莊子今注今譯》（下冊），北京：中華書局，1983：824。
〔註8〕宋·朱熹《周易本義》（據清明善堂刻本影印），天津：天津古籍出版社，1986：284。

者，乖也。乖必有難。」〔註9〕乖，即違背自然法則之意，違背自然法則就會
受到懲罰。

不論是許慎、段玉裁，還是胡適，都只注意到了名詞意義上的「法」，
但先秦時期，「法」在很多情況下，是作為動詞使用的。如上文所引《周易》
「卑法地」、《老子》「道法自然」、《莊子》「法天貴真」中的「法」都是動詞，
其意義為「效法」，或者是名詞「法」的意動用法，即以天地自然之「法」
作為自己行為之「法」。此是理解中國「法」意識起源和內涵的關鍵：法來
自對天地宇宙秩序的仿效，人之則是天之則的轉化。儘管古代將天看做法則
之源，但奠基於耕織文明之上的中國哲學並沒由此產生虛妄的超現實的宗
教，相反卻產生了堅忍不拔、積極行動的實用哲學，重以人為本的「三才」
之道，追求「一份耕耘一份收穫」的務實精神。中國文化的根本精神是順天
而行、法天行事，效法天地宇宙的目的不是營造宗教情懷，而是為人類社會
制定行為規則，從而施之於用。「天行健」是天之體徵，效法於天則要做到
「君子以自強不息」。中國文化非常注重「仰觀俯察」，以達天地之理，識萬
物之情，《易‧繫辭》云：「仰以觀於天文，俯以察於地理。是故知幽明之故，
原始反終。」〔註10〕「古者包犧氏之王天下也，仰則觀象於天，俯則觀法於
地，觀鳥獸之文，與地之宜，近取諸身，遠取諸物，於是始作八卦，以通神
明之德，以類萬物之情。」〔註11〕通過對天地宇宙秩序的效法，總結制訂出
一定的規範、法度、法則，為民所用，這就從動詞意義上的「法」轉化為名
詞意義上的「法」，《易‧繫辭》云：

> 闔戶謂之坤。闢戶謂之乾。一闔一闢謂之變。往來不窮謂之通。
> 見乃謂之象，形乃謂之器。制而用之，謂之法。利用出入，民咸用
> 之，謂之神。〔註12〕

孔穎達疏解《易‧乾卦》之卦象云：

〔註 9〕宋‧朱熹《周易本義》(據清明善堂刻本影印)，天津：天津古籍出版社，1986：
　　　362。
〔註10〕宋‧朱熹《周易本義》(據清明善堂刻本影印)，天津：天津古籍出版社，1986：
　　　291。
〔註11〕宋‧朱熹《周易本義》(據清明善堂刻本影印)，天津：天津古籍出版社，1986：
　　　322～323。
〔註12〕宋‧朱熹《周易本義》(據清明善堂刻本影印)，天津：天津古籍出版社，1986：
　　　313～314。

此既象天，何不謂之天，而謂之乾者？天者，定體之名；乾者，
體用之稱。故說卦云「乾健也」，言天之體以健為用。聖人作「易」，
本以教人，欲使人法天之用，不法天之體，故名「乾」，不名天也。
天以健為用者，運行不息，應化無窮，此天之自然之理，故聖人當
法此自然之象而施人事，亦當應物成務。〔註13〕

效法天地最終指向不是「體」，而是「用」。當效法指向「用」時，天之則
就轉化為人之則。中國古代體用不二的哲學思維，是「法」字兼具動詞和名
詞意義的根本原因。古人通過對宇宙秩序的「仰觀俯察」，建立人類社會的各
種規範，所以，「濾」首先是一種「平準之法」，指標準、規範、格式，正如
《管子・七法》云：「尺寸也，繩墨也，規矩也，衡石也，斗斛也，角量也，
謂之法。」〔註14〕

穩定社會規範的建立是文明走向成熟的一種標誌。但中國構建社會規範
的路徑與西方不同。西方是基於個體獨立，建立穩定有效的法治秩序是其目
標。而中國文化奠基於整體性的自然秩序，在以血緣譜系為前提的宗法觀念
和等級秩序背景下，古人以天地為參照設定的國家社稷和社會人倫秩序，最
初體現為「禮」。孕誕於農耕生活方式的古代先民敬天、畏天、順天思想，至
周代已被符合血緣宗法制度的禮樂文化系統所替代。「禮」是法天而來，《禮
記・禮運》云：「夫禮，必本於天，殽於地，列於鬼神，達於喪祭射御冠昏朝
聘。」〔註15〕《易・說卦》云：

有天地，然後有萬物；有萬物，然後有男女；有男女，然後有
夫婦；有夫婦，然後有父子；有父子，然後有君臣；有君臣，然後
有上下；有上下，然後禮義有所措。〔註16〕

禮是以德為價值核心的，孔子云：「道之以政，齊之以刑，民免而無恥；
道之以德，齊之以禮，有恥且格。」（《論語・為政》）〔註17〕所以，古代重「禮」

〔註13〕唐・孔穎達《周易正義》卷一（阮刻十三經注疏本），北京：中華書局，1957：
　　　　7。
〔註14〕戰國・管仲撰，清・戴望校《管子校正》卷二（諸子集成本），北京：中華書
　　　　局，1954：28。
〔註15〕漢・鄭玄注，唐・孔穎達正義，黃侃經文句讀《禮記正義》，上海：上海古籍
　　　　出版社，1990：413。
〔註16〕宋・朱熹《周易本義》（據清明善堂刻本影印），天津：天津古籍出版社，1986：
　　　　361。
〔註17〕清・劉寶楠《論語正義》（諸子集成本），北京：中華書局，1957：22。

而輕「刑法」，甚至反對「齊之以刑」。「法」在向社會政治文化領域進入初期，是對「禮」的補充，目的是強化「禮」的權威性，《周禮・天官・小宰》中云：「以法掌祭祀、朝覲、會同、賓客之戒具。」鄭玄注曰：「法，謂禮法也。」〔註18〕對禮與法的關係，《漢書・賈誼傳》闡述得更加清晰：「禮者，禁於將然之前；而法者，禁於已然之後。」〔註19〕顯然，「禮」為先導，「法」為後驅，「法」是對背禮行為的一種懲罰性措施。這種「法」的思想，後來被法家推揚廣大，逐漸與「禮」脫離，形成「以法治國」的政治思想。戰國，諸侯爭霸，法家「緣法而治，事斷於法」的任刑思想產生了較大影響，「法」變成一種強制性的制度和規章，「明主之國，令者，言最貴者也；法者，事最適者也。言無二貴，法不兩適。故言行而不軌於法令者，必禁」(《韓非子・問辯》)〔註20〕，「君臣釋法任私，必亂。故立法明分，而不以私害法，則治」(《商君書・修權》)〔註21〕。因此，「法」之「刑罰」義項的產生有一個逐漸演變的過程，這個義項應該是比較後起的。如此推論，胡適的論述似為是。

除了效法、模範與刑罰之「法」外，「法」在古代還有另外一層意義：方法、技法。《孫子・謀攻》：「凡用兵之法，全國為上，破國次之。」〔註22〕《夢溪筆談・技藝》：「算術求積尺之法，如芻萌、芻童、方池、冥谷、塹堵、鱉臑、圓錐、陽馬之類，物形備矣，獨未有『隙積』一術。」〔註23〕「法」即是「術」，而「術」即是「路」。「術」的繁體字為「術」，形聲字，從行，術聲。行，甲骨文中指道路。「術」的本義是指城邑中的道路。《說文解字》釋「術」云：「邑中道也。」〔註24〕方法、技法在古人思維裏就是通往抽象道理、規律的路徑。對「法」的此項意義，仍可追源至中國「天人合一」文化。效法天地宇宙，離不開通達天地宇宙的路徑，否則，效法天地只能流於空談。所以，在

〔註18〕漢・鄭玄注，唐・賈公彥疏《周禮注疏》卷三，北京：中華書局，1957：103。

〔註19〕漢・班固《漢書》卷四十八，北京：中華書局，1964：2252。

〔註20〕戰國・韓非撰，清・王先慎集解《韓非子集解》卷十七（諸子集成本），北京：中華書局，1954：301。

〔註21〕戰國・商鞅撰，清・嚴萬里校《商君書》（諸子集成本），北京：中華書局，1954：24。

〔註22〕戰國・孫武撰，魏・曹操等注《孫子十家注》卷三（諸子集成本），北京：中華書局，1954：34。

〔註23〕宋・沈括撰，胡道靜校注《新校正夢溪筆談》，北京：中華書局，1957：178。

〔註24〕清・段玉裁《說文解字注》（據經韻樓原刻本整理影印），上海：上海古籍出版社，1981：78。

某種層面上，中國古代文化是一種天人溝通文化，尋求溝通路徑是文化建設的核心工程。中國最初的巫文化，其根源即在於溝通人神的需要。西漢董仲舒天人感應理論和流行於兩漢時期的讖緯，亦是在尋求天人溝通的路徑。道家則貫通道與人，道家把「道」視為宇宙萬物的本源，但莊子與老子不同，老子之「道」，重「生」，「道生一，一生二，二生三，三生萬物。萬物負陰而抱陽，沖氣以為和」〔註25〕，側重於天地萬物的生化。莊子則沿著老子之道的內涵向前掘進，重視天地萬物的本性，強調天地萬物之中貫通著「道」，「道通為一」。《莊子・知北遊》中東郭子問莊子「所謂道，惡乎在？」莊子答曰「無所不在」，甚至在「螻蟻」「稊稗」「瓦」「屎溺」〔註26〕，其意即強調「道」之貫通萬物。孔子亦說過「誰能出不由戶？何莫由斯道也」（《論語・雍也》）〔註27〕，將自己所宣講的「道」與「戶」相比擬，足可看出，在孔子那裡，「道」不單是道德法則，更是一種修養路徑。「道」作為中國古代哲學的核心範疇，其基本指向是抽象的、具有普適性價值和意義的萬物存在和行為的本原，但其最本初意義就是供行走的道路。且「道」本身還具有技能、方法的涵義，晁錯《論貴粟疏》：「聖王在上，而民不凍饑者，非能耕而食之，織而衣之也，為開其資財之道也。」〔註28〕賈誼《過秦論》：「深謀遠慮，行軍用兵之道，非及曩時之士也。」〔註29〕「道」一詞多義，是從其「路」的基本義生發而成，背後則是中國獨特的尋求通達天人的文化。認識到天為效法對象，卻缺乏通天之路，只能望天興歎，這是中國文化心理所不允許的，對於注重實用的中國人來說，不能不看重「術」。只不過我們往往沒有意識到中國文化對通達天道之「術」的關注和努力，而是將目光更多地投向「道」的抽象義。實際上，沒有通達之「道」，抽象意義上的「道」就是空中樓閣，是體而不是用，這從根本上就不符合中國體用不二的文化特性。這種通道之「術」不僅存在於文化領域，而且大量存在於實用性操作領域，如用兵、器物製作、行醫、工程建設等。《易》曰：「形而上者，謂之道；形而下者，謂之器。」〔註30〕

〔註25〕朱謙之《老子校釋》（新編諸子集成本），北京：中華書局，1984：74。

〔註26〕陳鼓應《莊子今注今譯》（中冊），北京：中華書局，1983：574～575。

〔註27〕清・劉寶楠《論語正義》（諸子集成本），北京：中華書局，1957：124。

〔註28〕漢・班固《漢書》卷二十四，北京：中華書局，1964：1130。

〔註29〕漢・班固《漢書》卷三十一，北京：中華書局，1964：1825。

〔註30〕宋・朱熹《周易本義》（據清明善堂刻本影印），天津：天津古籍出版社，1986：318。

器本身就是形而下和形而上的統一體，儘管實用領域的許多技術是針對某種器物，卻亦能實現與道的通達，中國古代操技的最高追求即是達到「鬼斧神工」的神妙境界。對此，《莊子・養生主》中說得很是明白：「臣之所好者道也，進乎技矣。」〔註31〕

　　綜上所述，「法」是中國古代哲學文化領域的一個重要範疇，其意蘊極為豐富，大體而言，包括效法、模範、刑法、技法等涵義，這些涵義並非各自獨立、互不干涉，而是緊密合一，互相關聯，是根基於中國古代「天人合一」思想，以效法自然制訂人事的社會構建理路為背景，形成的獨特義群。「法」在中國古代社會、經濟、政治、文化建設中佔有極其重要的地位，墨子云：「天下從事者，不可以無法儀。無法儀而其事能成者無有也。雖至士之為將相者，皆有法。雖至百工從事者，亦皆有法。百工為方以矩，為圓以規，直以繩，正以懸。無巧工不巧工，皆以此五者為法。巧者能中之，不巧者雖不能中，放依以從事，猶逾己。故百工從事，皆有法所度。今大者治天下，其次治大國，而無法所度，此不若百工，辯也。」（《墨子・法儀》）〔註32〕這種「法」的思想對古代文章理論和創作實踐都產生了深遠的影響。

第二節　古代文章學中「法」的內涵

　　「法」進入文論領域最早在何時，很難斷定。劉熙載從文章論中「法」概念的出現推論云：「『書法』二字見《左傳》，為文家言法之始。」（《文概》）〔註33〕據《左傳》記載，春秋莊公二十三年，曹劌諫阻莊公如齊觀社，說「君舉必書，書而不法，後嗣何觀」，〔註34〕用「法」對行文規範提出要求。春秋戰國時期，以「法」論文開始零星散見於典籍中，如《莊子・寓言》曰「言而當法」，墨子言文學要「先立義法」：「凡出言談，由文學之為道也，則不可而不先立義法。若言而無義，譬猶立朝夕於員鈞之上也，則雖有巧工，必不能得正焉。」（《墨子・非命》）〔註35〕

〔註31〕陳鼓應《莊子今注今譯》（上冊），北京：中華書局，1983：96。

〔註32〕清・孫詒讓《墨子閒詁》（新編諸子集成本），北京：中華書局，1986：18～19。

〔註33〕清・劉熙載撰，劉立人、陳文和點校《劉熙載集》，上海：華東師範大學出版社，1993：81。

〔註34〕晉・杜預注，唐・孔穎達疏《春秋左傳正義》（十三經注疏本），上海：上海古籍出版社，1990：172。

〔註35〕清・孫詒讓《墨子閒詁》（新編諸子集成本），北京：中華書局，1986：247。

　　從論述中看，「法」進入文藝領域的最初意義為寫作規範。墨子將之與「立朝夕於員鈞之上」相比擬，倘若不遵循一定的規範，即使手再工巧，也無法將指針放置正位，也就不能正確測量時間。此處「儀法」更接近法的「模範」義。在先秦時期，「言」「文」之「法」主要指向形式規範，且都為零言散語，不成系統，尚未形成以「法」論文的自覺意識。到漢代，揚雄首次自覺地、有意識地將「法」正式引入文論。揚雄以法論文，其著眼點不在文之形式，而是從思想內容上為文立法，其基本宗旨是為文確立聖人經教之法度。班固《揚雄傳》中敘其作《法言》云：「雄見諸子各以其知舛馳，大氐詆訾聖人，即為怪迂，析辯詭辭，以撓世事。雖小辯，終破大道而惑眾，使溺於所聞而不自知其非也。及太史公記六國，歷楚漢，訖『麟止』，不與聖人同，是非頗謬於經。故人時有問雄者，常用法應之，撰以為十三卷，象《論語》，號曰《法言》。」〔註36〕揚雄早年好賦，但晚年頗為悔恨，其原因即在於「辭人之賦麗以淫」（《法言・吾子》）〔註37〕，過於逸蕩，背離聖教。《揚雄傳》中敘述他認為「賦者，將以風也」，而對當時之賦「必推類而言，極麗靡之辭，閎侈鉅衍，競於使人不能加也，既乃歸之於正，然覽者已過矣」的現象極為反感，他批評時賦云：「又頗似俳優淳于髡、優孟之徒，非法度所存，賢人君子詩賦之正也。」〔註38〕揚雄所提倡的是「詩人之賦麗以則」〔註39〕，所謂「則」，即聖人法度。其《法言・吾子》云：「或問：『公孫龍詭辭數萬以為法，法與？』曰：『斷木為棋，梡革為鞠，亦皆有法焉。不合乎先王之法者，君子不法也。』」〔註40〕所謂「合乎先王之法」，就是合於聖賢經義。從先秦時期文章形式之規範到揚雄所倡內容之法度，形成中國文章學中源遠流長的基於「模範」義項的文「法」論。這種「法」作為一種文章規範，是一定時期和範圍內某些群體共同遵守的為文準則，其指向或寬泛或精嚴，其作為一種約束力或顯在或潛在，影響力或大或小，輻射範圍或廣或狹，但為文有規矩卻成為古代文章家之共識。這種為文之準則是約定俗成的，存在一定的彈性空間，並非具有強制性和懲罰性的「刑罰」之法。墨子和揚雄都將之與工匠之法相比擬，後代文章家亦多有此論。如焦袁熹廣期氏《重刻〈文章軌範〉跋》云：「孟子不云

〔註36〕漢・班固《漢書》卷八十七，北京：中華書局，1964：3580。
〔註37〕漢・揚雄《揚子法言》卷二（諸子集成本），北京：中華書局，1954：4。
〔註38〕漢・班固《漢書》卷八十七，北京：中華書局，1964：3575。
〔註39〕漢・揚雄《揚子法言》卷二（諸子集成本），北京：中華書局，1954：4。
〔註40〕漢・揚雄《揚子法言》卷二（諸子集成本），北京：中華書局，1954：5。

乎『離朱之明，公輸之巧，不以規矩，不能成方圓，師曠之聰，不以六律，不能正五音』，文章之道，何以異是？使學為文者，鹵莽滅裂，苟自馳騁於荒穢之塗，至於首尾衡決，血脈潰亂而不自知，是猶欲製器而廢規矩，欲審聲而廢六律也，其不同於聾瞶者幾何哉？」〔註41〕吳曾祺云：「法者，如規矩繩尺，工師所藉以集事者也。無法，則雖有般輸之能，無所用其巧。」〔註42〕倘與社會政治領域的禮與法相比擬，此種意義上的文「法」更接近「禮」。古代文章家亦常從「禮」的視角看待文之法度，清代夏力恕《菜根堂論文》云：「夫禮樂不可斯須去身，以其無事無之也。即以文章，其準繩法度，禮也；其音節，則樂也。」〔註43〕王元啟《與白源慧書》云：「至於文之有法度，猶耕之有畦，織之有縷，捨此，即無以別徑途溝遂之限，成錯綜經緯之功……孔子曰：『君子博學於文，約之以禮』，禮者，規矩繩墨之謂，無規矩繩墨，不可以言文。然非博學於文，亦無由知規矩繩墨之所在也。」〔註44〕圍繞「法」之「模範」義，古代文章學中出現一系列術語和概念，如法度、則、軌範、繩尺、繩墨、式等等，組成了基於「模範」義項上的文「法」義群。這些術語和概念或具有抽象的整體涵蓋力，如「法度」；或具有形象性色彩，如「繩墨」「準繩」「腔子」；或指向文章形式，如「格」「體」等。茲列舉部分如下：

1. 法度。「度」，形聲，從又，庶省聲。「又」即手，古代多用手、臂等來測量長度。本義：計量長短的標準，尺碼。《說文解字》：「度，法制也。」段注云：「周制，寸、尺、咫、尋、常、仞，皆以人之體為法。寸法人手之寸口，咫法中婦人人手長八寸，仞法伸臂一尋。皆於手取法。」〔註45〕所以，法與度同義，法度聯用作為同義複詞在古代典籍中出現頻率非常高。古代文章學中亦常以此論文。朱熹云：「曾司直大故會做文字，大故馳騁有法度。」〔註46〕呂居仁評曾鞏文章云：「字字有法度，無遺恨矣。」〔註47〕倪士毅云：「未有無法度而可以言文者。法度者何？有開必有合，有喚必有應；首尾當

〔註41〕王水照《歷代文話》（第一冊），上海：復旦大學出版社，2007：1061。

〔註42〕吳曾祺《涵芬樓文談》，上海：商務印書館，1933：15～16。

〔註43〕清·夏力恕《菜根堂論文》，王水照《歷代文話》（第四冊），上海：復旦大學出版社，2007：4070。

〔註44〕清·王元啟《祇平居士集》卷十四，清嘉慶十七年刻本。

〔註45〕清·段玉裁《說文解字注》（據經韻樓原刻本整理影印），上海：上海古籍出版社，1981：116。

〔註46〕宋·黎靖德《朱子語類》卷一百三十九，北京：中華書局，1986：3316。

〔註47〕宋·張鎡《仕學規範》卷三十四，文淵閣《四庫全書》本。

照應，抑揚當相發；血脈宜串，精神宜壯。如人一身，自首至足，缺一不可，則是一篇之中，逐段逐節，逐句逐字，皆不可以不密也。」〔註48〕

2. 規、規矩。《說文解字》云：「規，有法度也。」段注云：「從夫見，會意……丈夫識用，必合規矩，故規從夫。」〔註49〕王世貞云：「文無定規，巧運規外。」〔註50〕「矩」字本義是矩尺，畫直角或方形的工具。後引申為法度義，如孔子曰「七十而從心所欲，不踰矩」（《論語・為政》）〔註51〕。規矩組成同義複詞表示「法度」義亦是出現較高的詞彙。段玉裁注《說文解字》「規」字時，即「規矩」聯用，其云：「規矩，有法度也。」「各本無規矩二字，今補於此……圓出於方，方出於矩，古規矩二字不分用，猶威儀二字不分用也。凡規矩、威儀有分用者，皆互文見意，非圓不必矩，方不必規也。法者，刑也；度者，法制也。規矩者，有法度之謂也。」〔註52〕規矩本指向工藝規範，所謂「沒有規矩，不成方圓」，後指向行為道德規範，而後延伸至文論領域，表示文章準則。清代唐彪云：「先輩云：文章大法有四：一曰章法，二曰股法，三曰句法，四曰字法，四法明而文始有規矩矣。」〔註53〕近人唐文治《國文經緯貫通大義序》云：「學者欲窮理以究萬事，必讀文以求萬法，又必先潛研乎規矩之中，然後能超出規矩之外。」〔註54〕

3. 式。形聲，從工，弋聲。工有「矩」的意思。本義：法度；規矩。《說文解字》云：「式，法也。」〔註55〕清代張秉直云：「文章變化之妙，雖無定式，而可以一言括之，曰成章而已。」〔註56〕更有文章家以「式」為自己的

〔註48〕元・倪士毅《作義要訣》，文淵閣《四庫全書》本。

〔註49〕清・段玉裁《說文解字注》（據經韻樓原刻本整理影印），上海：上海古籍出版社，1981：499。

〔註50〕明・王世貞《弇州四部稿》卷一百四十四，文淵閣《四庫全書》本。

〔註51〕清・劉寶楠《論語正義》（諸子集成本），北京：中華書局，1957：23。

〔註52〕清・段玉裁《說文解字注》（據經韻樓原刻本整理影印），上海：上海古籍出版社，1981：499。

〔註53〕清・唐彪《讀書作文譜》卷七，王水照《歷代文話》（第四冊），上海：復旦大學出版社，2007：3480。

〔註54〕唐文治《國文經緯貫通大義》，王水照《歷代文話》（第九冊），上海：復旦大學出版社，2007：8241。

〔註55〕清・段玉裁《說文解字注》（據經韻樓原刻本整理影印），上海：上海古籍出版社，1981：201。

〔註56〕清・張秉直《文談》，王水照《歷代文話》（第五冊），上海：復旦大學出版社，2007：5086。

文章學著述命名，如明代曾鼎《文式》、左培《文式》。

4. 則。《說文解字》云：「則，等畫物也。」段注云：「等畫物者，定其差等而各為介畫也。今俗云科則是也。介畫之，故從刀。引申之為法則。」〔註57〕《周禮·太宰》云：「法則以馭其官。」《管子·形勢》云：「天不變其常，地不易其則。」南宋陳騤在《文則序》中述其著作命名緣由云：「古人之文，其則著矣，因號曰《文則》。」〔註58〕

5. 繩墨。原意為木工取直用的墨斗線，後引申為規矩、法度。黃庭堅《答洪駒父書》中謂洪駒父云：「諸文亦皆好，但少古人繩墨耳，可更熟讀司馬子長、韓退之文章。」〔註59〕與繩墨同義的有「準繩」「繩尺」。日本元祿元年伊藤長胤在其《文章歐冶》刊本後序中云：「《文章歐冶》者，作文之規矩準繩也。凡學為文者，不可不本之於六經，而參之於此書。」〔註60〕宋代魏天應編選有《論學繩尺》十卷，選錄南宋科舉中選之文一百五十六篇，每兩篇為一格，共七十八格，以指導後學。

6. 範。古「範」字。《爾雅》云：「範者，模法之常也。」「刑、範、律、矩，則皆謂常法也。」〔註61〕範在工藝上指「模子」，《夢溪筆談》載：「欲印則以一鐵範置鐵板上，乃密布字印。滿鐵範為一板。」〔註62〕在文章學中，「範」一般不單獨使用，而是與其他詞組成同義複詞，如規範、軌範等。宋代張鎡編著有《仕學規範》四十卷，其中卷三十二至三十五共四卷為「作文」，節錄宋名公文士論著，內容大抵為闡述作文之法，品評各類文體，以為文之規範。宋代謝枋得編選《文章軌範》七卷，注評漢晉唐宋之文共六十九篇，以指示為文要領。

7. 律。「律」，形聲，從彳，聿聲。本義：法律；法令。《說文解字》：「律，均布也。」段注云：「律者，所以範天下之不一而歸於一，故曰均布也。」〔註63〕

〔註57〕清·段玉裁《說文解字注》（據經韻樓原刻本整理影印），上海：上海古籍出版社，1981：179。

〔註58〕宋·陳騤撰，劉彥成注譯《文則注譯》，北京：書目文獻出版社，1988：12。

〔註59〕宋·黃庭堅撰，劉琳、李勇先、王蓉貴校點《黃庭堅全集》（第二冊），成都：四川大學出版社，2001：474。

〔註60〕王水照《歷代文話》（第二冊），上海：復旦大學出版社，2007：1332。

〔註61〕晉·郭璞注，宋·邢昺疏《爾雅疏》卷一，清阮刻十三經注疏本。

〔註62〕宋·沈括撰，胡道靜校點《夢溪筆談》卷十八，北京：中華書局，1957：184。

〔註63〕清·段玉裁《說文解字注》（據經韻樓原刻本整理影印），上海：上海古籍出版社，1981：77。

古代文章學中，常見的以「律」成詞的有法律、律令、紀律等。柳宗元《答杜溫夫書》云：「見生用助字，不當律令，唯以此奉答。所謂乎、歟、耶、哉、夫者，疑辭也；矣、耳、焉、也者，決辭也；今生則一之。宜考前聞人所使用，與吾言類且異，慎思之，則一益也。」〔註64〕張秉直云：「前伏後應，文之有紀律者也，於初學最宜。由有紀律，進而至於不執紀律而無非紀律，斯之謂善學。」〔註65〕孫萬春云：「文章至時墨，品至下矣。而法律至時墨，則又甚精。」〔註66〕

8. 格。《禮記·緇衣》云：「言有物而行有格也。」〔註67〕格，法式、標準、規格。如《崇古文訣》評《張中丞傳後序》為「論難折服格」〔註68〕，評《與孟簡尚書書》為「文字抑揚格」〔註69〕。此指行文之具體法式。明代李夢陽《答吳謹書》云：「夫文自有格，不祖其格，終不足以知文。」〔註70〕則指向文章本質規定性。

9. 腔子。原指詞曲當中的曲調、聲調，引用到文論中，即指文之整體格套。朱熹云：「文字自有一個天生成腔子，古人文字自貼這天生成腔子。」〔註71〕

10. 體。「體」在文論中的蘊義比較豐富，基本指向有三：一是文類之體。曹丕《典論·論文》提出著名的四科八體說：「夫文，本同而末異。蓋奏議宜雅，書論宜理，銘誄尚實，詩賦欲麗。此四科不同，故能之者偏也，唯通才能備其體。」〔註72〕中國古代文類眾多，文章首在辨體，先定文體目標，再考慮如何寫作。一是風格之「體」。陳繼昌《文法心傳·序》云：「經義創於宋，盛於明，至我朝體益純而法益備。清真雅正，文之體也；反正開合，文之法也。」〔註73〕文章辨體，文類體制是外在，而內在風格要求才是最為核心的。

〔註64〕唐·柳宗元撰，吳文治等校點《柳宗元集》，北京：中華書局，1979：889。
〔註65〕清·張秉直《文談》，王水照《歷代文話》（第五冊），上海：復旦大學出版社，2007：5086。
〔註66〕清·孫萬春《繪山書院文話》卷二，王水照《歷代文話》（第六冊），上海：復旦大學出版社，2007：5926。
〔註67〕元·陳澔《禮記集說》卷九（據世界書局本影印），上海：上海古籍出版社，1987：302。
〔註68〕宋·樓昉《崇古文訣》卷九，文淵閣《四庫全書》本。
〔註69〕宋·樓昉《崇古文訣》卷十一，文淵閣《四庫全書》本。
〔註70〕明·李夢陽《空同集》卷六十二，文淵閣《四庫全書》本。
〔註71〕宋·黎靖德《朱子語類》卷一百三十九，北京：中華書局，1986：3322。
〔註72〕梁·蕭統編，唐·李善注《文選》，上海：上海古籍出版社，1986：2271。
〔註73〕王水照《歷代文話》（第六冊），上海：復旦大學出版社，2007：5314。

一是具體行文之法式。如《崇古文訣》評《爭臣論》「箴規攻擊體」〔註74〕，評《論狄青》「曲盡人情事體」〔註75〕。

11. 矩矱。矱，尺度、法度。矩、矱二字連用表規矩、法度之義，在先秦時期即見之於文獻，如《楚辭·離騷》：「勉升降以上下兮，求矩矱之所同。」文法論中亦以此表示文之準則，如明代楊士奇《恒軒韓先生詩集序》要求「字字句句悉中矩矱」〔註76〕。

上述術語、概念中，使用頻率最高、最具涵蓋力的為「法度」。文之「法度」來自何處？「模範」之「法」來自「效法」，人之則來自對天地宇宙的效仿。文之法度亦是如此。劉勰就將文之產生歸於自然法則，《文心雕龍·原道》云：「心生而言立，言立而文明，自然之道也。」〔註77〕文之法度的最終源頭是天地宇宙。但古代在由敬天、畏天、順天思想向社會性的禮樂文化轉化的過程中，天之則逐漸被禮樂文化制度和典籍所代替。春秋戰國之際，面對「禮崩樂壞」的社會現實，孔子為重建社會秩序，對典籍進行重新整理和編訂。在儒家文化的攏攝下，這些典籍後來逐漸成為後世文章效法的最高典範，王禹偁云：「今為文而捨六經，又何法焉？」〔註78〕加之中國農耕文明所形成的尊宗敬祖、慎終追遠的文化心理，取法往古成為文章創作的主流意識。為文必有所效法，是中國文化「法天」思想的必然衍生理論，具體體現為宗經法古意識。圍繞著文「法」的「效法」義項，中國古代文章學中出現了一系列術語和概念，如：

1. 師。韓愈《答劉正夫書》云：「或問：『為文宜何師？』必謹對曰：『宜師古聖賢人。』曰：『古聖賢人所為書具存，辭皆不同，宜何師？』必謹對曰：『師其意不師其辭。』」〔註79〕宋濂《師古齋箴序》云：「事不師古，則苟焉而已。」〔註80〕師還與範、法等聯用，組成同義複詞，如柳宗元《復杜溫夫

〔註74〕宋·樓昉《崇古文訣》卷九，文淵閣《四庫全書》本。

〔註75〕宋·樓昉《崇古文訣》卷十八，文淵閣《四庫全書》本。

〔註76〕明·楊士奇《東里集續集》卷十四，文淵閣《四庫全書》本。

〔註77〕南朝梁·劉勰撰，王利器校箋《文心雕龍校證》，上海：上海古籍出版社，1980：1。

〔註78〕宋·王禹偁《小畜集》卷十八，文淵閣《四庫全書》本。

〔註79〕唐·韓愈撰，馬其昶校注，馬茂元整理《韓昌黎文集校注》，上海：上海古籍出版社，1986：207。

〔註80〕明·宋濂撰，羅月霞主編《宋濂全集》（第二冊），杭州：浙江古籍出版社，1999：922。

書》云：「吾雖少為文，不能自雕斲。引筆行墨，快意累累，意盡便止，亦何所師法？」〔註81〕

2. 學。宋代張鎡《仕學規範》引《節孝語錄》云：「為文必學春秋，然後言語有法。」〔註82〕

3. 規。韓愈《進學解》言：「上規姚姒，渾渾無涯。」〔註83〕「規」，《說文解字》釋為「有法度也」，這裡作動詞，即「效法」。

4. 規模。歐陽修《與樂秀才第一書》云：「夫強為則用力艱，用力艱則有限，有限則易竭。又其為辭不規模於前人，則必屈曲變態以隨時俗之所好，鮮克自立。」〔註84〕

5. 模仿。朱熹云：「古人作文作詩，多是模仿前人而作之。蓋學之既久，自然純熟。」〔註85〕

6. 法式。李夢陽《答周子書》云：「今人法式古人，非法式古人也，實物之自則也。」〔註86〕

從以上術語和概念中可提煉出「師法」作為總攬。因為，古代文章效法往古，不單是將之作為遵循的範型，更有一個學習漸進的過程，有一個反覆實踐，並逐漸向典範靠攏的過程。而要向典範靠攏，就要尋求通往文章典範的路徑。否則，妄談古之法式，卻入之無門，法古也就只能是句空話。明代唐宋派和秦漢派皆以秦漢之文為最高典範，二派爭論焦點實質在於通往典範的路數。唐宋派認為唐宋古文「有法可窺」，有路可通，而先秦兩漢文章「密不可窺」，只能借助有法的唐宋文章為先導，方能達秦漢文章之高境。而秦漢派則主張直取先秦兩漢，標舉「格調」高論，立意甚高，卻總結不出具體為文路數，一旦結合到具體作品，就無所措手足。秦漢派的凋敝與此不無關係。落筆為文，以手應心，其間所需的是為文之法。劉勰《文心雕龍‧總術》云：「才之能通，必資曉術。」「執術馭篇，似善弈之窮數；棄術任心，如博

〔註81〕唐‧柳宗元撰，吳文治等校點《柳宗元集》，北京：中華書局，1979：890。

〔註82〕宋‧張鎡《仕學規範》卷三十二，文淵閣《四庫全書》本。

〔註83〕唐‧韓愈撰，馬其昶校注，馬茂元整理《韓昌黎文集校注》，上海：上海古籍出版社，1986：46。

〔註84〕宋‧歐陽修撰，李逸安點校《歐陽修全集》（第三冊），北京：中華書局，2001：1024。

〔註85〕宋‧黎靖德《朱子語類》卷一百三十九，北京：中華書局，1986：3299。

〔註86〕明‧李夢陽《空同集》卷六十二，文淵閣《四庫全書》本。

塞之邀遇。」〔註87〕古代早就對寫作方法有所關注，孔子寫《春秋》就非常
注重筆法，《史記·孔子世家》載：「孔子在位聽訟，文辭有可與人共者，弗獨
有也。至於為《春秋》，筆則筆，削則削，子夏之徒不能贊一詞。」〔註88〕左
丘明發微探幽，最先對這種筆法作了精當的概括：「《春秋》之稱，微而顯，志
而晦，婉而成章，盡而不污，懲惡而勸善，非賢人誰能修之？」〔註89〕這即
是被後人廣為傳頌的「春秋筆法」。但，受「文以載道」思想影響，古代文章
家往往將目光投向「道」，認為「有德者必有言」（《論語·憲問》）〔註90〕，
文附屬於「道」「德」，是「誠中形外」的產物，有意或無意地忽視為文之法。
再者，受「工以技貴，士以技賤」思想影響，文章家或諱言文章需要技能，或
承認文章為技卻極端鄙視之，杜甫詩云：「文章一小技，於道未為尊。」〔註91〕
這就造成古代為文之法一值得不到重視。直至宋代，受科舉改革影響，適應
指導科考之需，為文之法始得關注，「作文法」開始大量出現在文章學著述中，
並隨科考的繁盛而漸趨興盛，歷經金元至明清，長盛不衰。而古代「作文法」
的一個重要特點是從古人文章典範中總結為文之法，並以之作為文章創作的
規律加以運用，以求達致古文典範。表述「作文法」的相關術語和概念有：

　　1. 技。古代文章家一般不把「作文法」稱為「技」，而只是在整體上描述
文章的工藝屬性時使用。唐代貞元間的柳冕《謝杜相公論房杜二相書》云：
「文章之道，不根教化，別是一技耳。」〔註92〕

　　2. 術。《文心雕龍·鎔裁》云：「若術不素定，而委心逐辭，異端叢生，
駢贅必多。」〔註93〕

　　3. 斧斤。《說文解字》：「斤，斫木斧也。」段注：「凡用斫物者皆曰斧。
斫木之斧，則謂之斤。」〔註94〕本指工藝上的器具，引申指工藝技法，文章

〔註87〕南朝梁·劉勰撰，王利器校箋《文心雕龍校證》，上海：上海古籍出版社，1980：
　　　　267～268。

〔註88〕漢·司馬遷《史記》卷四十七，北京：中華書局，1959：1944。

〔註89〕晉·杜預注，唐·孔穎達疏《春秋左傳正義》卷二十七（十三經注疏本），上
　　　　海：上海古籍出版社，1990：466。

〔註90〕清·劉寶楠《論語正義》（諸子集成本），北京：中華書局，1957：301。

〔註91〕唐·杜甫撰，清·仇兆鰲注《杜詩詳注》，北京：中華書局，1979：1315。

〔註92〕宋·姚鉉《唐文粹》卷七十九，《四部叢刊初編》本。

〔註93〕南朝梁·劉勰撰，王利器校箋《文心雕龍校證》，上海：上海古籍出版社，1980：
　　　　209。

〔註94〕清·段玉裁《說文解字注》（據經韻樓原刻本整理影印），上海：上海古籍出
　　　　版社，1981：716。

論中亦借用指為文之法，黃庭堅《答洪駒父書》云：「老夫紹聖以前，不知作文章斧斤，取舊所作讀之，皆可笑。」〔註95〕

4. 方。清代何家琪編撰《古文方》論古文之法，列百二十餘條目就古文神、味、韻、氣、味及章法、筆法、句法、字法等方面提出具體要求和門徑，其自云：「方猶法也。」「醫家且著方書，古文豈無方乎？」〔註96〕

5. 關鍵。如宋代呂祖謙編選《古文關鍵》，精選韓愈、柳宗元、歐陽修、曾鞏、蘇軾、張耒七家之文六十餘篇，「各標舉其命意布局之處，示學者以門徑，故謂之『關鍵』」〔註97〕。

從「作文法」的相關術語和概念中，可整合出「技法」為其代表。因為，為文需技法的前提是文章為「技」，且「技」本身亦具有方法、技能之意。

綜上所述，「法」進入文論領域，逐漸開拓形成三大文法領域：師法論、法度論和技法論。其中，師法是法度和技法的重要來源，法度和技法是師法的重要內容，而師法和技法又是達致法度的基本路徑。這三大領域互相滲透、緊密相關，共同構建起文法論體系，並使其呈現出極為豐富的意蘊。

表1 古代文法理論體系

哲學、社會文化領域「法」義項	相應形成的文法領域	術語群	文法領域間的關係
模範（禮法）	法度論	法度、規、規矩、式、則、繩墨、範、律、格、腔子、體、矩矱	來自師法，同時是師法的重要內容
效法	師法論	師、學、規、規模、模仿、法式	文章法度和技法的來源
技法	技法論	技、術、斧斤、方、關鍵	師法的重要內容，達致法度的重要途徑

第三節 古代文法論的形成與發展

先秦兩漢時期很少以「法」論文，以致對先秦兩漢時期文章是否有法，

〔註95〕宋·黃庭堅撰，劉琳、李勇先、王蓉貴校點《黃庭堅全集》（第二冊），成都：四川大學出版社，2001：474。

〔註96〕清·何家琪《古文方》，王水照《歷代文話》（第六冊），上海：復旦大學出版社，2007：6033～6062。

〔註97〕《四庫全書總目》卷一百八十七，北京：中華書局，1965：1698。

引起後世文章家的論爭。明人羅萬藻在《韓臨之制藝序》中說:「文字之規矩繩墨,自唐宋而下,所謂抑揚開合起伏呼應之法,晉漢以上,絕無所聞,而韓、柳、歐、蘇諸大儒設之,遂以為家。出入有度,而神氣自流,故自上古之文至此而別為一界。」〔註98〕認為先秦兩漢之文根本無「規矩繩墨」,所謂文法都是後人所為。唐順之則認為先秦兩漢並非無「法」,而是法「密而不可窺」,其《董中峰侍郎文集序》云:「漢以前之文,未嘗無法,而未嘗有法,法寓於無法之中。故其為法也,密而不可窺……有人焉,見夫漢以前之文,疑於無法,而以為果無法也,於是率然而出之,決裂以為體,餖飣以為詞,盡去自古以來開合首尾經緯錯綜之法,而別為一種臃腫窘澀浮蕩之文。」〔註99〕唐順之此論揭示先秦兩漢時期文章創作對文法的無意識運用狀態。

　　對秦漢文章文法的關注始於南宋末期,尤其至明代論爭達致高潮。仔細考究論爭形成的背景,則是文章技法的興起,論爭出發點大都從技法立論。總體而言,先秦兩漢,尤其是先秦,為文章草創時期,文章家是以創作實踐,以具體文章為後世樹立學習典範,是「文成法立」時期,創作技法還處於無意識運用狀態,「法」的「技法」義項尚未在文論中運用。「法」進入文論領域的最初指向是文章規範,曹劌云「書而不法,後嗣何觀」,〔註100〕《莊子》曰「言而當法」,墨子言文學要「先立儀法」,都是用「法」對行文規範提出要求。此亦文初創時期最主要的任務:尋求文之所以為文的規定性。先秦時期,文章規範意識處於萌生階段,論述皆零言散語,且較為抽象,缺乏具體論述。時至漢代,隨著社會發展,文士輩出,製作如林,文章種類和數量大增,各體文章規範的認定和確立成為文章寫作急需解決的問題,文體論開始萌興。如漢武帝時,公孫弘曾言及詔書律令的特點是「文章爾雅,訓辭深厚」(《史記·公孫弘傳》)〔註101〕。東漢安帝時陳忠說:「古者帝王有所號令,言必弘雅,辭必溫麗。」(《後漢書·周榮傳》)〔註102〕《鹽鐵論·水旱》載大夫之言曰:「議者,貴其辭約而指明,可於眾人之聽,不致繁文稠辭多言,害有司化俗

〔註98〕明·羅萬藻《此觀堂集》,《四庫存目叢書》集部第192冊,濟南:齊魯書社,1997:350。

〔註99〕明·唐順之《荊川先生文集》卷十,《四部叢刊》本。

〔註100〕晉·杜預注,唐·孔穎達疏《春秋左傳正義》(十三經注疏本),上海:上海古籍出版社,1990:172。

〔註101〕漢·司馬遷《史記》卷一百二十一,北京:中華書局,1959:3119。

〔註102〕南朝宋·范曄撰,唐·李賢等注《後漢書》卷四十五,北京:中華書局,1965:1537。

之計。」〔註103〕魏晉南北朝時期，文章得到進一步發展，《隋書・經籍志》所載兩漢文集共三百餘家，三國六十餘家，晉代多至近三百家，文體論愈加興盛。曹丕《典論・論文》第一次較全面地觸及各種文體的特點，提出「奏議宜雅，書論宜理，銘誄尚實，詩賦欲麗」〔註104〕「八體四科」之說。西晉陸機《文賦》簡括地提出詩、賦等十種文體應具有的風格特點：「詩緣情而綺靡，賦體物而瀏亮。碑披文以相質，誄纏綿而悽愴。銘博約而溫潤，箴頓挫而清壯。頌優游以彬蔚，論精微而朗暢。奏平徹以閒雅，說煒曄而譎誑。」〔註105〕這個時期還出現了摯虞的《文章流別論》、李充的《翰林論》和任昉的《文章緣起》等研究文體流變和特徵的專著，以及應璩《書林》、傅玄《七林》、陳壽《漢名臣奏事》《魏名臣奏事》、摯虞《文章流別集》等文章總集，將文體研究發展得更加完備。因此，體法論的興起和發展是文法論早期的主要特徵，體現出早期文章家為構建文章規範所做出的努力和實踐。體法論經後世文章家的推闡，蔚為大觀，明代吳訥《文章辨體》分文體五十九類，徐師曾《文體明辨》分文體一百二十七類，清末王兆芳《文章釋》列文章一百四十三體，近人吳曾祺《涵芬樓文談》更是細分達二百一十三類之多。中國古代形成源遠流長的「辨體」意識，文章以體制為先成為共識，而文章體制在更大程度上是指向文體的審美形態。

　　從外在文章規範的構建轉入內部創作規律的探討，是文章創作實踐的必然要求，文法論也隨之得以深入和細化。探究文章創作內部規律的意識在魏晉時期開始逐漸增強。西晉陸機《文賦》是我國文學批評史上第一篇專門論述如何運思寫作的文論，其創作動機即為探究文士寫作之「用心」，明顯地顯露出對文章創作規律進行探究的自覺意識。其自序云：

　　　　余每觀才士之所作，竊有以得其用心。夫其放言遣辭，良多變矣，妍蚩好惡，可得而言。每自屬文，尤見其情。恒患意不稱物，文不逮意。蓋非知之難，能之難也。故作《文賦》，以述先士之盛藻，因論作文之利害所由。他日殆可謂曲盡其妙。至於操斧伐柯，雖取則不遠，若夫隨手之變，良難以辭逮。蓋所能言者，具於此云。〔註106〕

〔註103〕漢・桓寬《鹽鐵論》（諸子集成本），北京：中華書局，1954：39。

〔註104〕梁・蕭統編，唐・李善注《文選》，上海：上海古籍出版社，1986：2271。

〔註105〕西晉・陸機撰，張少康集釋《文賦集釋》，上海：上海古籍出版社，1984：71。

〔註106〕西晉・陸機撰，張少康集釋《文賦集釋》，上海：上海古籍出版社，1984：1。

但陸機認為，臨文之際「曲有微情」，「或言拙而喻巧，或理樸而辭輕。或襲故而彌新，或沿濁而更清。或覽之而必察，或研之而後精。譬猶舞者赴節之投袂，歌者應弦而遣聲」〔註107〕，是難以說清的，因此他論述的重點不是臨文之時的創作技藝，而是臨文之先的構思特點。到劉勰那裡，為文之能事得到進一步深入論述，《文心雕龍》的《神思》《定勢》《情采》《鎔裁》《聲律》《章句》《麗辭》《比興》《誇飾》《事類》《鍊字》《總術》等篇從文章的構思謀篇、鎔意裁詞、字句聲律等各方面較為全面地論述了文章寫作方法。雖然魏晉南北朝時期的文論著述多為詩文統論，並非專為文而設，但已開啟文章技法論之先聲。創作的技巧首先是在詩歌領域得到重視。晚唐五代，出現不少詩格類著作，今所存者，尚有齊己《風騷旨格》、徐夤《雅道機要》等十種左右。詩格是詩歌繁盛和科考需要共同催生的產物。時至晚唐，律詩經過長期發展，無論是數量還是質量，皆發展甚巨，積累的寫作經驗甚豐，客觀上為總結律詩創作技法打下了基礎。再者，盛唐以後，律體詩在科考中居重要位置，士人為應付科考主觀上亦有掌握律詩創作技法之需。這些詩格著作正是企圖總結律詩寫作技巧、寫作方法，以教示初學者。在詩格著述大量湧現的同時，唐代也出現了類似「詩格」的文章創作指導書籍，如孫郃的《文格》、馮鑒的《修文要訣》、王瑜的《文旨》、王志范的《文章高抬貴手》等，這些著述雖史留空目，無法睹其原貌，但從其書之命名揣度，應為闡述和傳授為文技法之著述。故此，大可推論，文章技法論至少在晚唐就已開始萌興。實際上，唐代古文家在復興古學開創古文一體時，就已開始涉及文章技法，韓愈提出「惟陳言之務去」（《答李翊書》）〔註108〕、「文從字順各識職」（《南陽樊紹述墓誌銘》）〔註109〕等遣詞用字之法和含英咀華、提要鉤玄等文章法。宋代《五百家注昌黎先生文集》注引陳長方《語錄》云：「『沉浸醲郁，含英咀華』至『子雲相同，同工異曲』，此退之作文章法也；『記事者必提其要，纂言者必鉤其玄』，是亦學文術也。」〔註110〕柳宗元對遣詞用字也提出了要求：

〔註107〕西晉・陸機撰，張少康集釋《文賦集釋》，上海：上海古籍出版社，1984：150。

〔註108〕唐・韓愈撰，馬其昶校注，馬茂元整理《韓昌黎文集校注》，上海：上海古籍出版社，1986：170。

〔註109〕唐・韓愈撰，馬其昶校注，馬茂元整理《韓昌黎文集校注》，上海：上海古籍出版社，1986：542。

〔註110〕《五百家注昌黎先生文集》卷十二，文淵閣《四庫全書》本。

「見生用助字，不當律令，唯以此奉答。所謂乎、歟、耶、哉、夫者，疑辭也；矣、耳、焉、也者，決辭也。今生則一之。宜考前聞人所使用，與吾言類且異，慎思之則一益也。」〔註111〕具體而微，指出語氣詞的細微差異，並對用字不慎深表不滿。北宋開始出現討論文章做法的言論，「法」的「技法」義項開始在文論中使用，如黃庭堅《與王觀復書》曾云：「往年嘗請問東坡先生作文章之法，東坡云：『但熟讀《禮記・檀弓》，當得之。』」〔註112〕黃庭堅在用字上更是提出「點鐵成金」之法。但總體看來，韓柳歐蘇等古文大家的主要貢獻，還在於以創作立法，尚未形成深入探討技法的意識。

至南宋末年，歷經唐、宋古文運動創作實踐和發展，尤其是南宋科考改革的推動，才真正進入文章技法的總結和興盛時期。這個時期出現了我國最早的辭章學專著──陳騤的《文則》，該書綜論字法、句法、章法、修辭之法，囊括文章技法各個方面，成為文章學著述的開山之作。自南宋起，歷經金元明清，科考偏重經義文章，在以古文之法為時文的同時，出現了以時文之法評解古文的現象。在古文創作實踐和科考應試指導雙重需要的推動下，文章技法的總結和探討日益興盛和深入，漸成為文章學領域的一項重要內容。

自漢代以來，詩文創作中便有一種擬古做法，至魏晉時漸成風氣。如《楚辭章句》所收王褒《九懷》、劉向《九歎》、王逸《九思》之類，是模擬屈原的作品。揚雄《解嘲》、班固《答賓戲》、崔駰《達旨》是模擬東方朔《答客難》，並逐漸形成一種特殊的「設論」體裁。這種擬古之風的起因雖有不同，或因共鳴，或因較量，或出於學習，但都是以古為範型。這個時期，擬作者雖大量閱讀、揣摩前人作品，卻未形成真正的師法理論，這種篇章審美形態上的擬古並非古代師法論形成的真正土壤。古代文章師法論的形成有其獨特的社會文化背景：中國古代文治文化賦予「文」以政治教化內涵，但魏晉南北朝時期出現的文章審美目的性追求，背離了文的政治教化內涵，導致文人學士對文章人文價值與人文意義不斷失落的不安與焦慮，最終在唐宋時期形成聲勢浩大的回歸文章政教性的運動，亦即古文運動。所謂古文運動，即是扭轉文章的審美目的性，而以政教經典文本六經為範本的文章法古運動。以政教六

〔註111〕 唐・柳宗元撰，吳文治等校點《柳宗元集》，北京：中華書局，1979：889。
〔註112〕 宋・黃庭堅撰，劉琳、李勇先、王蓉貴校點《黃庭堅全集》（第二冊），成都：四川大學出版社，2001：470～471。

經為範本的正統文學觀可以說是貫穿中國文章史始終，對政教六經範本的依歸成為中國古代文章的整體價值取向，師法論正是在這樣的背景下得以蓬勃發展。

師法論是隨唐代古文運動而興起。以復興古學為目的的韓愈，提倡以儒家經典為師法對象、以兩漢文章為審美標準的文學復古，並對如何師法展開論述，提出「師其意不師其辭」「惟陳言之務去」等師法理論。宋代古文運動是在遠師六經、近師韓柳的基礎上發展起來，其先驅王禹偁力倡「革弊復古」，《答張扶書》中明確提出為文要「遠師《六經》，近師吏部」，並發揚韓愈「不師今，不師古，不師難，不師易，不師多，不師少，惟師是爾」〔註113〕的為文精髓，成為宋代師法理論的主流思想。隨後出現的王安石、蘇軾、歐陽修、曾鞏等古文大家則進一步推動了師法理論和師法實踐的發展。唐宋古文家經宋末、金元和明初的推闡，逐漸成為文章主流，作為一個整體性群體被後人所尊崇。明代流派紛呈、文法理論辯論激烈的一個重要原因即在於取法對象的不同和師法方式的差異。是取法先秦，還是追模唐宋？是「尺寸古法」，還是「達岸捨筏」？以致心學影響下產生的「獨抒性靈」、師心自任，都是圍繞師法呈現出的理論異彩。有清一代，文尚醇雅，推尊唐宋，師法目光從對古代文法的總結轉向對文法「變化」的探討。魏際瑞《學文堂文集序》云：「文章之道，自體格以至章節、字句，古人之法已全。」因此，學習古人文法重在「變化」：「善學古人者，熟於規矩，能生變化；其識精而議確，不斤斤學古人者，亦能自為變化，變化相生，自合規矩。」〔註114〕《伯子論文》云：「不入於法則散亂無紀，不出於法則拘迂而無以盡文章之變。」〔註115〕這種文法求「變」思想既是對古人文法的繼承，更是對古人文法的超越，使古代文法理論在師法基礎上邁入大總結和大綜合時期。

綜上所述，法度論、師法論、技法論在明清以前或先或後都已進入文論領域，但文法理論的整合和成熟當屬明清時期。中國傳統的詩文至唐、宋已臻於完善，達至顛峰，沒有留下太多開拓餘地。故唐、宋之後，歷元、明、清三朝，雖各有變化，但都未能取得突破性進展。文章創作從起初的開拓創新、

〔註113〕宋‧王禹偁《小畜集》卷十八，文淵閣《四庫全書》本。

〔註114〕清‧魏際瑞《魏伯子文集》卷一，道光二十五年珍溪之綏園書塾重刊本。

〔註115〕清‧魏際瑞《伯子論文》，王水照《歷代文話》（第四冊），上海：復旦大學出版社，2007：3596。

文成法立，到南宋末年即已進入主要探討前人為文之法、謀求文法規範階段。明清時期，文法成為文章學的核心問題，其理論的豐富性、全面性與所達到的理論深度，都是前人所無法比擬的。明代文法理論的特點是以師法論為主線取得法度論和技法論的縱深發展。清代則能站在歷史高度，兼收並蓄前人研究成果，實現文法理論的集大成。

第四節　古代文法論的作用與價值

文法論的萌生和發展是文章創作的必然要求，是文章創作實踐的需要。宋代吳子良云：「為文大概有三：主之以理，張之以氣，束之以法。」〔註116〕由此觀之，文法在文章創作中處於核心地位，發揮著重要作用。

文法對文章創作起著重要的指導作用，無「法」不可成文。清代魏際瑞曾云：「文主於意，而意多亂文；議論主於事，而事襍亂議。然亦有意多事襍之文，必有法以束之。不然，則如蒙師離塾，叫喊跳踢，哄然一屋矣。」〔註117〕並舉例云：

> 《七十二峰記》凡六百一十三字。均分，至少每峰亦應八字有零。乃提要語占去若干，敘次語占去若干，他地名占去若干，地名重者占去若干，方隅向背占去若干，形勢脈絡占去若干，古事、形容語、起結語占去若干，幾於七十二峰本位無有一字，乃其敘次本位寬然有餘，懸崖撒手，尺水揚波，是何法何力哉！作文不知法，遇如此題，任是萬斛長才，應一籌莫展矣。〔註118〕

中國古代有重道輕文、重理輕辭的論調，如「大抵道勝者文不難而自至」（歐陽修《答吳充秀才書》）〔註119〕「理精後文字自典實」（《朱子語類》）〔註120〕，但明道、明理、對客觀事物有真切的認識是一回事，將之藝術地再現出來則是另一回事。陸機在《文賦》中慨歎：「恒患意不稱物，文不逮意，

〔註116〕宋‧吳子良《荊溪林下偶談》卷二，文淵閣《四庫全書》本。
〔註117〕清‧魏際瑞《伯子論文》，王水照《歷代文話》（第四冊），上海：復旦大學出版社，2007：3599。
〔註118〕清‧魏際瑞《伯子論文》，王水照《歷代文話》（第四冊），上海：復旦大學出版社，2007：3600。
〔註119〕宋‧歐陽修撰，李逸安點校《歐陽修全集》（第二冊），北京：中華書局，2001：664。
〔註120〕宋‧黎靖德《朱子語類》卷一百三十九，北京：中華書局，1986：3320。

蓋非知之難，能之難也。」〔註121〕劉勰《文心雕龍‧神思》亦云：「意翻空而易奇，言徵實而難巧也。」〔註122〕蘇軾歎言：「有道而不藝，則物雖形於心，不形於手。」〔註123〕劉大櫆則明確提出為文需有「文人之能事」，「蓋人不窮理讀書，則出詞鄙倍空疏。人無經濟，則言雖累牘，不適於用。故義理、書卷、經濟者，行文之實，若行文自另是一事。譬如大匠操斤，無土木材料，縱有成風盡堊手段，何處設施？然即土木材料，而不善設施者甚多，終不可為大匠」，「自古文字相傳，另有個能事在」，「作文本以明義理，適世用。而明義理、適世用，必有待於文人之能事，朱子謂『無子厚筆力發不出』」〔註124〕。因此，與重道輕文、重理輕辭論調相對應，古代文章家對文法重要性的論述亦時時而在。明代莊元臣《文訣》云：

> 凡作詩文，不可強作，須其含意懷情，鬱積充發，如水滿而欲決，如抱冤而欲訴，然後取製作之法，為之經紀厝置，取漁獵之詞，為之鋪張粉飾，不刻意而文已成矣……雖然，法不可不知，而詞不可不當也。夫法不知，則不傷於錯雜，必傷於徑直，無翕張馳驟之勢。詞不富，則或窘於重複，或儉於樸素，無璀璨陸離之觀。譬之於絿帛，意者，絲也；法者，機杼也；詞者，彩色也。有絲而無機杼，則帛不成；有機杼而無彩色，則帛不絢。欲以製錦繡，裁袞冕，登用於明堂殿陛之上，不亦難乎？故求之心以蓄其意，參之名家以悟其法，博之典籍以集其詞，然後於藝文之道，思過半矣。〔註125〕

以「絿帛」為喻，認為「法」於文正如「機杼」於絿帛，不可或缺。王夫之云：「無法無脈，不復成文字。」〔註126〕清代姚範云：「字句章法，文之淺者也，然神氣體勢皆階之而見，古今文字高下，莫不由此。」〔註127〕近人來

〔註121〕西晉‧陸機撰，張少康集釋《文賦集釋》，上海：上海古籍出版社，1984：1。

〔註122〕南朝梁‧劉勰撰，王利器箋注《文心雕龍校證》，上海：上海古籍出版社，1980：187。

〔註123〕宋‧蘇軾撰，孔凡禮點校《蘇軾文集》第七十卷，北京：中華書局，1986：2211。

〔註124〕清‧劉大櫆《論文偶記》，北京：人民文學出版社，1959：4。

〔註125〕明‧莊元臣《文訣》，王水照《歷代文話》（第三冊），上海：復旦大學出版社，2007：2289。

〔註126〕清‧王夫之《夕堂永日緒論外編》，戴鴻森《薑齋詩話箋注》，北京：人民文學出版社，1981：201。

〔註127〕清‧姚範《援鶉堂筆記》，王水照《歷代文話》（第四冊），上海：復旦大學出版社，2007：4126。

裕恂《文章典》亦認為：「巧若公輸，必以規矩；射如由基，必以彀率。文亦若是，捨法以求之，不得也。」〔註128〕清代葉元垣在為從兄葉元塏《睿吾樓文話》所作的序中云：「余嘗持此以衡古今作者，雖盛衰升降之間不能不因時而變，要未有離法以言文者也。昧者遂欲一切掃棄之，以自騁其臃腫支離之習，白葦黃茅，彌望無際，而文之道幾熄矣。」並言葉元塏曾「慨然謂古文之衰，衰於不講法耳」〔註129〕。

　　文法不但對文章創作不可或缺，而且對文章傳承與教學具有重要意義。文章寫作，理、氣、骨等都不易言，所可言者惟法而已。劉大櫆云：「古人文章可告人者惟法耳。」〔註130〕近人吳曾祺亦云：「大抵文章一道，其妙處不可以教人；可以教人者，惟法而已。」〔註131〕「書山有路勤為徑，學海無涯苦作舟」，但文章創作僅「勤」「苦」二字遠遠不夠，尚得有「法」可入。朱熹云：「《史記》不可學，學不成卻顛了。不如且理會法度文字。」〔註132〕明代左培云：「初學正宜端我步趨，豈可自涉邪徑？今不向方寸求解悟，而第剿襲無根之浮語，而逢題便扯，股段章法，奚歸烏有，是猶未能立而欲行欲趨，鮮不顛躓者矣。」〔註133〕古代文論雖論及作者之才性，但總體觀之，並不主張學文時恃才而輕法，清代張潮甚至認為「天資之不可恃」，必須「由規矩而巧」：

　　　　竊嘗論之，有天資高邁之文，有人力攻苦之文，有天人並至之文。大抵得天分多者，其為文也，雖易成而或昧於法；得人力多者，其為文也，雖有法度而或乏生動之趣。故必天人並至，乃可以造乎其極而無憾然。優於天而勉乎人也易，藉乎人而欲近乎天也難。今伯子之言具在，使人力攻苦者讀之，固能守其語於法之中；若天資高邁者讀之，遂能通其意於法之外，則是同一法也，而讀者之所得，其不同至於如此。然則伯子之言其遂為糟粕乎？是又不然。孟子有

〔註128〕來裕恂撰，高維國、張格注釋《漢文典注釋》，天津：南開大學出版社，1993：130。

〔註129〕清·葉元塏《睿吾樓文話》，王水照《歷代文話》（第六冊），上海：復旦大學出版社，2007：5362。

〔註130〕清·劉大櫆《論文偶記》，北京：人民文學出版社，1959：4。

〔註131〕吳曾祺《涵芬樓文談》，上海：商務印書館，1933：16。

〔註132〕宋·黎靖德《朱子語類》卷一百三十九，北京：中華書局，1986：3320～3321。

〔註133〕明·左培《書文式·文式》卷下，王水照《歷代文話》（第三冊），上海：復旦大學出版社，2007：3168。

言：大匠誨人必以規矩，學者亦必以規矩。又曰：梓匠輪輿能與人
規矩，不能使人巧。伯子所言，所謂規矩是也；吾之所言，所謂巧
也。然由規矩而巧者，其巧無窮；不由規矩而巧者，其巧難繼。則
甚矣，天資之不可恃也！〔註134〕

　　明代唐宋派之所以在當時影響甚大，尤其茅坤的《唐宋八大家文鈔》「盛
行海內，鄉里小生無不知茅鹿門者」〔註135〕，「一二百年以來，家弦戶誦」
〔註136〕，就是因為他們能從「文章可以告人者」即文法入手，示人以學文門
徑。儘管王夫之激烈抨擊茅坤所總結的文法是「死法」「魔法」，但其影響之
廣泛和久遠本身就說明了這些文法的價值所在。清代桐城派則承續唐宋派此
種做派，牢牢掌控時文教學陣地，在清代文壇始終佔據古文正宗地位。

　　文法的另一重要價值是為文章品評提供理論話語和平臺。文章批評是全
方位、多角度的評價系統，與從「明道」的內容視角、重教化的功用視角、修
辭立其誠的作家視角相比，文法不但完善了文章批評，而且更為深入地觸及
到文章創作本身規律，是古代文章批評史上的理論飛躍，促進了文章學的繁
榮和進步。

　　當然，任何理論範疇都是文論領域的一個有機組成部分，必須和其他範
疇共同組成理論系統，方能推動文章創作的健康發展，獨立凸顯任何一個理
論範疇都可能導致對文章創作的阻礙。文法亦是如此。明清時期，為適應科
考之需，文章家多從古文中總結文法以指導後學，雖不無益處，但亦常常趨
於繁瑣，後學亦多能入而不能出，拘於死法之中。對此，歷代多有批評之辭。
王夫之即云：「有皎然《詩式》而後無詩，有《八大家文鈔》而後無文，立此
法者，自謂善誘童蒙，不知引童蒙入荊棘，正在於此。」〔註137〕清代孫萬春
《繪山書院文話》云：

古人作文，都期躬行實踐，非止託諸空言也。文文山作「事君
能致其身」「箕子為之奴」等題文，激昂慷慨，他日之行均能副
之……至有明之世，文法視宋而愈精，而作偽亦愈甚，言與行始分

〔註134〕清·張潮《伯子論文題辭》，王水照《歷代文話》（第四冊），上海：復旦大
　　　　學出版社，2007：3593。
〔註135〕清·張廷玉等《明史》，北京：中華書局，1974：7375。
〔註136〕《四庫全書總目》，北京：中華書局，1965：1719。
〔註137〕清·王夫之《夕堂永日緒論外編》，戴鴻森《薑齋詩話箋注》，北京：人民文
　　　　學出版社，1981：205。

而二矣。項水心作「臨大節而不可奪也」，亦殊有凜然正氣，而其
後卒不然。蓋古人無所拘束，一見題後，直言胸臆，直道性情，故
能於制藝中畢露其生平。後世成文既多，學者均捨書而讀文，說來
說去，無非前人已說，安得見抱負乎？況文法日密一日，學者處處
循規蹈矩，縱有性情，為法所繩，不能展布，只得斂其才氣以就範
圍，而其人之品概，遂不能於文見之矣。昔人云「詩話作而詩亡」，
吾亦云「文法密而文亡」。猶之漢初法令疏闊，網漏吞舟之魚，而
天下晏然。厥後張湯、趙禹輩出，更定律令，文法益密，而天下亦
不得安矣。〔註138〕

　　雖是就時藝而論，卻切中文法過密之弊病。為文雖不離乎法，倘泥於法
亦不復成文矣。

〔註138〕清‧孫萬春《繪山書院文話》卷四，王水照《歷代文話》（第六冊），上海：
　　　　復旦大學出版社，2007：6004～6005。

第二章　古代文法之師法論

　　一切法則皆從效法天地而來，文法之師法論亦從天地宇宙立論，並在古代法天構建社會規範和尊宗敬祖的文化背景下，經歷了從效法自然向宗經法古的轉化。古代雖為文重道，但出於文章創作的實際需要，文章宗經從注重聖賢經義漸亦關注文法。為文取法往古，但隨著文章典範的多元化而發生取法對象的選擇與論爭。尤為值得關注的是，基於古代「通變」哲學基因，文章法古論調背後展現出不斷求創新求變化的勃勃生機。

第一節　從效法自然走向「宗經法古」

　　「文」後來專指文學辭章，但其來久遠，其指亦頗為廣泛。在古義中，「文」的最初義乃是對自然一種特徵的描述，隨後將人類模仿自然文采的創造亦稱之為文。《周易・繫辭》說：「物相雜，故曰文。」〔註1〕許慎《說文解字》釋「文」云：「錯畫也，象交文。」段注云：「錯，當作『逪』。逪畫者，交錯之畫也。《考工記》曰：『青與赤謂之文。』逪畫之一端也⋯⋯黃帝之史倉頡見鳥獸蹏迒之跡，知分理之可相別異也，初造書契，依類象形，故為之文。」〔註2〕明代宋濂《曾助教文集序》云：「天地之間，萬物有條理而弗紊者莫非文，而三綱九法尤為文之著者。」〔註3〕文之所指包括自然界的森羅萬

〔註1〕宋・朱熹《周易本義》（據清明善堂刻本影印），天津：天津古籍出版社，1986：341～342。

〔註2〕清・段玉裁《說文解字注》（據經韻樓原刻本整理影印），上海：上海古籍出版社，1981：425。

〔註3〕明・宋濂撰，羅月霞主編《宋濂全集》（第三冊），杭州：浙江古籍出版社，1999：1167。

象、人類社會的規範制度，當然也包括詩樂舞畫及典章著作等文化學術著作。考「文」之概念，文章實包含於其中。「文」與「言」的結合，又使「文」的涵義有了較為明確的辭章指向。《左傳·襄公二十五年》載孔子云「《志》有之：言以足志，文以足言」〔註4〕，「言」「文」對舉；《國語·晉語五》載「夫貌，情之華也。言，貌之機也。身為情，成於中。言，身之文也。言文而發之，合而後行，離則有釁」〔註5〕，「言」「文」並舉，都是指具有一定文采的辭章。與「文」相較，概念相對縮小，專指文化學術著作的尚有「文學」一詞，《論語·先進》「文學子游、子夏」，楊伯峻《論語譯注》云：「指古代文獻，即孔子所傳的《詩》《書》《易》等。」〔註6〕總而言之，「辭章學術」之「文」是從自然之「文」延伸演化而來，這種詞義上的關聯，本身就很形象地說明文章是效法自然而生。

基於中國體用不二的文化特質，「天人合一」的文化指向在人而不在天，是法天之用，而非法天之體。孕誕於農耕生活方式的古代先民敬天、畏天、順天的思想，至周代已被符合血緣宗法制度的禮樂文化系統所替代。春秋戰國之際，周代的這種宗法制度又土崩瓦解，整個社會「禮崩樂壞」，急需一種新的價值體系來實現對社會的規約。基於古代耕織農業文明所形成的尊宗敬祖、慎終追遠的文化傳統，當時多元化政治格局促生的士人階層，為尋求動盪社會中的棲身之所，建立一套令社會秩序恢復的價值體系，大多把目光投向了往古。儒家「祖述堯舜，憲章文武」（《中庸》）〔註7〕「述而不作，信而好古」（《論語·述而》）〔註8〕，墨子主「用夏政」（《淮南子·要略》）〔註9〕，老莊亦神往於「太古之世」。但儒道二家對往古的指向並不相同，孔子曰：「郁郁乎文哉，吾從周。」（《論語·八佾》）〔註10〕《禮記·中庸》亦記孔子的話說：「吾學周禮，今用之，吾從周。」〔註11〕孔子好古是要「克己復

〔註4〕晉·杜預注，唐·孔穎達疏《春秋左傳正義》（十三經注疏本），上海：上海古籍出版社，1990：623。

〔註5〕徐元誥撰，王樹民，沈長雲點校《國語集解》，北京：中華書局，2002：376。

〔註6〕楊伯峻《論語譯注》，北京：中華書局，1980：110。

〔註7〕宋·朱熹《四書章句集注》（新編諸子集成本），北京：中華書局，1983：37。

〔註8〕清·劉寶楠《論語正義》（諸子集成本），北京：中華書局，1957：134。

〔註9〕漢·劉安撰，漢·高誘注《淮南子》卷二十一（諸子集成本），北京：中華書局，1954：375。

〔註10〕清·劉寶楠《論語正義》（諸子集成本），北京：中華書局，1957：56。

〔註11〕宋·朱熹《四書章句集注》（新編諸子集成本），北京：中華書局，1983：36。

禮」，力求借鑒周代禮樂制度重建社會規範。而道家好古是要返樸歸真。老子理想中的社會狀態是「小國寡民」，通過「絕聖棄智」「絕民棄義」「絕巧棄利」〔註12〕，使人們「復歸於嬰兒」〔註13〕「見素抱樸，少私寡欲」〔註14〕。莊子所向往的「至德之世」是「同與禽獸居，族與萬物並，惡乎知君子小人哉！同乎無知，其德不離；同乎無欲，是謂素樸」（《莊子·馬蹄》）〔註15〕。道家嚮往往古是主張「法天貴真」，與儒家「好古」截然不同。道家所說的「天」並非具有主宰意義和人格化象徵的「天帝」，而是「無為而無不為」的自然天性。道家企圖以自然天性來消解任何外在的束縛和價值，因與中國古代根深蒂固的血緣宗法制度相背離，道家這種道德理想和政治理念並沒有取得主流地位。相反，儒家根基於中國古代血緣宗法制度重建社會道德秩序和政治秩序的思想得到認可和發展。基於春秋戰國時期「禮崩樂壞」的獨特社會背景和「士文化」的獨特語境，我國的法古思想孕誕而生，中國社會文化的建設路徑由法天漸漸演變成法古。倘若說法天是中國文化的源頭，法古則是中國文化沿承傳續的路徑。

　　隨著中國古代文化建設路徑由法天向法古演變，文章亦從孕誕於自然之文轉向對往古典籍的師法。人文歷經長期的發展和積澱，形成各種典籍。就目前所掌握的資料看，周代的文化學術發展已經很高。令人神往的古代社會禮樂文化制度就見諸這些典籍，為此，孔子為重建社會規範所做的一項努力就是將這些典籍重新加以編訂。作為文化制度的載體，這些典籍成為後世進行社會文化建設的指導性書籍，法古在文化領域就體現為宗經。荀子出於「人之性惡，其善者偽也」（《荀子·性惡》）〔註16〕的觀點，極其注重後天的學習和教育，在《儒效》《勸學》等篇標舉《詩》《書》《禮》《樂》《春秋》為學習典範，認為「道」集於「聖」而全面載於「經」，成為中國「明道」「徵聖」「宗經」的先聲。劉勰則將孔子編定的大部分產生於周代的五經推崇為「文章奧府」「群言之祖」（《文心雕龍·宗經》）〔註17〕，並在魏晉玄學盛行的時代背

〔註12〕朱謙之《老子校釋》（新編諸子集成本），北京：中華書局，1984：74。
〔註13〕朱謙之《老子校釋》（新編諸子集成本），北京：中華書局，1984：112。
〔註14〕朱謙之《老子校釋》（新編諸子集成本），北京：中華書局，1984：75。
〔註15〕陳鼓應《莊子今注今譯》（中冊），北京：中華書局，1983：246。
〔註16〕清·王先謙撰，沈嘯寰、王星賢點校《荀子集解》，北京：中華書局，1988：434。
〔註17〕南朝梁·劉勰撰，王利器校箋《文心雕龍校證》，上海：上海古籍出版社，1980：12。

景下，借助「自然」論證了文章「宗經法古」的合理性和合法性，實現了文從效法自然向「宗經法古」的轉換。

劉勰先指出「文」是天地萬物之自然特性：「文之為德也大矣：與天地並生者何哉？夫玄黃色雜，方圓體分：日月疊璧，以垂麗天之象；山川煥綺，以鋪理地之形。此蓋道之文也。」「旁及萬品，動植皆文：龍鳳以藻繪呈瑞，虎豹以炳蔚凝姿；雲霞雕色，有逾畫工之妙；草木賁華，無待錦匠之奇。夫豈外飾，蓋自然耳。」進而從天地萬物之「文」延展至人「文」的「自然」特性：「夫以無識之物，郁然有采，有心之器，其無文歟？」為「性靈所鍾」「五行之秀」「天地之心」的人當然也必然有文，這就是人文，人文如同天文、地文、萬物之文一樣，是人的自然特性，而此處之文則主要指辭章。劉勰賦予文「自然」特性的同時，又將文具體指向儒家經典：「人文之元，肇自太極，幽贊神明，易象惟先。庖犧畫其始，仲尼翼其終。而《乾》《坤》兩位，獨制《文言》。言之文也，天地之心哉！」「若乃河圖孕八卦，洛書韞乎九疇，玉版金鏤之實，丹文綠牒之華，誰其尸之，亦神理而已。」劉勰甚至借傳說中《易》《河圖》《洛書》等神授天賜之物的傳奇性出場賦予儒家經典以天造地設的神秘色彩。隨後，劉勰歷述歷代「人文」變遷：「鳥跡代繩」「唐虞文章」「夏后世興」「逮至商周」「文王患憂」「至夫子繼聖」。而特推崇周、孔，尤尊仲尼，「至夫子繼聖，獨秀前哲，熔鈞六經，必金聲而玉振；雕琢情性，組織辭令，木鐸起而千里應，席珍流而萬世響，寫天地之輝光，曉生民之耳目矣」。儒家經典歷經變遷，最終以孔子為大成。而這些經典莫不是「原道心以敷章，研神理而設教，取象乎河洛，問數乎蓍龜，觀天文以極變，察人文以成化」（《文心雕龍・原道》）〔註18〕。

自春秋「思想軸心」時期出現「疑天」思想後，中國古代尋求合法性的最終歸宿是「自然」。「自然」概念首現於《老子》，《老子》全書共出現「自然」五處，含義為「自然而然」「自己如此」〔註19〕，作為宇宙的普遍原則和終極價值，突出萬物的自然生成性和本然自在性。老子是以「自然」來消解任何外在價值，而將價值歸向於萬物自身，並以自然的價值和無為的方法賦予社會個體以尊嚴與自由。因與中國古代根深蒂固的血緣宗法制度相背離，

〔註18〕南朝梁・劉勰撰，王利器校箋《文心雕龍校證》，上海：上海古籍出版社，1980：
　　　　1～2。
〔註19〕劉笑敢《老子之自然與無為概念新詮》，《中國社會科學》，1996（6）：136～
　　　　149。

道家的這種道德理想和政治理念並沒有取得主流地位，但其萬物「自然」的哲思則成了中國傳統文化的根基。面對社會的動盪，價值的失範，高於「天」「神」「禮樂」的「自然」作為一切存在的最高價值原則，一方面揭示萬物存在合理性、合法性的根源，另一方面又凌駕於「天」「神」之上，成為規範社會的普遍有效力量。劉勰論證宗經合理合法性的思想背景即是如此，而其中問題的關鍵在於儒家之文如何「蓋自然耳」。既然「道沿聖以垂文，聖因文而明道」(《文心雕龍·原道》)〔註20〕，解決儒家之文「蓋自然耳」的關紐即在於儒家之「道」的自然性。這不能不歸功於劉勰所處時代的文化背景：魏晉玄學的「自然名教」論。在魏晉玄學家那裡，儒家之道被賦予「自然」的特質，王戎曾問阮瞻：「聖人貴名教，老莊明自然，其旨同異？」瞻曰：「將無同。」(《晉書·阮籍傳》)〔註21〕當然，雖然是魏晉玄學家首次以「自然」賦予儒家「名教」，但儒家思想的「自然」特質卻是貫穿始終的。魏晉玄學之前，儒家雖不直接運用「自然」概念，並不表明其沒有「自然」之哲思。孔子云：「為仁由己，而由人乎哉？」(《論語·顏淵》)〔註22〕指出成「仁」在於自身，不在於外界的壓制和強迫，並強調仁是安於「本心」仁的自然狀態，而不是外在壓力下的「強仁」，「子曰：仁有三……仁者安仁，知者利仁，畏罪者強仁」(《禮記·表記》)〔註23〕。在人際關係上，孔子強調「忠恕」，「己欲立而立人，己欲達而達人」(《論語·雍也》)〔註24〕「己所不欲，勿施於人」(《論語·顏淵》)〔註25〕，也是從自然人性生發構建和諧的人際關係。孟子則力舉「性善」，以「四端」之說將「仁義禮智」內化為人性的必有之義。所以，劉勰不但提出「徵聖」「宗經」，而且對儒家思想進行了合乎「自然」邏輯的闡發，正所謂「原道心以敷章，研神理而設教，取象乎河洛，問數乎蓍龜，觀天文以極變，察人文以成化」(《文心雕龍·原道》)〔註26〕。儒家思想的這種「自然」特質得到後世儒家的推闡發明。至宋明理學則建立了典型的自然主義基

〔註20〕南朝梁·劉勰撰，王利器校箋《文心雕龍校證》，上海：上海古籍出版社，1980：2。

〔註21〕唐·房玄齡等《晉書》卷四十九，北京：中華書局，1974：1363。

〔註22〕清·劉寶楠《論語正義》(諸子集成本)，北京：中華書局，1957：262。

〔註23〕元·陳澔《禮記集說》，上海：上海古籍出版社，1987：291。

〔註24〕清·劉寶楠《論語正義》(諸子集成本)，北京：中華書局，1957：134。

〔註25〕清·劉寶楠《論語正義》(諸子集成本)，北京：中華書局，1957：263。

〔註26〕南朝梁·劉勰撰，王利器校箋《文心雕龍校證》，上海：上海古籍出版社，1980：1～2。

礎上的人文思想系統，自周敦頤始，理學家無不言天道而及人道，天道自然觀是他們探討人性論的根本基礎。在道德本體論上，他們吸取道家本體論的精神模式，提出「天理」的概念，把「人理」與宇宙本體融為一體，把天道與人道合一，將人道上升為天道，人理上升為天理，既使天道、天理具有人道、人理的內涵，又使人道、人理具有絕對的天經地義的神聖性質，為人倫之理找到本然的根據與最終的根源。因此，梁漱溟先生認為「生」字是儒家最重要的觀念，「這一個『生』字是最重要的觀念，知道這個就可以知道所有孔家的話。孔家沒有別的，就是要順著自然道理，頂活潑頂流暢地去生發，他以為宇宙總是向前生發的，萬物慾生，即任其生，不加造作必能與宇宙契合，使全宇宙充滿了生意春氣」〔註27〕。這也正是劉勰所開啟的「徵聖」「宗經」能歷代沿承，成為古代文章創作根基的最深層次緣由。

為文「宗經」思想被後世文章家不斷推闡，成為古代文論的核心思想。「今為文而捨六經，又何法焉？」（王禹偁《小畜集·答張扶書》）〔註28〕「《易》《詩》《書》《禮儀》《春秋》《論語》《大學》《中庸》《孟子》，皆聖賢明道經世之書，雖非為作文設，而千萬世文章從是出焉」（李淦《文章精義》）〔註29〕，「六經，文之範圍也。聖人之旨，於經觀其大備。其深博無涯涘，乃《文心雕龍》所謂『百家騰躍，終入環內』者也」（劉熙載《文概》）〔註30〕。隨著歷史的推進和文章創作的不斷積累，法古的指向從宗經逐漸擴展到古人文章典範。縱觀中國古代文章發展史，法古思潮為其主流，但道家「法天貴真」思想亦不絕如縷，對中國古代文章學產生了深遠的影響，尤其是在法古步入歧途，弊端橫生之際，「法天」之論起而論爭，扭其偏弊，並促使「法古」理論日趨成熟和完善。

第二節　宗經重道與以文論經

荀子推崇儒家經典旨在以經義教化天下。漢代揚雄首以法度論文，其旨亦要求文合於聖賢經義。劉勰以「道沿聖以垂文，聖因文而明道」（《文心雕

〔註27〕梁漱溟《東西文化及其哲學》，北京：商務印書館，1999：121。

〔註28〕宋·王禹偁《小畜集》卷十八，文淵閣《四庫全書》本。

〔註29〕元·李淦《文章精義》，北京：人民文學出版社，1960：59。

〔註30〕清·劉熙載撰，劉立人，陳文和點校《劉熙載集》，上海：華東師範大學出版社，1993：51。

龍・原道》）〔註31〕為宗經立論，又首重聖人經典中之道。古代「文」並非審美性追求的產物，而是教化天下的催生物。《易》云：「觀乎天文，以察時變；觀乎人文，以化成天下。」〔註32〕劉勰云：「唯文章之用，實經典枝條。五禮資之以成，六典因之致用，君臣所以炳煥，軍國所以昭明。」（《文心雕龍・序志》）〔註33〕「文」是古代文治文化政教建制中的一部分，文之價值即在化成天下。因此，宗經的核心指向並非文法，而是儒家之道。

自漢代賦始，文出現審美自目的性趨向，至魏晉時為盛，蕭統編選《文選》即以文采為準則。這引起正統學者對文之人文價值喪失的焦慮，至唐代引發一場對文之目的重置運動，即古文運動。唐代古文運動的先驅實際是一批道學家，他們之所以推崇三代之文，是重其載道教化之功用，而不是文章之法。柳冕就認為「文章之道，不根教化，別是一技耳」（《謝杜相公論房杜二相書》）〔註34〕。稍後於柳冕的呂溫更為偏激，認為「賢者志其大者。文為道之飾，道為文之本，專其飾則道喪，反其本則文存，且使不存，又何傷矣！」（《送薛大信歸臨晉序》）〔註35〕韓愈雖頗重文法，卻屢屢強調自己「好道」，「愈之所志於古者，不唯其辭之好，好其道焉爾」（《答李秀才書》）〔註36〕，「愈之為古文，豈獨取其句讀不類於今者邪？思古人而不得見，學古道則欲兼通其辭；通其辭者，本志乎古道者也」（《題哀辭後》）〔註37〕。柳宗元則云：「始吾幼且少，為文章，以辭為工。及長，乃知文者以明道，是固不苟為炳炳烺烺，務彩色、誇聲音而以為能也。」（《答韋中立論師道書》）〔註38〕唐代古文運動的實質是使文章從審美自目的性軌道重歸文治文化政教建制系統，此種回歸在內是基於正統文人的社會價值定位和追求，在外則是緣於科考為廣

〔註31〕南朝梁・劉勰撰，王利器校箋《文心雕龍校證》，上海：上海古籍出版社，1980：2。

〔註32〕宋・朱熹《周易本義》（據清明善堂刻本影印），天津：天津古籍出版社，1986：136。

〔註33〕南朝梁・劉勰撰，王利器校箋《文心雕龍校證》，上海：上海古籍出版社，1980：294。

〔註34〕宋・姚鉉《唐文粹》卷七十九，《四部叢刊初編》本。

〔註35〕唐・呂溫《呂衡州集》卷三，文淵閣《四庫全書》本。

〔註36〕唐・韓愈撰，馬其昶校注，馬茂元整理《韓昌黎文集校注》，上海：上海古籍出版社，1986：176。

〔註37〕唐・韓愈撰，馬其昶校注，馬茂元整理《韓昌黎文集校注》，上海：上海古籍出版社，1986：304～305。

〔註38〕唐・柳宗元撰，吳文治等校點《柳宗元集》，北京：中華書局，1979：873。

大文人學士打開了入轂的大門。宋代古文運動承續唐代，開古文風氣的柳開亦重「道」不重「文」，其創作「取《六經》以為式」即是從思想內容著眼，他在《東郊野夫傳》中明確提出「文章為道之筌」：「文章為道之筌也，筌可妄作乎？筌之不良，獲斯失矣。女惡容之厚於德，不惡德之厚於容也。文惡辭之華於理，不惡理之華於辭也。」（《上王學士第三書》）〔註39〕宋代古文運動與韓柳不同之處在於韓柳以文「明道」，看重的還是「文」。到宋代歐陽修，則形成道充內積、自然成文的思想：「聞古人之於學也，講之深而信之篤。其充於中者足，而後發乎外者大以光。譬夫金玉之有英華，非由磨飾染濯之所為，而由其質性堅實，而光輝之發自然也。《易》之《大畜》曰：『剛健篤實，輝光日新。』謂夫蓄於其內者實，而後發為光輝者，日益新而不竭也。」（《與樂秀才第一書》）〔註40〕道已從純客觀的道內化為作者的體認和心性，成為「剛健篤實，輝光日新」的精神，文章則是這一精神的外現。韓愈重文思想遭到譏評，王安石《上人書》即云：「嘗謂文者，禮教治政云爾。其書諸策而傳之人，大體歸然而已。而曰『言之不文，行之不遠』云者，徒謂辭之不可以已也，非聖人作文之本意也……韓子嘗語人以文矣，曰云云，子厚亦曰云云。疑二子者，徒語人以其辭耳，作文之本意不如是其已也。」〔註41〕

　　唐宋古文家宗經重道，明代宋濂則跨越外在之道，將師經直指師聖人之心。他一方面從道統觀念出發，極為推崇《六經》，其《徐教授文集序》云：

　　　　天地未判，道在天地。天地既分，道在聖賢。聖賢之歿，道在六經。凡存心養性之理，窮神知化之方，天人應感之機，治忽存亡之候，莫不畢書之。皇極賴之以建，彝倫賴之以敘，人心賴之以正，此豈細故也哉？後之立言者，必期無背於經，始可以言文。不然，不足以與此也……文之至者，文外無道，道外無文。粲然載於道德仁義之言者即道也，秩然見諸禮樂刑政之具者即文也。道積於厥躬，文不期工而自工。不務明道，縱若蠹魚出入於方冊間，雖至老死，無片言可以近道也。夫自孟氏既沒，世不復有文。賈長沙、董江都、太史遷得其皮膚，韓吏部、歐陽少師得其骨骼，舂陵、河南、橫渠、

〔註39〕宋・柳開《河東集》卷五，文淵閣《四庫全書》本。

〔註40〕宋・歐陽修撰，李逸安點校《歐陽修全集》（第三冊），北京：中華書局，2001：1024。

〔註41〕宋・王安石《臨川先生文集》，北京：中華書局，1959：811。

考亭五夫子得其心髓。觀五夫子之所著，妙斡造化而弗違，百世以
俟聖人而不惑。斯文也，非宋之文也，唐虞三代之文也；非唐虞三
代之文也，《六經》之文也。文至於六經，至矣盡矣，其始無愧於文
矣乎！世之立言者，奈何背而去之？〔註42〕

　　宋濂認為聖人替天立言而創六經，六經雖出自聖人之手，但都是天地自
然規律的概括，是天理的記載。《六經論》云「文至於《六經》，至矣盡矣」，
所以為文應直接師法《六經》。但宋濂所論宗經與以往不同，不是從外在的「道」
著眼，而是直取聖人之「心」，其云：「《六經》皆心學也，心中之理無不具，
故《六經》之言無不該，《六經》所以筆吾心之理者也。是故說天莫辨乎《易》，
由吾心即太極也；說事莫辨乎《書》，由吾心政之府也；說志莫辨乎《詩》，由
吾心統性情也；說理莫辨乎《春秋》，由吾心分善惡也；說體莫辨乎《禮》，由
吾心有天敘也；導民莫過乎《樂》，由吾心備人和也。人無二心，《六經》無二
理，因心有是理，故經有是言。心譬則形而經譬則影也，無是形則無是影，無
是心則無是經，其道不亦較然矣乎」〔註43〕。宋濂此論明顯受陸九淵心學影
響。陸九淵認為程朱將天理本體向內心性情的轉化過於煩瑣，則遠宗思孟，
糅合道釋，把程朱客觀外在的「天理」變成了人所固有的「本心」，提出「心
即理」的命題，用主觀性的「心」代替了程朱的「道」或「天理」，認為「心
只是一個心，某之心，吾友之心，上而千百載聖賢之心，下而千百載復有一
聖賢，其心亦只是如此」（《陸九淵集》卷三十五）〔註44〕「人皆有是心，心
皆具是理，心即理也。所貴乎學者，為其欲窮此理，盡此心也」（《與李宰》）
〔註45〕，認為自古以來聖人相傳的「道統」只是「此心」。宋濂正是宗法程朱
兼取心學，在賦予六經以天理的同時，以「心學」構建宗經新途徑，他在《師
古齋箴序》中云：「事不師古，則苟焉而已……能師古則反是。然則所謂古者
何？古之書也，古之道也，古之心也。道存諸心，心之言形諸書。日誦之，日
履之，與之俱化，無間古今也。」〔註46〕師古的關鍵是通達古人之心。

〔註42〕明・宋濂撰，羅月霞主編《宋濂全集》（第三冊），杭州：浙江古籍出版社，
　　　　1999：1351～1352。
〔註43〕明・宋濂撰，羅月霞主編《宋濂全集》（第一冊），杭州：浙江古籍出版社，
　　　　1999：72。
〔註44〕宋・陸九淵撰，鍾哲點校《陸九淵集》卷三十五，北京：中華書局，1980：444。
〔註45〕宋・陸九淵撰，鍾哲點校《陸九淵集》卷十一，北京：中華書局，1980：149。
〔註46〕明・宋濂撰，羅月霞主編《宋濂全集》（第二冊），杭州：浙江古籍出版社，
　　　　1999：922。

　　古代文論家宗經重道的一個重要理論基礎是「有德者必有言」（《論語‧憲問》）〔註47〕。受儒家思想影響的文論家普遍認為思想道德在內心積累取得滿勢，即會發言為文，從而賦予文以人文光輝。歐陽修《答祖擇之書》云：「學者當先師經。師經必先求其意，意得則心定，心定則道純，道純則充於中者實，中充實則發為文者輝光。」〔註48〕林紓云：「不先求文之工，而先積理，則亦未有不工者。」〔註49〕「積理厚，凡所吐屬，皆節節依經而附聖。」〔註50〕所以為文不應從文入手，而要從根本入手，「道者，文之根本」「惟其根本乎道，所以發之於文，皆道也」〔註51〕。蘇軾主張「文必與道俱」，不是「先理會得道理了方作文」，朱熹就批評他「大本都差」〔註52〕。曾鞏「初亦只是學為文，卻因學文，漸見些子道理。故文字依傍道理做，不為空言。只是關鍵緊要處，也說得寬緩不分明」，朱熹就將其原因歸咎於「本無根本工夫」〔註53〕。但出於創作的實際需要，文章家在宗經重道的同時，也不斷從六經那裡去尋求具體文法。早在文章寫作日益發達的兩漢魏晉時期，就與單純從思想內容、修身施教的角度提倡宗經有所不同，已開始自覺地從文法角度考察儒家經書。揚雄、荀悅、傅玄、陸機、范甯等人就曾從文章寫作、語言風格方面論及經書。揚雄《法言‧吾子》云：「事辭稱則經。」〔註54〕《解難》云：「《典謨》之篇，《雅頌》之聲，不溫純深潤，則不足以揚鴻烈而章緝熙。」〔註55〕李密云：「昔舜、禹、皋陶相與語，故得簡雅；《大誥》與凡人言，宜碎。」（《晉書‧孝友》）〔註56〕范甯《春秋穀梁傳序》云：「《左氏》豔而富，其失也巫。《穀梁》清而婉，其失也短。《公羊》辯而裁，其失也俗。若能富而不巫，清而不短，裁而不俗，則深於其道者也。」〔註57〕但這些論述都是零

〔註47〕清‧劉寶楠《論語正義》（諸子集成本），北京：中華書局，1957：301。

〔註48〕宋‧歐陽修撰，李逸安點校《歐陽修全集》（第三冊），北京：中華書局，2001：1010。

〔註49〕林紓《春覺齋論文》，北京：人民文學出版社，1959：42。

〔註50〕林紓《春覺齋論文》，北京：人民文學出版社，1959：44。

〔註51〕宋‧黎靖德《朱子語類》卷一百三十九，北京：中華書局，1986：3319。

〔註52〕宋‧黎靖德《朱子語類》卷一百三十九，北京：中華書局，1986：3319。

〔註53〕宋‧黎靖德《朱子語類》卷一百三十九，北京：中華書局，1986：3313～3314。

〔註54〕漢‧揚雄《揚子法言》卷二（諸子集成本），北京：中華書局，1954：5。

〔註55〕漢‧揚雄撰，張震澤校注《揚子雲集》，上海：上海古籍出版社，1993：201。

〔註56〕唐‧房玄齡等《晉書》卷八十八，北京：中華書局，1974：2276。

〔註57〕晉‧范甯集解，唐‧楊士勳疏《春秋穀梁傳注疏》，上海：上海古籍出版社，1990：5。

言散語，缺乏系統性。劉勰《文心雕龍》雖宗經重道，但其真正關注點卻並非在「道」，而是文章的源流與創作，可以說是第一次系統地從文章角度提倡宗經。韓愈雖反覆強調自己「好古道」，但與古文運動先驅重「道」輕「文」不同，非常重視向聖賢之文學習文法，其《進學解》云：「沉浸醲郁，含英咀華。作為文章，其書滿家。上規姚姒，渾渾無涯；周《誥》殷《盤》，佶屈聱牙；《春秋》謹嚴，《左氏》浮誇；《易》奇而法，《詩》正而葩；下逮《莊》《騷》，太史所錄，子雲相如，同工異曲。」〔註58〕柳宗元一方面強調「文以明道」，同時重視向儒家經典學習文法，其《答韋中立論師道書》云：「本之《書》以求其質，本之《詩》以求其恒，本之《禮》以求其宜，本之《春秋》以求其斷，本之《易》以求其動。此吾所以取道之原也。」〔註59〕

　　但，直至南宋末年，文章家取法先秦六經，多從思想內容著眼，雖也有關注文法者，但大多零碎，且多宏觀泛論，少涉具體文法。第一次系統論述六經文法的是南宋末年陳騤的《文則》。陳騤對前人宗經多從大處著眼甚為不滿，他指出前人對先秦六經研讀之不足云：「《詩》《書》、二《禮》《易》《春秋》所載，丘明、高、赤所傳，老、莊、孟、荀之徒所著，皆學者所朝夕諷誦之文也。徒諷誦而弗考，猶終日飲食而不知味。」〔註60〕與前人不同，陳騤採取「細讀法」，從精細處著眼，剖析六經為文之法，綜論字法、句法、章法、修辭之法，囊括文法各個方面，是詳細論述六經文法的第一人。對六經文法的關注之所以盛於南宋末年，既是文章長期發展的自然結果，也是當時科考改革的影響和推動。自此，文章學著述中探討六經文法的現象屢屢出現，且多具體而微。如南宋吳子良云：

　　　　今人但知六經載義理，不知其文章皆有法度。如《書》之《禹貢》，最當熟看。《舜典》載巡狩事云：「歲二月，東巡狩，至於岱宗，柴，望秩於山川，肆覲東后，協時月，正日，同律度量衡，修五禮，五玉、三帛、二生、一死、贄，如五器，卒乃復。」其事甚繁。下載五月南巡狩，則但云「至於南嶽，如岱禮」一句而已。八月西巡狩，但云「至於西嶽，如初」。十一月朔巡狩，但云「至北

〔註58〕唐·韓愈撰，馬其昶校注，馬茂元整理《韓昌黎文集校注》，上海：上海古籍出版社，1986：46。

〔註59〕唐·柳宗元撰，吳文治等校點《柳宗元集》，北京：中華書局，1979：873。

〔註60〕宋·陳騤撰，劉彥成注譯《文則注譯》，北京：書目文獻出版社，1988：12。

獄，如西禮」。不復詳載望秩、協同、禮玉等語，蓋文法變化，所謂「如岱禮」「如初」「如西禮」之類，語活而意盡，皆作文之法也。〔註61〕

宋代對六經有無文法尚存疑惑，宋人陳傅良《文章策》中曾云：「三代無文人，六經無文法。非無文人也，不以文論人也，非無文法也，不以文為法也。」〔註62〕認為還不能以「文法」論六經。至明代則普遍把六經看作都是文，宋濂在《王君子與文集序》中針對陳傅良之論云：「三代無文人，六經無文法。非無人也，人盡能文；非無法也，何文非法？秦漢以來，班、馬之雄深，韓、柳之古健，歐、蘇之峻雅，何莫不得乎此也？」〔註63〕秦漢派則能擱置唐宋古文家傳道、載道之命題，主張向先秦尋求文法。尤其是李夢陽主張「尺寸古法」，指出不能以理廢法，《答周子書》中云：「每傷世之人，何易之悅而難之憚也？而易之悅者，乃又不自謂其易之悅也，曰：文主理已矣，何必法也。吁！言之弗文，行而弗遠——茲非孔子言邪？且《六經》何者非理，乃其文何者非法也？」〔註64〕至明人孫鑛則認為「惟六經乃有文法」：

> 古人無紙，汗青刻簡，為力不易，非千錘百鍊，度必可不朽，豈輕以災竹木？宋人云：「三代無文人，六經無文法。」弟則謂惟三代乃有文人，惟六經乃有文法。周尚文，周末文勝，萬古文章，總之無過周者。《論語》《左氏》《公》《穀》《禮記》最有法。公羊，子夏弟子，《禮記》出於子游，其餘似多係二賢高弟所撰，此皆是孔門文學。《國策》而後乃大變。莊、列、荀、屈、韓、呂諸家，變態極矣。子長承之，祖《論語》，沿戰國餘風，更以奇肆出之，遂為後代文豪。其實法窮而縱，以嗣周秦之後，即唐宋之蘇氏也。浸淫至於六朝，及唐，惟務綺靡，法益亡。昌黎氏始力振之，直探源於經，法乃更出。近人不知，乃顧以縱肆者為古，規矩者為今，此迷於初始矣。（《與李於田論文書》）

〔註61〕宋・吳子良《荊溪林下偶談》卷四，文淵閣《四庫全書》本。
〔註62〕宋・陳傅良《止齋集》卷五十二，文淵閣《四庫全書》本。
〔註63〕明・宋濂撰，羅月霞主編《宋濂全集》（第二冊），杭州：浙江古籍出版社，1999：688。
〔註64〕明・李夢陽《空同集》卷六十二，文淵閣《四庫全書》本。

　　　文章之法，盡於經矣，皆千錘百鍊而出者。至子長乃縱肆，蓋
　　沿戰國風氣來，實亦本之《論語》，此即近代之蘇氏也。後至六朝，
　　靡漫極矣。昌黎起，乃悉反之經，今人不深察，謂縱者為古，法者
　　為今，此大誤也。(《與余君房論文書》)〔註65〕

　　孫鑛並通過評點的形式揭示出六經具體文法之所在。今傳《孫月峰評經》
十六卷，是編《詩經》四卷、《書經》六卷、《禮記》六卷，每經皆加圈點評
語，用評閱時文之式，一一標舉其字句之法。其《與呂甥玉繩論詩文書》云：
「今擬欲祖篇法於《尚書》，間及章、字、句。祖章法於《戴記》《老子》、三
《傳》《國語》，間篇、字、句。祖意志於《易》《周禮》《春秋經》，間章、句。
不獲已，乃兩之以《莊》《策》；其縱而馳也，乃任途於《韓》《呂》，最後陸沉
於班、馬。」〔註66〕

　　以評閱時文之式探尋六經文法可謂是以文論經的極致，無怪乎四庫館臣
譏評曰：「經不可僅以文論，蘇洵評《孟子》，本屬偽書，謝枋得批點《檀弓》，
亦非古義，鑛乃竟用評閱時文之式，一一標舉其字句之法。」〔註67〕但四庫
館臣反對的不是以文論經，而是「僅以文論」，以至道為文法所遮蔽。

第三節　宗主秦漢與取道唐宋

　　文章取法往古是古代法古思想的必然衍生物。但隨著歷史發展，「古」是
動態的變數，古代典籍累積日多，應以何者為師法對象，逐漸成為文章家爭
論的重要話題。縱觀古代文章發展史，文章師法對象的選取大體以唐宋古文
整體規範的確立為標誌，分為前後兩個階段：第一階段，唐宋古文家取法先
秦兩漢開創古文一體並逐漸形成整體規範的時期；第二階段，取法秦漢與師
法唐宋之論爭，而論證焦點，則並非是否以先秦兩漢為宗，而在於是否要以
唐宋古文為探求先秦兩漢文章奧府的階梯。

　　唐代古文運動是對魏晉時期出現的文章審美目的性的反駁，以求回歸六
經的政教文章系統，詞藻華麗、形式整齊以文採取勝的駢文遭到摒棄，樸實
散行的先秦兩漢政教文章則成為古文家取法的對象。韓愈《答李翊書》自述

〔註65〕明·孫鑛《月峰先生居業次編》卷三，明萬曆四十年呂胤筠刻本。
〔註66〕明·孫鑛《月峰先生居業次編》卷三，明萬曆四十年呂胤筠刻本。
〔註67〕《四庫全書總目》，北京：中華書局，1965：1582～1583。

讀書為文經歷云：「始者，非三代兩漢之書不敢觀，非聖人之志不敢存。」
〔註68〕柳宗元為文亦取法先秦兩漢，其《報袁君陳秀才避師名書》曰：「當先
讀《六經》，次《論語》、孟軻書，皆經言；《左氏》《國語》、莊周、屈原之辭，
稍採取之；《穀梁子》《太史公》甚峻潔，可以出入；餘書俟文成異日討也。其
歸在不出孔子。」〔註69〕韓柳都以儒家經典為本，博參眾家，卻並非如韓愈所
言「非三代兩漢之書不敢觀」。韓愈眼界極為寬闊，取法實為寬泛，他在《答侯
繼書》中云：「僕少好學問，自《五經》之外，百氏之書，未有聞而不求、得而
不觀者。」〔註70〕《答李翊書》又云：「始者，非三代兩漢之書不敢觀。」
〔註71〕強調讀書一定要以先秦兩漢入，「始者」之後則可讀漢以後書。對此，
劉熙載《文概》有精彩論斷：「韓文起八代之衰，實集八代之成。蓋唯善用古者
能變古，以無所不包，故能無所不掃也。」〔註72〕宋代古文運動始於師法韓柳，
並能遠師先秦兩漢。首倡「古文」以變文風的柳開即以韓柳的繼承者自居，初
名肩愈（一作肖愈），字紹元，即是此意。與柳開同時代的王禹稱亦是崇尚韓
愈、柳宗元，明確提出為文要「遠師《六經》，近師吏部」（《答張扶書》）〔註73〕。

　　唐宋古文家雖言師法先秦兩漢，但都是泛泛而論，只是將秦漢文章作為
依歸的整體範型，並未進行具體文法的探討。在文章創作上也不拘泥往古，
而是倡導「自樹立，不因循」「惟其是爾」。因此，唐宋古文運動是以先秦兩漢
文章為整體審美取向，融會古代文法，開拓創新，形成一種新文章體式的運
動。其間雖有師法，但最主要貢獻還在於以創作立法，即後人所謂的「文成
法立」。唐宋古文作為一種有別於先秦兩漢的文章群體，經過後世文章家的不
斷推闡，逐漸成為一個整體典範為人所效法。早在宋代西崑體風行之際，姚
鉉就開始著手進行唐代古文整體規範的歸納和確立，他編選的《唐文粹》在
散文方面大力提倡韓愈一派古文，其自序云：

〔註68〕唐・韓愈撰，馬其昶校注，馬茂元整理《韓昌黎文集校注》，上海：上海古籍
　　　　出版社，1986：170。
〔註69〕唐・柳宗元撰，吳文治等校點《柳宗元集》，北京：中華書局，1979：880。
〔註70〕唐・韓愈撰，馬其昶校注，馬茂元整理《韓昌黎文集校注》，上海：上海古籍
　　　　出版社，1986：164。
〔註71〕唐・韓愈撰，馬其昶校注，馬茂元整理《韓昌黎文集校注》，上海：上海古籍
　　　　出版社，1986：169。
〔註72〕清・劉熙載撰，劉立人，陳文和點校《劉熙載集》，上海：華東師範大學出版
　　　　社，1993：66。
〔註73〕宋・王禹稱《小畜集》卷十八，文淵閣《四庫全書》本。

《文粹》謂何？纂唐賢文章之英粹者也……惟韓吏部超卓群流，獨高遂古，以二帝三王為根本，以六經四教為宗師，憑陵軼轢，首唱古文，遏橫流於昏墊，闢正道於夷坦。於是柳子厚、李元賓、李翱、皇甫湜又從而和之，則我先聖孔子之道，炳然懸諸日月。故論者以退之之文，可繼楊、孟，斯得之矣。至於賈常侍至、李補闕翰、元容州結、獨孤常州及、呂衡州溫、梁補闕肅、權文公德與、劉賓客禹錫、白尚書居易、元江夏稹，皆文之雄傑者歟！世謂元、和之間，辭人咳唾，皆成珠玉，豈誣也哉！〔註74〕

　　姚鉉將以韓愈為代表的唐代古文作為一個整體規範提供給後學，作為師法和學習的對象，這標誌著唐代古文整體性規範的初步確立。南宋末年起，對唐宋文章整體規範的推闡漸成趨勢。朱熹雖是道學家，堅持道學本體論，卻精研古今文章，對唐宋古文大家的風格特色進行總結和概括，竭力發明倡導唐宋大家平易暢達之文法，其云：「歐公文章及三蘇好處，只是平易說道理，初不曾使差異底字換卻那尋常底字。」「文字到歐、曾、蘇，道理到二程，方是暢。」〔註75〕並修《韓文考異》廣為流傳。與朱熹、張栻並稱「東南三賢」的呂祖謙編選文章選本《古文關鍵》，精選韓愈、柳宗元、歐陽修、曾鞏、蘇洵、蘇軾、張耒七家之文六十餘篇，「各標舉其命意布局之處，示學者以門徑」〔註76〕，開啟了對唐宋古文文法深入探討之門。黃震《黃氏日抄》卷五十九至六十八《讀文集》十卷，分別對韓愈、柳宗元、歐陽修、蘇軾、曾鞏、王安石、黃庭堅、汪藻、范成大、葉適等十家文集，予以摘抄，加以評隲〔註77〕。金元時期，「程學盛南蘇學北」，文章深深沾溉於蘇學，文尚歐、蘇成為風氣，甚至出現了陳秀明編著的《東坡文談錄》，該書雜採諸家評論蘇軾文章之語和蘇軾自評其文之資料彙集而成，是首次出現的蘇文匯評之專書。時至明代，經過南宋和金元眾多文章家的推闡，以韓柳歐蘇為代表的唐宋古文已確立為整體性的文章典範。

　　面對先輩文章創作的輝煌成就，明代立國之初即大興文治，以比肩漢、唐、宋後三代為理想。據宋濂《送王文冏序》記載，洪武中「丞相召諸生喻上

〔註74〕宋・姚鉉《唐文粹》，《四部叢刊初編》本。
〔註75〕宋・黎靖德《朱子語類》卷一百三十九，北京：中華書局，1986：3309。
〔註76〕《四庫全書總目》卷一百八十七，北京：中華書局，1965：1698。
〔註77〕宋・黃震《黃氏日抄》，文淵閣《四庫全書》本。

旨,以為:『古之有文學者,若游、夏以降,漢之司馬遷、班固,唐之韓愈,宋之歐陽修、蘇軾,皆傑然自立於世,後世從而師之,至今不衰。諸生何異於斯人哉,烏可以不勉?」〔註78〕為文取法亦是兼收並蓄「秦漢以來,班馬之雄深,韓柳之古鍵,歐蘇之峻雅」。朱右不僅編選《唐宋八大家文衡》,推尊韓愈、柳宗元、歐陽修、王安石、曾鞏、蘇軾等唐宋古文家,而且認為「文莫古於《六經》,莫備於《史》《漢》。《六經》蔑以尚矣,《史》《漢》之文,庸非後世之準衡也歟」,並「取戰國先秦西漢之文,摭其醇正者」,編為《秦漢文衡》(《秦漢文衡序》)〔註79〕。明初這種為文取法開闊之風並沒風行多久,就開始分化,逐漸形成取法秦漢與師法唐宋二大文派。師法對象的分化緣於明朝統治的加深,儒臣的致用精神日漸萎弱,以賈董班馬、唐宋八大家為主的寬泛師法對象漸漸縮小,文家多退守歐陽修、曾鞏兩家文法,力求平易典實,形成統治文壇近四十年的臺閣體,「大半模擬宋人,期乎明白條暢而已」(郭正域《葉進卿文集序》)〔註80〕。宋濂在《張侍講翠屏集序》中曾批評後人不善學宋人云:「故章甫逢掖之徒每驕人曰:『我之文學歐陽也,學曾、王氏也。』殊不知三君子者,上取法於周、於秦、於漢也。所以,歐陽氏而不至者,其失也纖以弱;學曾氏而不至者,其失也緩而弛;學王氏而不至者,其失也枯以瘠。此非三君子之過也,不善學之,其流弊遂至於斯也。」〔註81〕師法歐曾的臺閣體沿襲既久,弊端漸生,「三楊臺閣之體,至弘、正之間而極弊」〔註82〕。起而扭轉文壇庸弱積弊的是以李夢陽、何景明為代表的前七子派,他們倡導「文必秦漢」,確立秦漢古文為師法對象。李開先《漢陂王檢討傳》載云:「李崆峒、康對山相繼上京,厭一時詩文之弊,相與講訂考正,文非秦、漢不以入於目,詩非漢、魏不以出諸口,而唐詩間亦仿傚之,唐文以下無取焉。」〔註83〕不但將師法對象的下限定在魏晉,甚至完全否定唐宋古文創作,何景明《與李空同論詩書》云:「夫文靡於隋,韓力振之,然古文之

〔註78〕明·宋濂撰,羅月霞主編《宋濂全集》(第三冊),杭州:浙江古籍出版社,1999:1694。

〔註79〕明·朱右《白雲稿》卷五,文淵閣《四庫全書》本。

〔註80〕清·黃宗羲《明文海》,北京:中華書局,1987:2464。

〔註81〕明·宋濂撰,羅月霞主編《宋濂全集》(第四冊),杭州:浙江古籍出版社,1999:2028。

〔註82〕《四庫全書總目》,北京:中華書局,1965:1487。

〔註83〕明·李開先撰,路工輯校《李開先集》(中冊),北京:中華書局,1959:598。

法亡於韓。」〔註84〕興起於嘉靖中期以李攀龍、王世貞為領袖的後七子，繼承前七子的衣缽，繼續倡導師法秦漢，後七子的翹楚王世貞「其持論，文必西漢，詩必盛唐，大曆以後書勿讀」〔註85〕。但正如唐順之所指出的「漢以前之文……其為法也，密而不可窺」，作為整體性的審美規範固可，但以之為具體法式卻難。所以，秦漢派「取法乎上」「師法宜古」的論調立意雖高，但文章創作卻往往與理論不相埒。

在前後七子大力倡導文必秦漢的同時，在嘉靖中期，形成了以王慎中、唐順之、歸有光為代表的「唐宋派」。「唐宋派」實際從秦漢派脫胎而來，王慎中、唐順之等人最初都是文主秦漢。他們之所以轉向師法唐宋，即是認識到「唐與近代之文，不能無法，而能毫釐不失乎法，以有法為法，故其為法也，嚴而不可犯」，正為後學提供了師法的可能。「不能有法，而何以議於無法」，所以不經唐宋古文而直取秦漢並不能獲得秦漢文之精髓。唐順之在《董中峰侍郎文集序》中譏諷不以法為文云：「有人焉，見夫漢以前之文疑於無法，而以為果無法也，於是率然而出之，決裂以為體，餖飣以為詞，盡去自古以來開合首尾經緯錯綜之法，而別為一種臃腫窘澀浮蕩之文。其氣離而不屬，其聲離而不節，其意卑，其語澀，以為秦與漢之文如是也，豈不猶腐木濕鼓之音，而且詫曰：『吾之樂合乎神。』嗚呼！今之言秦與漢者紛紛是矣，知其果秦乎漢乎否也？」〔註86〕王慎中「初主秦漢」，而「悟歐、曾作文之法」後就「盡焚舊作」〔註87〕，其原因也是認為「學馬遷莫如歐，學班莫如曾」（《寄道原弟書（之八）》）〔註88〕。對於秦漢派與唐宋派的不同，錢鍾書先生曾論述云：「同以『史漢』為究竟歸宿，特取徑直而不迂，未嘗假道於韓歐耳。」〔註89〕實際上，秦漢派與唐宋派之不同，關鍵並非在取徑，而是文章與儒道之關係，唐宋古文運動是文章從審美回歸儒道的運動，唐宋派亦主張文道合一，而李夢陽所倡導的師法先秦的復古思潮不僅不從復興儒道切入，而且矛頭直指儒道對文章的束縛，其《論學》云：「宋儒興而古之文廢矣，非宋儒廢之也，文者自廢也。古之文，文其人，如其人便了，如畫焉，似而已矣。是故

〔註84〕明・何景明《何大復集》，鄭州：中州古籍出版社，1989：576。
〔註85〕清・張廷玉等《明史》，北京：中華書局，1974：7381。
〔註86〕明・唐順之《荊川先生文集》卷十，《四部叢刊》本。
〔註87〕清・張廷玉等《明史》，北京：中華書局，1974：7368。
〔註88〕明・王慎中《遵巖集》卷二十四，文淵閣《四庫全書》本。
〔註89〕錢鍾書《談藝錄》，北京：中華書局，1984：386。

賢者不諱過，愚者不竊美。而今之文，文其人，無美惡，皆欲合道德傳志，其甚矣。」〔註90〕甚至極為推崇被正統詩文家所不採的《鎖南枝》《董西廂》等民間詩作，李開先《詞謔》云：「有學詩文於李崆峒者，自旁郡而之汴省。崆峒教以『若似得傳唱《鎖南枝》，則詩文無以加矣』。」〔註91〕徐渭《曲序》云：「空同子稱董子崔張劇，當直繼《離騷》，然則豔者固不妨於《騷》也。噫，此豈能人人盡道之哉！」〔註92〕所以秦漢派所主張的師古不是對以六經為代表的文治政教文章系統的依歸，而是某種程度上的背離，這種背離是秦漢派難以為繼的最根本原因。

不論是宗主秦漢，還是倡導唐宋，其文法理論是倡導文必有所師法，沒有跳出崇古、擬古的藩籬。至萬曆中後期以公安三袁為首的公安派崛起，其文法理論就跳出師法論樊籬，不再貴古賤今，而是提出「古之不能為今」「今之不必摹古」，袁宏道《與江進之》即云：

> 古之不能為今者也，勢也。其簡也，明也，整也，流麗痛快也，文之變也。夫豈不能為繁，為亂，為艱，為晦，然已簡安用繁？已整安用亂？已明安用晦？已流麗痛快，安用聱牙之語、艱深之辭？闕如《周書·大誥》《多方》等篇，古之告示也，今尚可作告示不……世道既變，文亦因之，今之不必摹古者也，亦勢也。〔註93〕

袁宏道進而從文章不師古，轉向「獨抒性靈，不拘格套」的師心自任，其《敘小修詩》云：

> 大都獨抒性靈，不拘格套，非從自己胸臆流出，不肯下筆……蓋詩文至近代而卑極矣，文則必準於秦、漢，詩則必準於盛唐，剿襲模擬，影響步趨，見人有一語不相肖者，則共指以為野狐外道。曾不知文準秦、漢矣，秦、漢人曷嘗字字學六經歟？詩準盛唐矣，盛唐人曷嘗字字學漢、魏歟？秦、漢而學六經，豈復有秦、漢之文？盛唐而學漢、魏，豈復有盛唐之詩？唯夫代有升降，而法不相沿，各極其變，各窮其趣，所以可貴，原不可以優劣論也。〔註94〕

〔註90〕明·李夢陽《空同集》卷六十六，文淵閣《四庫全書》本。
〔註91〕明·李開先撰，路工輯校《李開先集》（下冊），北京：中華書局，1959：945。
〔註92〕明·徐渭《徐渭集》，北京：中華書局，1983：531。
〔註93〕明·袁宏道撰，錢伯城箋校《袁宏道集箋注》，上海：上海古籍出版社，1981：515。
〔註94〕明·袁宏道撰，錢伯城箋校《袁宏道集箋注》，上海：上海古籍出版社，1981：187～188。

　　袁宏道此論可說是對師法往古的一大反駁，但師心自任則易流於淺易、
鄙陋，是從一個極端走向另一個極端。再者，古代文章一旦脫離以六經為代
表的文治政教系統，就面臨失去人文價值和意義的危險。因此，此種反駁只
不過是曇花一現。以袁宏道的文學活動達到高峰為標誌，公安派真正形成是
在萬曆二十四年至二十五年。但萬曆二十六年袁宏道入京後，文學思想就開
始發生變化，「一矯而主修，自律甚嚴，自檢甚密」（袁中道《吏部驗封司郎中
中朗先生行狀》）〔註95〕。

　　針對明代摹擬秦漢和效法唐宋之論爭，清廷欽定「清真雅正」的文法標
準，通過直取秦漢而求「真」的秦漢派自然受到詬病，而強調文道合一的唐
宋派則受到尊崇。明末清初的錢謙益高倡「別裁偽體親風雅」，將「偽體」的
矛頭直指以王世貞為代表的秦漢派，把以歸有光為代表的唐宋派歸為風雅正
宗。他批評李、何、王、李等人「僋背古學」，如同病狂之人，「要而言之，昔
學之病病於狂，今學之病病於瞀。獻吉之戒不讀唐後書也，仲默之謂文法亡
於韓愈也，于鱗之謂唐無五言古詩也，滅裂經術，僋背古學，而橫鶩其才力，
以為前無古人。此如病狂之人，強陽僋驕，心易而狂走耳」（《讀宋玉叔文集
題辭》）〔註96〕。從錢謙益起，歷經吳偉業、黃宗羲、侯方域、汪琬、朱彝尊、
王士禎、萬斯同等人的發展，到蔡世遠評選《古文雅正》、乾隆御選《唐宋文
醇》、沈德潛編訂《唐宋八大家文讀本》，推尊唐宋文始終是有清一代文法理
論發展的主線。直至桐城文派，更是將「雅潔」作為立教之本，並將唐宋八家
看作雅正的典範，方以智云：「去其痕，而一以平行之，則歐、曾也。蘇則鋒
於立論，而衍於馳騁。八家大同小異，要歸雅馴。學者鼓篋門從此入，至於盡
變，更須開眼。」〔註97〕

　　當然，清代推尊唐宋古文背後有著巨大的社會性動機，一是清廷政治文
化建設的需要，另一則是唐宋古文有法可窺，可供指導科考之需。一旦跳出
這兩者的樊籬，為文師法就表現出兼收並蓄的特點，文法唐宋卻並不泥於唐
宋，而是以之為達致秦漢高境之門徑。方苞《古文約選凡例》論「義法」云：
「義法備於《左》《史》；退之變《左》《史》之格調，而陰用其義法；永叔

〔註95〕明・袁中道《珂雪齋集》，上海：上海古籍出版社，1989：758。
〔註96〕清・錢謙益《牧齋有學集》，上海：上海古籍出版社，1996：1588。
〔註97〕清・方以智《文章薪火》，王水照《歷代文話》（第四冊），上海：復旦大學出
　　　　版社，2007：3210。

摹《史記》之格調，而曲得其風神；介甫變退之之壁壘，而陰用其步伐。學者果能探《左》《史》之精蘊，則於三家誌銘，無事規橅，而自能與之並矣。」〔註98〕他之所以主張讀文自唐宋古文入，原因即在於唐宋古文方便初學，其云：

> 蓋古文所從來遠矣，六經、《語》《孟》，其根源也。得其枝流而義法最精者，莫如《左傳》《史記》，然各自成書，具有首尾，不可以分劙。其次《公羊》《穀梁傳》《國語》《國策》，雖有篇法可求，而皆通紀數百年之言與事，學者必覽其全而後可精取焉。惟兩漢、疏及唐宋八家之文，篇各一事，可擇其尤，而所取必至約，然後義法之精可見。故於韓取者十二，於歐十一，餘六家或二三十而取一焉。兩漢書、疏則百之二三耳。學者能切究於此，而以求《左》《史》《公》《穀》《語》《策》之義法，則觸類而通。(《古文約選凡例》) 〔註99〕

但唐宋古文僅是治學之津梁，必須要「溯流窮源，盡諸家之精蘊」方可。對此，桐城後學姚門高足之一的劉開論述得更為明確：

> 文之義法，至《史》《漢》而已備；文之體制，至八家而乃全，彼固予人以有定之程序也。學者必先從事於此，而後有成法之可循，否則，雖銳意欲學秦漢，亦茫無津涯。然既得門徑，而猶囿於八家，則所見不高，所挾不宏，斯為明代之作者而已。故善為文者，其始必用力於八家，而後得所從入；其中又進之以《史》《漢》，而後克以有成，此在會心者自擇之耳……學《史》《漢》者由八家而入，學八家者由震川、望溪而入，則不誤於所向，然不可以律非常絕特之才也。夫非常絕特之才，必盡百家之美，以成一人之奇，取法至高境，以開獨造之域。(《與阮芸臺宮保論文書》) 〔註100〕

這種兼取唐宋古文而探尋秦漢文章精蘊的師法理論，既扭明代秦漢派與唐宋派之偏弊，又綜二派之所長，表明古代文章師法理論的綜合與成熟。

〔註98〕清·方苞撰，劉季高校點《方苞集》，上海：上海古籍出版社，1983：615。
〔註99〕清·方苞撰，劉季高校點《方苞集》，上海：上海古籍出版社，1983：613。
〔註100〕清·劉開《劉孟塗集》(文集卷四)，《續修四庫全書》第1510冊，上海：上海古籍出版社，2002：351。

第四節　法古旗幟下的創變取向

　　師法對象的選取是確定以何者為創作規範和範式的問題。師法對象確立後，如何師法就成為師法論的另一個核心問題。古代文論家常常談及具體的師法方法，與韓愈同時代的李方叔曾記載當時「摹畫」古文之法：「嘗見先生長者欲為文時，先取古人者，再三讀之，直須境熟，然後沉思格體，看其當如何措置，卻將欲作之文，暗裏鋪摹經畫了，方敢下筆。踏古人蹤跡，以取句法。既做成，連日改之。十分改就，見得別無瑕疵，再將古人者又讀數過，看與所作合與不合？若不相懸遠，不致乖背，方寫淨本，出示他人。」〔註101〕諸如此類的具體師法之法對初學文者不無裨益，卻並非古代師法論真正精蘊所在。古代文章一秉宗經法古之宗旨，為文復古的理論與實踐構成古代文章發展主流。但，在法古旗幟背後，是歷代文章家致力於文法創新與變化的不懈努力與實踐。《禮記・大學》載湯之《盤銘》云：「苟日新，日日新，又日新。」〔註102〕《周易》云：「一闔一闢謂之變，往來不窮謂之道。」〔註103〕「化而裁之謂之變，推而行之謂之通。」〔註104〕「窮則變，變則通，通則久。」〔註105〕中國文化本身蘊涵著生生不息的創新通變基因，基於這種文化基因的中國古代文章和文章學呈現出不斷推陳出新的勃勃生機。

　　陸機《文賦》云：「謝朝華於已披，啟夕秀於未振。」〔註106〕劉勰《文心雕龍・通變》云：「文律運周，日新其業。」〔註107〕蕭子顯云：「若無新變，不能代雄。」〔註108〕韓柳在推起復古文潮的同時，亦賦予師法以創新內涵。韓愈提出師法古聖賢的同時，以「勇往無不敢」(《送無本師歸范陽》)〔註109〕

〔註101〕宋・王正德《餘師錄》卷四，文淵閣《四庫全書》本。

〔註102〕漢・鄭玄注，唐・孔穎達正義，黃侃經文句讀《禮記正義》，上海：上海古籍出版社，1990：982。

〔註103〕宋・朱熹《周易本義》(據清明善堂刻本影印)，天津：天津古籍出版社，1986：313～314。

〔註104〕宋・朱熹《周易本義》(據清明善堂刻本影印)，天津：天津古籍出版社，1986：319。

〔註105〕宋・朱熹《周易本義》(據清明善堂刻本影印)，天津：天津古籍出版社，1986：324。

〔註106〕西晉・陸機撰，張少康集釋《文賦集釋》，上海：上海古籍出版社，1984：25。

〔註107〕南朝梁・劉勰撰，王利器校箋《文心雕龍校證》，上海：上海古籍出版社，1980：199。

〔註108〕梁・蕭子顯《南齊書》卷五十二，北京：中華書局，1972：908。

〔註109〕《五百家注昌黎文集》卷五，文淵閣《四庫全書》本。

的精神提出要「自樹立，不因循」，其在《答劉正夫書》中云：「若聖人之道不用文則已，用則必尚其能者。能者非他，能自樹立，不因循是也。有文字來，誰不為文？然其存於今者，必其能者也。」甚至寧願為當時人所怪，也要開創一條求「新」求「異」的創作之路，「若皆與世沉浮，不自樹立，雖不為當時所怪，亦必無後世之傳也」。韓愈的求新求異具體指向文辭，在他看來道是自古而然不容變異的，但文辭卻可以日日新，為此，在師法上他明確提出「師其意不師其辭」〔註110〕。「不師其辭」就要求創作時「惟陳言之務去」，摒棄當時社會上習用的陳詞濫調，以求鮮人耳目。當然，韓愈「務去陳言」並非刻意求奇，而是建立在較為深厚的學養之上，只有「氣盛言宜」，才能達到「務去陳言」。對此，清人黃宗羲有較為精闢的論述，其《論文管見》云：「昌黎『陳言之務去』。所謂『陳言』者，每一題必有庸人思路共集之處，纏繞筆端，剝去一層，方有至理可言。猶如玉在璞中，鑿開頑璞，方始見玉，不可以璞為玉也。不知者求之字句之間，則必如《曹成玉碑》，乃謂之去陳言。豈文從字順者，為昌黎之所不能去乎？」〔註111〕韓愈古文在繼承先秦兩漢文優秀傳統的基礎上，推陳出新，自鑄偉詞，具有很大的創造性。明代主張「文必秦漢」的何景明說「古文之法亡於韓」，即從另一側面揭示韓愈古文變古的實質。因此，韓愈師法古文，實則自創古文之法。柳宗元更是提出「何所師法」，「吾雖少為文，不能自雕斲。引筆行墨，快意累累，意盡便止，亦何所師法」（《復杜溫夫書》）〔註112〕。

　　韓柳之後，自我創法意識為其後學繼承。韓愈門下沉亞之《送韓靜略序》以草木之秋萎春盛為喻，鼓勵作者以經史百家之書為肥料和水分，在充分吸取的基礎上獨創發展，自致高敞：

　　　　或者以文為客語曰：「古人有言：『仍舊貫，如之何？何必改作？』乃客之所尚也，恢漫乎奇態，紬紐己思，以自織剪，違囊者之成轍，豈君子因循之道歟？」客應曰：「草木之病煩也，使秋以治之，繼孱萌於窮杚之餘，搔風披露，相望愁泫，陽津下潛。雖佳懿之彩，猶且抑隱，惟恐失類於慘禪煙黃之色耳，安暇自任其所長耶？

<hr>

〔註110〕唐·韓愈撰，馬其昶校注，馬茂元整理《韓昌黎文集校注》，上海：上海古籍出版社，1986：207。

〔註111〕清·黃宗羲撰，沈善洪主編《黃宗羲全集》（第十冊），杭州：浙江古籍出版社，2005：668。

〔註112〕唐·柳宗元撰，吳文治等校點《柳宗元集》，北京：中華書局，1979：890。

即春以治之，擢氣於其根，升津百體之上，暢之風露，而繡英作，誇紅奮綺，緗縹紺紫，錯若裝畫，揚華流香，霄蕩乎天地之端，各極其至，使肆勇曜如是，寧可以一狀拘之？人有植木堂下，欲其益茂，伐他幹以加之枝上，名之樹資。過者雖愚，猶知其欺也。且裁經綴史，補之如疣，是文之病煩久矣。聞之韓祭酒之言曰：善藝樹者，必壅以美壤，以時沃灌，其柯萌之鋒，由是而銳也。夫經史百家之學，於心灌沃而已。余以為構室於室下，葺之故材，其上下不能逾其覆，拘於所限故也。創之隙空之地，訪堅修之良，然後工之於人，何高不可者？祭酒導其涯於前，而後流蒙波，稍稍自澤……」〔註113〕

韓愈另一高足李翱則提出「創意造言，皆不相師」之說，其《答朱載言書》云：

> 創意造言，皆不相師。故其讀《春秋》也，如未嘗有《詩》也；其讀《詩》也，如未嘗有《易》也；其讀《易》也，如未嘗有《書》也；其讀屈原、莊周也，如未嘗有《六經》也……如山有恆、華、嵩、衡焉，其同者高也，其草木之榮，不必均也。如瀆有淮、濟、河、江焉，其同者出源到海也，其曲直淺深、色黃白，不必均也。如百品之雜焉，其同者飽於腹也，其味鹹酸苦辛，不必均也。此因學而知者也，此創意之大歸也……陸機曰：「怵他人之我先。」韓退之曰：「唯陳言之務去。」假令述笑哂之狀，曰「莞爾」，則《論語》言之矣；曰「啞啞」，則《易》言之矣；曰「粲然」，則穀梁子言之矣；曰「攸爾」，則班固言之矣；曰「囅然」，則左思言之矣。吾復言之，與前文何以異也？此造言之大歸也。〔註114〕

唐代古文家的創新言論主要拘於文辭，這種文辭上的創新也一直為後世文章家所強調，如呂留良云：「文最忌熟，熟則必俗……今人為文，唯恐一字一句不熟到十分，萬手雷同，如一父之子，尚得謂之文乎？」〔註115〕劉大櫆《論文偶記》強調「文貴去陳言」〔註116〕。文辭創新能自鑄偉辭最佳，然其

〔註113〕唐・沈亞之撰，肖占鵬、李勃洋校注《沈下賢集校注》，天津：南開大學出版社，2003：172。

〔註114〕唐・李翱《李文公集》卷六，文淵閣《四庫全書》本。

〔註115〕清・呂留良《呂晚邨先生論文匯鈔》，王水照《歷代文話》（第四冊），上海：復旦大學出版社，2007：3345。

〔註116〕清・劉大櫆《論文偶記》，北京：人民文學出版社，1959：10。

流弊往往步入艱深奧澀、怪怪奇奇一途。這種情況在劉勰那裡已予以詬病，其《文心雕龍・定勢》云：「厭讀舊式，故穿鑿取新……效奇之法，必顛倒文句，上字而抑下，中辭而出外，回互不常，則新色耳」〔註117〕。昌黎為矯駢文庸俗陳腐之陋，便不免過正之弊，但其學養深厚，尚能做到「氣盛言宜」，大多數文章在語言上是比較平易的，但其後學末流往往流於「怪怪奇奇」。元代王若虛曾對此有較為公允的評論，其《文辨》云：「文貴不襲陳言，亦其大體耳，何至字字求異如翱之說？且天下安得許新語邪？甚矣，唐人之好奇而尚辭也。」〔註118〕到宋代王禹稱有感於韓愈後學偏於古奧難懂，強調應發揚經籍及韓愈散文中明白曉暢的傳統，其在《答張扶書》中明確指出古文要寫得通達易曉：「夫文傳道而明心也，古聖人不得已而為之也……既不得已而為之，又欲乎句之難道耶？又欲乎義之難曉耶？」〔註119〕與此相應，宋代力倡為文明白曉暢的言論蜂起。《呂氏童蒙訓》云：「為文必學《春秋》，然後言語有法。近世學者多以《春秋》為深隱不可學，蓋不知《春秋》者也。且聖人之言，曷嘗務為奇險，求後世之不可曉？趙啖曰：『《春秋》明白如日月，簡易如天地。』」〔註120〕朱熹《昌黎先生集考異序》云：「抑韓子之為文，雖以力去陳言為務，而又必以文從字順、各識其職為貴。」〔註121〕《朱子語類》云：「今人作文好用字子，如讀《漢書》之類，便去收拾三兩個字……曾南豐尚解使一二字，歐、蘇全不使一難字，而文字如此好。」〔註122〕都是對文辭創新偏弊的糾正。至黃庭堅則提出較為綜合的文字創新理論。對用字襲古與獨創的矛盾，黃庭堅指出「好作奇語，自是文章一病……文章蓋自建安以來，好作奇語，故其氣象萎靡，其病至今猶在。」主張在襲古的基礎上創新，提出「點鐵成金」說，認為「自作語最難，老杜作詩，退之作文，無一字無來處。蓋後人讀書少，故謂韓、杜自作此語耳。古之能為文章者，真能陶冶萬物，雖取古人之陳言，入於翰墨，如靈丹一粒，點鐵成金也」（《答洪駒父

〔註117〕南朝梁・劉勰撰，王利器校箋《文心雕龍校證》，上海：上海古籍出版社，1980：202。

〔註118〕元・王若虛《滹南遺老集》卷三十六，《四部叢刊初編》本。

〔註119〕宋・王禹稱《小畜集》卷十八，文淵閣《四庫全書》本。

〔註120〕元・王構《修辭鑒衡》卷二，文淵閣《四庫全書》本。

〔註121〕宋・朱熹撰，曾抗美校點《昌黎先生集考異》，上海：上海古籍出版社，2001：1。

〔註122〕宋・黎靖德《朱子語類》卷一百三十九，北京：中華書局，1986：3322。

書》）〔註123〕。與唐代古文家極強的開拓創新意識不同，黃庭堅此論更為穩健、符合實際，指出要在融化前人陳言的基礎上再鑄偉詞，實現了師法與創新的辯證結合。對於「點鐵成金」之法，清人黃本驥《讀文筆得》中有形象化地解讀：「作文之法，襲取前人字句以為己有，與作賊無異。然賊最須善作，必較原本更為佳妙，雖失主認贓亦難辨別，方為能手。若活剝生吞，到案即破，則為笨賊矣。」〔註124〕但理論如此，實際運用卻難。用字有所本，卻又不能直用其語，在行文時須重加鑄造，必有異稟絕識，融會古今文字於胸中，而灑然自出一機軸方可。因此，文辭創新似易實難，且唐宋古文家開拓創新的言論雖多在文辭，但他們最主要貢獻卻在篇章之法。羅萬藻在《韓臨之制藝序》中曾指出唐宋古文對篇章布置之法的開拓創新云：「文字之規矩繩墨，自唐宋而下，所謂抑揚開合起伏呼照之法，晉漢以上，絕無所聞，而韓柳歐蘇諸大家設之，遂以為家。出入有度，而神氣自流，故自上古之文至此別為一界。」〔註125〕這種篇章布置之法到明代唐宋派那裡得到大力推闡，對文章創作產生了深遠影響。

　　明清時期，文法理論由文辭創新轉入篇章行文之法的求變。唐宋古文家對取法秦漢僅是泛泛而論，明代秦漢派則對如何師法展開深入探討和論爭，這以發生在同為前七子代表人物的李夢陽和何景明之間的爭議為典型。何景明關注的文法是為文構思之法，在《與李空同論詩書》中即云：「僕嘗謂詩文有不可易之法者，辭斷而意屬，聯類而比物也。」〔註126〕但其文法求變的思想非常明顯，持「捨筏以登岸」之論（李夢陽《駁何氏論文書》）〔註127〕，「欲富於材積，領會神情，臨景構結，不仿形跡」（《與李空同論詩書》）〔註128〕，認為「法」只是像「筏」一樣的為文工具而已，文成則可捨法，根本就不必守之不易。甚至主張「欲博大義，不守章句，而於古人之文，務得其宏偉之觀、超曠之趣。至其矩法，則閉戶造車，出門合轍，不煩登途比試矣」（《述歸賦序》）〔註129〕。為文「閉門造車」即可，甚至有師心自任的趨向。正因此，李

〔註123〕 宋・黃庭堅撰，劉琳、李勇先、王蓉貴校點《黃庭堅全集》（第二冊），成都：四川大學出版社，2001：475。
〔註124〕 清・黃本驥《癡學》卷五，《叢書集成續編》本。
〔註125〕 明・羅萬藻《此觀堂集》，《四庫存目叢書》集部第192冊，濟南：齊魯書社，1997：350。
〔註126〕 明・何景明《何大復集》，鄭州：中州古籍出版社，1989：576。
〔註127〕 明・李夢陽《空同集》卷六十二，文淵閣《四庫全書》本。
〔註128〕 明・何景明《何大復集》，鄭州：中州古籍出版社，1989：575。
〔註129〕 明・何景明《何大復集》，鄭州：中州古籍出版社，1989：6。

夢陽抨擊他「信口落筆」，並將復古派之衰歸罪於他的此種論調：

> 當是時，篤行之士翕然臻向，弘治之間，古學遂興。而一二輕俊，恃其才辯，假捨筏登岸之說，扇破前美。稍稍聞見，便橫肆譏評，高下古今。謂文章家必自開一戶牖，自築一堂室；謂法古者為蹈襲，式往者為影子，信口落筆者為泯其比擬之跡。而後進之士，悅其易從，憚其難趨，乃即附唱答響，風成俗變，莫可止過，而古之學廢矣。（《答周子書》）〔註130〕

與何景明不同，李夢陽則主張「文必有法式」（《答周子書》）〔註131〕，要「尺寸古法」（《駁何氏論文書》）〔註132〕。李夢陽與何景明之爭看似屬於守法與變法的衝突，實則不然，李夢陽所關注的文法較之何景明立意甚高。李夢陽之「法」指向文章創作基本規律，「古之工，如倕，如班，堂非不殊，戶非同也，至其為方也，圓也，弗能捨規矩。何也？規矩者，法也。僕之尺尺而寸寸之者，固法也……規矩者，方圓之自也，即欲捨之，烏乎捨？子試築一堂，開一戶，措規矩而能之乎？措規矩而能之，必方圓而遺之可矣，何有於法？何有於規矩？」甚至指向文的本質性規定，「文必有法式，然後中諧音度。如方圓之於規矩，古人之用之，非自作之，實天生之也。今人法式古人，非法式古人也，實物之自則也」。李夢陽曾以字為喻形象化地說明他所說的「法」與何景明之「法」的不同，「歐、虞、顏、柳，字不同而同筆。筆不同，非字矣。不同者何也？肥也、瘦也、長也、短也、疏也、密也。故六者勢也，字之體也，非筆之精也。精者何也？應諸心而本諸法者也」（《駁何氏論文書》）〔註133〕。李探討的是字所以為字的內在規定之法，而何探討的是字形成不同體勢之法。從內在規定性之法出發，李主張「尺寸古法」，即主張為文要尊奉最根本之法則。但一旦論及具體為文，卻並不主張墨守成規，而是反對「守而未化」，反對「蹊徑」（《徐迪功集序》）〔註134〕，主張「守之不易，久而推移，因質順勢，融熔而不自知」（《駁何氏論文書》）〔註135〕。對此，他論述說「若以我之情，述今之事，尺寸古法，罔襲其辭，猶班圓倕之圓，倕方班之

〔註130〕明·李夢陽《空同集》卷六十二，文淵閣《四庫全書》本。
〔註131〕明·李夢陽《空同集》卷六十二，文淵閣《四庫全書》本。
〔註132〕明·李夢陽《空同集》卷六十二，文淵閣《四庫全書》本。
〔註133〕明·李夢陽《空同集》卷六十二，文淵閣《四庫全書》本。
〔註134〕明·李夢陽《空同集》卷五十二，文淵閣《四庫全書》本。
〔註135〕明·李夢陽《空同集》卷六十二，文淵閣《四庫全書》本。

方，而倕之木非班之木也」（《駁何氏論文書》）〔註136〕，同樣的規矩方圓，可製作出不同形狀的木頭，製作方法是靈活多變的。因此，與何景明僅從形文之法求變相比，李夢陽的法式求變論眼界極為寬廣，理論頗為完善。

但，究竟何為文之「應諸心而本諸法」的「物之自則」，如何又能「尺尺寸寸」之？李夢陽曾以「格」來指代他所謂的「物之自則」，「夫文自有格，不祖其格，終不足以知文。今人有左氏、遷乎，而足下以左氏、遷律人邪……足下謂遷不同左氏，左氏不同古經，亦其象耳，僕不敢謂然」（《答吳謹書》）〔註137〕。對司馬遷、左氏、古經文之間的不同，李夢陽認為僅是其「象」不同罷了，而究其「格」應該是相同的。但以「格」來論述文之「物之自則」，僅是換了一個概念而已，而「格」同樣是難以說清的一個概念。不論是何景明還是李夢陽，雖對秦漢文章藝術構成的內在規律有所關注，但並沒有展開深入探討和總結，尤其是李夢陽主張法式秦漢文章之「格」，希望在整體氣質上向秦漢文章靠攏。整體上的肖古、合「格」，理上易論，具體實踐往往難以企及，結果往往只能在文字上肖古，李夢陽其文就已經被譏為「故作聱牙，以艱深文其淺易」〔註138〕。到後七子的李攀龍則直言：「今夫《尚書》、莊、左氏、《檀弓》《考工》、司馬，其成言班如也，法則森如也，吾擷其華而裁其衷，琢字成辭，屬辭成篇，以求當於古之作者而已。」（《李于鱗先生傳》）〔註139〕被人譏為「所作一字一句，摹擬古人，驟然讀之，斑駁陸離，如見秦漢間人」（殷士儋《李攀龍墓誌》）〔註140〕。正是切痛於秦漢派此種流弊，唐宋派轉而師法偏重篇章布置之法的唐宋古文。篇章布置之法與文辭不同，文辭與作者積累密切相關，而篇章布置卻與作家構思密切相關。基於積纍之上的文辭創新不易，且往往流於怪奇，而基於構思之上的篇章布置卻可以「出入有度，而神氣自流」，達「神明之變化」。唐順之提出「法者，神明之變化」理論，直接把「變化」的屬性賦予「法」，「文不能無法……聖人以神明而達之於文，文士研精於文，以窺神明之奧。其窺之也，有偏有全，有大有小，有駁有醇，而皆有得也，而神明未嘗不在焉。所謂法者，神明之變化也」（《文編序》）〔註141〕。

〔註136〕明・李夢陽《空同集》卷六十二，文淵閣《四庫全書》本。
〔註137〕明・李夢陽《空同集》卷六十二，文淵閣《四庫全書》本。
〔註138〕《四庫全書總目》卷一七一，北京：中華書局，1965：1497。
〔註139〕明・王世貞《弇州四部稿》卷八十三，文淵閣《四庫全書》本。
〔註140〕《四庫全書總目》卷一七二，北京：中華書局，1965：1507。
〔註141〕明・唐順之《荊川先生文集》卷十，《四部叢刊》本。

　　唐宋派師法唐宋古文，探討總結為文之法，亦有牽強附會之處，雖也遭致後人詬病，但多為指導初學和應付科考之需，其理論精髓並非主張泥於古法，而是強調創作實踐中的文法神變。這一理論精髓被清代文學家所承續，「清初三大家」之一的汪琬即主張「學於古人者，非學其詞也，學其開合呼應、操縱頓挫之法而加變化焉，以成一家者是也」（《答陳靄公書（二）》）〔註142〕。對於文法神明變化的強調，有清一代與唐宋派相較是有過之而無不及。王夫之就認為唐宋派立矩定法、模規唐宋，總結文法有餘而創新變化不足，甚至將唐宋派所總結的為文之法稱為「死法」「魔法」，「鉤鎖之法，守溪開其端，尚未盡露痕跡，至荊川而以為秘密藏。茅鹿門所批點八大家，全恃此以為法，正與皎然《詩式》同一陋耳。本非異體，何用環紐？搖頭掉尾，生氣既已索然，並將聖賢大義微言，拘牽割裂，止求傀儡之線牽曳得動，不知用此何為？」〔註143〕「陋人以鉤鎖呼應法論文，因而以鉤鎖呼應法解書，豈古先聖賢亦從茅鹿門受八大家衣缽邪？」〔註144〕魏際瑞則提出學習古人之法即要能入又要能出，「不入於法則散亂無紀，不出於法則拘迂而無以盡文章之變」〔註145〕，甚至認為「規矩」與「變化」在終極意義上同為一體，「由規矩者，熟於規矩，能生變化。不由規矩者，巧力精到，亦生變化，變化相生，自合規矩」〔註146〕。其弟魏禧為其文集作跋，特地指出云：「他人俱從規矩生神明，吾兄是從神明生規矩也。」〔註147〕魏禧則認為「變者，法之至者也。此文之法也」（《陸懸圃文敘》）〔註148〕。與寧都三魏交往頗密的陳玉璂與三魏持相同論調，「人知無法之為病，不知有法之為病。惟能不囿於法，始可自成為我之法」（《與張黃岳論文書》）〔註149〕，並曾以弈棋為例闡述無法更勝於有法：

〔註142〕清·汪琬《堯峰文鈔》卷三十二，《四部叢刊》本。
〔註143〕清·王夫之《夕堂永日緒論外編》，戴鴻森《薑齋詩話箋注》，北京：人民文學出版社，1981：205。
〔註144〕清·王夫之《夕堂永日緒論外編》，戴鴻森《薑齋詩話箋注》，北京：人民文學出版社，1981：221。
〔註145〕清·魏際瑞《伯子論文》，王水照《歷代文話》（第四冊），上海：復旦大學出版社，2007：3596。
〔註146〕清·魏際瑞《伯子論文》，王水照《歷代文話》（第四冊），上海：復旦大學出版社，2007：3600。
〔註147〕清·魏際瑞《魏伯子文集》卷四，道光二十五年珍溪之緌園書塾重刊本。
〔註148〕清·魏禧《魏叔子文集》，北京：中華書局，2003：428。
〔註149〕清·陳玉璂《學文堂集》卷九，光緒二十三年《常州先哲遺書》本。

文不可以無法，然徒規摹於古人，尺寸不失，第可為古人之法，而我無與。惟不見所以用法之故，若絕不類古人，而古人之法具在，特不可執一古人以名。嘗見善弈之家，按譜布算，攻守進退盡得其法，未嘗不足取勝；而更有人焉，於散漫不經意之處，落落布子，前吾所依，後無所據，茫然不知其意指所在，已而迴環轉應，其所以制敵之妙，實在於此。然後知善用法者，能用法於無法之先，非按譜者可幾其萬一也。(《魏伯子文集序》)〔註150〕

其云：「吾輩生古人之後，當為古人子孫，不可為古人奴婢。蓋為子孫，則有得於古人真血脈；為奴婢，則依傍古人作活耳。」〔註151〕根基於古代「通變」哲學基因上的師法論最終指向不是師其辭、襲其文，而是既承六經之旨、先古之意，又能「自出機杼」「成一家之言」，古代文章家不斷尋求達致文法創變之途徑。作家為文，是為法所縛，還是法為己用，是主客間的一場較量。作家取得勝利的關鍵是提升主體性，以己之力勝法之力。對此，明清文章家分別大體給出兩種法門。明代唐宋派與陽明心學相結合，提出「本色」論，唐順之云：

只就文章家論之，雖其繩墨布置奇正轉折，自有專門師法，至於中一段精神命脈骨髓，則非洗滌心源，獨立物表，具今古隻眼者，不足以與此。今有兩人：其一人心地超然，所謂具千古隻眼人也，即使未嘗操紙筆呻吟學為文章，但直據胸臆，信手寫來，如寫家書，雖或疏鹵，然絕無煙火酸餡習氣，便是宇宙一樣絕好文字；其一人猶然塵中人也，雖其專專學為文章，其於所謂繩墨布置則盡是矣，然番來復去不過是這幾句婆子舌頭語，索其所謂真精神與千古不可磨滅之見，絕無有也，則文雖工而不免為下格。此文章本色也。(《答茅鹿門知縣（二）》)〔註152〕

本色論從「心源」上尋求文法來源，在破除死法的同時也隱藏著背棄古法的危險，因為「心」必指向自由無拘束之「真」，以致後來發展至公安派「獨抒性靈，不拘格套」、藐棄一切文法的理論，使文章步入逸蕩一途。與心學盛

〔註150〕清‧陳玉璂《學文堂集》卷二，光緒二十三年《常州先哲遺書》本。
〔註151〕清‧魏禧《日錄論文》，王水照《歷代文話》（第四冊），上海：復旦大學出版社，2007：3612。
〔註152〕明‧唐順之《荊川先生文集》卷七，《四部叢刊》本。

行、崇真尚我的明代不同，崇尚醇雅和學術的清代則多以識量破死法。王夫之云：「若果足為法，烏容破之？非法之法，則破之不盡，終不得法。詩之有皎然、虞伯生，經義之有茅鹿門、湯賓尹、袁了凡，皆畫地成牢以陷人者：有死法也。死法之立，總緣識量狹小。如演雜劇，在方丈臺上，故有花樣步位，稍移一步則錯亂。若馳騁康莊，取塗千里，而用此步法，雖至愚者不為也。」〔註153〕魏際瑞云：「文章首貴識，次貴議論，然有識則議論自生，有議論則詞章不能自己。」〔註154〕魏禧認為文法已盡於古，只有提高識見，才能破死法，「文章之變，於今已盡，無能離古人而自創一格者。獨識力卓越，庶足與古人相增益。是故言不關於世道，識不越於庸眾，則雖有奇文，可以無作」（《答蔡生書》）〔註155〕。劉熙載《文概》則云：「文以識為主。認題立意，非識之高卓精審，無以中要。才、學、識三長，識為尤重，豈獨作史然耶？」〔註156〕作者貴識，在清代可謂共識，文章領域如此，詩學領域亦然，葉燮提出作者創作才、膽、識、力四要素，「大凡人無才則心思不出，無膽則筆墨畏縮，無識則不能取捨，無力則不能自成一家」〔註157〕。但四者之中，「識」又是首要的、決定性的，「大約才、膽、識、力四者，交相為濟，苟一有所歉，則不可登作者之壇。四者無緩急，而要載先之以識。使無識，則三者俱無所託……惟有識，則能知所從、知所奮、知所決，而後才與膽力皆確然有以自信。舉世非之，舉世譽之，而不為其所搖。安有隨人之是非以為是非者哉！」〔註158〕與本色論潛在師心自任的危險不同，識量論本質是以我融法。因為識量與法度是兩面一體的，徒有識量，而無法度以見之，亦不得顯。只有法度，而無識量，文亦缺乏生氣。魏禧將兩者的關係以本領與家數論之：

〔註153〕 清·王夫之《夕堂永日緒論內編》，戴鴻森《薑齋詩話箋注》，北京：人民文學出版社，1981：68～69。

〔註154〕 清·魏際瑞《伯子論文》，王水照《歷代文話》（第四冊），上海：復旦大學出版社，2007：3595。

〔註155〕 清·魏禧《魏叔子文集》，北京：中華書局，2003：265。

〔註156〕 清·劉熙載撰，劉立人、陳文和點校《劉熙載集》，上海：華東師範大學出版社，1993：80。

〔註157〕 清·葉燮撰，霍松林校注《原詩》（內篇下），北京：人民文學出版社，1979：16。

〔註158〕 清·葉燮撰，霍松林校注《原詩》（內篇下），北京：人民文學出版社，1979：29。

今天下家殊人異，爭名文章，然辨之不過二說：曰本領，曰家數而已。有本領者，如巨宦大賈，家多金銀，時出其所有，以買田宅，營園圃，市珍奇玩好，無所不可。有家數者，如王、謝子弟，容止言談，自然大雅。有本領無家數，理識雖自卓絕，不合古人法度，不能曲折變化以盡其意。如富人作屋，梓材丹雘，物物貴美，而結構鄙俗，觀者神氣索然。有家數無本領，望之居然《史》《漢》大家，進求之，則有古人而無我。如俳優登場，啼笑之妙，可以感動旁人，而與其身悲喜，了不相涉。然是二者，又以本領為最貴。（《答毛馳黃》）〔註 159〕

本領即稟異識卓見，家數即富古文之法，為文二者皆不可或缺，而要以「我」來融會古法，古法變成我法。魏禮比魏禧所見更高一疇，其云：「述作而無我，我何為而作哉？人之貌不同，以各有其我；人之詩文競出不窮，以其有我也。是故以古人之氣格識法而成其我，徒我不成；猶必具五官百骸神血鬚眉髮爪而成人，人人皆同而皆不同，各我其我也……然喪我者吾，吾者何耶？蓋所謂法者。古人之法，亦我之法，會古以忘我，我足以忘乎古。」（《阮疇生文集序》）〔註 160〕魏禮此論超拔於「我」「古」相融，而達致「古」「我」兩忘，「古」「我」兩忘方能真正步入為文的自由自適之境。

以「我」融法，僅提高主體識量是不夠的，還要對古法做到「熟」與「化」。蘇軾曾教導黃庭堅作文之法云：「但熟讀《禮記・檀弓》，當得之。」〔註 161〕朱熹亦教導弟子云：「人做文章，若是子細看得一般文字熟，少間做出文字，意思語脈自是相似。讀得韓文熟，便做出韓文底文字；讀得蘇文熟，便做出蘇文底文字。」〔註 162〕《睿吾樓文話》引《潛丘劄記》載歸有光逸事一則云：「偶拈得一帙，得曾子固《書魏徵傳後》文，挾冊朗讀至五十餘遍，聽者皆厭倦欲臥，而熙甫沉吟詠歎猶有餘味。」〔註 163〕「熟」並非機械的熟練，而是要做到以我化法，以我融法。《睿吾樓文話》載《西軒客談》

〔註 159〕清・魏禧《魏叔子文集》，北京：中華書局，2003：352。

〔註 160〕清・魏禮《魏季子文集》卷七，道光二十五年珍溪之紱園書塾重刊本。

〔註 161〕宋・黃庭堅撰，劉琳、李勇先、王蓉貴校點《黃庭堅全集》（第二冊），成都：四川大學出版社，2001：470～471。

〔註 162〕宋・黎靖德《朱子語類》卷一百三十九，北京：中華書局，1986：3301。

〔註 163〕清・葉元塏《睿吾樓文話》卷六，王水照《歷代文話》（第六冊），上海：復旦大學出版社，2007：5452。

云：「前輩說作詩文，記事雖多，只恐不化。余意亦然。謂如人之善飲食者，肴蔌、脯、酒茗、果物，雖是食盡，須得其化，則清者謂脂膏，人只見肥美而已。若是不化，少間吐出，物物俱載。為文亦然，化則說出來，都融作自家底，不然，記得雖多，說出來，未免是替別人說話了也。故昌黎讀盡古今書，殊無一言一句彷彿於人，此所以古今善文一人而已。」〔註164〕張謙宜云：「凡讀文，當低心伏氣，誦畢再細細玩味，務令眼光透出冊子裏，精神溢出字句外，久之熨貼，漸能熔化，不知不覺，手筆移入隊中，從此自成局面。若獞慌失措，只講皮毛，強吞活剁，只似戲子穿行頭，幹你甚事！」〔註165〕師法而不能「化」，我與法還是分離的，只能做到用法，而無法達到法之自由神變。明代王世貞正是有感於自己「記聞既雜，下筆之際，自然於筆端攪擾，趨斥為難。若模擬一篇，則易於驅斥，又覺局促，痕跡宛然，非斲輪手」，才決定「目今而後，擬以純灰三斛，細滌其腸，日取《六經》《周禮》《孟子》《老》《莊》……兩京以還至六朝及韓、柳，便須銓擇佳者，熟讀涵詠之，令其漸漬汪洋」，並期望達到「遇有操觚，一師心匠，氣縱意暢，神與境合」〔註166〕的創作境界。師法不能「化」，創作出的文章就不是真正自我的創造，而會有古人的影子。明代王鏊曾云：「為文必師古，使人讀之，不知所師，善師古者也。韓師孟，今讀韓文，不見其為孟也；歐學韓，不覺其為韓也。若拘拘規效，如邯鄲之學步，里人之效顰，則陋矣。」〔註167〕對於文法化與不化的差別，清代魏禧以人身之香氣加以形象化地說明，「平時不論何人何文，只將他好處沉酣，遍歷諸家，博採諸篇，刻意體認。及臨文時，不可著一古人一名文在胸，則觸手與古法會，而自無某人某篇之跡。蓋模擬者，如人好香，遍身便配香囊；沉酣而不模擬者，如人日夕住香肆中，衣帶間無一毫香物，卻通身香氣迎人也」〔註168〕。

〔註164〕清・葉元墀《睿吾樓文話》卷六，王水照《歷代文話》（第六冊），上海：復旦大學出版社，2007：5422～5423。

〔註165〕清・張謙誼《絸齋論文》卷六，王水照《歷代文話》（第四冊），上海：復旦大學出版社，2007：3939。

〔註166〕明・王世貞《藝苑巵言》，丁福保《歷代詩話續編》，北京：中華書局，1983：964。

〔註167〕明・王鏊《震澤長語》卷下，文淵閣《四庫全書》本。

〔註168〕清・魏禧《日錄論文》，王水照《歷代文話》（第四冊），上海：復旦大學出版社，2007：3610。

師法達致化「境」，絕非易事。《管子・七法》論「化」云：「漸也，順也，靡也，久也，服也，習也，謂之化。」〔註169〕「化」是一個持之以恆、鍥而不捨、反覆實踐、循序漸進的過程。朱熹論「化」云：「變是自陰而陽，自靜而動；化是自陽而陰，自動而靜，漸漸化將去，不見其跡。」〔註170〕「化」又是一個由動入靜，歸於無痕的過程。對於這一過程，文論家比以釀酒，宋代張鎡《仕學規範》引張子韶云：「書猶麴糵，學者猶秫稻，秫稻必得麴糵，則酒醴可成。不然，雖有秫稻，無所用之。今所讀之書，有其文雄深者，有其文典雅者，有富麗者，有俊逸者，合是數者，雜然列於胸中而咀嚼之，猶以麴糵和秫稻也。醞釀既久，則凡發於文章，形於議論，必自然秀絕過人矣。故經史之外百家文集，不可不觀也。」〔註171〕以我化法正如釀酒，法融通於無形，具體為文之時我即法、法即我，對於此種創作境界，柳宗元云：「快意累累，意盡便止。」（《復杜溫夫書》）〔註172〕蘇軾云：「止乎所當止，行乎所當行。」王世貞云：「分途策馭，默受指揮，臺閣山林，絕跡大漠，豈不快哉！」〔註173〕此種自由揮灑、快意暢達境界的形成正是由於我與法之間的融通無礙，可以說是為文境界的極至。

〔註169〕戰國・管仲撰，清・戴望校《管子校正》卷二（諸子集成本），北京：中華書局，1954：28。

〔註170〕宋・黎靖德《朱子語類》卷七十四，北京：中華書局，1986：1877。

〔註171〕宋・張鎡《仕學規範》卷三十五，文淵閣《四庫全書》本。

〔註172〕唐・柳宗元撰，吳文治等校點《柳宗元集》，北京：中華書局，1979：890。

〔註173〕明・王世貞《藝苑巵言》，丁福保《歷代詩話續編》，北京：中華書局，1983：964。

第三章　古代文法之法度論

　　「未有無法度而可以言文者」〔註1〕，但法度者何？由於對文法的關注點不同，古代文章家談論文章「法度」時具體指向並不完全相同。理清「法度」的具體內涵是文法領域的首要任務。「法度」作為對作家創作具有一定約束力的規範、標準，與作家的主體才性有著天然的矛盾和衝突，此種衝突和矛盾激發了古代文章家的智慧，使古代文法論呈現出奪人異彩。

第一節　法度的內涵

　　明代前七子之一李夢陽談文法從「物之自則」立論，將文之「法度」直指文天然具有的本質性規定，此是文章最終極的法度指向。文之為文自有其本質性規定，但何為文「物之自則」卻實在難以說清，一旦結合到具體作品，此種法度理論實際上並無用武之地。妄談「的古」「必有法式」，卻又總結不出具體「古法」，使學者無路可循，前七子文學復古之所以其興也驟，其衰也遽，李夢陽此種論調的過度抽象難辭其咎。法度有其最為本質的抽象性涵義，但在具體文章創作中只有具體化，方具有可遵循性和可操作性。古代文章家主要從思想規範、結構規範、文體規範、創作規範等展開論述，形成較為完整的文章法度論。

一、聖人經教：內容之法度

　　揚雄首次以「法度」論文，是從聖人經教上為文立法。這種聖人經教後

〔註1〕元・倪士毅《作義要訣》，文淵閣《四庫全書》本。

來被統稱為「道」，作為思想內容上的要求，引領著文章創作以合乎儒家的政治理想和道德準則為指歸。即使我們能在某些具體的理論中尋繹出一些重文的論調，但仍然不能從根本上顛覆這種文道關係。

在儒家文論的源頭孔子那裡，雖然提出「言之不文，行之不遠」，但更看重為文者的個性修養，提出「志於道，據於德，依於仁，游於藝」（《論語·述而》）〔註2〕。魏晉南北朝是一個儒家道統離散、個性解放的時代，魯迅稱之為「文學自覺的時代」，情感突破經學的束縛得到凸顯，西晉陸機《文賦》云「詩緣情而綺靡」，鍾嶸《詩品》亦主張「緣情說」，但這是基於「文」「筆」之辨和「筆」「言」之辨，針對以審美為獨立目的的純文學而言。在文章學術那裡，道統仍居統領地位，劉勰《文心雕龍》即云「本乎道，師乎聖，體乎經，酌乎緯，變乎騷」（《序志》）〔註3〕「道沿聖以垂文，聖因文以明道」（《原道》）〔註4〕，劉勰此論實開唐代古文「文以明道」之先聲。唐代古文家明確提出「文以明道」的口號。韓愈云：「君子居其位，則思死其官；未得位，則思修其辭，以明其道。」柳宗元云：「始吾幼且少，為文章以辭為工。及長，乃知文者以明道，是固不苟為炳炳烺烺，務彩色、誇聲音以為能也。」韓柳為文倡「道」尚是文道為二，道之法度對文的要求是「合乎經」「入乎道」，看重的是文章的明道之「用」。到宋代周敦頤、二程、朱熹等道學家那裡，「道」已經不再是文外在的思想約束與規範，而成為文存在之根本，「道」從文章為「用」轉向文內在之「實」。周敦頤在《通書·文辭》中提出「文以載道」說：「文所以載道也，輪轅飾而人弗庸，徒飾也。況虛車乎？文辭，藝也；道德，實也。篤其實而藝者書之，美則愛，愛則傳焉，賢者得以學而至之，是為教。」〔註5〕周氏此論與韓柳「文以明道」不同，「文以明道」尚以文為主體，明道為其用，周氏此論已將道為文之實，而文為道之飾，二者有根本性的不同。隨後，二程提出「作文害道」說：「凡為文不專意則不工，若專意則志局於此，又安能與天地同其大也？《書》云『玩物喪志』，為文亦玩物也。」〔註6〕棄

〔註2〕清·劉寶楠《論語正義》（諸子集成本），北京：中華書局，1957：137。
〔註3〕南朝梁·劉勰撰，王利器校箋《文心雕龍校證》，上海：上海古籍出版社，1980：295。
〔註4〕南朝梁·劉勰撰，王利器校箋《文心雕龍校證》，上海：上海古籍出版社，1980：2。
〔註5〕宋·周敦頤《周濂溪集》卷六，北京：中華書局，1985：117。
〔註6〕宋·程顥、程頤撰，王孝魚點校《二程集》，北京：中華書局，2004：239。

文於道之外，認為文道對立，不但拋棄文「明道」之用，甚至將「道」剝離出文之「實」。程頤就將「今之學者」分為「文章之學」「訓詁之學」「儒者之學」，並視「文章之學」「訓詁之學」為學之末〔註7〕。二程「作文害道」說是處理文道關係的一種極端理論，在將道推至極致的同時，也放棄了道對文的約束。楊慎曾一語中的：「文，道也。」「語錄出，而文與道判矣。」〔註8〕到朱熹那裡，則改二程之弊，不是文道分離，而是徹底將文道合一，提出「文皆從道中流出」〔註9〕。明代心學興起，在思想解放思潮影響下，文章創作呈現出以「人慾」衝破「天理」的歷史場景。李贄倡「童心說」，提倡「真心」「真情」，反對道統束縛下的「假人」「假事」「假文」（《童心說》）〔註10〕。至公安派則提出「性靈說」，要求「獨抒性靈，不拘格套」。但是，李贄的學說在當時就被視為異端，提出「性靈」說的袁宏道晚年亦悔放縱，自覺向法度回歸，袁中道《吏部驗封司郎中中郎先生行狀》記載云：「逾年，先生之學復稍稍變，覺龍湖等所見，尚欠穩實。以為悟修猶兩轂也，向者所見，偏重悟理，而盡廢修持，遺棄倫物，偭背繩墨，縱放習氣，亦是膏肓之病。夫智尊則法天，禮卑而象地，有足無眼，與有眼無足者等。遂一矯而主修，自律甚嚴，自檢甚密，以澹守之，以靜凝一。」〔註11〕

　　有清一代，崇倡醇雅，推尊文道結合的唐宋文為其主流。這個時期對文章思想內容的要求，有了新的理論突破和發展，這就是桐城派「三祖」之一的方苞提出的「義法」說。在某種程度上，方苞是把「道」與「文」的關係置換為「義」與「法」的關係。這可從方苞那裡尋到證據，方苞曾闡述自己的「義法」說云：「義即《易》之所謂『言有物』也。」（《又書貨殖傳後》）〔註12〕他曾在《進四書文選表》中說自己選錄明清兩代制義之文的標準和目的是「皆以發明義理、清真古雅、言必有物為宗，庶可以宣聖主之教思，正學者之趨向」〔註13〕。顯然，「言有物」即為「發明義理」，也就是「明道」。方苞對文章道統要求甚嚴，取徑狹窄，其評唐宋八家云：

〔註7〕宋・程顥、程頤撰，王孝魚點校《二程集》，北京：中華書局，2004：187。

〔註8〕明・楊慎《丹鉛餘錄》卷八，文淵閣《四庫全書》本。

〔註9〕宋・黎靖德《朱子語類》卷一百三十九，北京：中華書局，1986：3305。

〔註10〕明・李贄《焚書・續焚書》，北京：中華書局，1975：98～99。

〔註11〕明・袁中道《珂雪齋集》，上海：上海古籍出版社，1989：758。

〔註12〕清・方苞撰，劉季高校點《方苞集》，上海：上海古籍出版社，1983：58。

〔註13〕清・方苞撰，劉季高校點《方苞集》，上海：上海古籍出版社，1983：581。

韓子有言:「行之乎仁義之途,遊之乎《詩》《書》之源。」茲乃所以能約六經之旨以成文,而非前後文士所可比併也。姑以世所稱唐宋八家言之:韓及曾、王並篤於經學,而淺深廣狹醇駁等差各異矣。柳子厚自謂取原於經,而掇拾於文字間者,尚或不詳。歐陽永叔粗見諸經之大意,而未通其奧賾。蘇氏父子則概乎其未有聞焉。此覈其文而平生所學不能自掩者也。韓、歐、蘇、曾之文,氣象各肖其為人。子厚則大節有虧,而餘行可述。介甫則學術雖誤,而內行無頗。(《答申謙居書》)〔註14〕

　　一以道論文,除對韓愈較為推崇外,對其餘各家都頗有微辭。倘若方苞僅把「道」的概念置換為「義」,在文法理論上也就沒有什麼創見和價值。可貴的是方苞一旦跳出清廷文臣的樊籬,從創作自身規律出發建構古文理論時,他所提出的「義」就超越道的內涵,指向更為寬泛的文章內容規範。其在《書刪定荀子後》說:「荀氏之辭有枝葉如此,豈非其中有不足者邪?抑吾觀周末諸子,雖學有醇駁,而言皆有物,漢唐以降,無若其義蘊之充實者。宋儒之書,義理則備矣,抑不若四子之旨遠而辭文。」〔註15〕荀子自來不被正統儒家視為醇儒,揚雄評荀子與孟子是「同門而異戶」(《法言·君子》)〔註16〕,韓愈評荀子之「性惡」說為「大醇而小疵」(《讀荀子》)〔註17〕。至宋代後,遂詆其言為異端之說,擯其學於道統之外。荀子儼然淪為孔孟儒家中之「歧途」者,但方苞仍稱其為「言皆有物」,這已稍微溢出「道統」之外。他在《楊千木文稿序》中的論述則更將史家紀事、政家論事等都稱為「言有物」,「古之聖賢,德修於身,功被於萬物,故史臣記其事,學者傳其言,而奉以為經,與天地同流。其下如左丘明、司馬遷、班固,志欲通古今之變,存一王之法,故紀事之文傳。荀卿、董傅守孤學以待來者,故道古之文傳。管夷吾、賈誼達於世務,故論事之文傳。凡此皆言有物者也。」〔註18〕此處的「言有物」涵蓋寬泛,似乎就指「內容充實」了。當然,在方苞那裡,「言之有物」還是有基本指向的。他曾評震川文云「震川之文於所謂有序者,蓋庶幾矣,而有物者,則寡焉」,

---

〔註14〕清·方苞撰,劉季高校點《方苞集》,上海:上海古籍出版社,1983:164～165。
〔註15〕清·方苞撰,劉季高校點《方苞集》,上海:上海古籍出版社,1983:37。
〔註16〕漢·揚雄《揚子法言》卷十二(諸子集成本),北京:中華書局,1954:37。
〔註17〕唐·韓愈撰,馬其昶校注,馬茂元整理《韓昌黎文集校注》,上海:上海古籍出版社,1986:37。
〔註18〕清·方苞撰,劉季高校點《方苞集》,上海:上海古籍出版社,1983:608。

其原因是因為「震川之文，鄉曲應酬者十六七，而又徇請者之意，襲常綴瑣，雖欲大遠於俗言，其道無由」(《書歸震川文集後》)〔註19〕。可見「鄉曲應酬」「襲常綴瑣」在方苞看來是不屬於「有物」的，所以「有物」至少應關乎大者。方苞「義法」說既是對文道關係論的繼承和總結，又有突破和發展，賦予文章以更為寬泛的內容規範。隨後，劉大櫆則跳出「義理」牢籠，認為「義理、書卷、經濟」僅是「行文之實」，是「匠人之材料」〔註20〕，「明義理、適世用，必有待於文人之能事」〔註21〕，其以「神氣音節」論文，重法輕義。對此，方宗城在《桐城文錄序》中云：「海峰先生之文，以品藻音節為宗。雖嘗受法於方望溪，而能變化以自成一體。義理不如望溪之深厚，而藻采過之。」〔註22〕對他的這種傾向提出批評。桐城派文論到姚鼐最後形成完整的理論體系，姚鼐提出「義理、考據、文章」三者「相濟」說：「余嘗論學問之事，有三端焉，曰義理也，考據也，文章也。是三者，苟善用之，則皆足以相濟；苟不善用之，則或至於相害。」(《述庵文鈔序》)〔註23〕補充和發展了方苞的義法論和劉大櫆的神氣論，實現了道、學與文法的統一，明確提出「道與藝合，天與人一，則為文之至」(《敦拙堂詩集序》)〔註24〕。姚氏之論是中國古代文章文道關係衝突融合的產物，也是古代文章學所能達到的處理文道關係的最佳論述。鄧繹所論文道「相為用而不可離」，反對「以藝為藝，不以藝為道」和「棄藝而存道」〔註25〕，與姚氏之論相呼應，而劉熙載「藝者，道之形也」(《藝概敘》)〔註26〕、方宗誠「文章與性道一也」〔註27〕等論調，則又差姚鼐遠矣。

如上所述，儒家之道、理成為古代文章創作內在思想法度。究其原因，一是古代「文」自始即具有教化理念，使文自覺成為道的傳喻者、闡述者和言說者；一是歷代沿襲的以文取士的國家官員選拔制度，將文納入古代文治

〔註19〕清・方苞撰，劉季高校點《方苞集》，上海：上海古籍出版社，1983：117。
〔註20〕清・劉大櫆《論文偶記》，北京：人民文學出版社，1959：3。
〔註21〕清・劉大櫆《論文偶記》，北京：人民文學出版社，1959：4。
〔註22〕清・方宗誠《柏堂集》次編卷一，清光緒年間桐城方氏刻本。
〔註23〕清・姚鼐《惜抱軒全集》，國學整理社，1936：46。
〔註24〕清・姚鼐《惜抱軒全集》，國學整理社，1936：36。
〔註25〕清・鄧繹《藻川堂譚藝》，王水照《歷代文話》(第七冊)，上海：復旦大學出版社，2007：6118。
〔註26〕清・劉熙載撰，劉立人、陳文和點校《劉熙載集》，上海：華東師範大學出版社，1993：49。
〔註27〕清・方宗誠《論文章本原》，《柏堂遺書》本。

文化的政治建制，決定了文對政治體制的依存，使文人學士成為儒家政教信仰的佈道者和代言人。因此，可以說中國正統文學中的宣道意識是本質性、自為性的，而非工具性、他為性的。但道如何融化到文章之中卻並非一件容易的事。朱熹曾批評蘇軾「待作文時，旋去討個道來入放裏面」〔註28〕，這也正是絕大多數文章家的弊端所在。桐城派梅曾亮就認為：「昔孔氏之門，有善言德行，有善為說詞者，此自古大賢不能兼矣。」（《答吳子敘書》）〔註29〕吳汝綸也說：「聖人者，道與文故並至，下此則偏勝焉，少衰焉，要皆有孤詣獨到，非可仿傚而襲似之者。」（《記寫本尚書後》）〔註30〕認為「聖人」才能達到「道與文並至」的境界。吳汝綸分析文道難以兼容的原因云：「說道說經，不易成佳文。道貴正，而文者必以奇勝，經則義疏之流暢，訓詁之繁瑣，考證之該博，皆於文體有妨。故善為文者，尤慎於此。退之自言執聖之權，其言道止《原性》《原道》等三篇而已。歐陽辨《易》論《詩》諸篇，不為絕作，其他可知。」（《與姚仲實》）〔註31〕甚至認為「文章」與「義理」壓根就是一對矛盾體：「通白與執事皆講宋儒之學，此吾其前輩家法，我豈敢不心折氣奪。但必欲以義理之說施之文章，則其事至難。不善為之，但墮理障。程朱之文，尚不能盡饜眾心，況餘人乎！方侍郎學行程朱，文章韓歐，此兩事也。欲併入文章之一途，志雖高而力不易赴。」（《答姚叔節》）〔註32〕力倡文以載道的曾國藩慨歎文道交融之難，甚至提出文、道分離：

> 自孔孟以後，惟濂溪《通書》、橫渠《正蒙》，道與文可謂兼交盡至，其次於昌黎《原道》、子固《學記》、朱子《大學序》，寥寥數篇而已。此外，道與文不能不離為二。鄙意欲發明義理，則當法《經說》《理窟》及語錄、劄記……欲學為文，則當掃蕩一副舊習，赤地立新，將前此所習，蕩然若喪其守，乃始別有一番文境。望溪所以不得入古文閫奧者，正為兩下兼顧，以至無可愉悦。（《與劉霞仙書》）〔註33〕

〔註28〕宋·黎靖德《朱子語類》卷一百三十九，北京：中華書局，1986：3319。
〔註29〕清·梅曾亮撰，彭國忠、胡曉明校點《柏硯山房詩文集》，上海：上海古籍出版社，2005：41。
〔註30〕清·吳汝綸《吳汝綸全集》（一），合肥：黃山書社，2002：52。
〔註31〕清·吳汝綸《吳汝綸全集》（三），合肥：黃山書社，2002：235。
〔註32〕清·吳汝綸《吳汝綸全集》（三），合肥：黃山書社，2002：138～139。
〔註33〕清·曾國藩《曾國藩全集·詩文》，長沙：嶽麓書社，1986：247～248。

　　文與道的交融絕非首先在文章中實現，只能來自作者內在。當我們將目光轉向作家主體時，就可以從古代作家論中尋繹出古人求得文道融通的路數。文道融通的根基是作家本身與道相融會，不是「待作文時，旋去討個道來入放裏面」，而是道已內化為自身，隨文而出。曾國藩解決文道交融難題的路數即是如此：

　　　　凡作詩文，有情極真摯，不得不一傾吐之時，然必須平日積理既富，不假思索，左右之情，皆平日讀書積理之功也。若平日蘊釀不深，則雖有真情慾吐，而理不足以適之，不得不臨時尋思義理，義理非一時所可取辦，則不得不求之字句，至於雕飾字句，則巧言取悅，作偽日拙，所謂修詞立誠者，蕩然失其本旨矣！以後真情激發之時，則必視胸中義理何如，如取如攜，傾而出之可也。不然而須臨時取辦，則不如不作，作則必巧偽媚人矣。（《道光二十二年十一月十七日記》）〔註34〕

　　曾氏此論絕非什麼新鮮見解，而是老調重彈。「修辭立其誠」是中國古代文章學領域一個古老而又歷久彌新的重要話題。對於文道融通的難題古人以一「誠」字解之，「孔子曰『修辭立其誠』，是文章之本也……誠，實也……實體諸心、實踐諸行、實驗諸事之謂誠……不誠則為巧言，立其誠則言皆根心而生，始無浮偽之弊」（方宗誠《論文章本原》）〔註35〕，「文以行為本，在先誠其中」（《柳子厚報袁君陳秀才避師名書》）〔註36〕，「誠」是對作家提出的基本要求。「誠」的本義是真實無欺，「誠，信也」〔註37〕。儒道二家談「誠」都是在這個基本涵義上立論。莊子《漁父》云：「真者，精誠之至也。不精不誠，不能動人。故強哭者雖悲不哀，強怒者雖嚴不威，強親者雖笑不和。真悲無聲而哀，真怒未發而威，真親未笑而和。真在內者，神動於外。」〔註38〕《中庸》云：「誠者，真實無妄之謂，天理之本然也。」〔註39〕「誠者，自成也；而道，自道也。誠者，物之終始，不誠無物。是故，君子誠之

〔註34〕清·曾國藩《曾國藩全集·日記》（一），長沙：嶽麓書社，1987：131。
〔註35〕清·方宗誠《論文章本原》卷二，《柏堂遺書》本。
〔註36〕唐·柳宗元撰，吳文治等校點《柳宗元集》，北京：中華書局，1979：880。
〔註37〕清·段玉裁《說文解字注》（據經韻樓原刻本整理影印），上海：上海古籍出版社，1981：92。
〔註38〕陳鼓應《莊子今注今譯》（下冊），北京：中華書局，1983：823。
〔註39〕宋·朱熹《四書章句集注》（新編諸子集成本），北京：中華書局，1983：31。

為貴。」〔註40〕但道家之「誠」直指「法天貴真」，隨順自然天性。儒家卻是要以「天之道」的「誠」來賦予儒道以天然合理性，「誠，五常之本，百行之源也」（《通書·誠下》）〔註41〕，並要求人發揚主觀能動性來復明這種天道與人性相結合的「誠」，即「誠之」，「誠之者，人之道」（《中庸》）〔註42〕。不論是古典儒家「由人及人」的道德思維路線，還是新儒家「由天及人」的道德思維路線，如何實現人性的自我提升與完滿一直是儒家探討的核心問題。孔子認為「為仁由己」，提倡通過「克己復禮」，來達到「從心所欲不逾矩」的道德自由境界。孟子則提出通過「存心」「養氣」「寡欲」的修養，達到「盡心知天」（《孟子·盡心上》）〔註43〕的道德境界。到周敦頤則糅儒家聖人的人格內涵與道佛的修煉方法於一爐，提出「主靜滅欲」的理學修養方法。道學的奠基者二程則棄「靜」主「敬」，朱熹發揮此說形成「居敬窮理」的修養途徑。

尤其值得注意的是，儒家的道德提升貴在「自得」，不論是反心內求，發明心性，還是推身外求，格物明理，都強調自身對道的體悟與自然貼合。孟子說：「君子深造之以道，欲其自得之也。自得之，則居之安；居之安，則資之深；資之深，則取之左右逢其原，故君子欲其自得之也。」（《孟子·離婁章句下》）〔註44〕孟子認為「仁義禮智，非由外鑠我也。我固有之，弗思耳矣」（《孟子·告子上》）〔註45〕，他所謂的「自得」是發明心性，弘揚四端。北宋時期的二程繼承孟子的「自得」學說，一方面強調「『致知在格物』，非由外鑠我也，我固有之也」，另一方面認為「因物有遷，迷而不知，則天理滅矣，故聖人慾格之」，主張格物窮理，但理之「得」卻在內不在外，「學莫貴於自得，得非外也，故曰自得」，「自其外者學之，而得之於內者，謂之明。自其內者得之，而兼於外者，謂之誠。誠與明一也」〔註46〕。南宋朱熹承續二程學說，同樣強調「自得」，他對孟子的「自得」說進行了合乎自己理路的闡釋：「深造之者，進而不已之意。道，則其進為之方也……言君子務於深造而必

〔註40〕宋·朱熹《四書章句集注》（新編諸子集成本），北京：中華書局，1983：33。
〔註41〕宋·周敦頤《周濂溪集》卷五，北京：中華書局，1985：79。
〔註42〕宋·朱熹《四書章句集注》（新編諸子集成本），北京：中華書局，1983：31。
〔註43〕宋·朱熹《四書章句集注》（新編諸子集成本），北京：中華書局，1983：349。
〔註44〕宋·朱熹《四書章句集注》（新編諸子集成本），北京：中華書局，1983：292。
〔註45〕宋·朱熹《四書章句集注》（新編諸子集成本），北京：中華書局，1983：328。
〔註46〕宋·程顥、程頤撰，王孝魚點校《二程集》，北京：中華書局，2004：316～317。

以其道者，欲其有所持循，以俟夫默識心通，自然而得之於己也。自得於己，
則所以處之者安固而不搖；處之安固，則所藉者深遠而無盡；所藉者深，則
日用之間取之至近，無所往而不值其所資之本也。」(《孟子·離婁章句下》)
〔註47〕「自得」不僅僅是「體諸心」，還要在「日用之間」「左右逢其原」。所
以，「誠」就是一種自由合道的境界，「誠者，不勉而中，不思而得，從容中
道，聖人也」(《中庸》)〔註48〕。在這種「誠」的境界下，施之於文，自然可
以做到「逢其原」，使道自然融化在文章之中，從而達到「化工之文」，「化工
之文，義理充足於胸中，觸處洞然，隨感而見，未嘗有意為文，自然不蔓不
支，如天地之元氣充周，四時行，百物生，曷嘗有意安排，自然物各肖物，無
不得所，四子六經之文是也」〔註49〕。

　　「實誠在胸臆，文墨著竹帛」(《論衡·超奇》)〔註50〕，道融於內，文章
則自然流佈，「足於道者，文必自然流出」(劉熙載《文概》)〔註51〕，「大抵
道勝者文不難而自至」(歐陽修《答吳秀才書》)〔註52〕。「足於道」「道勝」
都是指創作主體「誠」的自由狀態，在這種狀態下，文的「自然流出」「自至」，
不是說文章是某種思想的表達，而是一種主體性道德內涵和人文價值內涵的
體現，是某種人格氣質的美感呈現，其更多的是指向文合乎道之法度。

二、文之有體：結構之法度

　　古代文章學非常重視文章的「結構」，與之同義的術語就有附會、布位、
布格、布置等。劉勰論述結構文章云：「何謂附會？謂總文理，統首尾，定與
奪，合涯際，彌綸一篇，使雜而不越者也。若築室之須基構，裁衣之待縫緝。」
(《文心雕龍·附會》)〔註53〕李漁在《閒情偶記·詞曲部上》中論詞曲「結
構」，亦對文章寫作有借鑒意義，其云：「至於結構二字，則在引商刻羽之先，

〔註47〕宋·朱熹《四書章句集注》(新編諸子集成本)，北京：中華書局，1983：292。
〔註48〕宋·朱熹《四書章句集注》(新編諸子集成本)，北京：中華書局，1983：31。
〔註49〕清·方宗誠《讀文雜記》，《柏堂遺書》本。
〔註50〕漢·王充《論衡》，上海：上海古籍出版社，1990：136。
〔註51〕清·劉熙載撰，劉立人、陳文和點校《劉熙載集》，上海：華東師範大學出版
　　　　社，1993：62。
〔註52〕宋·歐陽修撰，李逸安點校《歐陽修全集》(第二冊)，北京：中華書局，2001：
　　　　664。
〔註53〕南朝梁·劉勰撰，王利器校箋《文心雕龍校證》，上海：上海古籍出版社，1980：
　　　　262。

拈韻抽毫之始，如造物之賦形，當其精血初凝，胞胎未就，先為制定全形，使點血而具五官百骸之勢。倘先無成局，而由頂及踵，逐段滋生，則人之一身，當有無數斷續之痕，而血氣為之中阻矣。工師之建宅亦然，基址初平，間架未立，先籌何處建廳，何方開戶，棟需何木，梁用何材，必俟成局了然，始可揮斤運斧。倘造成一架而後再籌一架，則便於前者不便於後，勢必改而就之，未成先毀，猶之築捨道旁，兼數宅之匠資，不足供一廳一堂之用矣。」〔註54〕唐代來中國留學的弘法大師在《文鏡秘書論》中論述文章「定位」云：「凡製於文，先布其位，猶夫行陣之有次，階梯之有依也。先看將做之文，體有大小；又看所為之事，理或多少。體大而理多者，定制宜弘；體小而理少者，置辭必局。須以此義，用意準之。隨所作文，量為定限，既已定限，次乃分位，位之所據，義別為科，眾義相因，厥功乃就。」〔註55〕清代唐彪云：「文章全在布格，格即布置之體段也。雖正變、高下不同，然作文之時，必須先定一格，以為布置之準則，而文乃成片段。」〔註56〕清代朱景昭云：「作文須是先講布置，譬如下棋，總須先識得局面。」〔註57〕都非常強調文章結構的重要性。

　　文章雖以傳達內容為要務，但其有本身外在體制。正如工匠製作器物，必有外在形制之規範。近人唐文治云：「人之居處適其宜，而築室始有結構之法。迺左迺右，迺疆迺理，執事之法度也。殖殖其庭，有覺其楹，匠氏之秩序也。入其門，堂奧顯於前，餘屋廠於外，其不知法度可知也。」〔註58〕為文正如築室，結構無法度亦不能成文。文與詩詞不同，詩詞形體固定，而文，尤其是散文，並沒有固定的結構形式。但並不表明文無形體規範，古代文章學著述中常論及文章要「有體」。宋代張鎡《仕學規範》引李方叔言云：「凡文章之不可無者有四：一曰體，二曰志，三曰氣，四曰韻。」「卑高鉅細，包括並

〔註54〕清・李漁撰，單錦珩校點《閒情偶記》卷一，杭州：浙江古籍出版社，1985：4。

〔註55〕日・遍照金剛撰，盧盛江校考《文鏡秘府論匯校匯考》（第三冊），北京：中華書局，2006：1480。

〔註56〕清・唐彪《讀書作文譜》卷六，王水照《歷代文話》（第四冊），上海：復旦大學出版社，2007：3468。

〔註57〕清・朱景昭《論文剟說》，王水照《歷代文話》（第六冊），上海：復旦大學出版社，2007：5743。

〔註58〕唐文治《國文經緯貫通大義序》，王水照《歷代文話》（第九冊），上海：復旦大學出版社，2007：8241。

載而無所遺；左右上下，各若有職而不亂者，體也。」「文章之無體，譬之無耳目口鼻，不能成人。」〔註59〕呂留良云：「文之有體，猶人之頭目手足也，頭未訖而手已生，目下降而足上出，豈復成形貌哉？」〔註60〕以「體」論文章形態，是以人體為喻形象地說明為文正如為人，具有形體上的規定性，明代左培云：「眉目居上，頤居鼻下，面之部也；頂有髮，踵有趾，身之位也。修短不均，濃纖失度，差數之間而已；伸目於眉，加臀於尻，猶得為人乎？」〔註61〕所謂「有體」就是文章形態的有序、合理和完整性，這是古代對文章結構提出的最基本規範。當然，這種形體上的規定性，是與文章內容緊密合一的，內容與形式的完美結合是最高追求。大體而論，宋以前之文論，多重視文外工夫，強調「道」「理」為文之根本，學習前人文章亦多主張熟讀、整體領悟，對內容的關注遠多於形式。自南宋末起，在總結前人文章，尤其是唐宋文章的過程中，開始關注文章結構，這在當時出現的文章評點中得到明顯體現，如《崇古文訣》評《答任安書》「反覆曲折，首尾相續」〔註62〕，評《送李愿歸盤谷序》「一節是形容得意人，一節是形容閒居人，一節是形容奔走伺候人，卻結在『人賢不肖何如也』一句上」〔註63〕，《文章軌範》評《獲麟解》「此篇僅一百八十餘字，有許多轉換，往復變化，議論不窮」〔註64〕，都是從表達內容的角度論述文章結構。

　　為適應科考的需要，文章結構出現程式化傾向。宋代魏天應《論學繩尺·行文要法》引厚齋馮公語以四部論文章結構：「鼠頭欲精而銳，豕項欲肥而縮，牛腹欲肥而大，蜂尾欲尖而峭。」〔註65〕元代王惲《玉堂嘉話》卷一引王鶚之言論文章布局之法，將文章分為首、腹、尾三部，並提出虎首、豕腹、蠆尾之說〔註66〕。元代陳繹曾《古文矜式》將文章體段分為篇首、篇中和篇

〔註59〕宋・張鎡《仕學規範》卷三十三，文淵閣《四庫全書》本。

〔註60〕清・呂留良《呂晚邨先生論文匯鈔》，王水照《歷代文話》（第四冊），上海：復旦大學出版社，2007：3344。

〔註61〕明・左培《書文式·文式》卷下，王水照《歷代文話》（第三冊），上海：復旦大學出版社，2007：3168。

〔註62〕宋・樓昉《崇古文訣》卷四，文淵閣《四庫全書》本。

〔註63〕宋・樓昉《崇古文訣》卷九，文淵閣《四庫全書》本。

〔註64〕宋・謝枋得《文章軌範》卷五，文淵閣《四庫全書》本。

〔註65〕宋・魏天應《論學繩尺·行文要法》，王水照《歷代文話》（第一冊），上海：復旦大學出版社，2007：1079。

〔註66〕元・王惲撰，楊曉春點校《玉堂嘉話》，北京：中華書局，2006：41。

尾三部，並提出：「篇首欲包含一篇大旨，貴乎明而緊。篇中欲曲折周密，鋪陳詳盡，引用飽滿。篇尾欲點綴丁寧，發送輕快。」〔註67〕其《文說》將文章分為頭、腹、腰、尾四部，提出：「頭：起頭欲緊而重。大文五分腹，二分頭額；小文三分腹，一分頭額。腹：中欲滿而曲折多。腰：欲健而快。尾：結欲輕而意足，如駿馬注坡，三分頭，二分尾。」〔註68〕其《文筌》將文章結構分為起、承、鋪、敘、過、結六部，並云：「起，貴明切，如人之有眉目。承，貴疏通，如人之有咽喉。鋪，貴詳悉，如人之有心胸。敘，貴轉折，如人之有腹藏。過，貴重實，如人之有腰臀。結，貴緊快，如人之有手足。」〔註69〕清代王之績《鐵立文起》承厚齋馮公之論云：「起猶龍頭，欲其嚴整；接猶豹項，欲其健警；鋪敘猶豕腹，欲其肥潤；收拾猶鳳尾，欲其峭麗。」〔註70〕方宗城以樂章為喻將篇章分為開首、中間和後三部，「孔子論樂一章，以之行文，極文章之妙。凡文字，開首要渾涵包括，將全篇精神振起，一如樂之始作翕如，五音六律一齊合作起來。中間要縱橫開合，抑揚頓挫，卻又要條理分明，變化不測，一如樂之中純如皦如而不亂。到後卻要意遠神長，言窮而意無盡，意盡而韻不絕，一如樂之繹如也以成，庶乎其得文章之妙矣」〔註71〕。清代何家琪《古文方》分文章體段為「起、中、結」三部，「起」：「凡文最重發端。起立案，源頭立論，高唱而入，或序冠於首，則通篇皆得綱領。」「中」：「腹也，貴特起，陡接，突轉，如山之奇峰，又如江之大波，忽然湧出，令人震戒。」「結」：「結如百川之海也，與起相應，以成章法。」〔註72〕明代高琦曾將文章結構進行圖示化表述，更能體現文章結構的程式化特點：

〔註67〕元·陳繹曾《古文矜式》，王水照《歷代文話》（第二冊），上海：復旦大學出版社，2007：1297。
〔註68〕元·陳繹曾《文說》，王水照《歷代文話》（第二冊），上海：復旦大學出版社，2007：1342。
〔註69〕元·陳繹曾《文筌》，王水照《歷代文話》（第二冊），上海：復旦大學出版社，2007：1243。
〔註70〕清·王之績《鐵立文起後編》卷八，王水照《歷代文話》（第四冊），上海：復旦大學出版社，2007：3828。
〔註71〕清·方宗誠《論文章本原》卷二，《柏堂遺書》本。
〔註72〕清·何家琪《古文方》，王水照《歷代文話》（第六冊），上海：復旦大學出版社，2007：6039～6041。

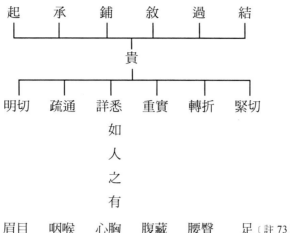

　　這種程式化的文章結構，是與內容相對脫離的產物，雖對初學者不無裨益，但亦會形成對寫作的束縛。所以，陳繹曾在構架文章結構的同時，一方面提出文章起、承、鋪、敘、過、結六節體段，同時主張要融通靈活，認為：「然或用其二，或用其三四，不可，以至於五六七。可隨宜增減，有則用之，無則已之，若強布擺，即入時文境界矣。」〔註74〕內容是文章生命力所在，時文的程式化久遭詬病，其弊即在不與內容完美結合的文章程序缺乏生命力。這種程式化的結構正如土偶木人，徒具其形，卻無精神血脈，不能稱為「有體」，是對文章結構法度的背離。

三、大體則有：文體之法度

　　古代文章興盛的一個重要標誌是體類繁多，各種文體經過長期歷史發展，形成各自相對獨立和穩定的總體特質，古人稱之為「體」「體制」「體格」等。文章寫作要根據各自體類的要求進行，否則就會「失體」。王安石見蘇軾所作《醉白堂記》後，調侃說：「文詞雖極工，然不是《醉白堂記》，乃是《韓白優劣論》耳。」（黃庭堅《書王元之竹樓記後》）〔註75〕即因蘇軾以「論」體來寫「記」。所以，為文先「正體制」。劉勰云：「夫才童學文，宜正體制。」（《文

〔註73〕明‧高琦《文章一貫》，王水照《歷代文話》（第二冊），上海：復旦大學出版社，2007：2158。

〔註74〕元‧陳繹曾《文章歐冶》，王水照《歷代文話》（第二冊），上海：復旦大學出版社，2007：1243。

〔註75〕宋‧黃庭堅撰，劉琳、李勇先、王蓉貴校點《黃庭堅全集》（第二冊），成都：四川大學出版社，2001：660。

心雕龍・附會》）〔註76〕宋朝倪思云「文章以體制為先，精工次之」，寫作假如失其體制，「雖浮聲切響，抽黃對白，極其精工，不堪謂之文矣」（《諸儒總論作文法》）〔註77〕。

羅根澤在《中國文學批評史》中認為「體」指向有二：「中國所謂文體，有兩種不同的意義：一是體派之體，指文學的格（風格）而言，如元和體、西體、李長吉體、李義山體……皆是也。一是體類之體，指文學的類別而言，如詩體、賦體、論體、序體……皆是也。」〔註78〕體派之體主要針對詩而言，因詩類簡單，且外在體制固定，因此個性化風貌成為品評重點。而文與詩不同，古代文章種類繁多，體首要指「類」。文之有類，其來遠矣。徐師曾《文體明辨序》將文章有類溯源於《詩》《書》，《詩》分風、雅、頌和賦、比、興，《書》分辭、命、誥、會、禱、諜六辭〔註79〕。漢末蔡邕《獨斷》分天子下行文書為策書、制書、詔書、戒書四類，分臣子上行文書為章、奏、表、駁議四類，並對每一種文體的用途和寫作要求都作了具體說明，辨體已相當明晰〔註80〕。魏晉南北朝時期，曹丕《典論・論文》分文章為四科八體，陸機《文賦》在此基礎上進而分成十體，梁代昭明太子蕭統以文體分卷編《文選》分文體為三十八類，劉勰《文心雕龍》論述的文體有三十三種，明代吳訥《文章辨體》分文體五十九類，徐師曾《文體明辨》分文體一百二十七類，清末王兆芳《文章釋》分文體一百四十三類，近人吳曾祺《涵芬樓文談》更是細分達二百一十三類之多。「體」儘管有「類」之含義，古代文章家亦常在這個義項上使用，但「體」與「類」並不完全是同一個概念。中國古代文章是基於「用」而興盛，文體分類的細密正是緣於社會實用領域的眾多。而特定的交際目的、內容、範圍等語境因素會對人們使用的語言進行制約，經過一段時間的創作實踐，就會在一定的文類中形成相對穩定的語用風貌與規範。文之有類是語用風貌發生分化的動因，而語用風貌的成熟和相對定型又是文類確立的表徵。對此，清人徐枋闡述得頗為明瞭：「文章重體類。《書》曰：『辭尚體要。』

〔註76〕南朝梁・劉勰撰，王利器校箋《文心雕龍校證》，上海：上海古籍出版社，1980：262。

〔註77〕明・吳納，于北山校點《文章辨體序說》，北京：人民文學出版社，1962：14。

〔註78〕羅根澤《中國文學批評史》，上海：上海古籍出版社，1984：146。

〔註79〕明・徐師曾撰，羅根澤校點《文體明辨序說》，北京：人民文學出版社，1962：77。

〔註80〕漢・蔡邕《獨斷》卷上，《四部叢刊三編》本。

《易》曰：『方以類聚。』既有體，斯有類矣……苟體之不分，則類於何有？」〔註81〕概而言之，用使文之有類，類使文之有體，而有體方能使文之成類，文之有類方能各有其用，可圖示如下：

用 ◀━━━▶ 類 ◀━━━▶ 體

　　「體」在文章學領域兼具文類和體貌二個涵義。有時偏指文章類別，如曹丕提出的「奏議宜雅，書論宜理，銘誄尚實，詩賦欲麗」「八體四科」之說；有時偏指文章風貌，如劉勰將文章歸屬八體，「若總其歸塗，則數窮八體：一曰典雅，二曰遠奧，三曰精約，四曰顯附，五曰繁縟，六曰壯麗，七曰新奇，八曰輕靡」（《文心雕龍·體性》）〔註82〕。清人陳繼昌《文法心傳序》則云：「清真雅正，文之體也；反正開合，文之法也。」〔註83〕但是文章體類和體貌實是一體二面的存在，不可截然分割。南宋陳騤《文則》將春秋之文別為八「體」，就同時兼指體類和體貌而言，「春秋之時，王道雖微，文風未殄，森羅辭翰，備括規摹。考諸《左氏》，摘其英華，別為八體，各係本文：一曰命婉而當，二曰誓謹而嚴，三曰盟約而信，四曰禱切而愨，五曰諫和而直，六曰讓辯而正，七曰書達而法，八曰對美而敏」〔註84〕。詳考「體」字本身亦形神兼指。「體」本字是「軆」，形聲，從骨，豊聲，今簡化為「体」，其本義為「身體」。《說文解字》云：「體，總十二屬也。」段注云：「首之屬有三：曰頂，曰面，曰頤；身之屬三：曰肩，曰脊，曰臀；手之屬三：曰肱，曰臂，曰手；足之屬三：曰股，曰脛，曰足。」〔註85〕「體」的原初義為人身體之總稱、生命之總屬，先秦典籍多是在這個意義上使用「體」字，如《莊子·天地》「形體保神」〔註86〕、《孟子·告子上》「體有貴賤」〔註87〕等等。魏晉六朝的人物品評大量使用「體」字，涵義與原初義有所不同，如《宋書·謝景仁

〔註81〕清·徐枋《論文雜語》，王水照《歷代文話》（第四冊），上海：復旦大學出版社，2007：3299～3300。

〔註82〕南朝梁·劉勰撰，王利器校箋《文心雕龍校證》，上海：上海古籍出版社，1980：191。

〔註83〕清·陳繼昌《文法心傳序》，王水照《歷代文話》（第六冊），上海：復旦大學出版社，2007：5314。

〔註84〕宋·陳騤撰，劉彥成注譯《文則注譯》，北京：書目文獻出版社，1988：185。

〔註85〕清·段玉裁《說文解字注》，上海：上海古籍出版社，1981：166。

〔註86〕陳鼓應《莊子今注今譯》（中冊），北京：中華書局，1983：309。

〔註87〕宋·朱熹《四書章句集注》（新編諸子集成本），北京：中華書局，1983：334。

傳》「器體淹中」〔註88〕，《晉書・郗鑒傳》「體識沖粹」〔註89〕，《宋書・王景文傳》「體兼望實」〔註90〕，《抱朴子・遐覽》「體望高亮」〔註91〕，指人的器量、見識、風姿、神態、威望、品質等內容。延及文論領域，文章之「體」自然也兼具形神，形針對文類形制而言，神則主要針對文章的語用風貌而言。

不同體類的文章有不同的形制要求，徐師曾《文體明辨序》云：「夫文章之有體裁，猶宮室之有制度，器皿之有法式也。為堂必敞，為室必奧，為臺必四方而高，為樓必狹而修曲，為笘必圓，為籧必方，為簫必外方而內圓，為簋必外圓而內方，夫固各有當也。苟舍制度法式而率意為之，其不見笑於識者鮮矣，況文章乎？」〔註92〕我國古代文章領域有悠久的「辨體」傳統，如「作文之法，首在辨體」〔註93〕，「文章莫先於辨體」〔註94〕，「學力既到，體制亦不可不知，如記、贊、銘、頌、序、跋，各有其體。不知其體，則喻人無容，雖有實行，識者幾何人哉？體制既熟，一篇之中，起頭結尾，繳換曲折，轉折反覆，照應關鎖，綱目血脈，其妙不可以言盡，要須自得於古人」〔註95〕，「文莫先於辨體，體正而後意以經之，氣以貫之，詞以飾之。體者，文之幹也；意者，文之帥也；氣者，文之翼也；詞者，文之華也」〔註96〕。但外在形制易別，內在語用風格難辨。文之語用規範一旦基本定型，就會在人們心目中形成一種心理預期，作家會以此引導創作，讀者亦會以此審視作品。為文首在辨體，很重要的一個方面就是要明確各文體的語用風格。《文心雕龍・定勢》論為文必須要選擇正確的體裁，「夫情致異區，文變殊術，莫不因情立體，即體成勢也」。但在劉勰看來，文體風格和體裁是密不可分的，體裁主要體現為文章風格，「勢者，乘利而為制也……圓者規體，其勢也自轉；方者矩形，其勢也自安；文章體勢，如斯而已。是以模經為式者，自入典雅之懿，效

〔註88〕梁・沈約《宋書》卷五十二，北京：中華書局，1974：1495。
〔註89〕唐・房玄齡等《晉書》卷六十七，北京：中華書局，1974：1797。
〔註90〕梁・沈約《宋書》卷八十五，北京：中華書局，1974：2179。
〔註91〕東晉・葛洪《抱朴子・內篇》卷十九（諸子集成本），北京：中華書局，1954：95。
〔註92〕明・徐師曾撰，羅根澤校點《文體明辨序說》，北京：人民文學出版社，1962：77。
〔註93〕吳曾祺《涵芬樓文談・辨體》，上海：商務印書館，1933：12。
〔註94〕來裕恂撰，高維國、張格注釋《漢文典》，天津：南開大學出版社，1993：292。
〔註95〕元・潘昂霄《金石例》卷九，文淵閣《四庫全書》本。
〔註96〕清・田同之《西圃文說》卷三，王水照《歷代文話》（第四冊），上海：復旦大學出版社，2007：4096。

騷命篇者，必歸豔逸之華，綜意淺切者，類乏醞藉，斷辭辨約者，率乖繁縟；譬激水不漪，槁木無陰，自然之勢也」。因此，作者為文必須要符合各體裁的風格特徵，而不應有所舛誤，「是以括囊雜體，功在詮別，宮商朱紫，隨勢各配。章表奏議，則準的乎典雅；賦頌歌詩，則羽儀乎清麗；符檄書移，則楷式於明斷；史論序注，則師範於核要；箴銘碑誄，則體制於宏深；連珠七辭，則從事於巧豔。此循體而成勢，隨變而立功者也」（《文心雕龍·定勢》）〔註 97〕。古代凡辨體之著述和論述，大都皆不離語用風格的辨析。元代陳繹曾《古文矜式》「識體」云：「體格明則規矩正」，並一一寫明各體風格，如「敘事之文貴簡實」，其中又細分為「記，以記事，貴方整」「傳，以傳事，貴覈實」「錄，以錄事，貴質實」「碑，以志悲，故哀慕」，又如「議論之文貴精到」，並進一步細分為議、論、辯、說、解、難、戒、箴、評、贊、題、跋、喻、原、策、奏，一一表明其語體風格〔註 98〕。其《文說》單列「明體法」，如「頌：宜典雅和粹。樂：宜古雅諧韶。贊：宜溫潤典實」〔註 99〕等等。近人林紓《文微》列「明體第二」，亦從語用風格論明體，如「說理文字，最怕火色太濃而不自然」「論事文須蓬勃真摯」〔註 100〕等等。在辨析文體風格時，大多從正面立論，亦有論者從反面論述，論各體文之禁忌，清代李紱《古文辭禁》列「古文辭禁八條」云：禁用儒先語錄、禁用佛老唾餘、禁用訓詁講章、禁用時文評語、禁用四六駢語、禁用傳奇小說、禁用市井鄙言〔註 101〕。吳德旋《初月樓古文緒論》論古文有五忌：「古文之體，忌小說，忌語錄，忌詩話，忌時文，忌尺牘。此五者不去，非古文也。」〔註 102〕當然，同一文體在整體語用規範相對統一的基礎上，尚有用辭特點之不同，如徐師曾就明辨「體」與「辭」：「或謂文本無體，亦無正變古今之異，而援周、孔以為證。殊不知《無逸》

〔註 97〕南朝梁·劉勰撰，王利器校箋《文心雕龍校證》，上海：上海古籍出版社，1980：201。

〔註 98〕元·陳繹曾《古文矜式》，王水照《歷代文話》（第二冊），上海：復旦大學出版社，2007：1294。

〔註 99〕元·陳繹曾《文說》，王水照《歷代文話》（第二冊），上海：復旦大學出版社，2007：1340。

〔註 100〕林紓《文微》，王水照《歷代文話》（第七冊），上海：復旦大學出版社，2007：6532。

〔註 101〕清·李紱《古文辭禁八條》，王水照《歷代文話》（第四冊），上海：復旦大學出版社，2007：4007～4009。

〔註 102〕清·吳德旋《初月樓古文緒論》，北京：人民文學出版社，1959：19。

《周官》，訓也，不可混於誥；《多士》《多方》，誥也，不可同於訓。此文之體也。其文或平正而易解，或佶屈而難讀。平正者經史官之潤色，佶屈者記矢口之本文，乃文之辭，非文之體也。」〔註103〕「辭」可在語用規範的基礎上發生變化，卻不能改變文體的基本語用特性。

為文辨體是通識，體不辨為文之大病痛，黃庭堅批評韓愈和杜甫不辨文體之病云：「詩文各有體，韓以文為詩，杜以詩為文，故不工爾。」〔註104〕王夫之在《夕堂永日緒論外編》中云：「司馬、班氏史筆也，韓、歐序記雜文也，皆與經義不相涉。經義豎兩義以引申經文，發其立言之旨，豈容以史與序記法攪入？一段必與一篇相稱，一句必與一段相稱。截割彼體，生入此中，豈復成體？要之，文章必有體。體者，自體也。婦人而髯，童子而有巨人之指掌，以此謂之某體某體，不亦偵乎？」〔註105〕清代徐枋曾自評其文云「此文有三謬」：「一曰體裁之謬。人家行狀，雖云件繫，然實是敘傳中文，須語其大者、重者，今逐歲挨排，直是年譜，隨地標題，直是遊記，失其要矣。」〔註106〕清代陳用光在《睿吾樓文話序》中云：「凡文皆有體裁，苟體裁不合，則前人所謂以注疏為記序，以詞賦為書狀。格既乖忤，詞鮮切當，雖廣搜旁摭，皆得謂之杜撰也。」〔註107〕甚至有論者強調嚴辨文體，明代徐師曾有感於文類繁多，主張「辨體當愈嚴」，「蓋自秦漢而下，文愈盛；文愈盛，故類愈增；類愈增，故體愈眾；體愈眾，故辨體當愈嚴」〔註108〕。近人吳曾祺在《涵芬樓文談》中主張：「文體既分，則行文之得失，自當依體為斷，每體各有一定格律，凜然不可侵犯。」〔註109〕與「謹嚴體制」的辨體論不同，古代還存在大量破體為文的論述和創作實踐。劉孝綽《昭明太子集序》云：

〔註103〕明‧徐師曾撰，羅根澤校點《文體明辨序說》，北京：人民文學出版社，1962：77～78。

〔註104〕宋‧王正德《餘師錄》卷一，文淵閣《四庫全書》本。

〔註105〕清‧王夫之《夕堂永日緒論外編》，戴鴻森《薑齋詩話箋注》，北京：人民文學出版社，1981：206。

〔註106〕清‧徐枋《論文雜語》，王水照《歷代文話》（第四冊），上海：復旦大學出版社，2007：3298。

〔註107〕清‧葉元墀《睿吾樓文話》，王水照《歷代文話》（第六冊），上海：復旦大學出版社，2007：5357。

〔註108〕明‧徐師曾撰，羅根澤校點《文體明辨序說》，北京：人民文學出版社，1962：78。

〔註109〕吳曾祺《涵芬樓文談‧辨體》，上海：商務印書館，1933：13。

「孟堅之頌，尚有似贊之譏；士衡之碑，猶聞類賦之貶。」〔註110〕蕭齊時
張融《門律・自序》云：「吾文章之體，多為世人所驚，汝可師耳以心，不
可使耳為心師也。夫文豈有常體，但以有體為常，政當使常有其體……吾之
文章，體亦何異，何嘗顛溫涼而錯寒暑，綜哀樂而橫歌哭哉？政以屬辭多出，
比事不羈，不阡不陌，非途非路耳。然其傳音振逸，鳴節竦韻，或當未及，
亦已極其所矣。汝若復別得體者，吾不拘也。」（《南齊書・張融傳》）〔註111〕
都反映出當時為文破體的現象。當時文論家亦對此種現象給予關注，陸機認
為「雖離方而遁圓，其窮形而盡相」〔註112〕，劉勰主張「設文之體有常，
變文之數無方」「文辭氣力，通變則久，此無方之數也」（《文心雕龍・通變》）
〔註113〕。但，總體而言，中唐以前，「有乖文體」的現象比較少見。「破體為
文」在創作實踐中大量出現始於韓愈、柳宗元，他們以「詩」為文，引入詩歌
抒情性因素，大大增強了實用性文章的情致和感染力，使文章的語用風格發
生較大變化，如韓愈的贈序、柳宗元的山水遊記都對原有文體進行了突破。
對這種文體間的會通，宋人陳善甚是肯定，其云：「韓以文為詩，杜以詩為文，
世傳以為戲。然文中要自有詩，詩中要自有文，亦相生法也。文中有詩，則句
語精確；詩中有文，則詞調流暢。謝元暉曰『好詩圓美流暢如彈丸』，此所謂
詩中有文也。唐子西曰『古人雖不用偶麗，而散句之中，暗有聲調，步趨馳
騁，亦有節奏』，此所謂文中有詩也。」〔註114〕韓柳甚至以唐代新興的以虛構
為主的文學樣式「傳奇小說」為文，打破了古代文章實錄的文體風格，如韓
愈的《毛穎傳》《送窮文》《祭鱷魚文》、柳宗元的《李赤傳》《河間婦傳》等，
完全突破了傳記文體嚴肅雅正的風格要求。韓柳開拓於前，自宋代以後，破
體為文就成為一種風氣，文章家亦多有肯定之論。宋代陳模對破體為文大加
激賞，「後山云：『退之作記記其事，今之記乃論也。』蓋言其體制。然亦不可
拘於體制。若徒具題目興造之由，而無所發明，則滔滔者皆是。須是每篇有

〔註110〕　清・嚴可均輯《全上古三代秦漢三國六朝文・全梁文》卷六十，北京：中華
　　　　　書局，1958：3312。
〔註111〕　梁・蕭子顯《南齊書》卷四十一，北京：中華書局，1972：729。
〔註112〕　西晉・陸機撰，張少康集釋《文賦集釋》，上海：上海古籍出版社，1984：
　　　　　71。
〔註113〕　南朝梁・劉勰撰，王利器校箋《文心雕龍校證》，上海：上海古籍出版社，
　　　　　1980：198。
〔註114〕　宋・陳善《捫虱新話》（據涵芳樓舊版影印）卷九，上海：上海書店，1990年。

所發明，有警策過人處，方可傳遠。只如東坡作《寶繪堂記》，卻反說愛畫者自是一病。作《思堂記》卻說有所思便不好。都是後面略略收歸來題目，便捉縛他不住。《眾妙堂記》只說夢起，《蓋公堂記》只說鄉人有病痞者起，凡數百言，只於後面一兩行說作堂之意，此等又豈可以律以常體？又如《赤壁賦》二，自我作古，又豈可律之以《楚辭》拍調？杜詩云：『一洗萬古凡馬空。』當以此法論。」〔註115〕明代范應賓為陳懋仁的《文章緣起注》題辭云：「（文體）日新月盛，互為用而各不相襲。」提倡體之變和破體為法：

> 顧經不敢擬，經亡矣；子史不能擬，子史亡矣。其他摹古摛辭，
> 拙者剽鵠，工者助瀾。由兩漢而還，文之體未嘗變，而文漸以靡。詩
> 則《三百篇》變而《騷》，《騷》變而賦，賦變而樂府，而歌行，而律，
> 而絕，日新月異，互為用而各不相襲。此何以故？則安在斤斤沿體為！
> 體者法也，所以法非體也，離法非法，合法亦非法，若離若合，政其
> 妙處不傳，而實未嘗不傳。《易》曰：「擬議以成其變化。」不有體，
> 何以擬議？不知體之所從出，何以為體，而極之於無所不變？〔註116〕

謝廷授序陳懋仁《續文章緣起》，亦力倡文體之變，認為一種文體發展到極處，「工太甚則復拙」，須有變化方能延續，「文有萬變，有萬體，變為常極，體為變極。變不極，則體亦不工。工者，起之歸而絕之會也」，並舉例云「伏羲極古今三才之變，而《易》以工；堯舜極天下人文之變，而《典》《謨》以工。故《書》起於《易》者也，《詩》起於《書》者也，《春秋》起於《詩》者也。《春秋》體極而《春秋》絕，《詩》體極而《詩》絕，《書》體極而《書》絕，《易》體極而《易》絕。《易》雖絕，而如線之脈，猶寄於《書》《詩》之文。《書》讀《詩》詠，理躍神傳，玩《易》者猶遅思焉。《書》《詩》絕而《易》絕，《易》既絕，而秦漢唐宋之文起，其體又萬變矣」，所以「極其變而其體始備，體既備而其文始工」〔註117〕。劉熙載則認為「文之理法通於詩，詩之情志通於文。作詩必詩，作文必文，非知詩文者也」（《遊藝約言》）〔註118〕，

〔註115〕宋·陳模撰，鄭必俊校注《懷古錄校注》卷下，北京：中華書局，1993：88。
〔註116〕明·陳懋仁《文章緣起注》，王水照《歷代文話》（第三冊），上海：復旦大學出版社，2007：2515。
〔註117〕明·陳懋仁《續文章緣起》，王水照《歷代文話》（第三冊），上海：復旦大學出版社，2007：2542。
〔註118〕清·劉熙載撰，劉立人、陳文和點校《劉熙載集》，上海：華東師範大學出版社，1993：573。

文、詩各以偏重「理法」「情志」為特徵，但可互攝相通，肯定「破體為文」的必然性。

　　文章破體的動力是適於用，明代顧爾行《刻文體明辨序》云：「文有體，亦有用。體欲其辨，師心而匠意，則逸轡之御也。用欲其神，拘攣而執泥，則膠柱之瑟也。《易》曰：『擬議以成其變化。』得其變化，將神而明之，會而通之，體不詭用，用不離體。」〔註119〕文章因「用」而成，亦因「用」而變，體不應成為「用」的束縛和桎梏，而不適於用亦即不合體，「文有大佳而可謂大不通者，不知體者也。刑官榜示獄卒者，有『郭井之魂，鵠亭之骨，齊車之矢，姚宮之針』，為語非不典麗，而要非獄卒所能解矣」〔註120〕。破體為文遵循的是一種用法而又超法、有法而無定法的語用原則，這一為文實踐的文化根基是中國古代基於適用基礎上的「通變」之說。也正是由於破體為文的理論和實踐才大大促進了我國古代文章創作的繁盛和發展，「古代散文的文體應『用』而生，由於時代的變遷和作家表情達意的需要，作家往往會打破某種文體的固定格式和寫作通例，而將某幾種文體的某些文體創作風格和表現手法綜合起來加以運用，這就使文體與文體之間呈現互相滲透、取長補短的情況，推動了散文文體的演變與發展」〔註121〕。故此，目前學界對破體為文一直較為贊同，而對古代文論中的辨體、尊體頗有微辭，認為過於保守，阻礙了文章的開拓創新與發展。但，破體應基於尊體之上，體之不尊亦無破體可言。劉勰在《文心雕龍·通變篇》中雖倡文之變通，「文律運周，日新其業。變則堪久，通則不乏」，但此論是基於「設文之體有常」〔註122〕，且非常不滿時人「穿鑿取新」的行為，《定勢篇》即譏云「近代辭人，率好詭巧，原其為體，訛勢所變，厭黷舊式，故穿鑿取新」〔註123〕。文體有其開放性，但又有其自身的確定結構，它可以吸納其他文體各種要素，但又要保持自身界限。而且破體為文倘運用不當，亦會對文體帶來弊端，對於韓愈的以文為詩，程

〔註119〕明·徐師曾撰，羅根澤校點《文體明辨序說》，北京：人民文學出版社，1962：75。
〔註120〕清·魏際瑞《伯子論文》，王水照《歷代文話》（第四冊），上海：復旦大學出版社，2007：3599。
〔註121〕吳承學《中國古典文學風格學》，廣州：花城出版社，1993：3。
〔註122〕南朝梁·劉勰撰，王利器校箋《文心雕龍校證》，上海：上海古籍出版社，1980：198～199。
〔註123〕南朝梁·劉勰撰，王利器校箋《文心雕龍校證》，上海：上海古籍出版社，1980：202。

千帆先生在《韓愈以文為詩說》中下了一個較為公允的結論，他認為韓愈以文為詩一方面表現了在藝術上打破常規，開創了宋詩的新風貌，另一方面又造成「用詩來講哲理」的壞影響〔註124〕。

對於文章體制上的守與破，元代王若虛有著精彩的論述：

或問：「文章有體乎？」曰：「無。」又問：「無體乎？」曰：「有。」「然則果何如？」曰：「定體則無，大體須有。」（《文辨》）〔註125〕

文雖無定體，終歸「體則常有」，破體為文可使某類文體極具靈活性而富含張力，但其基本的文體規範卻不可蔑棄。即如蘇軾這樣的破體大家，其文「如萬斛泉源，不擇地而出」，仍是「出新意於法度之中」，而非無法無度的天馬行空。古代文章家深識體之「辨」與「變」之關係，正是在「辨」與「變」的對立統一中推動文體向前發展，既強調體之根本特性，又正視變體與別體的存在。從下表歷代文論家對「記」體的論述中，我們可以清晰地看到古代文章家對文體這種「辨」「變」關係的認識與把握（見表2）。

表2　歷代文論家論「記」

朝代	論者	內　容
北宋	陳師道	退之作記，記其事耳，今之記，乃論也〔註126〕。
南宋	真德秀	「記」以善敘事為主。《禹貢》《顧命》，乃記之祖。後人作記，未免雜以議論〔註127〕。
元	陳繹曾	以記事，貴方整〔註128〕。 宜簡實方正，而隨所紀之人變化〔註129〕。
元	潘昂霄	記者，記事之文也〔註130〕。
明	吳訥	「記」之名，始於《戴記‧學記》等篇；「記」之文，《文選》弗載。後之作者，固以韓退之《畫記》、柳子厚遊山諸記為體之正。然觀韓

〔註124〕程千帆《程千帆詩論選集》，太原：山西人民出版社，1990：205～230。

〔註125〕元‧王若虛《滹南遺老集》卷三十七，《四部叢刊初編》本。

〔註126〕宋‧陳師道《後山集》卷二十三，文淵閣《四庫全書》本。

〔註127〕明‧吳訥撰，于北山校點《文章辨體序說》，北京：人民文學出版社，1962：41。

〔註128〕元‧陳繹曾《古文矜式》，王水照《歷代文話》（第二冊），上海：復旦大學出版社，2007：1294。

〔註129〕元‧陳繹曾《文說》，王水照《歷代文話》（第二冊），上海：復旦大學出版社，2007：1341。

〔註130〕元‧潘昂霄《金石例》卷九，文淵閣《四庫全書》本。

		之《燕喜亭記》，亦微載議論於中。至柳之《記新堂》《鐵爐步》，則議論之辭多矣。迨至歐、蘇而後，始專有以議論為「記」者。 大抵記者，蓋所以備不忘……敘事之後，略作議論以結之，此為正體。至若范文正公之《記嚴祠》、歐陽文忠公之《記畫錦堂》……雖專尚議論，然其言足以垂世而立教，弗害其為體之變也〔註131〕。
明	徐師曾	記：按《金石例》云：「記者，紀事之文也。」……其文以敘事為主，後人不知其體，顧以議論雜之。故陳師道云：「韓退之作記，記其事耳；今之記乃論也。」蓋亦有感於此矣。然觀《燕喜亭記》已涉議論，而歐、蘇以下，議論浸多，則記體之變，豈一朝一夕故哉？ 又有託物之寓意者，有首之以序而以韻語為記者，有篇末系以詩歌者，皆為別體〔註132〕。
明	譚濬	記，疏也，謂一一分別記之也。《博物志》曰：「賢者著述曰記。」記事物，具始末，原於《禮記》《學記》《考工記》，變為雜記。若鄭朋奏記於蕭望，阮籍奏記於蔣濟，又一義也〔註133〕。
明	陳懋仁	記者，所以敘事識物，以備不忘，非專尚議論者也〔註134〕。
清	王之績	記之體，正如韓愈《畫記》，變如范仲淹《岳陽樓記》，變不失正如柳宗元《監察使壁記》，別體正體如王績《醉鄉記》，託物以寓意。韓愈《汴州東西水門記》，首之以序而以韻語為記。別體變不失正，如蘇洵《張益州畫像記》，篇末系以詩歌。〔註135〕
近	來裕恂	記者，記事之終始、物之本末也。其名始於《考工記》。有記事、記物、雜記三體。文以敘事為主，然歐、蘇以下，則雜以議論。有託物以寓意者，如王績《醉鄉記》是也；始用序文而記以韻語者，如韓愈《汴州東西水門記》是也；篇末系以詩者，如范仲淹《嚴先生祠堂記》是也。是皆別體也。〔註136〕

四、出言有章：創作之法度

　　文章創作神變多端，但亦有其規範、法度。清人何家琪云：「局格即章法，

〔註131〕明·吳訥撰，于北山校點《文章辨體序說》，北京：人民文學出版社，1962：41。

〔註132〕明·徐師曾撰，羅根澤校點《文體明辨序說》，北京：人民文學出版社，1962：145。

〔註133〕明·譚濬《言文》，王水照《歷代文話》（第三冊），上海：復旦大學出版社，2007：2422。

〔註134〕明·陳懋仁撰《文章緣起注》，王水照《歷代文話》（第三冊），上海：復旦大學出版社，2007：2530。

〔註135〕清·王之績《鐵立文起》前編卷二，王水照《歷代文話》（第四冊），上海：復旦大學出版社，2007：3664。

〔註136〕來裕恂撰，高維國、張格注釋《漢文典注釋》，天津：南開大學出版社，1993：307～308。

文之所以成體也，雖極變化，中有一定而不可易。」〔註137〕所謂「中有一定而不可易」，正是意識到文章創作有基本的規範和要求。對此，清人張秉直有著精彩的論述：「文章變化之妙，雖無定式，而可以一言括之，曰成章而已。無變化不言成章，強變化而失紀律，亦非所謂成章也。譬如群山東行，高下、偃仰、疾徐、紆直、停奔，極參差不齊之致，顧徐察其條理、脈絡，井然不亂，斐然可觀也。」〔註138〕

「成章而已」出自《詩經·小雅·都人士》「出言有章」，可見文章創作的這種基本規範其來久遠。章，會意，從音十。音指音樂，「十」是個位數已終了的數，合起來表示音樂完畢。本義：音樂的一曲。《說文解字》云：「章，樂竟為一章。」〔註139〕所以「章」字本身蘊涵著形態的完整性。考「章」字本有「法規」「法式」之義，如《詩·大雅·抑》：「夙興夜寐，灑掃廷內，維民之章。」鄭玄於「章」字即箋注為：「章，文章法度也。」〔註140〕對於「章」字引入文論領域的意義，王懋公有著深刻的認識，《鐵立文起》載：「王懋公云：《逸雅》既釋文矣，何獨於章而遺之？按《六書精蘊》云：『章，樂之一成也，字意從音從十，條理自始而終也。』章與文同。文也者，其輝光也；章也者，其節奏也。節訓止，奏訓進，取進止不越軌度之義。於此可悟行乎其所不得不行、止乎其所不得不止，正文家之大章法也。章法具而後成文，亦猶條理全而後成樂。」〔註141〕所謂「成章而已」即是指文章創作儘管千變萬化，但必須保持文章內在的有序性和完整性。

但做到「出言成章」並非易事，漢代王充就指出能「連結篇章者」為「萬不耐一」「超而又超」的難得人才，「能精思著文、連結篇章者，為鴻儒」（《論衡·超奇》）〔註142〕。做到「出言成章」，首先要求文要有一以貫之的「大

〔註137〕清·何家琪《古文方》，王水照《歷代文話》（第六冊），上海：復旦大學出版社，2007：6036。

〔註138〕清·張秉直《文談》，王水照《歷代文話》（第五冊），上海：復旦大學出版社，2007：5086。

〔註139〕清·段玉裁《說文解字注》（據經韻樓原刻本整理影印），上海：上海古籍出版社，1981：102。

〔註140〕漢·毛亨傳，鄭玄箋，唐·孔穎達疏《毛詩注疏》卷二十五，文淵閣《四庫全書》本。

〔註141〕清·王之績《鐵立文起》卷之首，王水照《歷代文話》（第四冊），上海：復旦大學出版社，2007：3642。

〔註142〕漢·王充《論衡》卷十三，上海：上海古籍出版社，1990：136。

意」「主腦」「頭緒」「主意」。王夫之云：「一篇載一意，一意則自一氣，首
尾順成，謂之成章。」〔註143〕王元啟云：「作文須如線索上走，雖極意騰挪，
往復盡變，總不離此線索之外，乃為神構。」〔註144〕「大凡落筆處，但提
起一句作引，則此下即須黏住此意，曲折生波，方能一線到底。」〔註145〕
「作文首要頭緒分明⋯⋯如工人織錦，所以能織出千般花樣者，固由緯處錯
綜，尤賴有提經者，能使之一絲不亂耳。所以文字要有提掇，提掇處昔人謂
之掇頭。震川云：『曉得文字掇頭，千緒萬端文字就可做了。』」〔註146〕朱
宗洛云：「凡古人行文，必其胸先有主腦，然後下筆，故操縱反覆，雖長至
數千百言，總從此主腦處發源。」〔註147〕張謙宜云：「文字無論雅俗，皆須
先定主意。主意已定，然後用虛實、反正、開合、照應以發之。惟其只是一
個主意，故曲折變化而不離乎宗，所謂一片渾成也。其不能者，原是主意立
不起，故分不開耳。」〔註148〕其次要在落筆之先，「已全盤打算，空際具有
結構矣，則宜吐宜茹，宜伸宜縮，於心了了，下筆自有主張」〔註149〕。莊
元臣以行馬為喻，非常形象地描述了這種為文的「全盤打算」：「行文猶行馬
也，御馬者，必先相道里之險夷曲折，而制其駕御之方。曰某處宜馳驟，某
處宜迴旋，某處宜按輿徐行，某處宜駐牧解勒。故馬未行而疾徐緩急之節，
已先具於胸中矣。」〔註150〕再次，在文章傳達上，要做到「言有序」和「文
有勢」。清代方苞力倡「義法」，並明確將「法」定位於「即《易》之所謂『言
有序』也」。這種觀點成為此後清人的共識。包世臣說：「言法者，言之有序

〔註143〕清・王夫之《夕堂永日緒論外編》，戴鴻森《薑齋詩話箋注》，北京：人民文
　　　　學出版社，1981：205。
〔註144〕清・王元啟《惺齋論文》，王水照《歷代文話》（第四冊），上海：復旦大學
　　　　出版社，2007：4155。
〔註145〕清・王元啟《惺齋論文》，王水照《歷代文話》（第四冊），上海：復旦大學
　　　　出版社，2007：4163。
〔註146〕清・王元啟《惺齋論文》，王水照《歷代文話》（第四冊），上海：復旦大學
　　　　出版社，2007：4165。
〔註147〕清・朱宗洛《古文一隅》卷下，王水照《歷代文話》（第四冊），上海：復旦
　　　　大學出版社，2007：4204。
〔註148〕清・張謙誼《絸齋論文》卷二，王水照《歷代文話》（第四冊），上海：復旦
　　　　大學出版社，2007：3886。
〔註149〕林紓《春覺齋論文・應知八則》，北京：人民文學出版社，1959：77。
〔註150〕明・莊元臣《文訣》，王水照《歷代文話》（第三冊），上海：復旦大學出版
　　　　社，2007：2287。

者也。」(《與楊季子論文書》)〔註151〕「故治古文者,唯求其言之有序而已。」
「其能深求古人文法而以吾身入其中,必使其言為吾所可言、所當言,又度
受吾言者所可受、所當受,而後言之,而言之又循乎程度,是則可以為有序
矣。」(《雲都宋月臺〈古文鈔〉序》)〔註152〕「人莫不有所欲言,言之有章
則為文,故曰人聲之精者為言。文詞之於言,又其精。文之所以精者,曰義,
曰法。故義勝則言有物,法立則言有序。然以有物之言,而言之無序,則不
辭。」(《樂山堂文鈔序》)〔註153〕方宗成亦云:「然有物而不能有序,則又
不能發揮其理,曲暢其義,鼓舞其神,令千百世後讀者感動而興起,故又在
於有序。序非徒平鋪直敘之謂,或繁或簡,或順或逆,或開或闔,或縱或擒,
或斷或續,或頓或挫,自有天然不可移之序。」〔註154〕有序乃謂之成章,
否則雜亂無章不可謂之文。但清代有以史為古文的傾向,方苞的老師史學家
萬斯同即認為「史即古文」,提倡「誠使通乎經史之學,雖不讀諸家之集,
而筆之所至,無非古文」(《與錢漢臣書》)〔註155〕,方苞「義法」論亦淵源
於史學,他解釋「義法」說:「《春秋》之制義法,自太史公發之,而後之深
於文者亦具焉。」(《又書貨殖傳後》)〔註156〕清末劉熙載亦謂:「陳壽《三
國志》,文中子謂其『依大義而削異端』,晁公武《讀書志》謂其『高簡有法』,
可見『義』『法』二字為史家之要。」(《文概》)〔註157〕因此,方苞具體論
「義法」時,亦主要是結合史傳碑誌等敘事文體展開,而非「辯理論事」之
作。對於「辯理論事」之作,為文成章的內在要求就是要有「勢」。《文心雕
龍・定勢》從文章的生成說:「勢者,乘剩而為制也。」《文心雕龍・知音》
「六觀」第一是「觀位體」,觀察文章的體勢,不只是體裁形式,更重要的
是指體態氣勢。「勢」並非文章的整與散、斷與續、疏與密,或波瀾起伏、

〔註151〕清・包世臣《藝舟雙楫・論文》卷一,王水照《歷代文話》(第六冊),上海:
　　　　復旦大學出版社,2007:5201～5202。
〔註152〕清・包世臣《藝舟雙楫・論文》卷三,王水照《歷代文話》(第六冊),上海:
　　　　復旦大學出版社,2007:5273～5274。
〔註153〕清・包世臣《藝舟雙楫・論文》卷三,王水照《歷代文話》(第六冊),上海:
　　　　復旦大學出版社,2007:5274。
〔註154〕清・方宗誠《論文章本原》卷一,《柏堂遺書》本。
〔註155〕清・萬斯同《石園文集》卷七,四明張氏約園本。
〔註156〕清・方苞撰,劉季高校點《方苞集》,上海:上海古籍出版社,1983:58。
〔註157〕清・劉熙載撰,劉立人、陳文和點校《劉熙載集》,上海:華東師範大學出
　　　　版社,1993:64。

或平穩舒緩等等態勢，而是文章「形」的靈氣、凝聚劑，是存在於這種狀態中並使這種狀態成型的一種力量，而這種力量則來自於「氣」。中國的哲學文化中缺乏嚴格的邏輯理念，在理性言說中亦不注重思維的精確性和邏輯性，其理性言說的統攝性是以「氣」來達到的。宋代呂南公《與汪秘校論文書》云：「蓋古人之於文，知由道以充其氣，充氣然後資之言，以了其心，則其序文之體，自然盡善。」〔註 158〕氣在文章寫作中起到一種準邏輯性的、即「序文」的作用。韓愈對氣勢有一個形象的比喻：「氣，水也；言，浮物也。水大而物之浮者大小畢浮。」（《答李翊書》）〔註 159〕以水浮物為喻，強調的就是這種「序文」功能。古代「辯理論事」之文的成形並非理論的邏輯展開，而是這種氣「勢」的攏攝。對此，古代文章家多有論述，「古人行文至不可阻處，便是他氣盛」〔註 160〕，「文之運往莫御，如雲驅飆馳，如馬之行空，一往無前者，氣也。其提振轉折關鎖飛渡處，以一語發動機關，便發起下面數行、數十行，一齊俱動，所謂筆所未到，氣已吞者，勢也」〔註 161〕。

　　文隨勢成，就要求為文之時「須如東坡云先有成竹於胸中，悍然落筆，如兔起鶻落，少縱則逝矣」〔註 162〕，「作文時虛心涵泳數遍，通體布格既定，意義層次既了然於心，便想如何起，如何接，如何轉，如何結，中間一切法一一明白，便一筆寫就，不可隨寫隨改，即有不安，成後再細改之。若逐句做，逐句改，心既散亂，氣機必澀必滯，比及改成，反覺草率，且病痛百出，所改仍不愜心」〔註 163〕。方宗誠云：「《為命》一章，文章之法盡矣。首一層是草創，『草』言其略，『創』言其造。凡作文字，開首不要字斟句酌，且須得其大略，創通大意，因事立言，因時生意，方有規模，方無陳陳相因、腐爛格套之弊。然恐不免於鄙也，故必討之於古，論之於今，以求其宜。又恐其或過於文，或過於質，故加以修飾之功。」〔註 164〕當然，為文「一鼓鑄成」，並非不

〔註 158〕宋・呂南公《灌園集》卷十一，文淵閣《四庫全書》本。

〔註 159〕唐・韓愈撰，馬其昶校注，馬茂元整理《韓昌黎文集校注》，上海：上海古籍出版社，1986：171。

〔註 160〕清・劉大櫆《論文偶記》，北京：人民文學出版社，1959：4。

〔註 161〕清・薛福成《論文集要》卷二之《梅伯言論文》，《文學津梁》本。

〔註 162〕清・張謙誼《覘齋論文》卷二，王水照《歷代文話》（第四冊），上海：復旦大學出版社，2007：3885。

〔註 163〕清・朱景昭《論文芻說》，王水照《歷代文話》（第六冊），上海：復旦大學出版社，2007：5742。

〔註 164〕清・方宗誠《論文章本原》卷二，《柏堂遺書》本。

加修飾潤澤，而是要在草創之後。為文一揮而就，此乃上等才資方可，「蘇長公晚年之作，有隨筆寫出，不待安排，而自然超妙者，非天資高絕，不能學之」〔註165〕。所以「草創討論，修飾潤澤」乃為「文章家律令」：

> 草創討論，修飾潤澤，此文章家律令也。宇內至文，衝口而成者無幾，《三都》《二京》，越歷寒暑，用能昭回萬象，鼓吹六經。今日諸君子，五夜一燈，曉窗萬字，三年之間，潑墨成溪，意興淋漓，或有潦倒不刪之習，才鋒湧射，則多縱橫無忌之言，不辭誕妄，謬為點抹。知無當於千古，要不負於寸心。語云：「建安亦無朱晦庵，青田亦無陸子淨。」文章之事，上觀千世，下觀千世，互相商略，乃成不朽。有執予言而簡點其疵漏者，真吾臭味中人也。〔註166〕

而反覆修飾潤澤的目的即是使文章的外在形態與內在之勢吻合無間。以歐陽修為例，「歐公每為文既成，必自竄易至有不留本初一字者，其為文章則書而傅之屋壁，出入觀省之，至於尺牘單簡，亦必立稿，其精審如此」〔註167〕，「歐陽文忠公作《晝錦堂記》，原稿首兩句是『仕宦至將相，富貴歸故鄉』，再四改訂，最後乃添兩『而』字。作《醉翁亭記》原稿起處有數十字，黏之臥內，到後來只得『環滁皆山也』五字」〔註168〕。歐陽修如此反覆刪改、千錘百鍊的結果是「每一篇出，士大夫借傳寫諷誦，惟睹其渾然天成，莫究斧鑿之痕也」〔註169〕，所謂渾然天成，也就是「成章而已」。

第二節　法與奇的融通與中和

文有法度，亦有奇變。「作文如用兵，兵法有正有奇。正是法度，要部伍分明；奇是不為法度所縛。」〔註170〕

〔註165〕清·吳德旋《初月樓古文緒論》，北京：人民文學出版社，1959：27。

〔註166〕明·張次仲《瀾堂夕話》，王水照《歷代文話》（第三冊），上海：復旦大學出版社，2007：3110。

〔註167〕元·王構《修辭鑒衡》卷二，文淵閣《四庫全書》本。

〔註168〕清·梁章鉅《退庵論文》，《退庵隨筆》卷十九，《續修四庫全書》1197冊，上海：上海古籍出版社，2002：412。

〔註169〕元·王構《修辭鑒衡》卷二，文淵閣《四庫全書》本。

〔註170〕明·宋濂《浦陽人物記》卷下，羅月霞主編《宋濂全集》（第三冊），杭州：浙江古籍出版社，1999：1850。

一、奇與法碰撞與衝突存在的原因考察

古代文論中「奇」是一個獨特的概念。奇，會意，從大從可。而「可」，會意，從口從丂（供神之架），表示在神前歌唱。所以，「奇」的原初義是讚頌神的宏大奇異。「奇」本身包含兩個方面：一是異於常規，一是由異於常規而帶來的神妙。「法」是常規、庸常，「奇」是非凡、神妙。所以，文章的佳處、妙處皆要從「奇」而來。日常之「法」皆是約定俗成的人為規則，「奇」則是對這種俗規的突破。而只有基於一定底蘊之上的突破方為真「奇」，故意求「奇」並非真「奇」，僅為「怪異」而已。突破人為俗規的真正動力來自神妙的天機，這可從文化和才性兩個視角進行剖析。

（一）文化視域下的法與奇

法與奇的碰撞與衝突，從文化背景分析，大體而論，是儒家「宗經法古」和道家「法天貴真」思想的碰撞。儒家重秩序和規範，道家將萬物的「自己如此」「自然而然」作為宇宙的普遍原則和終極價值，從而消解任何外在人為規範性。表現在文法上，受儒家思想浸潤的文論多重法度，而受道家思想沾染的文論則多強調「求真」「無法」。縱觀中國古代文章發展史，法古重法思潮為其主流，但「法天」思想亦不絕如縷，我們往往可以在文章家衝破法度的背後尋繹到道家「法天貴真」的思想根基，以「真」「自然」賦予文衝破現有法度的最根本動力，使文章呈現出靈動和異彩。我們以文論史上三次具有代表性的法度突破來進行分析：

1. 晚唐，李商隱：直揮筆為文

與古文家的法古之論針鋒相對，李商隱力倡「直揮筆為文」，他在《上崔華州書》中云：

> 愚生二十五年矣。五年誦經書，七歲弄筆硯。始聞故老言『學道必求古，為文必有師法』，常悒悒不快，退自思曰：『夫所謂道，豈古所謂周公、孔子者獨能邪？蓋愚與周孔俱身之耳。』以是有行道不繫今古，直揮筆為文，不愛攘取經史，諱忌時世。百經萬書，異品殊流，又豈能意分出其下哉！〔註171〕

究李商隱理論背後的思想基礎則為道家學說。唐代思想較為開放，儒、

〔註171〕唐・李商隱撰，清・馮浩詳注，錢振倫、錢振常箋注《樊南文集》，上海：上海古籍出版社，1988：441。

釋、道三教逐漸合流。而且老子因與李唐同姓更是被尊為玄元皇帝，文人中多
有受道家思想影響者。在李商隱於古文領域提倡「直揮筆為文」之前，駢文領
域即出現了「法天」思想。李德裕《文章論》云：「文之為物，自然靈氣。恍
惚而來，不思而至。杼軸得之，澹而無味。琢刻藻繪，彌不足貴。如彼璞玉，
磨礱成器；奢者為之，錯以金翠。美質即雕，良寶斯棄。」其《掌書記廳壁記》
敘述自己為文敏捷云：「天機殊捷，學源濬發。含思而九流委輸，揮毫而萬象
駿奔，如庖丁提刃，為之滿志；師文鼓瑟，效不可窮。」〔註172〕明顯深受道
家思想影響。李商隱喜讀道書，其思想不受儒家思想約束，時有推尊老莊而菲
薄孔子之說。李商隱對唐代古文家獨重頗受道家影響的元結，其在《唐容州經
略使元結文集後序》中讚美元結文章云：「綿遠長大，以自然為祖，元氣為根。」
針對世間批評元結不師法孔子，李商隱極力為其辯護：「論者徒曰：『次山不
師孔氏為非。』嗚呼！孔氏於道德仁義外有何物？百千萬年，聖賢相隨於途
中耳。次山之書曰：『三皇用真而恥聖，五帝用聖而恥明，三王用明而恥察。』
嗟嗟此書，可以無盡。孔氏固聖矣，次山安在其必師之邪？」〔註173〕

2. 宋代，蘇軾：文理自然

李商隱雖提出「直揮筆為文」，但並未進行深入論述，其文學創作亦未實
踐其理論。從文學創作角度，對文的法天而成進行深入論述的是宋代文學家
蘇軾。

蘇軾《石蒼舒醉墨堂》詩自述云：「我書意造本無法，點畫信手煩推求。」
〔註174〕其創作臻至「無法為至法」的「天真爛漫」境界。《南行前集敘》云：
「夫昔之為文者，非能為之為工，乃不能不為之為工也。山川之有雲霧，草
木之有華實，充滿勃鬱，而見於外。夫雖欲無有，其可得耶？」〔註175〕《與
謝民師推官書》云：「大略如行雲流水，初無定質，但常行於所當行，止於所
不可不止；文理自然，姿態橫生。」〔註176〕蘇軾的這種思想在兩宋文論影響

〔註172〕唐・李德裕《李文饒集》，《四部叢刊》本。

〔註173〕唐・李商隱撰，清・馮浩詳注，錢振倫、錢振常箋注《樊南文集》，上海：
上海古籍出版社，1988：431～436。

〔註174〕宋・蘇軾撰，清・王文誥輯注，孔凡禮點校《蘇軾詩集》（第一冊），北京：
中華書局，1982：236。

〔註175〕宋・蘇軾撰，孔凡禮點校《蘇軾文集》（第一冊），北京：中華書局，1986：
323。

〔註176〕宋・蘇軾撰，孔凡禮點校《蘇軾文集》（第四冊），北京：中華書局，1986：
1418。

甚大，其弟子張耒闡發其為文思想云：「文章之於人，有滿心而發，肆口而成，不待思慮而工，不待堆琢而麗者，皆天理之自然而情性之至道也。」(《賀方回樂府序》)〔註177〕

蘇軾一尊儒術而雜糅佛老，被公認為雜學旁收。他早年既受儒家思想的教育，又接受佛道思想的影響，儒禪互通，孔老互參。關於這一點，其胞弟蘇轍在《亡兄子瞻端明墓誌銘》中有一段描述：

> 公之文，得之於天。少與轍皆師先君，初好賈誼、陸贄書，論古今治亂，不為空言。既而讀《莊子》，喟然歎息曰：「吾昔有見於中，口未能言，今見《莊子》，得吾心矣。」……後讀釋氏書，深悟實相，參之孔、老，博辯無礙，浩然不見其涯也。〔註178〕

在後來的仕宦沉浮中，蘇軾的莊禪思想日漸濃厚，其學問和思想浩浩焉，莫辨涯涘，與此緊密相關，這其中當然包括他的文學思想。蘇軾《書晁補之所藏與可畫竹詩》云：「與可畫竹時，見竹不見人。豈獨不見人，嗒然遺其身。其身與竹化，無窮出清新。莊周世無有，誰知此疑神。」〔註179〕指出創作要達致「忘物」「忘我」「物我合一」的境界，正與莊子的思想境界相通達。正是蘇軾一生出入於儒道釋之間，尤其是在道家虛靜無為、自在超然思想的深深影響下，才促使他極力追求創作的自然自發、自由自適的神化境界。

3. 明代：法古旗幟下的求真潮流

有明一代，在法古背後，一直湧動著一股衝破法度的文法潮流。就連道學氣甚重的方孝儒亦甚為推崇蘇軾一任天機之文：「莊周之著書，李白之歌詩，放蕩縱恣，惟其所欲，而無不如意。彼其學而為之哉！其心默會於神，故無所用其智巧，而舉天下之智巧莫能加焉……莊周歿殆二千年，得其意以為文者宋之蘇子而已。蘇子之文猶李白之詩也，皆至於神者也。」(《蘇太史文集序》)〔註180〕唐宋派的唐順之深受道家影響，以致四十歲後「從事於莊生所謂墮體黜聰，以為世間一支離之人」(《答顧東橋少宰書》)〔註181〕。他認為

〔註177〕宋·張耒撰，李逸安、孫通海、傅信點校《張耒集》，北京：中華書局，1990：755。

〔註178〕宋·蘇轍撰，陳宏天、高秀芳點校《蘇轍集》(第三冊)，北京：中華書局，1990：1126～1127。

〔註179〕宋·蘇軾撰，清·王文誥輯注，孔凡禮點校《蘇軾詩集》(第五冊)，北京：中華書局，1982：1522。

〔註180〕明·方孝儒《遜志齋集》卷十二，《四部叢刊》本。

〔註181〕明·唐順之《荊川先生文集》卷五，《四部叢刊》本。

要以神理妙意運法，而不是為法所拘，「每一抽思，了了如見古人為文之意。乃知千古作家別自有正法眼藏在，蓋其首尾節奏，天然之度，自不可差，而得意於筆墨蹊徑之外，則惟神解者而後可以語此。近時文人說秦說漢、說班說馬，多是竊語耳。莊定山之論文曰：得乎心，應乎手，若輪扁之斫輪，不疾不徐；若伯樂之相馬，非牡非牝。庶足以形容其妙乎？」（《與兩湖書》）〔註182〕並力倡「本色」「真精神」，他甚至提出：「詩文一事只是直寫胸臆，如諺語所謂開口見喉嚨者。使後人讀之，如真見其面目，瑜瑕俱不容掩，所謂本色，此為上乘文字。」（《又與洪方洲書》）〔註183〕後七子之一的王世貞論文最高追求是「天巧」，而非「人巧」，其在《陶懋中鏡心堂草序》中的一段論述幾乎與蘇軾的創作思想相通達：「凡人之文，內境發而接於外之境者十恒二三，外境來而接於內之境者十恒六七。其接也天，而我無與焉，行乎所當行者也。意盡而止，而我不為之綴，止乎所不得不止者也。」〔註184〕而這種衝破法度潮流的背後則是自由解放的社會思潮和日漸風靡的心學哲學，其中都有著道家思想的影子。

文章奇變思想至公安「性靈」論達致頂峰，蘇軾「文理自然」的指向仍是「自然合乎法度」，袁宏道「獨抒性靈，不拘格套」的主張卻藐視一切法度。袁宏道是在《敘小修詩》中正式提出「獨抒性靈，不拘格套」的主張，「非從自己胸臆流出，不肯下筆」。此論並非僅對詩而言，袁宏道繼而統論詩文：

> 蓋詩文至近代而卑極矣，文則必準於秦、漢，詩則必準於盛唐，剿襲模擬，影響步趨，見人有一語不相肖者，則共指以為野狐外道。曾不知文準秦、漢矣，秦、漢人曷嘗字字學六經歟？詩準盛唐矣，盛唐人曷嘗字字學漢、魏歟？秦、漢而學六經，豈復有秦、漢之文？盛唐而學漢、魏，豈復有盛唐之詩？唯夫代有升降，而法不相沿，各極其變，各窮其趣，所以可貴，原不可以優劣論也。〔註185〕

〔註182〕明·唐順之《荊川先生文集》卷七，《四部叢刊》本。
〔註183〕明·唐順之《荊川先生文集》卷七，《四部叢刊》本。
〔註184〕明·王世貞《弇州續稿》卷四十五，《弇州四部稿》，文淵閣《四庫全書》本。
〔註185〕明·袁宏道撰，錢伯城箋校《袁宏道集箋注》，上海：上海古籍出版社，1981：187～188。

　　袁宏道主張為文「信心而出，信口而談」(《與張幼于》)〔註186〕「信心而言，寄口於腕」(《敘梅子馬王程稿》)〔註187〕。不拘格套，也就不願受古人文法約束，也就求新、求變，「唯夫代有升降，而法不相沿，各極其變，各窮其趣，所以可貴，原不以優劣論也」(《敘小修詩》)〔註188〕；也就主張「無法」，「文章新奇，無定格式，只要發人所不能發，句法字法調法，一一從自己胸中流出，此真新奇也。近日有一種新奇套子，似新實腐，恐一落此套，則尤可厭惡之甚」(《答李元善》)〔註189〕。李贄的「童心說」是袁宏道「獨抒性靈，不拘格套」說的直接思想淵源。萬曆二十一年，袁宗道、袁宏道、袁中道三兄弟經焦宏介紹到麻城龍湖向李贄求學問道，歷時三月有餘。袁中道曾描述向李贄求學問道後的思想轉變云：「先生既見龍湖，始知一向掇拾陳言，株守俗見，死於古人語下，一段精光，不得披露。至是浩浩焉如鴻毛之遇順風，巨魚之縱大壑。能為心師，不師於心；能轉古人，不為古轉。發為語言，一一從胸襟流出，蓋天蓋地，如象截急流，雷開蟄戶，浸浸乎其未有涯也。」(《吏部驗封司郎中中朗先生行狀》)〔註190〕而李贄的「童心」說則是直接受到道家思想影響。所謂「童心」，即是「絕假純真，最初一念之本心」，「失卻童心，便失卻真心；失卻真心，便失卻真人」，而本心、真心及其真人也就是初心、童心及其童子，「童子者，人之初也；童心者，心之初也。夫心之初曷可失也！」(《童心說》)〔註191〕其根源就在於道家。《老子》說：「專氣致柔，能嬰兒？滌除玄覽，能無疵？」〔註192〕「為天下蹊，常德不離，復歸於嬰兒。」〔註193〕按照老子的觀念，嬰兒標誌的是無疵無瑕、絕假純真的原初意識狀態，復歸於嬰兒，也就返樸歸真了。李贄正是順著這個思路提出「童心說」的。

〔註186〕明・袁宏道撰，錢伯城箋校《袁宏道集箋校》，上海：上海古籍出版社，1981：501。

〔註187〕明・袁宏道撰，錢伯城箋校《袁宏道集箋校》，上海：上海古籍出版社，1981：699。

〔註188〕明・袁宏道撰，錢伯城箋校《袁宏道集箋校》，上海：上海古籍出版社，1981：187～188。

〔註189〕明・袁宏道撰，錢伯城箋校《袁宏道集箋校》，上海：上海古籍出版社，1981：786。

〔註190〕明・袁中道《珂雪齋集》，上海：上海古籍出版社，1989：756。

〔註191〕明・李贄《焚書・續焚書》，北京：中華書局，1975：98。

〔註192〕朱謙之《老子校釋》，北京：中華書局，1963：25。

〔註193〕朱謙之《老子校釋》，北京：中華書局，1963：72。

（二）才性視角下的法與奇

從作家個體而論，奇變是作家才性對法度的突破。近人唐文治云：「天下惟謹守規矩之人，乃能為謹守規矩之文；惟胸羅經緯之人，乃能為胸羅經緯之文。」〔註194〕文章之奇崛蕩逸法度的根基是才性，基於才性基礎上的奇是真奇，是轡繩籠絡不住的馬之躍蹄，而無才故作奇崛之語則為偽奇，是畫犬不成故成虎的駭人耳目之舉。

才的最突出表象往往就是對現有束縛的藐視和突破，作者主體自由馳騁之「才」和作品文本客觀存在的規矩方圓之「法」本質上就具有一種天然的對抗性。清代侯方域《倪涵谷文序》云：「夫天下之真才，未有肯畔於法者。」〔註195〕尚才的佳作往往富有個性神采和靈動，為人激賞，宋代謝堯仁《于湖集序》云：「今觀賈誼、司馬遷、李太白、韓文公、蘇東坡，此數人皆以天才勝，如神龍之夭矯，天馬之奔軼，得躡其蹤而追其駕。」〔註196〕所以，古代文論中有尚「才」之論，如明人李維楨《太函集序》云：「文章之道，有才有法……法者前人作之，後人述焉，猶射之彀率，工之規矩準繩也……所貴乎才者，作於法之前，法必可述；述於法之後，法若始作；遊於法之中，法不病我；軼於法之外，我不病法。擬議以成其變化，若有法，若無法，而後無遺憾。」〔註197〕王世貞則認為格調生於才氣，「才生思，思生調，調生格。思即才之用，調即思之境，格即調之界」〔註198〕。但是尚才的作品亦往往因其不重文法，而有所疏漏。謝堯仁雖讚賞賈誼等人文章，但亦指出他們「惟才力難居於小用，是以亦時有疏略簡易之處」。才大者尚可做到瑕不掩瑜，「然善觀其文者，舉其大而遺其細可也」（《于湖集序》）〔註199〕；才力不及者卻往往只見疏漏簡易之病，並無神采靈動可言，作品完全失敗，劉大櫆《文概》即云：「文之尚理法者，不大勝亦不大敗；尚才氣者，非大勝

〔註194〕唐文冶《國文經緯貫通大義序》，王水照《歷代文話》（第九冊），上海：復旦大學出版社，2007：8241～8242。

〔註195〕清·侯方域撰，王樹林校《侯方域集校箋》卷一，鄭州：中州古籍出版社，1992：51。

〔註196〕宋·張孝祥《于湖集》，文淵閣《四庫全書》本。

〔註197〕明·李維楨《大泌山房集》卷十一，《四庫存目叢書》集部第150冊，濟南：齊魯書社，1997：526。

〔註198〕明·王世貞《藝苑卮言》，丁福保《歷代詩話續編》，北京：中華書局，1983：964。

〔註199〕宋·張孝祥《于湖集》，文淵閣《四庫全書》本。

則大敗。」〔註200〕而且「人巧」之文易成，「天巧」之文難覓，謝堯仁《于湖集序》即云：「文章有以天才勝，有以人力勝。出於人者可勉也，出於天者不可強也。」〔註201〕才非人人可飽有，為文尚才亦非一般人可達致。加之出於儒家中和雅正的思想，中國傳統文論骨子裏對才有一種潛在的警惕，因為才雖可貴，卻很容易成為社會道統和秩序的逆流，則過猶不及。北齊顏之推因此告誡子孫：「凡為文章，猶乘騏驥，雖有逸氣，當以銜策制之，勿使流亂軌躅，放意填坑岸也。」〔註202〕蘇軾才氣縱橫，卻因其「好罵」而屢屢被人詬病，朱熹曾告誡弟子：「人有才性者，不可令讀東坡等文。有才性人便須取入規矩，不然蕩將去。」〔註203〕以外在法則使自由馳騁的才性收韁勒馬，回歸傳統和經典，是「文以載道」文藝思想的內在要求。故而古代極少出現只重才性而罔顧理法的文法思想。清代侯方域雖認為天下真才不肯畔於法，但「馳騁縱橫，務盡其才」後，終會「軌於法」（《倪涵谷文序》）〔註204〕。文章創作最終指向「法」，「法」為尊、為本。明代王世貞一方面認為格調生於才氣，另一方面強調格調為才思的規範：「夫格者才之御也，調者氣之規也。子之響者遇境而必觸，蓄意而必達，夫是以格不能御才，而氣恒溢於調之外……今子能抑才以就格，完氣以成調，幾乎純矣。」（《沈嘉則詩選序》）〔註205〕袁中道一改袁宏道「信心而言，寄口於腕」極端蔑棄文法的偏激之論，主張「守其必不可變者，而變其可變者，毋捨法，勿役法」（《花雪賦引》）〔註206〕，「雖不為法縛，而亦不為才使」（《阮集之詩序》）〔註207〕。清代朱庭珍提倡「斂才氣於理法之中，出神奇於正大之域，始是真正才力，自在神通也」〔註208〕。才氣終跳不出「理法」牢籠。

〔註200〕清・劉熙載撰，劉立人、陳文和點校《劉熙載集》，上海：華東師範大學出版社，1993：82。
〔註201〕宋・張孝祥《于湖集》，文淵閣《四庫全書》本。
〔註202〕南北朝・顏之推《顏氏家訓》（諸子集成本），北京：中華書局，1954：20。
〔註203〕宋・黎靖德《朱子語類》卷一百三十九，北京：中華書局，1986：3322。
〔註204〕清・侯方域撰，王樹林校《侯方域集校箋》卷一，鄭州：中州古籍出版社，1992：50。
〔註205〕明・王世貞《弇州四部稿》續稿卷四十，文淵閣《四庫全書》本。
〔註206〕明・袁中道《珂雪齋集》，上海：上海古籍出版社，1989：460。
〔註207〕明・袁中道《珂雪齋集》，上海：上海古籍出版社，1989：462。
〔註208〕清・朱庭珍《筱園詩話》卷二，郭紹虞《清詩話續編》（第四冊），上海：上海古籍出版社，1983：2365。

　　但是，講求法度又會使才有所拘，文章易流於死板，缺乏靈動，難成佳作。在古代文章家看來，過於法度亦是文章一病。朱熹曾指責後山「文字極法度，幾於太法度了」〔註209〕，黃庭堅亦云：「文章最為儒者末事，然索學之，又不可不知其曲折，幸熟思之。至於推之使高，如泰山之崇崛，如垂天之雲。作之使雄壯，如滄江八月之濤，海運吞舟之魚。又不可守繩墨，令儉陋也。」（《答洪駒父書》）〔註210〕陳長文評價韓愈云：「退之效玉川子《月蝕詩》，乃刪盧全冗語耳，非效玉川也。韓雖法度森嚴，便無盧全豪放之氣。」〔註211〕葉元塏《睿吾樓文話》引艾千子言云：「夫文之法最嚴，孰過於宋歐、曾、蘇、王者……然余推宋大家之文，以其有法；而稍病宋大家之文，亦因其過於尺寸銖兩，毫釐不失乎法。」〔註212〕為解決「才」與「法」的矛盾，古代文論家發表了許多精彩見解，如朱熹提出「不與法縛，不求法脫」論：「玩其筆意，從容衍裕而氣象超然，不與法縛，不求法脫，真所謂一一從自己胸襟流出者。」（《跋十七貼》）〔註213〕王世貞提出意法相融、「相為用」論：「尚法則為法用，裁而傷乎氣；達意則為意用，縱而捨其津筏……吾來自意而往之法，意至而法偕至，法就而意融乎其間矣。夫意無窮而法有體也，意來甚難而出之若易，法往甚易，而窺之若難。此所謂相為用也。」（《五獄山房文稿序》）〔註214〕袁中道提出「性情與法律相救」論：「性情之發，無所不吐，其勢必互異而趨俚。趨於俚，又將變矣，作者始不得不以法律救性情之窮。法律之持，無所不束，其勢必互同而趨浮。趨於浮，又將變矣，作者始不能不以性情救法律之窮。夫昔之繁蕪，有持法律者救之；今之剽竊，又將有主性情者救之矣。」（《花雪賦引》）〔註215〕姚鼐提出才與法「相濟」論：「文章之事，能運其法者才也，而極其才者法也。古人文有一定之法，有無定之法。有定者，所以為嚴整也；無定者，所以為縱橫變化也。二者相濟而不相妨。故善用法者，非以窘吾才，乃所以達吾才也。」（《與

〔註209〕宋・黎靖德《朱子語類》卷一百三十九，北京：中華書局，1986：3321。
〔註210〕宋・黃庭堅撰，劉琳、李勇先、王蓉貴校點《黃庭堅全集》（第二冊），成都：四川大學出版社，2001：475。
〔註211〕宋・王正德《餘師錄》卷二，文淵閣《四庫全書》本。
〔註212〕清・葉元塏《睿吾樓文話》卷十，王水照《歷代文話》（第六冊），上海：復旦大學出版社，2007：5463。
〔註213〕宋・朱熹《晦庵集》卷八十四，文淵閣《四庫全書》本。
〔註214〕明・王世貞《弇州四部稿》卷六十七，文淵閣《四庫全書》本。
〔註215〕明・袁中道《珂雪齋集》，上海：上海古籍出版社，1989：459。

張阮林書》）〔註216〕基本宗旨都是調和「才」與「法」的矛盾，使二者既相互制約又相互輔濟，但無論如何論述，都跳不出「中庸」二字。才性的極端張揚與文之奇崛靈異在中國文化環境中缺乏生存的土壤，這造成古代文章多溫柔敦厚之風，少靈思妙韻，多德性光輝，少才情奔湧。

二、法與奇的融通與中和

　　對文章法度與奇變之間的關係，宋代孫奕《示兒編》「作文法」有一段重要論述：

　　　　艮齋先生謝公昌國自起部丏祠歸渝上，嘗往謁焉。春容浹日，無所不論，因求作文之法。先生曰：「余少時讀昌黎文得四字，取為文法，平生用不盡。」乃踧而請曰：「四字何謂？」答曰：「奇而法，正而葩。《易》《詩》之禮，盡在是矣，文體亦不過是。然文貴乎奇，過於奇則豔，故濟之以法。文貴乎正，過於正則樸，故濟之以葩。奇而有法度，正而有葩華，兩兩相濟，不至於偏勝，則古作者不難到，況今文乎！」〔註217〕

　　此段論述基本宗旨是尋求法度與奇變的制衡與互補，達到法中有奇、奇中有法的境界。過於奇則文逸蕩，過於法則文呆板，只有法與奇兩兩相濟方可成健康活潑之文。所以，明張次仲歎言：「『《易》奇而法，《詩》正而葩』，文章三昧語也。」〔註218〕無論基於道家文化薰染，還是主體才性昂揚，文章創作始終存在尚「奇」的衝動與趨向。但是，古代文章家認為奇變要奠基在法度之上。吳江濤滄雪氏《重刻〈文章軌範〉跋》云：「夫跅跅之士樂馳騁而畏言範圍，拘謹之儒守準繩而局於變化，其於古大家行文之道，胥無當也。大約昔人之文，如行雲流水，初無定質，要非不學古兵法，徒以野戰制勝者。然則遊大匠之門，捨規矩而求巧，得乎？」〔註219〕清人張潮《伯子論文題辭》云：「由規矩而巧者，其巧無窮；不由規矩而巧者，

〔註216〕清‧姚鼐撰，龔復初標點《姚惜抱尺牘》，上海：上海新文化書社，1935：28。

〔註217〕宋‧孫奕《示兒編‧文說》，王水照《歷代文話》（第一冊），上海：復旦大學出版社，2007：441～442。

〔註218〕明‧張次仲《瀾堂夕話》，王水照《歷代文話》（第三冊），上海：復旦大學出版社，2007：3109。

〔註219〕宋‧謝枋得《文章軌範評文》，王水照《歷代文話》（第一冊），上海：復旦大學出版社，2007：1062。

其巧難繼。」〔註220〕近人唐文治云：「學者欲窮理以究萬事，必讀文以求萬法，又必先潛研乎規矩之中，然後能超出規矩之外。」〔註221〕不明法度，不可妄為奇變。而奇變亦要在法度之中，不可逾越於法度之外。呂留良云：「文之奇橫者，以其變化於法度之中，不可捉搦而自合，乃為真奇橫耳，非蔑棄繩尺之謂。文之有體，猶人之頭目手足也，頭未訖而手已生，目下降而足上出，豈復成形貌哉？」〔註222〕清人趙吉士認為法之無定是在規矩中求變化，「非破壞規矩，鹵莽滅裂之謂也，蓋即規矩之中求其神明、變通之意」〔註223〕。奇變出於法度、變化於法度，並最終復歸於法度。呂居仁《遠遊堂詩集序》云：「所謂活法者，規矩備具而能出於規矩之外，變化不測而卒亦不背規矩也。」〔註224〕吳萊雖主張作文如用兵般奇正相濟，「舉眼之頃，千變萬化，坐作進退擊刺一時俱起」，但最終「及其欲止，什自歸什，伍自歸伍，元不曾亂」〔註225〕。所以，為文「勿逐奇而失正，勿從變而亂常」〔註226〕。過於奇，過於逸蕩法度，並非佳文，「凡章法以錯綜為奇，句法以倒疊為奇，字法以取象為奇，命意以反經合道為奇。奇者可一用、偶用而不可純用也，純用則詭僻而復不可賞矣」〔註227〕。因此，在古代文章家那裡，奇變與法度並不是對立不可調和的矛盾，而是相生相濟、相輔相成的關係。沒有法度亦即沒有奇變，而法度亦正是在奇變中得到成就和完滿。朱熹云：「文字奇而穩方好，不奇而穩只是闒靸。」〔註228〕清人田同之對此進一步闡釋云：「此語要當領會。奇而穩者非奇也，不奇而穩者非穩也，奇與穩，惟視工拙，不分離

〔註220〕清・張潮《伯子論文題辭》，王水照《歷代文話》（第四冊），上海：復旦大學出版社，2007：3593。

〔註221〕唐文治《國文經緯貫通大義序》，王水照《歷代文話》（第九冊），上海：復旦大學出版社，2007：8241。

〔註222〕清・呂留良《呂晚邨先生論文匯鈔》，王水照《歷代文話》（第四冊），上海：復旦大學出版社，2007：3344。

〔註223〕清・趙吉士《萬青閣文訓》，王水照《歷代文話》（第四冊），上海：復旦大學出版社，2007：3315。

〔註224〕宋・王正德《餘師錄》卷三，文淵閣《四庫全書》本。

〔註225〕明・宋濂《浦陽人物記》卷下，羅月霞主編《宋濂全集》（第三冊），杭州：浙江古籍出版社，1999：1850。

〔註226〕明・譚濬《言文》卷上，王水照《歷代文話》（第三冊），上海：復旦大學出版社，2007：2345。

〔註227〕明・莊元臣《文訣》，王水照《歷代文話》（第三冊），上海：復旦大學出版社，2007：2284。

〔註228〕宋・黎靖德《朱子語類》卷一百三十九，北京：中華書局，1986：3321。

合。」〔註229〕明人譚竣云:「正常有則,變奇無方。正奇雖反,出奇以相成;常變雖異,變通以趨時。」〔註230〕清人趙吉士《萬青閣文訓》云:「規矩準繩之謂,而巧即寓乎其中。局有局法,股有股法,句有句法,字有字法,以至正有正法,奇有奇法,濃有濃法,淡有淡法,整有整法,散有散法,長有長法,短有短法,密有密法,疏有疏法,總之要活法,不要死法。法不一法,而實有一定之法,夫是之謂真法。譬人之身,五官百骸一定者也,至於長短肥瘦,行住坐臥,正側屈伸之法,不可一律,然又莫不有一定之法,須相其宜而用之,非言可盡。」〔註231〕奇在法中是真奇,法中有奇是真法度,林紓《春覺齋論文》「忌牽拘」云:

> 楊維楨曰:「處士吳萊以著述為務,善論文,嘗云:『文如用兵,有正有奇。正者法度,奇者不為法度所縛。』」鄙意「不為法度所縛」,非軼法敗度之謂,能從法度中上下四旁轉移變化耳。處處變化,即處處有變化中之法度……吾輩須知,「變化」二字,不是專主放溢而言,蓋能以法度為變化,不是一變化時即為法度。若唐荊川之論文,得之矣。荊川之言曰:「就文章論之,雖其繩墨布置,奇正轉折,自有專門師法。至於一段精神命脈骨體,則非洗滌心源,獨立物表,具古今隻眼者,不足與此。」荊川所言,蓋求之於本源之地,得立言之旨。守法度,有高出法度之外眼光;循法度,有超出法度外之道力:所詣頗不易到。然能於此處著力,始終是法度中之文字,不是牽拘法度之文字矣。〔註232〕

這種法與奇融通論的根基是中國古代「和」文化。中國古代哲學認為:「土與金木水火雜,以成百物。」「夫和實生物,同則不繼。以他平他謂之和,故能豐長而物歸之,若以同裨同,盡乃棄矣。」(《國語‧鄭語》)〔註233〕「若以水濟水,誰能食之?若琴瑟之專一,誰能聽之?同之不可也如是。」(《左

〔註229〕清‧田同之《西圃文說》卷三,王水照《歷代文話》(第四冊),上海:復旦大學出版社,2007:4094。

〔註230〕明‧譚濬《言文》卷上,王水照《歷代文話》(第三冊),上海:復旦大學出版社,2007:2345。

〔註231〕清‧趙吉士《萬青閣文訓》,王水照《歷代文話》(第四冊),上海:復旦大學出版社,2007:3311~3312。

〔註232〕林紓《春覺齋論文》,北京:人民文學出版社,1959:112~114。

〔註233〕徐元誥撰,王樹民、沈長雲點校《國語集解》,北京:中華書局,2002:470。

傳·昭公二十年》〉〔註234〕孔子正式提出「和而不同」的文化觀，「禮之用，和為貴」（《論語·學而》）〔註235〕，「君子和而不同，小人同而不和」（《論語·子路》）〔註236〕。中國古代和文化重視不同事物相成相濟，《老子》第二章中就提出相反相成的命題：「有無相生，難易相成，長短相形，高下相傾，音聲相和，前後相隨，恆也。」矛盾雙方共同處於一個統一體中，相互聯繫，相互依存，從而使事物永恆發展，因此，「和」是事物多樣性的統一。這種「和」的智慧體現在中國古代社會文化各個方面，成為普遍的價值理念和精神訴求，古代文章學自不例外。只是由於深受古代儒家「文以載道」和「溫柔敦厚」文章思想影響，奇變終歸不離乎法度，法度居於主導地位。

由於古代文法論中奇變與法度的不對等性，「和」文化的視角僅能為奇與法的共存提供合理性解讀，卻無法破解奇對法度的突破和依歸這一不可調和的矛盾。對此，古代文論家亦往往語焉不詳，如王世貞論文云：「詩有常體，工自體中；文無定規，巧運規外……故法合者，必窮力而自運；法離者，必凝神而並歸。合而離，離而合，有悟存焉。」〔註237〕「合於法」與「離於法」本是一對不可調和的矛盾，卻要做到「合而離，離而合」，究竟如何做，王世貞並沒有指明，而是以「有悟存焉」一語帶過。問題關鍵在於「法度」本身涵義的寬與嚴。法可以離表明此種法度的寬鬆性，法必須合表明此種法度的謹嚴性。古代的概念、術語往往具有模糊性，呈現出豐富的義蘊。法度之「法」亦是如此，有時是對文章本質性規範的一種描述，有時指文章具體規範。王若虛論文「大體須有，定體須無」，法度本身即兼具「大體」和「定體」之內涵。可離之法即「定體」意義上的法，必合之法即「大體」意義上的法。對此，劉熙載有著切中要害的論述：「書要有規矩繩墨。然規矩繩墨有天有人：人似嚴而實寬，天似寬而實嚴也。」（《遊藝約言》）〔註238〕此論從「天人之辨」出發切中法度精嚴與博通辯證統一的特點。「天似寬而實嚴」是言萬物都有其自然之則，這種自然之則難以言述，卻又是不可逾越的天然界限。「人似

〔註234〕晉·杜預注，唐·孔穎達疏《春秋左傳正義》卷四十九，上海：上海古籍出版社，1990：861。

〔註235〕清·劉寶楠《論語正義》（諸子集成本），北京：中華書局，1957：16。

〔註236〕清·劉寶楠《論語正義》（諸子集成本），北京：中華書局，1957：296。

〔註237〕明·王世貞《藝苑卮言》，丁福保《歷代詩話續編》，北京：中華書局，1983：964。

〔註238〕清·劉熙載撰，劉立人、陳文和點校《劉熙載集》，上海：華東師範大學出版社，1993：582。

嚴而實寬」，是言人為制訂的規矩樣式都是自然之則下的相對存在，看似精嚴，卻沒有絕對權威，可以不斷予以突破。但這種突破又「終入環中」，無法超越自然之則。這就是破解古代文論中奇對法度突破和依歸矛盾的理論突破點。創作之法可分為「一定之法」和「無定之法」。所謂「一定之法」，是文章創作的總體性規範、本質性規定，即王若虛所言「大體須有」，即李夢陽所主張的「物之自則」，是必須要遵守不可移易的，是要「尺尺寸寸」守之的。而「無定之法」則是文章創作中縱橫變化之法。對兩者之間的關係，清代包世臣論述頗為精到：「天下之事，莫不有法，法之於文也，尤精而嚴。夫具五官，備四體，而後成為人。其形質配合乖互，則貴賤妍醜分焉，然未有能一一指其成式者也。夫孟、荀文之祖也，子政、子雲文之盛也。典型具在，軌跡各殊。然則所謂法者，精而至博，嚴而至通者也。」〔註239〕

文有法度，亦有奇變。文章創作宜正還是宜奇？這就不可有意為之，而要順文之自然而成。方以智云：「《易》奇而法，謂因物之天然而衍之者也。」〔註240〕王若虛《文辨》引陳後山言曰：「揚子雲之文，好奇而卒不能奇，故思苦而辭艱。善為文者因事出奇，江河之行順下而已，至其觸山赴谷，風搏物激，然後盡天下之變。子雲雖奇故不能奇也。」〔註241〕清人趙吉士云：「立局之法，不論奇、正、整、散，只『天然』二字足以盡之。」「先輩立局，只是相題要害而布置之，非有一定，而實如一定。正固正，奇亦正，所謂天然是也。」而好異之徒，「不顧題義，專在局上求新，勉強割裂，顛倒支離，如人之一身，目居眉上，足出胸前，奇形異狀，直如怪物，自以為奇，而不知此乃文字之妖」，「能極天然之妙，則奇固奇，正亦奇，奇正二字可不設也。固凡立奇正之名，有意為之者，非板腐則怪誕矣」〔註242〕。順隨自然的奇變即是文章法度，是不可更易的，魏禧《日錄論文》載：「嘗言：古文轉接之法，一定不可易。或問：古人轉接，有極奇變、出人意外處，何謂一定？曰：試將原文轉接處以己意改換，至再至十，終不能及，便知此奇變乃是一定也。若非一

〔註239〕　清・包世臣《藝舟雙楫・論文》，王水照《歷代文話》（第六冊），上海：復旦大學出版社，2007：5202。

〔註240〕　清・方以智《文章薪火》，王水照《歷代文話》（第四冊），上海：復旦大學出版社，2007：3208。

〔註241〕　元・王若虛《滹南遺老集》卷三十四，《四部叢刊初編》本。

〔註242〕　清・趙吉士《萬青閣文訓》，王水照《歷代文話》（第四冊），上海：復旦大學出版社，2007：3312～3313。

定，便任人改換得。」〔註 243〕文章寫到佳處，正與奇也就不留存於胸，文章亦無所謂奇與正，方以智把這種境界稱為「中和」：「好學不已，歷年必變，平而奇，奇而平。不好學而依趣彷彿，即執一而不變矣。極深變盡之後無深無淺，然後知聖人之文章皆致中和。」文章最佳境界即非正，亦非奇，而是「中和」。但是「致中和」並非易事，一般人很難至此，「或平或奇，聽人之才，亦可互救，以為鼓舞」〔註 244〕。

〔註 243〕清・魏禧《日錄論文》，王水照《歷代文話》（第四冊），上海：復旦大學出版社，2007：3612。

〔註 244〕清・方以智《文章薪火》，王水照《歷代文話》（第四冊），上海：復旦大學出版社，2007：3216。

第四章　古代文法之技法論

　　古代為文重道，往往視文章為「小技」，導致為文技法長期處於被輕視和忽視的境地。但文章創作實踐有掌握創作規律的客觀需要，至南宋末期，在文章創作繁盛的基礎上，尤其為適應科舉應試之需，文章技法論得以興起，並歷經元明清而愈加繁盛。古代總結為文技法極為廣泛和周詳，概而言之，主要集中在三個方面：命意之法、篇章布置與行文之法、擇字鍊句之法。但為文又不可拘泥於技，古人對如何達致技法的神明變化論述頗多，尤其是莊子「道進乎技」思想使文章技法論指向「自然成文」。

第一節　文章技法論的形成與發展

　　《易》曰：「形而上者謂之道，形而下者謂之器。」〔註1〕「文」顯然是形而下之器，製器則離不開技法。《周易·繫辭上》云：「闔戶謂之坤。闢戶謂之乾。一闔一闢謂之變。往來不窮謂之通。見乃謂之象，形乃謂之器。制而用之，謂之法。利用出入，民咸用之，謂之神。」在古代各種實用的以至藝術的器物（如陶器、青銅器等等）的製作技巧統稱為「技」或「技藝」，所以，為文乃是一種「技」。

　　誠如杜甫所云：「文章一小技，於道未為尊。」〔註2〕中國古代文以經學為價值之源，文的崇高性、神聖性皆不在文之自身，因此，講求技藝，無關宏

〔註1〕宋·朱熹《周易本義》（據清明善堂刻本影印），天津：天津古籍出版社，1986：318。
〔註2〕唐·杜甫撰，清·仇兆鰲注《杜詩詳注》，北京：中華書局，1979：1315。

旨，為低層次追求。孔子視技術為「小道」:「雖小道，必有可觀者焉，致遠恐泥，是以君子不為也。」(《論語・子張》)〔註3〕文一旦被歸屬於「技」的群列，受古代「重道輕技」傳統理念影響，地位低微自不待言，不但是「技」，而且被視為「小技」「末技」。唐代貞元間的柳冕認為:「文章之道，不根教化，別是一技耳。」(《謝杜相公論房杜二相書》)〔註4〕元代大儒吳澄云:「文者，儒之一技。」「文者，儒之小技……其毋專一技而遽自足也。」(《跋陳泰詩後》)〔註5〕中國古代向來有重道輕文、重道輕辭的一面，但文章為「技」卻是無法更改的客觀存在，劉大櫆即云:「若行文自另是一事。」「自古文字相傳，另有個能事在。」近人林紓亦云:「匠氏儲梧檟而不備斤削，則梧檟縱美，亦斷不能成器。」〔註6〕文章創作實踐中對「技法」始終存在召喚的力量，充斥著破解為文奧秘的心理衝動。文章家早就對文章創作過程中文字的表達充滿困惑，這種困惑主要來自言難以盡意。《莊子》中《秋水》《天道》等篇就揭示了「言」「意」「物」之間存在著矛盾:「世之所貴道者書也，書不過語，語有貴也。語之所貴者，意也。意有所隨，意之所隨者，不可以言傳也。」〔註7〕「可以言論者，物之粗也;可以意致者，物之精也;言之所不能論，意之所不能致者，不期精粗焉。」〔註8〕晉代陸機《文賦》則第一次抓住物、意、言三者的關係來論寫作，認為文章寫作的困惑主要在於「意不稱物，文不逮意」，並提出「選義按部，考辭就班」「因枝以振葉」「沿波而討源」〔註9〕等寫作之法。對於文難達意，劉勰與陸機有著相近的認識，其《文心雕龍・神思》云:「方其搦翰，氣倍辭前;暨乎成篇，半折心始。何則?意翻空而易奇，言徵實而難巧也。」劉勰並第一次系統而全面地論述了寫作過程中的一系列根本問題。

但魏晉南北朝文論諸著皆是詩文雜糅，駢散合論，統而不分。真正開始對文章創作技法進行探討的是唐代以韓愈、柳宗元為代表的古文家。韓愈提出「惟陳言之務去」「文從字順各識職」等遣詞用字之法，並提出含英咀華、

〔註3〕清・劉寶楠《論語正義》(諸子集成本)，北京:中華書局，1957:402。
〔註4〕宋・姚鉉《唐文粹》卷七十九，《四部叢刊初編》本。
〔註5〕元・吳澄《吳文正集》卷六十一，文淵閣《四庫全書》本。
〔註6〕林紓《春覺齋論文》，北京:人民文學出版社，1959:45。
〔註7〕陳鼓應《莊子今注今譯》(中冊)，北京:中華書局，1983:356。
〔註8〕陳鼓應《莊子今注今譯》(中冊)，北京:中華書局，1983:418。
〔註9〕西晉・陸機撰，張少康集釋《文賦集釋》，上海:上海古籍出版社，1984:43。

提要鉤玄等文章法。柳宗元對遣詞用字也提出了要求,「見生用助字,不當律令,唯以此奉答。所謂乎、歟、耶、哉、夫者,疑辭也;矣、耳、焉、也者,決辭也。今生則一之。宜考前聞人所使用,與吾言類且異,慎思之則一益也」。唐代古文家雖論及文章技法,卻並不系統,也沒有從理論上進行論證。晚唐時期,雖然出現了諸如孫郃《文格》、馮鑒《修文要訣》、王瑜《文旨》、王志范《文章高抬貴手》等類似文章創作指導書籍,卻史留空目。真正從理論上為文章藝術技巧正名的是蘇軾。在宋朝百餘年文章革新運動發展與成功的基礎上,蘇軾成為文章理論重點從文學創作外部規律探討轉向內部規律研究的代表人物。他在創作實踐中認識到認識事物與表達事物是兩個層面的問題,對事物的認識不易,把它藝術地再現出來更非易事,明確論述了藝術創作技巧的重要性,其云:「有道而不藝,則物雖形於心,不形於手。」(《書李伯時山莊圖後》)〔註10〕「求物之妙,如繫風捕影,能使是物了然於心者,蓋千萬人而不一遇也,而況能使了然於口與手乎?」(《與謝民師推官書》)〔註11〕因此,作家必須既要具有精審的觀察力,更要具有精熟的藝術功力。但蘇軾雖認識到藝術技巧的重要性,卻未探討為文之藝術技法,而是走上尚「意」一途,認為只有達到意與物渾融一體的境界,方有傳達之自由。他以畫竹為喻論文章寫作,「故畫竹必先得成竹於胸中……而操之不熟者,平居自視了然,而臨事忽焉喪之」(《文與可畫篔簹谷偃竹記》)〔註12〕,「與可畫竹時,見竹不見人……其身與竹化,無窮出清新」(《書晁補之所藏與可畫竹》)〔註13〕。對於此種創作境界,蘇軾認為是一種「天機之所合」「不能自己」的狀態,其云:「畫日者常疑餅,非忘日也,醉中不以鼻飲,夢中不以趾捉,天機之所合,不強而自記也。居士之在山也,不留於一物,故其神與萬物交,其智與百工通。」(《書李伯時山莊圖後》)〔註14〕「夫昔之為文者,非能為之為工,乃不

〔註10〕宋‧蘇軾撰,孔凡禮點校《蘇軾文集》(第五冊),北京:中華書局,1986:2211。

〔註11〕宋‧蘇軾撰,孔凡禮點校《蘇軾文集》(第四冊),北京:中華書局,1986:1418。

〔註12〕宋‧蘇軾撰,孔凡禮點校《蘇軾文集》(第二冊),北京:中華書局,1986:365。

〔註13〕宋‧蘇軾撰,清‧王文誥輯注,孔凡禮點校《蘇軾詩集》(第五冊),北京:中華書局,1982:1522。

〔註14〕宋‧蘇軾撰,孔凡禮點校《蘇軾文集》(第五冊),北京:中華書局,1986:2211。

能不為之為工也。山川之有雲霧，草木之有華實，充滿勃鬱，而見於外。夫雖欲無有，其可得耶？自少聞家君之論文，以為古之聖人有所不能自己而作者。」（《南行前集敘》）〔註15〕

　　蘇軾之論甚為精妙，是基於其才氣縱橫之上。其文之汪洋恣肆實為後學難以企及，就連對蘇軾極為推崇的葉適也慨歎：「獨蘇軾用一語、立一意，架虛行危，縱橫倏忽，數千百言，讀者皆如其所欲出，推者莫知其所自來。雖理有未精，而詞之所至莫或過焉。蓋古今議論之傑也。」〔註16〕蘇軾後學則承續其所開啟的藝術技巧探討之門，開始探究為文之法。他的得意門生黃庭堅一方面認為為文最高境界是要像陶潛詩、杜甫「到夔州後詩」和韓愈「自潮州還朝後文章」那樣，「不煩繩削而自合」（《與王復觀書》）〔註17〕，自然渾成，自由地合乎創作規律。另一方面，則非常重視詩文篇章結構的慘淡經營與用字造句的精意鍛鍊，反覆申述「句法俊逸清新」（《贈子勉》）〔註18〕「安排一字有神」（《荊南鑒判向和卿用予六言見惠次昀奉酬》）〔註19〕。黃庭堅對技法的強調為前人所無，其在《論作詩文》中言：「作文字須摹古人，百工之技，亦無有不法而成者也。」〔註20〕其論文多強調「法度」「繩墨」，尤其在字法上，強調熟讀古書、揣摩前人作品對創作的作用，上承韓愈「沉浸濃鬱，含英咀華」「惟陳言之務去」的用字觀，並結合梅堯臣、蘇軾及其本人「以故為新，以俗為雅」的論調，總結提煉出融化前人陳言再鑄偉詞的具體技法「點鐵成金」，對後世產生較深遠的影響。

　　南宋末期，歷經唐、宋二朝古文運動創作實踐和發展，業已進入古文創作規律的總結時期，出現了我國最早專論辭章學專著——陳騤《文則》。陳騤《文則》成書於孝宗乾道六年（1170年），弘治年間衡州知府陳哲識在《書天

〔註15〕宋·蘇軾撰，孔凡禮點校《蘇軾文集》（第一冊），北京：中華書局，1986：323。

〔註16〕宋·葉適《習學記言序目》卷五十，北京：中華書局，1977：744。

〔註17〕宋·黃庭堅撰，劉琳、李勇先、王蓉貴校點《黃庭堅全集》（第二冊），成都：四川大學出版社，2001：470。

〔註18〕宋·黃庭堅撰，劉琳、李勇先、王蓉貴校點《黃庭堅全集》（第一冊），成都：四川大學出版社，2001：202。

〔註19〕宋·黃庭堅撰，劉琳、李勇先、王蓉貴校點《黃庭堅全集》（第一冊），成都：四川大學出版社，2001：203。

〔註20〕宋·黃庭堅撰，劉琳、李勇先、王蓉貴校點《黃庭堅全集》（第三冊），成都：四川大學出版社，2001：1684。

台陳先生〈文則〉後》指出其創作宗旨云:「六經之文……真文字之準則也。第則其文,而不求其所以文,吾恐口氣雖似,元氣索然,非善則者。能因言以求其道,使聖賢精神心術,躍然於心目間,則中有卓見,文亦偉然爛然矣。」〔註21〕陳哲識的看法是不錯的,陳騤的目的確為探求六經「其所以文」,展現了探求文章奧妙的自覺意識。與往昔古文家對六經從大處著眼不同,陳騤採取「細讀法」,從精細處著眼,剖析六經為文之法,綜論字法、句法、章法、修辭之法,囊括文法各個方面,是古代文法論的開山奠基之作。四庫館臣責其「太瑣太拘」「捨大而求細」〔註22〕,也正從側面反映其文章技法探討之精細。早在陳騤六歲時,南宋王銍就已著述文章批評專著「文話」,其《四六話》自序中云:「銍類次先子所謂詩賦與前輩話言附家集之末,又以銍所聞於交遊間四六話事實私自記焉,其詩話、文話、賦話各別見,云老成雖遠,典刑尚存,此學者所當憑心而致力也。」〔註23〕就其所述來看,文中提到的「文話」應為文章理論批評之專著,該書早佚,實無法推究其內容,但應為南宋探究文法之先聲。陳騤之後,探討文法的著述漸多,文法總結意識明顯增強。這一時期對為文之法的探討,創建與開拓明顯不足,多為輯錄前人論文之語,或偶斷以己意,但其去取之間亦彰顯其文法主張。張鎡《仕學規範》四十卷,其中四卷論文,輯錄《小畜文集》《元豐類稿》《張乖崖語錄》《步里客談》《麗澤文說》等宋諸名家論著而成書,內容大抵論述作文之法,品析諸類文體。紹熙四年王正德為應對時人多往問「為文正法」,結集「前輩論文章利病」〔註24〕而編撰《餘師錄》四卷,其所選名家從陳後山、皇甫湜直至韓子蒼、洪邁共五十五家,「去取之間,頗為不苟」〔註25〕。孫奕於開禧年間編成《履齋示兒編》二十三卷,其中三卷論文,雜引經史文賦之說,於用字、選詞、句法、音韻等分析闡述頗為精細。樓昉《過庭錄》一卷雖僅十一條,但論述頗為精當,其論用字云:「作文用虛字。文字之妙,只在幾個助辭虛字上。」「助辭虛字是過接斡旋、千變萬化處。」「古人字,明用不如暗用;前代故事,實說不如虛說;五行家之言,以為明合不如暗合,供實不如供虛。」其分析柳宗元《晉問》云:「節目凡八:先說山河,次說兵器,次說馬,次說

〔註21〕 王水照《歷代文話》(第一冊),上海:復旦大學出版社,2007:194。
〔註22〕 《四庫全書總目》卷一九五,北京:中華書局,1965:1787。
〔註23〕 宋・王銍《四六話》,《叢書集成初編》本。
〔註24〕 宋・王正德《餘師錄序》,文淵閣《四庫全書》本。
〔註25〕 《四庫全書總目》卷一九五,北京:中華書局,1965:1787。

木，次說魚鹽，次說晉霸，末乃歸之唐堯遺風。一節高如一節，而武陵之說自
廢。蓋子厚先有最後一節，前面只是布置敷衍，旋旋引入。譬人鬻珍器重寶，
終不成才有人求看，便把第一最好者示人也。須從平常之物，持與之看，卻
到珍奇之物，自然歡喜讚歎。彼之觀漸異，則吾之寶漸重。」〔註26〕均中為
文之要。成書於宋理宗寶祐二年陳模的《懷古錄》三卷多有論文，如論文風
之平淡與頓挫、論行文先後之輕重緩急、論虛字「也」「者」之妙用、論文字
之繁簡等頗為精到。

　　南宋不但探討文法著述頗多，而且評文之風盛行。此時的士大夫已經擺
脫了漢唐注經的傳統，其品評對象已不再侷限於經文，兩漢文、唐宋文成了
品評的熱點。吳子良的《荊溪林下偶談》論文甚廣，品評《尚書》《孟子》以
及韓愈、柳宗元、歐陽修、蘇軾、葉適諸家之文，探討為文之要，「所見頗多
精確」〔註27〕。黃震《黃氏日抄》九十五卷，其中《讀文集》十卷，分別對
韓愈、柳宗元、歐陽修、蘇軾、曾鞏、王安石、黃庭堅、汪藻、范成大、葉適
十家文集予以摘抄，並斷以己意，加以評騭，多體會有得之見。同時，南宋還
出現大量文章評選、評點著作，如呂祖謙《古文關鍵》、樓昉《崇古文訣》、真
德秀《文章正宗》、謝枋得《文章軌範》等等。這些文章選本選評結合，探討
為文之法，多有精到之處。呂祖謙《古文關鍵》精選韓愈、柳宗元、歐陽修、
曾鞏、蘇軾、張耒七家之文六十餘篇，「各標舉其命意布局之處，示學者以門
徑，故謂之『關鍵』」〔註28〕，開啟古文評點之先聲。呂祖謙之後，其後學樓
昉祖其師《古文關鍵》，並矯其過簡過嚴之失，編選《崇古文訣》，收錄《史》
《漢》至宋人古文近二百篇，其評文論文之字法、句法、布置收拾之法等，對
為文之技法頗多總結和探討。為應科舉考試，專門指導應試的編著應運而生，
如王應麟的《玉海·辭海指南》、魏天應的《論學繩尺·行文要法》，此類編著
雖專為科舉而設，指點做法，示以門徑、法式，但多有超出科舉程序而涉及
一般文章寫作理論、技巧者，對文章技法的探討多有助益。

　　「程學盛南蘇學北」，金代文章深深沾溉於蘇學，文尚歐、蘇成為風氣，
強調自然率真，但是為文求巧，文法尚嚴亦成為風尚。王若虛《文辨》對歷來

〔註26〕宋·樓昉《過庭錄》，王水照《歷代文話》（第一冊），上海：復旦大學出版社，
　　　　2007：454～455。
〔註27〕《四庫全書總目》卷一九五，北京：中華書局，1965：1789。
〔註28〕《四庫全書總目》卷一八七，北京：中華書局，1965：1698。

奉為文章典範的司馬遷屢次指責其文法之疏,「司馬遷之法最疏,開卷令人不樂」,「遷文雖奇,疏拙亦多,不必皆可取也」,「予謂左氏之文,固字字有法,司馬遷何足以當之。文法之疏,莫遷若也」,至言「遷雖氣質近古,以繩準律之,殆百孔千瘡」〔註29〕,是古文論史上少有的對司馬遷苛責之人。終元之世,程、朱之學定於一尊,故元代文論,大抵皆承兩宋理學家之文學思想,重道輕文,視文辭之工巧為末事。但其古文一派,亦重文章之價值,其論作文之法,雖多為零篇散句,偶一及之,但也頗為精到。如郝經論文法強調:「文有大法,無定法。觀前人之法而自為之,而自立其法。」(《答友人論文法書》)〔註30〕《玉堂嘉話》卷一引王鶚之言論文章布局之法曰:「作文亦有三體,入作當如虎首,中如豕腹,終如蠆尾。虎首取其猛重,豕腹取其楦穰,蠆尾取其蜇而毒也。此雖常談,亦作文之法也。」〔註31〕其成卷之著述則有李淦《文章精義》、王構《修辭鑑衡》、潘昂霄《金石例》、陳秀明《東坡文談錄》等。李淦《文章精義》對作文精深法則的探求尤為擅長,主張作文章要從整體布局著眼,要有「間架」,頗多有得之見。王構《修辭鑑衡》輯錄宋人詩話及文集、雜記而成,「所以教為文與詩之術也」(王理《修辭鑑衡序》)〔註32〕。四庫館臣評此書「所錄雖多習見之語,而去取頗為精覈」「具有鑒裁」,推為「談藝家之指南」〔註33〕。潘昂霄《金石例》十卷,取古昔碑碣鍾鼎之文,「提綱舉要,條分類聚」,「其書敘述古制,頗為典核,雖所載括例,但舉韓愈之文,未免舉一而廢百。然明以來金石之文,往往不考古法,漫無矩度,得是書以為依據,亦可謂尚有典型,愈於率意妄撰者多矣」〔註34〕。楊本為其作序推崇其:「凡碑碣之制,始作之本,銘志之式,辭義之要,莫不放古以為準。」「可法於天下後世。」〔註35〕陳秀明《東坡文談錄》雜採諸家評蘇軾之文論及蘇軾自評其文之資料,為首部蘇文匯評之專書,雖所引大抵為人所習見,且隨意摘錄,體例無序,但當時尚蘇之風可見一斑。元代延祐恢復科舉之後,時文文法成為熱門話題,陳繹曾的《文說》、倪士毅的《作義要訣》等舉業指

〔註29〕元·王若虛《滹南遺老集》卷三十四,《四部叢刊初編》本。

〔註30〕元·郝經《陵川集》卷二十三,文淵閣《四庫全書》本。

〔註31〕元·王惲撰,楊曉春點校《玉堂嘉話》,北京:中華書局,2006:41。

〔註32〕元·王構《修辭鑑衡》,文淵閣《四庫全書》本。

〔註33〕《四庫全書總目》卷一九六,北京:中華書局,1965:1791。

〔註34〕《四庫全書總目》卷一九六,北京:中華書局,1965:1791。

〔註35〕王水照《歷代文話》(第二冊),上海:復旦大學出版社,2007:1367。

導用書廣為流行，其書雖為科舉程序而設，然亦為學者開一學文之途徑。倪士毅的《作義要訣》一卷，摘錄宋人曹經之書，參酌謝氏、章氏等諸家之說，分列「論冒題」「原題」「講題」「結題」四則，逐次指明寫作要領。此書雖為經義而作，然深得文章之大法，凡造意、謀篇、布局、修辭，皆一一述及。陳繹曾文章學著述《文筌》與指導舉子應試的著述《文說》，會通古文與時文，能突破程序畦畛，深入把握寫作技巧，對文章理論的總結與概括相當深入。明人朱權改《文筌》為《文章歐冶》，其在《文章歐冶序》中言明改名之由即因此書之價值在於闡發文章寫作規範和法度，其云：「汶陽陳繹曾演先聖之未發，泄英華之秘藏，撰為是書，名曰《文筌》，可謂奇也。然出乎才學，見乎製作規模，又可謂宏遠矣。」又云為使後學「知夫文章體制有如此之法度，庶不失其規矩也，更其名曰《文章歐冶》」〔註36〕。

經南宋、金元眾多文章家推闡，韓柳歐蘇等唐宋古文大家至明代已作為正宗地位廣為人們接受，羅萬藻云：「文字之規矩繩墨，自唐宋而下，所謂抑揚開合起伏呼應之法，晉漢以上，絕無所聞，而韓、柳、歐、蘇諸大儒設之，遂以為家。出入有度，而神氣自流，故自上古之文至此而別為一界。」（《韓臨之制藝序》）〔註37〕唐宋文章偏重篇章之法，有法可窺，便於學習，「不讀《左》《史》，無以探文章之本；不讀八家，無以盡文章之法」〔註38〕。明代，尤其自唐宋派起，師法關注點轉向為文之技法，清人汪琬對此有著符合實際的認識：「古人之於文也……蓋凡開合呼應、操縱頓挫之法無不備焉，則今之所傳唐宋諸大家，舉如此也。前明二百七十餘年，其文嘗屢變矣，而中間最卓卓知名者，亦無不學於古人而得之。羅圭峰學退之者也，歸震川學永叔者也，王遵巖學子固者也，方正學、唐荊川學二蘇者也，其他楊文貞、李文正、王文恪，又學永叔、子瞻而未至者也。前賢之學於古人者，非學其詞也，學其開合呼應、操縱頓挫之法而加變化焉，以成一家者是也。」（《答陳靄公書（二）》）〔註39〕明代莊元臣認為「大抵體制有古今，軌轍無先後」，師法古人應師其技法，而非師其體制，「善學者師其軌轍，不善學者師其體制。師其體制者，古

〔註36〕王水照《歷代文話》（第二冊），上海：復旦大學出版社，2007：1222～1223。

〔註37〕明‧羅萬藻《此觀堂集》，《四庫存目叢書》集部第192冊，濟南：齊魯書社，1997：350。

〔註38〕清‧張秉直《文談序》，王水照《歷代文話》（第五冊），上海：復旦大學出版社，2007：5061。

〔註39〕清‧汪琬《堯峰文鈔》卷三十二，《四部叢刊》本。

而實今；師其軌轍者，今而實古」〔註40〕。這個時期，大量文章學著述出現，如曾鼎《文式》、吳訥《文章辨體》、歸有光《文章指南》、茅坤《唐宋八大家文鈔》、徐師曾《文體明辨》、高琦《文章一貫》、莊元臣《文訣》、李騰芳《文字法三十五則》等等，技法理論得到進一步完善。歸有光《文章指南》中有論文章體則 66 條，指導為文之法，詹仰庇《文章指南序》云：「是雖作文之法未必盡於斯也，然染指亦可知鼎味矣。」〔註41〕高琦《文章一貫》輯錄前賢論文之語，以類編次，間參以己意。其編撰思想頗重文法，高氏認為「意不立則罔，氣不充則萎，篇章句字不整則淆」，上卷立「立意」「氣象」「篇法」「章法」「句法」「字法」六目，綜論為文之法；下卷立「起端」「敘事」「議論」「引用」「譬喻」「含蓄」「形容」「過接」「繳緒」九目，論具體做法。正如高氏所云：「九法舉而後文體具，體具而後用達，執一貫萬。」〔註42〕對文章寫作極具指導意義。莊元臣認為無思無飾的至文是無法企及的典範，一般人「不敢望為不思不飾之文」，後世之文是要思要飾的，進而認為「思之必有思之方，飾之必有飾之術。無方而思，是捨置而索兔也。無術而飾，是未識繪事而操染也」。莊氏正是苦於「求其思與飾而不可得」，「於是日取《孟子》《韓子》與蘇氏父子之文，俯而讀，仰而維，日夜探索其方術之所在」〔註43〕。

明末清初的文人學者基於對明代文壇流派紛呈的反思，「別裁偽體親風雅」，推尊唐宋文，建立「清真雅正」的文風，對唐宋文法進行深入探討和總結。如錢謙益，「架上八家之文，以做法分類，如直敘，如議論，如單序一事，如提綱，而列目亦過十餘門」（黃宗羲《思舊錄·錢謙益》）〔註44〕。「清初三大家」之一的汪琬非常重視文法，魏禧評他云：「奉古人法度，猶賢有司奉朝廷律令，循循縮縮，守之而不敢過。」（《答計甫草書》）〔註45〕對於孔子云「言之無文，行而不遠」，汪琬認為文法工拙是文章能否流傳的決定因素，「非窮愁不能著書。古人之文安得有所謂無寄託者哉？要當論其工與否耳。工者傳，

〔註40〕明·莊元臣《論學須知》，王水照《歷代文話》（第三冊），上海：復旦大學出版社，2007：2211。
〔註41〕王水照《歷代文話》（第二冊），上海：復旦大學出版社，2007：1738。
〔註42〕王水照《歷代文話》（第二冊），上海：復旦大學出版社，2007：2145～2186。
〔註43〕明·莊元臣《論學須知引》，王水照《歷代文話》（第三冊），上海：復旦大學出版社，2007：2209～2210。
〔註44〕清·黃宗羲撰，沈善洪主編《黃宗羲全集》（第 1 冊），杭州：浙江古籍出版社，2005：378。
〔註45〕清·魏禧《魏叔子文集》，北京：中華書局，2003：248。

不工者不傳也，又必其尤工者，然後能傳數千百年而終於不可磨滅也」。以顧炎武、王夫之為代表的文人學者更是繼承明代各流派深究「法」理的精神，專注於「細論文」，對古文行文技法及規律進行探究與總結，這種「細論文」精神尤其在金聖歎的評點諸作以及《古文觀止》《古文釋義》《古文筆法百篇》等一大批評點讀本中，得到明顯體現。金聖歎即云：「蓋天下之書，誠欲藏之名山，傳之後人，即無有不精嚴者。何謂之精嚴？字有字法，句有句法，章有章法，部有部法是也。」(《貫華堂第五才子書水滸傳序三》)〔註46〕明清小說評點得到學界較多關注，而文章評點關注者較少，僅從其圈點之法即可窺其品評之精細，現例舉如下表：

表3　文章批點法例舉

朝代	論者	批點法
宋	真德秀	句讀小點．語絕為句，句心為讀 菁華旁點、謂其言之藻麗者、字之新奇者 字眼圈點○ 抹——主意 要語 撇——謂一二字為綱領 轉換 截—— 節段
明	唐順之	長圈 ○○○○○○ 精華 短圈 ○○○ 字眼 長點 、、、、、 精華 短點 、、、 字眼 長虛抹 〔方框〕 敞事 短虛抹 〔方框〕 故事 抹—— 處置 撇—— 轉調 截—— 分段

〔註46〕曹方人、周錫山標點《金聖歎全集》(第1冊)，南京：江蘇古籍出版社，1985：11。

| 清 | 唐彪〔註47〕 | ◎ 書文綱領與歸重處用此
● 書文根因處用此
— 書文大界限、大段落用此
　書文中大小節次下用此
、 文章極佳處用此
· 文章次佳處用此
· 文章平佳處用此
■ 地名用此
｜ 官名用此
　帝王、名人俱通用此
□ 國名用此
○ 照應處用此
　年號用此 | 唐彪曰：凡書文有圈點，則讀者易於領會，而句讀無訛……又文有奇思妙論，非用密圈，則美境不能顯。有界限段落，非畫斷則章法與命意之妙不易知。 |

　　尤其值得崇贊的是，自王夫之到其後的「寧都三魏」魏際瑞、魏禧、魏禮及陳玉璂等人，都實現了對唐宋文法總結的超越，而以「變化」為文法的本質特徵。王夫之反對「死法」「魔法」，主張以識量破法。魏際瑞云：「善學古人者，熟於規矩，能生變化；其識精而議確，不斤斤學古人者，亦能自為變化，變化相生，自合規矩。」（《學文堂文集序》）〔註48〕魏禮則言：「變者，法之至者也。此文之法也。」（《陸懸圃文敘》）〔註49〕有清一代有關文章法的論述大量湧現，其成卷者如方以智《文章薪火》、王夫之《夕堂永日緒論外編》、趙吉士《萬青閣文訓》、唐彪《讀書作文譜》、魏際瑞《伯子論文》、王之績《鐵立文起》、田同之《西圃文說》、劉大櫆《論文偶記》、吳德旋《初月樓古文緒論》、梁章鉅《退庵論文》、包世臣《藝舟雙楫》等等，無論是數量，還是研究質量，都為前人所不及。一直到近代，林紓撰寫的《文微》《春覺齋論文》、吳曾祺的《涵芬樓文談》、姚永樸的《文學研究法》、唐文治的《國文大義》、來裕詢的《漢文典·文章典》、唐恩溥的《文章學》、劉師培的《論文雜記》等等，都對文章技法理論的建設有許多創建性論述。

　　但，在中國古代文章學中，技法始終沒有爭取到獨立地位。中國古代缺乏「為藝術而藝術」的社會文化土壤，技法也就無法成為自娛自樂的「玩

〔註47〕清·唐彪《讀書作文譜》卷二，王水照《歷代文話》（第四冊），上海：復旦大學出版社，2007：3418～3419。
〔註48〕清·魏際瑞《魏伯子文集》卷一，道光二十五年珍溪之綏園書塾重刊本。
〔註49〕清·魏禧《魏叔子文集》，北京：中華書局，2003：428。

意」。清代包世臣在《藝舟雙楫》中一方面強調技法的重要性，總結出行文六法，最後卻云：「然而六法備具，其於文也，猶魚兔之筌蹄，膚髮之脂澤也。《易》曰『觀乎人文以化成天下』，士君子能深思天下所以化成者，求諸古，驗諸事，發諸文，則庶乎言之有物，而不囿於藻采雕繪之末技也夫。」〔註50〕隸屬於文治政教建制的古代文章以「化成天下」為依歸，拘泥於末技會導致其人文價值和意義的失落。

第二節　文章技法的主要內容

　　操觚縱筆，實為難事，握筆臨紙，如何成文？劉勰云：「夫人之立言，因字而生句，積句而成章，積章而成篇。篇之彪炳，章無疵也；章之明靡，句無玷也；句之清英，字不妄也；振本而末從，知一而萬畢矣。」（《文心雕龍·章句》）〔註51〕對於劉勰上述之論，劉師培進一步闡發云：「此謂立言次第須先字句而後篇章，而臨文構思則宜先篇章而後字句。蓋文章構成，須歷命意、謀篇、用筆、選詞、鍊句五級。必先樹意以定篇，始可安章而宅句。若術不素定，而委心逐辭，異端叢至，駢贅必多。」〔註52〕綜合二劉之論，為文構思之時，立足總局，規劃全篇，先立意謀篇，再斟酌字句，而具體操觚之時，則如建築樓宇，須從一磚一瓦著手，由字句而至篇章。古代總結的為文技法極為廣泛和周詳，概而言之，主要集中在三個方面：命意之法、篇章布置與行文之法、擇字鍊句之法。

一、命意之法

　　文章首在立意，「意者，大將也」〔註53〕。言意之辨是個古老的哲學命題。《莊子·天道》云：「書不過語，語有貴也。語之所貴者，意也。」〔註54〕《周

〔註50〕清·包世臣《藝舟雙楫·論文》，王水照《歷代文話》（第六冊），上海：復旦大學出版社，2007：5195。

〔註51〕南朝梁·劉勰撰，王利器校箋《文心雕龍校證》，上海：上海古籍出版社，1980：219。

〔註52〕劉師培《漢魏六朝專家文研究·論謀篇之術》，王水照《歷代文話》（第十冊），上海：復旦大學出版社，2007：9568。

〔註53〕明·莊元臣《論學須知》，王水照《歷代文話》（第三冊），上海：復旦大學出版社，2007：2212。

〔註54〕陳鼓應《莊子今注今譯》（中冊），北京：中華書局，1983：356。

易・繫辭》云:「聖人立象以盡意,設卦以盡情偽。」〔註55〕都指出「盡意」「達意」是表達的指向。影響所及,文論領域頗重「意」論,陸機論文「恒患意不稱物,文不逮意」,劉勰云「意翻空而易奇,言徵實而難巧也」(《文心雕龍・神思》)〔註56〕。從老莊、易傳到魏晉玄學的言意之辨,其「意」往往指向外在的形而上的道、理。陸機、劉勰將之引入文論領域,「意」在指向玄妙道、理的同時,又指向作者微妙的心理感受。陸機《文賦》云:「佇中區以玄覽,頤情志於典墳。運四時以歎逝,瞻萬物而思紛。悲落葉于勁秋,喜柔條於芳春。心懍懍以懷霜,志眇眇而臨雲。詠世德之駿烈,誦先人之清芬。遊文章之林府,嘉麗藻之彬彬。」〔註57〕劉勰則是「登山則情滿於山,觀海則意溢於海」(《文心雕龍・神思》)〔註58〕。但在劉勰和陸機那裡,意與文還是分離的,文不逮意成為作家最大的迷惑。唐宋時期,韓柳歐曾之文雖各自成家,卻都本源經史、藉重儒道,文以明道為務。一直到蘇軾,「言」才可以自由地「隨物賦形」,彰理達意,「大略如行雲流水,初無定質,但常行於所當行,止於所不可不止。文理自然,姿態橫生」(《與謝民師推官書》)〔註59〕,「吾文如萬斛泉源,不擇地而出……及其與山石曲折,隨物賦形而不可知也」(《自評文》)〔註60〕。蘇軾如何實現了從「言不盡意」到「辭達」的跨越,究其緣由,是蘇軾賦予「意」以新的內涵。與以往的「宗經」「徵聖」不同,蘇軾之「意」不再指向外在的形而上的道、理,與陸機、劉勰所描述的那種不可把握的心理感受亦不相同,而是自己內在的思想和意念,這種「意」是為己所有,為己所用。與陸機、劉勰文論中「言」向「意」的靠攏不同,蘇軾之「意」已成為「言」的統領,「意」不再是被言說、被表現的對象,而是成了文章創作的主動者。《韻語陽秋》記載了蘇軾為文之法的「意」論:

〔註55〕宋・朱熹《周易本義》(據清明善堂刻本影印),天津:天津古籍出版社,1986:317。

〔註56〕南朝梁・劉勰撰,王利器校箋《文心雕龍校證》,上海:上海古籍出版社,1980:187。

〔註57〕西晉・陸機撰,張少康集釋《文賦集釋》,上海:上海古籍出版社,1984:14。

〔註58〕南朝梁・劉勰撰,王利器校箋《文心雕龍校證》,上海:上海古籍出版社,1980:187。

〔註59〕宋・蘇軾撰,孔凡李點校《蘇軾文集》(第四冊),北京:中華書局,1986:1418。

〔註60〕宋・蘇軾撰,孔凡李點校《蘇軾文集》(第四冊),北京:中華書局,1986:2069。

　　　東坡在儋耳時，余三從兄諱延之，自江陰擔簦萬里，絕海往見，
留一月。坡嘗誨以作文之法曰：「儋州雖數百家之聚，州人所須，取
之市而足，然不可徒得也，必有一物以攝之，然後為己用。所謂一物
者，錢是也。作文亦然，天下之事，散在經子史中，不可徒使，必得
一物以攝之，然後為己用。所謂一物者，意是也。不得錢不可以取物，
不得意不可以明事，此作文之要也。」吾兄拜其言而書諸紳。〔註61〕

　　陸游《老學庵筆記》卷八所載蘇軾為文的一個小故事更能反映出其為文
的自由意志：

　　　東坡先生《省試刑賞忠厚之至論》有云：「皋陶為士，將殺人，
皋陶曰殺之三，堯曰宥之三。」梅聖俞為小試官，得之以示歐陽公。
公曰：「此出何書？」聖俞曰：「何須出處！」公以為皆偶忘之，然亦
大稱歎。初欲以為魁，終以此不果。及揭榜，見東坡姓名，始謂聖俞
曰：「此郎必有所據，更恨吾輩不能記耳。」及謁謝，首問之，東坡亦
對曰：「何須出處。」乃與聖俞語合。公賞其豪邁，太息不已。〔註62〕

　　蘇軾為文論說天下事，無一不曲盡其妙，如化工之賦形萬物，能達到「常
行於所當行，止於所不可不止」之境，絕非無意識的迷狂狀態，而正是其「意」
的自主性所至。《韻語陽秋》云：「凡為文須要有主客，先識主客，然後成文字。
如今作文，須當使一件故事，後卻以己說佐之，此是不知主客也。須是先自己
意，然後以故事佐吾說方可。」〔註63〕為文要先確立作者的主體意識，而不能
被外在的材料所牽拘。當然，蘇軾所立之「意」絕非凡庸之「意」，而是要「超
然獨立於眾人之上」「皆於世人意外，別出眼目」〔註64〕。蘇軾為文之「意」法
玄妙難學，後世才力和學識不達則無以為繼，正如歐陽修所慨歎的那樣：「自學
者變格為文，迨今三十年，始得斯人。不惟遲久而後獲，實恐此後未有能繼者
耳。」（《蘇氏四六》）〔註65〕但蘇軾此論，對後世文論影響頗大，為文尚「意」
屢屢被文家論及。元代王惲論文章創作云：「文之作其來不一：有意先而就辭

〔註61〕　宋・葛立方《韻語陽秋》卷三，清・何文煥《歷代詩話》，北京：中華書局，
　　　　　1981：509～510。
〔註62〕　宋・陸游撰，李劍雄、劉德權點校《老學庵筆記》卷八，北京：中華書局，
　　　　　1979：102。
〔註63〕　宋・張鎡《仕學規範》卷三十五，文淵閣《四庫全書》本。
〔註64〕　宋・張鎡《仕學規範》卷三十四，文淵閣《四庫全書》本。
〔註65〕　宋・歐陽修撰，李逸安點校《歐陽修全集》（第五冊），北京：中華書局，2001：
　　　　　1983。

者，有辭先而就意者。意先而就辭者易，辭先而就意者難。意先辭後，辭順而理足；辭先意後，語離而理乖。此必然理也，學者最當知之。」〔註66〕明代李騰芳《文字法三十五則》首列「意」，明言「作文須先立主意」〔註67〕。清代田同之云：「文以意為主，主立則氣勝，氣勝則鏘洋，精彩從之而生。」〔註68〕近人劉師培亦云：「作文之法，因意謀篇者其勢順，由篇生意者其勢逆。」〔註69〕

　　後世文章家所談之「意」與蘇軾並不完全相同，蘇軾所論之「意」多指作者主體之「意」，這種「意」是基於作家個人天資稟賦、學養閱歷。因此，文章創作是作家主體之「意」的自主性言說，文之佳者往往是意興而後文生。後世文章家指導初學者為文所強調的「意」，往往是指文章本身之「意」，指文章的「主意」「大意」「主腦」。這種「意」亦與作家主體性的「意」相關聯，但更多的是因題生意。因題生文的現象在創作中並不鮮見，尤其應試時文是命題作文，因題發意更是其不可或缺的重要一環，「命意」之法也就應運而生。《文說》引戴帥初先生言：「凡作文發意，第一番來者，陳言也，掃去不用。第二番來者，正語也，停之不可用。第三番來者，精意也，方可用之。」〔註70〕清人李元春《四書文法摘要》為作八股制藝之指導，首重「審題命意」，並列「審題六法」「命意四法」。所謂「審題六法者」，「辨題體，詳題旨，究題理，玩題氣，從全章著想，從全部著想」；所謂「命意四法」者，「題面意，題心意，上下四旁意，分前中後意」〔註71〕。清人曹宮《文法心傳》主張從相題入手，從前面、後面、上面、下面、反面、旁面、對面、正面八方面分析題目之來龍去脈和立意角度〔註72〕。對於立意，古代文章家多主張一文以立一意為主，「通體不可有兩意，不則歧。他意或作襯，或作餘波」。

〔註66〕元・王惲《秋澗集》卷四十四，文淵閣《四庫全書》本。
〔註67〕明・李騰芳《文字法三十五則》，王水照《歷代文話》（第三冊），上海：復旦大學出版社，2007：2488。
〔註68〕清・田同之《西圃文說》卷三，王水照《歷代文話》（第四冊），上海：復旦大學出版社，2007：4093。
〔註69〕劉師培《漢魏六朝專家文研究・論謀篇之術》，王水照《歷代文話》（第十冊），上海：復旦大學出版社，2007：9569。
〔註70〕元・陳繹曾《文說》，王水照《歷代文話》（第二冊），上海：復旦大學出版社，2007：1343。
〔註71〕清・李元春《四書文法摘要》，王水照《歷代文話》（第五冊），上海：復旦大學出版社，2007：5103。
〔註72〕清・曹宮《文法心傳》卷上，王水照《歷代文話》（第六冊），上海：復旦大學出版社，2007：5315～5318。

尤其要注意的是，古代文論著述常有列「立意法」者，如元代陳繹曾《文說》列「立意法」，明代莊元臣《論學須知》首列「論立主意」。細考之，所指並非立下筆之先的「意」，而是文中致意之法。陳氏認為雖文體眾多，但文意必由景、意、事、情四者而出，必須依此四者而求之。所謂景，「凡天文地理物象皆景也」；所謂「意」，「凡議論思致曲折皆意也」；所謂事，「凡實事故事皆事也」；所謂情，「凡喜怒哀樂愛惡欲之真趣皆情也」。陳氏認為「凡文無景則枯，無意則粗，無事則虛，無情則誣」，因此，「立意之法必兼四者」。但並非一文之中四者皆均衡達意，而是要靈活運用，「各隨所宜，以一為主，而統三者於中」〔註73〕。陳氏所論乃是文中致意的四種載體。再考明代莊元臣編《論學須知》一卷，該書「動引蘇軾為證據」，可視為研究蘇軾散文之專書，論立意應力避「庸」「悖」「迂」「稚」「浮」「陋」之弊，並從蘇軾文章中抽繹出十五類立意之法。如「拗題立意」，「題旨與文義相拗背不合也」；「拗俗立意」，「俗見皆同聲相和，而獨另出一意，以砥柱中流」。另外還有「輕題立意」「題外尋意」「就題立意」「借題寓意」「設難以盡意」「牽客以伴主」「抑揚以發意」「深文以暢意」「借形以影意」「臆度以生意」「轉折以透意」「引事以證意」「引喻以明意」等等。所論亦是以文致意之法，其「拗題立意」舉蘇軾《寶繪堂記》為證云「本作《寶繪堂記》，而卻說『尤物不可留意』，然究竟卒歸到題旨上」，其「設難以盡意」云「如《春秋論》則通篇皆是問答之語」，其「借題寓意」云「如《木假山記》借假山以寓本家夫子百折不回，恭順而不阿是也」〔註74〕。構文致意為文之大旨，所指甚廣，篇法、章法、句法、字法皆是為致意而設，此種層面上的「立意法」實難概其貌。

二、篇章布置之法

意立則可成章。然一意而欲弘演其詞，如無布置之法，則會銓次失倫。「大意既立，文須區處：如何起，如何承接，如何收拾，此之謂布置」〔註75〕，篇章布置之法可大體分為篇法和章法。

〔註73〕元·陳繹曾《文說》，王水照《歷代文話》（第二冊），上海：復旦大學出版社，2007：1342～1343。

〔註74〕明·莊元臣《論學須知》，王水照《歷代文話》（第三冊），上海：復旦大學出版社，2007：2213～2214。

〔註75〕明·曾鼎《文式》卷下，王水照《歷代文話》（第二冊），上海：復旦大學出版社，2007：1578。

（一）篇法

來裕恂《文章典》云：「篇法者，組織一篇之文者也。」〔註76〕篇法的根本目的是使文章條理秩序、脈絡貫通。南宋陳騤《文則》總結篇法云：「文有上下相接，若繼踵然，其體有三：……其一曰敘積小至大……其二曰敘由精及粗……其三曰敘自流極源。」「文有交錯之體，若纏糾然，主在析理，理盡後已。」「載事之文，有上下同目之法。」「數人行事，其體有三：或先總而後數之……或先數之而後總之……或先既總之而後復總之。」〔註77〕樓昉《過庭錄》提出「一節高似一節」引人入勝之篇法：「柳河東《晉問》節目凡八：先說山河，次說兵器，次說馬，次說木，次說魚鹽，次說晉霸，末乃歸之唐堯遺風。一節高似一節，而武陵之說自廢。蓋子厚先有最後一節，前面只是布置敷衍，旋旋引入。譬人鬻珍器重寶，終不成才有人求看，便把第一最好者示人也；須從平常之物，持與之看，卻到珍奇之物，自然歡喜讚歎。彼之觀漸異，則吾之寶漸重。前人常謂作文字須留最好者在後面，呂太史亦云：『文章結尾如散場後底板，若好者相排鋪在前面，後面只平平結果，則無可笑者矣。』」〔註78〕元人李淦《文章精義》亦推崇此「一節高一節」之篇法，其云：「《孟子‧公孫丑下》首章起句，謂『天時不如地利，地利不如人和』，下面分三段，第一段說天時不如地利，第二段說地利不如人和，第三段卻專說人和，而歸之『得道者多助』，一節高一節，此是作文中大法度也。」〔註79〕明人歸有光《文章指南》列「總提分應則」「總提總收則」「逐事逐陳則」等篇章之法，其「總提分應則」云「文章有總提大意在前，中間逐段分應者」，其「總提總收則」云「賈誼《先醒》篇，前總大意，中三段分應，末又多一總收，較之上則更勝」，其「逐事逐陳則」云「諸葛孔明《後出師表》通篇條陳時務，雖是奏書之體，然布置嚴正」〔註80〕。近人來裕恂《漢文典‧文章典》總結出「完全之篇法」十八種，所謂「完全者」，

〔註76〕來裕恂撰，高維國、張格注釋《漢文典注釋》，天津：南開大學出版社，1993：221。
〔註77〕宋‧陳騤撰，劉彥成注譯《文則注譯》，北京：書目文獻出版社，1988：63～70。
〔註78〕宋‧樓昉《過庭錄》，王水照《歷代文話》（第一冊），上海：復旦大學出版社，2007：455～456。
〔註79〕元‧李淦《文章精義》，北京：民文學出版社，1960：64～65。
〔註80〕明‧歸有光《歸震川先生論文章體則》，王水照《歷代文話》（第二冊），上海：復旦大學出版社，2007：1713。

「乃純乎為全篇之法則。首尾腹背，全體貫通，無所隔閡」，這十八種篇法包括：提綱法、敘事法、照應法、抑揚法、問難法、渾含法、暗論法、推原法、比興法、分總法、反覆法、翻案法、針棒法、牽合法、排比法、擊蛇法、點睛法、脫胎法。比如「提綱法」即「提舉一篇大意，置於篇首，以下總此一義也」，「敘事法」即「依事直敘，不須曲折，如造宮室，門階戶牖，平鋪直豎是也」〔註81〕。

（二）章法

篇法立足全局，章法則是積句成章之法。篇法不明，則全篇不貫；章法不當，則文句雜亂。章法概而分之，大略有四：起、承、轉、結。

1. 起法，即一章發起之法。文章啟端最難。歐陽修作《醉翁亭記》原稿起處有數十字，黏之臥內，到後來只得「環滁皆山也」五字〔註82〕。《漢文典·文章典》總結出起法十種：順起、逆起、直起、渾起、翻起、問起、原起、冒起、喻起、排起〔註83〕。

2. 承法，即上下文承接之法。承接貴圓融無痕。《漢文典·文章典》總結出正承、反承、順承、逆承、急承、緩承、斷承、闡承、分承、總承、引承、原承十二種承法〔註84〕。

3. 轉法，即文意換轉之法。轉法不一，以使文章曲折生姿、變化奇妙為貴。《漢文典·文章典》總結出正轉、反轉、橫轉、進轉、緊轉、喻轉、蓄轉、翻轉、急轉、層轉十種轉法〔註85〕。

4. 結法，即文章收束之法。「文章精神，全在結束」〔註86〕。結貴短小緊嚴，少不經營，則成強弩之末。《歸震川先生論文章體則》最後十八則專

〔註81〕來裕恂撰，高維國、張格注釋《漢文典注釋》，天津：南開大學出版社，1993：222～227。

〔註82〕清·梁章鉅《退庵論文》，《退庵隨筆》卷十九，《續修四庫全書》1197 冊，上海：上海古籍出版社，2002：412。

〔註83〕來裕恂撰，高維國、張格注釋《漢文典注釋》，天津：南開大學出版社，1993：199～203。

〔註84〕來裕恂撰，高維國、張格注釋《漢文典注釋》，天津：南開大學出版社，1993：205～209。

〔註85〕來裕恂撰，高維國、張格注釋《漢文典注釋》，天津：南開大學出版社，1993：211～213。

〔註86〕清·李紱《秋山論文》，王水照《歷代文話》（第四冊），上海：復旦大學出版社，2007：4004。

講文章結尾的多種樣式和基本要求，如「繳應前語」「結意有餘」「竿頭進步」「結末括應」「結末推廣」「結末垂戒」等〔註87〕。清人何家琪尤重結法，其云：「或全翻而結一句轉，或全揚而結一句抑，或全抑而結一句揚，或中離而結仍應起，或通體空中著議，或泛引而結一句合題，皆神妙。」〔註88〕《漢文典・文章典》則總結出總結、分結、翻結、離結、論結、歎結、贊結、感結、責結、問結、答結、喻結、敘結、轉結、繳結、應結等結法十六種〔註89〕。

　　古代文章寫作重曲折達意。黃庭堅論詩文云：「每作一篇，先立大意，長篇須曲折三致意乃成章耳。」〔註90〕魏叔子言：「歐文之妙，只是說而不說，說而又說，是以極吞吐往復、參差離合之致。」〔註91〕袁簡齋亦言：「天上有文曲星，無文直星。」〔註92〕篇章既要脈絡貫通，又要曲折生姿，古代篇章之法多依據這個原則而設，如：

　　1. 轉、接法。清人王元啟《惺齋論文》云：「文字之道，極之千變萬化，而蔽以二言，不過曰接曰轉而已。一意相承曰接，兩意相承曰轉。」〔註93〕轉即為「曲折生波」之法。誠齋云：「作文貴轉多。」〔註94〕「文字之妙，只一轉字盡之。」「文章勝處全在於轉。」〔註95〕「文之開合、抑揚、頓挫、紆曲者，俱生於善轉。轉則勁煉，轉則生動夭矯，理竭而情盡。」〔註96〕接即

〔註87〕明・歸有光《歸震川先生論文章體則》，王水照《歷代文話》（第二冊），上海：復旦大學出版社，2007：1713。

〔註88〕清・何家琪《古文方》，王水照《歷代文話》（第六冊），上海：復旦大學出版社，2007：6041。

〔註89〕來裕恂撰，高維國、張格注釋《漢文典注釋》，天津：南開大學出版社，1993：215～219。

〔註90〕宋・張鎡《仕學規範》卷三十九，文淵閣《四庫全書》本。

〔註91〕清・魏禧《日錄論文》，王水照《歷代文話》（第四冊），上海：復旦大學出版社，2007：3611。

〔註92〕清・梁章鉅《退庵論文》，《退庵隨筆》卷十九，《續修四庫全書》1197冊，上海：上海古籍出版社，2002：413。

〔註93〕清・王元啟《惺齋論文》，王水照《歷代文話》（第四冊），上海：復旦大學出版社，2007：4156。

〔註94〕宋・陳模撰，鄭必俊校注《懷古錄校注》卷下，北京：中華書局，1993：90。

〔註95〕清・王元啟《惺齋論文》，王水照《歷代文話》（第四冊），上海：復旦大學出版社，2007：4158。

〔註96〕清・張秉直《文談》，王水照《歷代文話》（第五冊），上海：復旦大學出版社，2007：5087。

為「一線到底」之法。清人朱景昭《論文芻說》云：「文章有遙接法，極為離奇縱宕。然非熟於古文離合之法，不可隨便自文其拙，若不得相接處硬行抵塞，是非遙接，乃不接也，大忌，大忌。」〔註97〕轉為相生之法，接為相應之法。歸有光《文章指南》提出的「正反翻應則」和「前後相應則」，即是轉接之法。所謂「正反翻應則」，「正說一段議論，復換數字反說一段，與上相對，讀者但覺其精神，不覺其重疊」；所謂「前後相應則」，「前立數柱議論，後宜補應，或意思未盡，至再三亦可，只要轉得好。如此非惟見文字有情，而章法亦覺齊整」〔註98〕。

2. 開合法。唐彪《讀書作文譜》論篇章「開合」之法云：「蓋開合者，乃於對待諸法中，而兼抑揚之致，或兼反正之致者是也。」「得其法者文多錯綜變化，有縱橫離合之致焉。」論篇章「離合相生」之法云：「離合相生者，謂將與題近，忽然揚開。將與題遠，又復掉轉回顧是也。」〔註99〕所謂開合法是從文意著眼，既要有所生發，又要一意貫之，終歸於一意。明人莊元臣《論學須知》亦以「開合」論篇章布置之法：「有全篇之大開合，有段落之小開合。」而大開合賴「欲言而不言之法」，小開合賴「收放之法」。所謂「欲言而不言」之法，是指文章表意不能開宗明義，而要「迂其途路，多其款曲」「將欲吐之，又復吞之；將欲示之，又自秘之」。而要達到欲言而不言之效果，又當熟於「影題法」「虛引法」「實引法」「譬喻法」「設難法」。所謂「影題法」，是指「未露出題面，而先會題意講個影子」；所謂「虛引法」，是指「虛把古人作個公案，不曾實指其人出來」；所謂「實引法」，是指「實指某人某事以為證」。「先影題一段，虛引一段，實引一段，譬喻一段，設難一段，然後說到主意上」，此即所謂全篇中「大開合」。段中小開合則用「收放相生之法」，是指在篇中段落處，不能「信筆直寫，無有關闌曲折」，而要「先收而後放，既放而復收」。而欲用「收放相生之法」，又當熟於「暗提法」「鋪張法」「總括法」「斷製法」。所謂「暗提法」，即「凡段落中過接處，必先揭起下意，總提幾句，然後下面分解」；所謂「鋪張法」，

〔註97〕清‧朱景昭《論文芻說》，王水照《歷代文話》（第六冊），上海：復旦大學出版社，2007：5741。

〔註98〕明‧歸有光《歸震川先生論文章體則》，王水照《歷代文話》（第二冊），上海：復旦大學出版社，2007：1713。

〔註99〕清‧唐彪《讀書作文譜》卷七，王水照《歷代文話》（第四冊），上海：復旦大學出版社，2007：3481。

即「多其詞藻，以敷衍之，使邊幅不窘」；所謂「總括法」，即「舉前面浩汗鋪張之意，而總收幾句以起下文」；所謂「斷製法」，即「上文既鋪敘其案，而末即從而結斷之，蓋以結斷為關鎖也」。總而論之，凡鋪張處皆其放也，凡暗提處、總括處、斷制處，皆其收也，「收而放，放而復收，所謂段中小開合也」。章法貴開合，而開合則貴圓融，「圓融」則賴「遮藏頭面、參差布置之法」。「遮藏頭面」之法，即「一篇段落中，各有起頭，各有煞尾，此乃文之湊接處，最要圓轉無痕，故須起處藏頭，收處藏尾」，其目的是為了「彌縫罅漏，湊接無痕」。「參差布置之法」，即為文要錯綜活動，使文脈錯落不板，具體要用到「遠交近攻」之法，「每段湊接處，意或不相連，而卻遠遠相應」，「譬如奕棋，只管一著頂一著下去，有何趣味？國手則散散佈局，角腹錯置，若不相顧。後來鬥陣合圍，東逐西掎，卻著著相應，乃見佈勢之妙」〔註100〕。

　　比連章綴篇更為細微的則是具體行文之法。清代包世臣《藝舟雙楫》總結出古文「奇偶、疾徐、墊拽、繁複、順逆、集散」六行文之法〔註101〕。明代李騰芳《文字法三十五則》列有搶、款、進、住、貼、拌、突、括、喝、串、度、翻、脫、剎、墊、擒、縱、綴、跌、開、逗、接、扭、挈、復、入、抽、轉、倒、托、抱、鎖、束等法。清代曹宮《文法心傳》列有五十字文家心訣：扭、頂、領、喝、提、振、生、發、反、正、賓、主、開、合、映、射、翻、跌、抑、揚、起、伏、轉、折、照、應、呼、吸、頓、宕、挑、幹、點、綴、渡、接、推、掉、案、斷、省、補、拖、繳、插、帶、夾、離、峭、煉。縱覽古代文章家總結的行文之法，有的言簡意明，切中為文肯綮，有的具體而微、周到詳盡，有的卻甚為瑣碎，讓人徒增眼花繚亂之感。王夫之曾批評唐宋派的鉤鎖呼應等文法為魔法、死法。為文之法到此等繁瑣細碎地步，也就是魔法、死法了，不但不能指示作文門徑，卻先使人失了為文的興趣。無怪乎清人孫萬春《繪山書院文話》云：「余生平常看《仁在堂》，而不喜《仁在堂》，以其錮蔽性靈也。所讀之文只有『美玉於斯』『是尚友也』『此之謂大丈夫』二三篇而已。其文中所談之法，皆吾心中自具之法，不看亦可知，看則不過證

〔註100〕明‧莊元臣《論學須知》，王水照《歷代文話》（第三冊），上海：復旦大學出版社，2007：2215～2220。

〔註101〕清‧包世臣《藝舟雙楫‧論文》，王水照《歷代文話》（第六冊），上海：復旦大學出版社，2007：5188。

心中所得而已，非必增見識也。若學者文法不清，則亦須常看之。鄙意心思未開者不可多讀，恐其性靈盡為法拘，寸步難行也。」〔註102〕

三、擇字鍊句之法

字是構築文章大廈的磚石瓦塊，句是文章達意的基本單元，雖是文章細微之處，但運用是否得當、揀擇是否精確，與文章關係甚切。對此，古代文章家認識十分深刻。方以智云：「琢句割字，刻畫之小品也。長河千里一曲，不在乎此。然點綴之間，神亦與之俱動。」〔註103〕張謙誼云：「琢句鍊字雖係小技，亦關神明。」〔註104〕姚範《文史談藝》云：「字句章法，文之淺者也，然神氣體勢皆階之而見，古今文字高下，莫不由此。」〔註105〕

（一）字法

在下字造句中，古代文章家更為看重字的揀擇。明代莊元臣云：「蓋句之旋轉流動，全繫於字。一字妙，則其句粲然有光；一字惡，則其句黯然無色。」〔註106〕清人趙吉士云：「若夫字法，似乎所關更微，然往往一字佳而全神振聾，一字不佳而通篇減色，一字切而全旨朗然，一字不切而大義俱晦。字之所關，固非細也。」〔註107〕王夫之云：「作文無他法，唯勿賤使字耳……古人修辭立誠，下一字即關生死。」〔註108〕近人吳曾祺云：「欲知篇，必先知句；欲知句，必先知字。蓋鍊字之難，固有一日可以千言，而一字之未安，思之累日而不可得者矣。而及其遇之也，則又全不費力，如取之懷中而付之者，雖善文者不能言其所以然。故古人作文，總以虛心善改為貴，所謂『一字師』者

〔註102〕清‧孫萬春《繪山書院文話》卷二，王水照《歷代文話》（第六冊），上海：復旦大學出版社，2007：5928～5929。

〔註103〕清‧方以智《文章薪火》，王水照《歷代文話》（第四冊），上海：復旦大學出版社，2007：3211。

〔註104〕清‧張謙誼《絸齋論文》卷二，王水照《歷代文話》（第四冊），上海：復旦大學出版社，2007：3889。

〔註105〕清‧姚範《援鶉堂筆記》，王水照《歷代文話》（第四冊），上海：復旦大學出版社，2007：4126。

〔註106〕明‧莊元臣《論學須知》，王水照《歷代文話》（第三冊），上海：復旦大學出版社，2007：2224。

〔註107〕清‧趙吉士《萬青閣文訓》，王水照《歷代文話》（第四冊），上海：復旦大學出版社，2007：3314。

〔註108〕清‧王夫之《夕堂永日緒論外編》，戴鴻森《薑齋詩話箋注》，北京：人民文學出版社，1981：202。

是也。」〔註109〕來裕恂云：「構文之道，不外積字，用字一乖，判若秦越，蓋文以代言，取肖神理，抗墜之際，軒輊異常。一字之失，一句為之模糊；一句之誤，通篇為之梗塞。」〔註110〕

元代陳繹曾《文說》「下字法」從用字的選擇原則上指導如何擇字：

> 諧音：凡下字有順文之聲而下之者：若音當揚，則下響字，若音當抑，則下啞字。

> 審意：凡下字有詳文之意而下之者：意當明，則下顯字；意當藏，則下隱字；意當尊，則下重字；意當卑，則下輕字。

> 襲古：凡下字於平穩處，宜用古人曾下好字面，須求其的當平實者用之。

> 取新：凡下字出奇處，宜用新字面，須尋不經人道語之，的當新奇而不怪僻，令讀之若出於自然乃善。〔註111〕

明代李騰芳《文字法三十五則》從字的特性上指導如何擇字：

> 字法甚多，有虛實、深淺、顯晦、清濁、輕重、偏滿、新舊、高下、曲直、平仄、生熟、死活各樣。第一要活不要死，活則虛能為實，淺能為深，晦能為顯，濁能為清，輕能為重，以致其餘莫不皆然。若死，則實字反虛，深字反淺，清字反濁，以致其餘莫不皆然。自一字、二字、三字以至十、百、千、萬，不可勝數，皆用虛實、輕重等相配，挑搭陪襯，俱有妙用。有此字晦而挑以一字卻顯者，有此字險而搭以一字卻穩者，有此字呆而陪以一字卻俊者，有此字單而襯以一字卻健者，有此字硬而揉以一字卻柔者，有此字澀而和以一字卻暢者，此等不可盡言……大約古人用字，如將用兵，無不以一當百。尋常字面，從他手中出來，便大奇絕，如韓信驅市人而戰，凡市人皆精兵也。〔註112〕

另有從反面立論，論文字之忌、病者，如呂祖謙《古文關鍵·看文字法》

〔註109〕吳曾祺《涵芬樓文談·鍊字》，上海：商務印書館，1933：27。
〔註110〕來裕恂撰，高維國、張格注釋《漢文典注釋》，天津：南開大學出版社，1993：131。
〔註111〕元·陳繹曾《文說》，王水照《歷代文話》（第二冊），上海：復旦大學出版社，2007：1346～1347。
〔註112〕明·李騰芳《文字法三十五則》，王水照《歷代文話》（第三冊），上海：復旦大學出版社，2007：2490。

「論文字病」：「深、晦、怪、冗、弱、澀、虛、直、疏、碎、緩、暗、塵俗、熟爛、輕易、排事、說不透、意未盡、泛而不切。」〔註113〕莊元臣云：「用字粗，則為俗句；用字怪，則為僻句；用字庸，則為腐句；用字稚，則為嫩句；用字單，則為弱句；用字浮，則為無用之句；用字重，則為累滯之句。凡此皆字法之所忌也。大抵下字貴亮，貴確，貴新，貴勁，貴平正，貴圓轉，貴濃淡適勻，貴音律和諧。」「字法太濃則氣滯，太淡則味薄，純平則聲浮，純仄則聲澀。故必濃淡相間，平仄相調，琢磨如圭璧，圓明如走珠，音響如金玉，新采如紈綺，斯為字法之上乘者矣。」〔註114〕其《文訣》云：「字不堅則句懶，字不新則句塵，字不確則句晦，字不厚則句長。故善鍊句者，善鍊字者也。」〔註115〕古代文字法中有兩點尤其值得注意：一是字類的選擇，一是用字的襲古與創新。

清末民初劉師培論文承緒阮元「小學為文章始基」的觀點，推重字法，甚至認為「文法原於字類」，並對論文不重字類深表不滿，「昔相如、子雲之流，皆以博極字書之故，致為文日益工，此文法原於字類之證也。後世字類、文法區為二派，而論文之書，大抵不根於小學，此作文所由無秩序也」，「自古詞章，導源小學。蓋文章之體，奇偶相參，則侔色揣稱，研句鍊詞，使非析字之精，奚得立言之旨？故訓詁名物，乃文字之始基也……則字學不明，奚能出言有章哉？」並明確提出：「夫作文之法，因字成句，積句成章，欲侈工文，必先解字。」對於字類，劉師培認為古人雖無今日之名，但卻明瞭各自之用，用字頗為精審，其云：

> 西人分析字類，曰名詞、代詞，曰動詞、靜詞、形容詞，曰助詞、聯詞、副詞。名詞、代詞者，即中國所謂實字也。予觀孔子垂訓，首重正名。而漢儒董仲舒亦曰：「名生於真，非其真無以為名。」蓋實字用以名一切事務者，皆曰名詞。字由事造，事由物起，故名詞為文字之祖。中國小學書籍，亦多釋名詞。《爾雅》由《釋親》至《釋畜》以及劉熙《釋名》，皆分析名詞，字由類聚。是古人非不知名詞之用也。至代詞一類，皆以虛字代實字之用。吾觀劉氏《助字

〔註113〕 宋・呂祖謙《古文關鍵》，文淵閣《四庫全書》本。
〔註114〕 明・莊元臣《論學須知》，王水照《歷代文話》（第三冊），上海：復旦大學出版社，2007：2224～2225。
〔註115〕 明・莊元臣《文訣》，王水照《歷代文話》（第三冊），上海：復旦大學出版社，2007：2286。

辯略》，釋「之」「其」二字，訓為指事物之稱，且博引古籍，得數十條。是古人非不知代詞之用也。《爾雅·釋詁》三篇，大抵皆動詞、靜詞。明人朱鬱儀《駢雅》，則大抵皆靜詞、形容詞。是形容詞之用，先儒亦早知之。毛、鄭釋《詩》，多言狀物。而江都汪氏之釋「三」「九」也，亦謂古人作文，多用形容之詞，以示立儀之奧曲。則靜詞、狀詞、形容詞之用，古人亦無不知之矣……則中國古人亦明助詞、聯詞、副詞之用矣。〔註116〕

在各種字類中，古代文章家尤為重視虛字的使用。唐宋古文家已對虛字極為關注，歐陽修作《畫錦堂記》，起二句本作「仕宦至將相，富貴歸故鄉」，後加兩「而」字，文陡然增色。歐陽修《醉翁亭記》、蘇軾《酒經》皆以「也」字為絕句，歐陽修二十一「也」字，蘇軾用十六「也」字。至南宋末陳騤《文則》從理論上闡述了虛字的重要性，認為「文有助辭，猶禮之有儐，樂之有相也。禮無儐則不行，樂無相則不諧，文無助則不順」〔註117〕。自此而後，虛字更是成為眾多文章家的關注點。樓昉《過庭錄》「作文用虛字」云：「文字之妙，只在幾個助辭虛字上。看柳子厚《答韋中立》《嚴厚與》二書，便得此法。助辭虛字是過接斡旋、千轉萬化處。」〔註118〕明代左培《書文式·文式》「字法」云：「字者，所以襯句也。句有增一字而悠揚、減一字而短勁者，莫妙於虛字。虛中極有包含，如立案者，褒中寓貶、寬中寓嚴是也。」〔註119〕清代田同之云：「古文用『之』字甚奇。如《莊子》『厲之人夜半生其子』，又以『驪姬』作『驪之姬』，地名『南沛』作『南之沛』；《呂覽》楚『丹姬』作『丹之姬』；《家語》『江津』作『江之津』；樂府『桂樹』作『桂之樹』。文法皆異。」〔註120〕

在虛字運用上，古代文章家頗為注重虛字的分類，柳宗元《答杜溫夫書》云：「見生用助字，不當律令，唯以此奉答生。所謂乎、歟、耶、哉、夫者，

〔註116〕劉師培《論文雜記序》，王水照《歷代文話》（第十冊），上海：復旦大學出版社，2007：9481～9482。

〔註117〕宋·陳騤撰，劉彥成注譯《文則注譯》，北京：書目文獻出版社，1988：27。

〔註118〕宋·樓昉《過庭錄》，王水照《歷代文話》（第一冊），上海：復旦大學出版社，2007：454。

〔註119〕明·左培《書文式·文式》，王水照《歷代文話》（第三冊），上海：復旦大學出版社，2007：3179。

〔註120〕清·田同之《西圃文說》卷二，王水照《歷代文話》（第四冊），上海：復旦大學出版社，2007：4088～4089。

疑辭也；矣、耳、焉、也者，決辭也。今生則一之。」指出應正確使用虛字。唐彪《讀書作文譜》「文中用字法」認真矯正梁素冶《學文第一傳》中的虛字用法，將之分為：起語辭，「或前無此文，竟以虛字起，或前文已畢，亦以虛字起者，皆起語也」；接語辭，「凡接上文順勢講下，不復作轉者，皆用也」；轉語辭，「文字從無直行者，必用轉轉相生。或反轉，或正轉，或深一步轉，皆須以一二字領之」；襯語辭，「每一句中必用虛字以為襯帖，或用於句首，或用於句中，皆曰襯語」；束語辭，「凡文字收束處，及股頭多用之」；及歎語辭、歇語辭等〔註121〕。近人來裕恂《漢文典‧文章典》云：「字於文有密切之關係者，莫要於語助字。蓋文之神情，悉藉此以傳也。法有起語、接語、轉語、輔語、束語、歎語、歇語之各殊。」〔註122〕

古代文章家之所以注重虛字的運用，是因為虛字的語音屬性所造就的無限風神和意味。「言」「意」之辨是中國古代文論中的重要命題，由於意的無限性和言的有限性，言往往難以盡意。人在言難以盡意時，往往以聲達之，甚者以歌舞達之，《毛詩序》云：「詩者，志之所之也。在心為志，發言為詩，情動於中而形於言。言之不足，故嗟歎之；嗟歎之不足，故詠歌之；詠歌之不足，不知手之舞之足之蹈之也。」〔註123〕再者，古代文章家強調文不但要意盡言止，而且言止而意無窮方為佳，宋代王正德《餘師錄》引呂居仁言云：「東坡云意盡而言止者，天下之至言也。然而言止而意不盡尤為極至，如《禮記》《左傳》可見。」〔註124〕而虛字正可以達到這樣的效果。林紓《春覺齋論文》「用字四法」其中二法是論虛字「矣」和「也」字用法，所論頗中虛字用法之關鍵。其「矣」字用法云：「『矣』字，《說文》：『語已辭也。』柳宗元曰：『決辭也。』鄙意雖名『決辭』，言外須有沉吟惋惜之意，則用『矣』字方有餘味。」並讚美《漢書》用「矣」字「在在皆著意，句句見風神」，其舉《食貨》為例：

> 「今法律賤商人，商人已富貴矣；尊農夫，農夫已貧賤矣。」

〔註121〕清‧唐彪《讀書作文譜》卷七，王水照《歷代文話》（第四冊），上海：復旦大學出版社，2007：3493～3500。

〔註122〕來裕恂撰，高維國、張格注釋《漢文典注釋》，天津：南開大學出版社，1993：131。

〔註123〕漢‧毛亨傳，鄭玄箋，唐‧孔穎達疏《毛詩注疏》卷一，文淵閣《四庫全書》本。

〔註124〕宋‧王正德《餘師錄》卷三，文淵閣《四庫全書》本。

此結束上文農夫苦況，取貸商人，商人不耕而坐吸農人之膏血，朝廷不能禁，用兩「已」字，足以兩「矣」字，生出無窮慨歎之意。讀者似認為本文之頓筆，實則非是，用一「矣」字，即所以動朝廷恤農之心也。又曰：「故大賈畜家不得豪奪吾民矣。」此應上文輕重斂散之以時，則準平，民有所澹，故大賈畜家不得豪奪。用一「矣」字，是有期望如此之意。能復古，方有此等富農之作用，不是許他便能如此，作決辭也。〔註 125〕

因此，文之無限意味往往就賴幾個虛字而得以成就，林紓云：「有用一語助之辭，足使全神靈活者」。所以，文無虛字，則無神味。《涵芬樓文談・鍊字》云：

> 鍊字之法……其當留意於虛字者，尤不可不知也……至昔人相傳歐陽永叔作《相州畫錦堂記》，起二句本作「仕宦至將相，富貴歸故鄉」。文成，已付遞矣，乃累騎追還，加兩「而」字。由今思之，苟無此兩「而」字，尚成何句法？古人作文不輕易如此。此可悟煉虛字之法。最可異者，村學究一流，其披閱文字，每將句中虛字塗去一二，以為簡老，致文之神味全失，真為不值一笑。〔註 126〕

求新求變是人們普遍的審美心理，反映在文章用字上，就要求避熟求新、避平庸求奇崛。為避庸熟，古人用字有「減字法」「換字法」等方法，但多為文章家所詬病。朱熹謂舊見徐端立述石林言：「今世安得文章！只有個減字換字法。如言『湖州』，必須去『州』字，只稱『湖』字，此減字法也；不然則稱『雲上』，此換字法也。」〔註 127〕錢大昕譏評方望溪減字之法云：

> 方望溪以古文自命，意不可一世，惟臨川李巨來輕之。望溪嘗攜所作曾祖墓銘示李，才閱一行，即還之。望溪忿曰：「某文竟不足一寓目乎？」曰：「然。」望溪益忿，請其說。李曰：「今縣以桐名者有五：桐鄉、桐廬、桐柏、桐梓，不獨桐城也。省桐城而曰『桐』，後世誰知為桐城者？此之不講，何以言文？」(《跋方望溪文》)〔註 128〕

〔註 125〕林紓《春覺齋論文》，北京：人民文學出版社，1959：133～137。
〔註 126〕吳曾祺《涵芬樓文談》，上海：商務印書館，1933：28～29。
〔註 127〕宋・黎靖德《朱子語類》卷一百三十九，北京：中華書局，1986：3318。
〔註 128〕清・錢大昕《潛研堂集》，上海：上海古籍出版社，1989：564～565。

　　方望溪視「減字法」為為文秘笈，但實為文章一病。換字法又如何？古人往往對同一事物賦予不同之稱謂，即為避庸熟，求得新奇之感。如對月亮的稱謂就有白兔、白玉盤、寶鏡、冰壺、嬋娟、蟾蜍、蟾宮、飛鏡等數十種。換字法在詩詞中較為常見，由此帶來漢語詞彙的極度豐富性。在文章寫作中，文章家認為用生澀之字換熟字並不為佳，而主張用常字，林紓云：「大凡通行文字，可以用熟字，如碑版、傳略及有韻之文，勢不能不用古雅之字。所謂古雅者，非冷僻之謂。字為人人所能識，為義則殊；字為人人所習用，安置頓異。」「能用熟字為生澀之句。」「於不經意中，以常用字稍為移易，乃愈見風神。」並舉《漢書》為例，如《張安世傳》「何以知其不反水漿也」，反，覆也，用「覆」字便無味；《郊祀志》「臣望東北汾陰直有金玉氣」，師古曰「直謂正當汾陰」，王念孫曰「直猶特也，直、特古字通」，然直用「特」字，轉見率易〔註129〕。

　　古人亦有反文字之義的換字法，楊慎《丹鉛總錄》論換字法謂古文多倒語，如「亂」之為「治」，「擾」之為「順」，「荒」之為「定」，「臭」之為「香」，「潰」之為「遂」，「釁」之為「祥」，「結」之為「解」，皆美惡相對之字，而反其義以用之。比如「亂臣十人」，以「亂」訓「治」；「安邦擾國」，以「擾」訓「順」；「荒度土功」及「遂荒大東」，以「荒」訓「定」；「胡臭亶時」，「其臭羶」以「臭」訓「香」；「是用不潰于成」，以「潰」訓「遂」；「將以釁鍾」，以「釁」訓「祥」；「親結其褵」，以「結」訓「解」。此是換字之一格，不可多用，林紓云：「若換字盡作此等換法，將日覓反面之字作正面用法，轉足使讀者索解不得矣。」〔註130〕

　　林紓還總結出古文中之「拼字法」：「蓋拾取古人用過字眼，便嫌飣餖，故能文者恒自拼集，以避盜拾之嫌。」所謂拼字之法是將原尋常字眼加以拼集，使生異觀。此為填詞常用之法，如「花柳」與「昏暝」本常用字，拼為「柳昏花暝」便生異趣；再如「蜂蝶」與「淒慘」常用字，拼為「蝶淒蜂慘」亦生異趣。但林紓指出：「古文之拼字，與填詞之拼字，法同而字異。詞眼纖豔，古文則雅練而莊嚴耳，其獨出心裁處，在能自加組織也。」〔註131〕雖然古文中拼字不能沾染纖佻，只能拼集莊雅之字，但仍足生色。

〔註129〕林紓《春覺齋論文》，北京：人民文學出版社，1959：129。
〔註130〕林紓《春覺齋論文》，北京：人民文學出版社，1959：129～130。
〔註131〕林紓《春覺齋論文》，北京：人民文學出版社，1959：131～132。

對於用字的奇險與熟俗，王夫之的論述較為公允：「非此字不足以盡此意，則不避其險；用此字已足盡此義，則不厭其熟。」〔註132〕文以達意，正如孔子所謂「辭，達而已矣」，辭能達意即可，不論其奇險與熟俗。

（二）句法

古代文章家於句法極為重視。來裕恂《文章典》云：「句者，積多數字以神其用者也。」「苟一句窒礙，勢必齟齪全章，句法可忽乎哉！」〔註133〕

宋代陳騤《文則》云：「鼓瑟不難，難於調弦；作文不難，難於鍊句。」〔註134〕對於如何造句，古代文章家從多個角度進行論述。句法在形式上有長短，陳騤《文則》云：「鳧脛雖短，續之則憂；鶴脛雖長，斷之則悲。《檀弓》文句，長短有法，不可增損，其類是哉。」〔註135〕句法在語序上有倒語，陳騤《文則》云：「倒言而不失其言者，言之妙也；倒文而不失其文者，文之妙也。文有倒語之法，知者罕矣。《春秋》書曰：『吳子遏伐楚，門於巢，卒。』《公羊傳》曰：『門於巢卒者何？入門乎巢而卒也。』然夫子先言『門』後言『於巢』者，於文雖倒，而寓意深矣。」〔註136〕清代田同之云：「古文多用倒語。《漢書》中行說曰：『必我也為漢患者。』若今人則曰：『為漢患者，必我也。』《管子》曰：『子邪言伐莒者。』若今人則云：『言伐莒者，子邪？』」〔註137〕句法在語意上有短勁與冗疏，王元啟云：「作文句法，須促之使短，挺之使勁。節拍轉換處，更須煉之使緊。倘一味疏散冗長，觀者厭矣。」〔註138〕

對於句法，明莊元臣論述比較詳盡：「修句貴長短相間，宮商相和，散對相錯，輕重相承，緩急相合，伸縮相換，反正相發，枝葉相生，而最妙者，在虛實相替。」所謂「長短相間」，「凡長句之後，則宜間之以短；短

〔註132〕清·王夫之《夕堂永日緒論外編》，戴鴻森《薑齋詩話箋注》，北京：人民文學出版社，1981：222。
〔註133〕來裕恂撰，高維國、張格注釋《漢文典注釋》，天津：南開大學出版社，1993：166～167。
〔註134〕宋·陳騤撰，劉彥成注譯《文則注譯》，北京：書目文獻出版社，1988：117。
〔註135〕宋·陳騤撰，劉彥成注譯《文則注譯》，北京：書目文獻出版社，1988：115。
〔註136〕宋·陳騤撰，劉彥成注譯《文則注譯》，北京：書目文獻出版社，1988：30。
〔註137〕清·田同之《西圃文說》卷二，王水照《歷代文話》（第四冊），上海：復旦大學出版社，2007：4088。
〔註138〕清·王元啟《惺齋論文》，王水照《歷代文話》（第四冊），上海：復旦大學出版社，2007：4162。

句之後，則宜間之以長」；所謂「宮商相和」，即平仄音律要和諧；所謂「散對相錯」，即「凡文中用了幾句不齊整話，須以齊整語接之」；所謂「輕重相承」，即「凡上句輕，則當以輕句承之；上句重，則當以重句承之」；所謂「緩急相合」，即「若前面文勢來得緩散，則宜急截住之；前面文勢來得猛急，則宜緩緩結果他」；所謂「伸縮相換」，即「凡句法詳贍處屬『伸』，收攝處屬『縮』，太詳贍，則令人生厭心，故須收攝之法以換之」；所謂「正反相發」，即正意與反意互相生發；所謂「枝葉相生」，即「一句生出一句，連連綿綿，頂針下去也」；所謂「虛實相替」，「起初因實字生虛字，後即以虛字替實字」〔註139〕。

來裕恂《漢文典・文章典》對句法的研究頗為周詳，非常值得借鑒。來裕恂根據句子的作用、性質將句子分為四類：

1. 關係格調。「格律聲調，乃文之要，原其所以氣象雄渾，情韻悠揚者，悉在句法之變換。」此類句子包括：短句、長句、錯句、整句、複句、疊句、排句、扭句、遞句、環句、倒句、逆句十二種。

2. 關係節次。「有一種文句，能振起一章之精神，棟通全篇之消息者，其妙在乎筋節腠理之間。」此類句子包括：鎖句、撇句、插句、刺句、頓句、挫句、振句、提句、宕句九種。

3. 關係性質。「句有性質，篇各不同，順文之意味而為之，而抑揚頓挫，皆隨其文之自然而見。欲知梗概，體會語氣。」此類句子包括：緩句、急句、輕句、重句、正句、反句六種。

4. 關係聲情。「人之聲情，有藉句以宣者，雖各種口吻，千差萬別，而文筆無不能達之。」此類句子包括：問句、訝句、誡句、歎句、斷句、駭句、憤句七種。

來裕恂《文章典》還從句之繁簡、疏密、純疵、潔滯四個方面比較句子之優劣〔註140〕。句之純疵和潔滯易別優劣，但繁簡和疏密卻不易言。來裕恂斥繁尚簡，認為「文之繁簡殊而工拙亦見」〔註141〕。尚簡確是某些文論

〔註139〕 明・莊元臣《論學須知》，王水照《歷代文話》（第三冊），上海：復旦大學出版社，2007：2220～2224。
〔註140〕 來裕恂撰，高維國、張格注釋《漢文典注釋》，天津：南開大學出版社，1993：166～198。
〔註141〕 來裕恂撰，高維國、張格注釋《漢文典注釋》，天津：南開大學出版社，1993：196。

家的追求，如陳騤《文則》云：「事以簡為上，言以簡為當。言以載事，文以著言，則文貴其簡也。」〔註142〕劉大櫆《論文偶記》云：「文貴簡。」「簡為文章盡境。」〔註143〕在評文上，一些文論家也常從繁簡角度論文之優劣，但語言文字的傳達是要真實、真切地表現內容，因此「文章有宜簡者，《孟子》『河東凶亦然』是也。有不宜簡者，『今王鼓樂於此』『先生以利說秦楚之王』是也……又有宜簡而不得不詳者……文有自然之情，有當然之理，情著為狀，理著為法，是斷然而不容穿鑿者也」〔註144〕。元代王構更是指出：「文有以繁為貴者。」〔註145〕「簡」在古代文章創作領域有著獨特的規定和內涵，不能膚淺地看待，對此古代文章家多有論述，如「若庸絮懶蔓，一句亦謂之煩，切到精詳，連篇亦謂之簡」〔註146〕，「豐不餘一言，約不失一辭」〔註147〕，「一一如見，不待注釋解說而後明。如此，乃謂真簡，真化工之筆矣！」〔註148〕細細考究推崇簡為上的文論著作，就會發現此類文論家大都會對「簡」作一番必要的闡釋，如《文則》繼「事以簡為上，言以簡為當。言以載事，文以著言，則文貴其簡也」後，即云：「文簡而理周，斯得其簡也。讀之疑有缺焉，非簡也，疏也。」〔註149〕劉大櫆《論文偶記》則賦予「簡」諸多意蘊：「凡文筆老則簡，意真則簡，辭切則簡，理當則簡，味淡則簡，氣蘊則簡，品貴則簡，神遠而含藏不盡則簡。」〔註150〕在如此詮釋的基礎上，方提出「簡為文章盡境」這一命題。由於以「簡」為尚，易引起誤解，所以有些文論家反對以簡衡文，「若以文章正理論之，亦惟適其宜而已，豈專以是為貴哉？蓋簡而不已，其弊將至於儉陋而不足觀矣」（王若虛《文辨》）〔註151〕，「論文者或尚繁，或尚簡。然繁非也，簡非也，不繁不簡亦非也……論文者

〔註142〕宋・陳騤，劉彥成注譯《文則注譯》，北京：書目文獻出版社，1988：12。
〔註143〕清・劉大櫆《論文偶記》，北京：人民文學出版社，1959：8。
〔註144〕清・魏際瑞《伯子論文》，王水照《歷代文話》（第四冊），上海：復旦大學出版社，2007：3595。
〔註145〕元・王構《修辭鑒衡》卷二，文淵閣《四庫全書》本。
〔註146〕清・魏際瑞《伯子論文》，王水照《歷代文話》（第四冊），上海：復旦大學出版社，2007：3601。
〔註147〕元・王構《修辭鑒衡》卷二引《呂氏童蒙訓》，文淵閣《四庫全書》本。
〔註148〕清・魏禧《日錄論文》，王水照《歷代文話》（第四冊），上海：復旦大學出版社，2007：3614。
〔註149〕宋・陳騤撰，劉彥成注譯《文則注譯》，北京：書目文獻出版社，1988：12。
〔註150〕清・劉大櫆《論文偶記》，北京：人民文學出版社，1959：8。
〔註151〕元・王若虛《滹南遺老集》卷三十六，《四部叢刊初編》本。

當辨其美惡，不當以繁簡難易也」〔註152〕。

來裕恂斥疏尚密。來裕恂所言之密即是文句的工整，所言之疏則是文句的鬆散，比如《論語》「在邦必達，在家必達」為密，而《史記》「在邦在家必達」則為疏；《論語》「三復『白圭』」為密，而《史記》「三復『白圭之玷』」則為疏。疏與密是不同的文章風格，很難判斷優劣，在中國古代文論中還有尚「疏」的理念。中國古代文章批評有一個特有之點：「把文章通盤的人化或生命化」（錢鍾書《中國固有的文學批評的一個特點》）〔註153〕，而人化文評的一個重要方面是以「氣」論文，而此處的氣並非指向外在的具體之氣，而是指向內在的含有德行色彩的生命之氣。在中國文化當中，生命之氣應該是有節奏的、舒緩的、靈動的，從此種生命美學角度出發，古代文章在形態上較為推崇「疏」，而非「密」。清代唐彪《讀書作文譜》云：「文章只要單刀直入，最忌綿密周致。密則神氣拘迫，疏則天真爛漫。《史記》之佳處在疏。《漢書》之不如《史記》在密。畫亦然，元畫疏，宋畫密。氣運生死，皆判於此。」〔註154〕劉大櫆《論文偶記》云：「文貴疏。宋畫密，元畫疏。顏、柳字密，鍾、王字疏。孟堅文密，子長文疏。凡文力大則疏，氣疏則縱，密則拘；神疏則逸，密則勞；疏則生，密則死。」〔註155〕清人吳德旋《初月樓古文緒論》云：「古來善用疏，莫如《史記》。後之善學者，莫如昌黎。看韓文濃鬱處皆能疏，柳州則有不能疏者。」〔註156〕清人顧雲《盋山談藝錄》云：「善為文者必煉。煉之使密，不若煉之使疏。蓋太密則段落櫛比，必多滯相。少疏則筋節貫通，轉得活局。」〔註157〕清人何家琪《古文方》云：「敘事運筆引證，疏密皆須相間，疏勝於密。」〔註158〕

〔註152〕清·田同之《西圃文說》卷三，王水照《歷代文話》（第四冊），上海：復旦大學出版社，2007：4098。

〔註153〕錢鍾書《錢鍾書散文》，杭州：浙江文藝出版社，1997：388。

〔註154〕清·唐彪《讀書作文譜》卷六，王水照《歷代文話》（第四冊），上海：復旦大學出版社，2007：3474。

〔註155〕清·劉大櫆《論文偶記》，北京：人民文學出版社，1959：8。

〔註156〕清·吳德旋《初月樓古文緒論》，北京：人民文學出版社，1959：25。

〔註157〕清·顧雲《盋山談藝錄》，王水照《歷代文話》（第六冊），上海：復旦大學出版社，2007：5850。

〔註158〕清·何家琪《古文方》，王水照《歷代文話》（第六冊），上海：復旦大學出版社，2007：6056。

（三）韻調

　　與擇字鍊句緊密相關的則有古代文章學所關注的韻調。劉大櫆以神氣論音節，使文字音節的重要性得到凸現，其云：「蓋音節者，神氣之跡也；字句者，音節之矩也。」「音節高，則神氣必高；音節下，則神氣必下。故音節為神氣之跡。一句之中，或多一字，或少一字；一字之中，或用平聲，或用仄聲；同一平字仄字，或用陰平、陽平、上聲、去聲、入聲，則音節迥異。故字句為音節之矩。積字成句，積句成章，積章成篇，合而讀之，音節見矣；歌而詠之，神氣出矣。」〔註 159〕音樂性可以說是古代文章的一個特性。對於用字的音韻，劉勰《文心雕龍・聲律》篇即已言此，認為文音韻不調，如人之口吃。當時駢偶盛行，文章家無不留意於此。迨其後散體既興，自非治辭賦者，即已置之不講。但音樂作為文字的一種基本屬性，文章大家自不能忽視。對於古代文章中的韻調，近人劉師培云：「或謂四聲之說肇自齊梁，故唐以後之四六文及律詩乃有聲律可言，至古詩與漢魏之文則無須講聲律。不知所謂音節既異四聲，亦非八病。凡古之名家，自蔡伯喈以至建安七子、陸士蘅、任彥升、傅季友、庾子山諸人之文，誦之於口，無不清濁通流，唇吻調利，即不尚偶韻之記事文亦莫不如是。」〔註 160〕文之韻調不但亦講，而且頗有其神妙之處，林紓《春覺齋論文》「聲調」云：「時文之弊，始講聲調，不知古文中亦不能無聲調。蓋天下之最足動人者，聲也。」並以《史記・聶政傳》言之：

　　　　政姊聞政死，以婦人哭愛弟，其悲涼固不待言。然試問從何入手？而曰：「其是吾弟歟！」「其」字一頓，「是吾弟」一頓，「歟」字是指實而不必立決之辭。繼之以「嗟乎」二字，實矣。「嚴仲子知吾弟」五字，直聲滿天地矣。呼嚴仲子者，姊弟同感嚴仲子也。「知吾弟」，吾弟斷不能不為之死。但說一「知」字，便將聶政之死，全力吸入「知」字之內。故其下無他言，但書「立起如韓之市」。故善為聲調者，用字不多，至復耐人吟諷。〔註 161〕

　　近人吳曾祺《涵芬樓文談・切響》云：「音聲一道，其疾徐高下、抑揚抗墜之分，不獨有韻之文有之，即無韻之文亦有之，特寄之有韻之文者，其得

〔註 159〕清・劉大櫆《論文偶記》，北京：人民文學出版社，1959：6。

〔註 160〕劉師培《漢魏六朝專家文研究》，王水照《歷代文話》（第十冊），上海：復旦大學出版社，2007：9573。

〔註 161〕林紓《春覺齋論文》，北京：人民文學出版社，1959：78～80。

失易見，寄之無韻之文者，其得失難知。」〔註162〕何也？有韻之文，韻調自有規則，而無韻之文卻無法可循。無韻之文雖用韻，卻並非全篇皆韻，趙吉士《萬青閣文訓》為文六「法」中列有「調」法。所謂調，即文章之音韻。「人而無韻，西子不為佳，子都不足姣也」，但調「只在起句、轉句、收句間一露風韻耳」〔註163〕。古文中的音韻雖與平仄相關，如唐彪云：「文章有修詞琢句，反覆求工，不能盡善，其何故也？以與平仄不相協也。蓋平仄乃天然之音節，苟一違之，雖至美之詞，亦不佳矣。作文者苟知其理，凡句調有不順適者，將上下相連數句，或顛倒其文，或增損其字，以調其平仄。平仄一調而句調無不工矣。」〔註164〕但其最根本之處卻並不在平仄相協，而是基於文氣，韓愈《答李翊書》云：「氣盛，則言之長短、聲之高下皆宜。」對此，清人夏力恕有一段論述，頗為精到：

> 前輩為詩與文皆有音節，後人或僅效其辭，辭之古或過於前人，而無音節，體具而意不相屬，意屬而氣不相貫，氣貫矣而其體又能合而不能離，意能顯而不能藏，試取而誦之，或格格乎不相入，或滔滔者無所底，如粗糲然，舂而未融者也。夫禮樂不可斯須去身，以其無事無之也。即以文章，其準繩法度禮也，其音節則樂也。禮勝而樂不足以濟之，即無以自發其性情，無以自發故亦不足以感人，顛倒挫抑，愈古而愈失其真，又況雕鏤於尖穠佻巧者乎！夫所謂音節者，非以悅口耳為也，將以宕其神，使有遠致，留其味，使有餘變，幻其數度，使之郁而益通，愈樸而愈華。凡文字之佳者，未有不響，而有今響，有古響，有雜奏之響，有孤鳴之響，有有聲之響，有無聲之響。所謂『言之短長與聲之高下皆宜』，精乎響者也，非養氣不足以語此，故言文字而知音節者鮮矣。〔註165〕

用字講求韻調是至神妙之處，倘能恰切運用，則能致傳達神氣之妙。但聲調之運用決不可刻意為之，而要順其自然，基於內在深情厚意，正如林紓

〔註162〕吳曾祺《涵芬樓文談‧切響》，上海：商務印書館，1933：25。

〔註163〕清‧趙吉士《萬青閣文訓》，王水照《歷代文話》（第四冊），上海：復旦大學出版社，2007：3313～3314。

〔註164〕清‧唐彪《讀書作文譜》卷六，王水照《歷代文話》（第四冊），上海：復旦大學出版社，2007：3473～3474。

〔註165〕清‧夏力恕《菜根堂論文》，王水照《歷代文話》（第四冊），上海：復旦大學出版社，2007：4070。

所言：「在於情性厚，道理足，書味深，凡近忠孝文字，偶而縱筆，自有一種高騫之聲調。」〔註166〕近人唐文冶《國文大義》載張廉卿先生謂：「學古文，其始在因聲以求氣，得其氣則意與辭因之而並顯。」載吳摯甫先生亦謂：「才無論剛柔，苟其氣之既昌，則所為抗墜、曲折、斷續、儉侈、緩急、長短、伸縮、抑揚、頓挫之節，一皆循乎機勢之自然，無之而不合。」〔註167〕劉師培則更進一步認為「文之音節本由文氣而生，與調平仄講對仗無關」，並且認為文章之所以不能成誦的原因有二：「一由用字不妥帖。為文選字甚難，僅有文義甚通，而音節相乖，以致聲調不諧者。一由用字過於艱深。用字冷僻，則音節易滯。倘有意求深，即使辭句古奧，而音節難免艱澀。」（《論文章之音節》）〔註168〕

　　上述諸法雖分而論之，但在具體為文中，卻密為一體，不可分割。明代莊元臣《論學須知》以三軍對陣為喻描述為文之法云：

　　　　昔王右軍有《筆陣圖說》，余謂非獨筆有之，文亦宜然。意者，大將也；章法者，陣勢也；句法者，士卒也；字法者，盔甲也。奚以明其然也？意為一篇之綱紀，機局待之以布置，詞章待之以發遣，如大將建旗鼓，而三軍之士，臂揮領招，奔走如意也，故曰意為大將。章法者，首尾相應，脈絡鉤連，形圓而勢動，節短而機藏，如陣之出奇無窮也，故曰章法為陣勢。句法則以氣為主，以鋪張為用，以雄壯富贍為精，意進亦進，意退亦退，意行亦行，意止亦止，卒徒之用也，故曰句法為士卒。字法則所以鞶帨繡藻乎句者也，故曰字法為盔甲。為文而漫無意見，徒騁華詞，是以孟賁、烏獲之卒，不立帥以統之，而使人自為鬥，可一鼓而奔耳。有旅如林，不足奇也。得意而不知章法，則如韓、白、衛、霍之才，而未習戰陣行伍之事，勝算雖獲，而部隊不整，金鼓不節，其軍可撓也。章法已飭，而句法未工，是集數百之卒，而列八陣之圖，陣勢雖極其圓妙，而形單勢弱，虜見之而笑矣。有句法而無字法，則如山野驍勇之卒，銳氣甚盛，而乃使之袒裼徒跣，揭竿負鋤而列，亦何以壯軍容也？

〔註166〕林紓《春覺齋論文》，北京：人民文學出版社，1959：80。
〔註167〕唐文冶《國文大義》下卷，王水照《歷代文話》（第九冊），上海：復旦大學出版社，2007：8214。
〔註168〕劉師培《漢魏六朝專家文研究》，王水照《歷代文話》（第十冊），上海：復旦大學出版社，2007：9574。

故立意欲婉而高，章法欲圓而神，句法欲亮而健，字法欲精而確。

持是四美，以決勝於文場，吾保其攻無堅城，而戰無勁兵矣。〔註169〕

基於中國獨特的文化背景，為文不是邏輯性的言說，而是「達意」，孔子即云：「辭，達而已矣。」（《論語·衛靈公》）〔註170〕文章不是思維語言的外化，而是以其整體形態將作者思想、意識、心理內涵予以整體性呈現。任何為文之法一旦脫離這種整體性的指向，就喪失了其存在的價值和意義。

第三節 「道進乎技」論

姚範《援鶉堂筆記》云：「字句章法，文之淺者也，然神氣體勢皆階之而見，古今文字高下，莫不由此。」〔註171〕朱景昭《論文劄說》云：「講板法固是匠氣，離卻板法又那得成文，此自機局上事。」〔註172〕由此可見，為文技法實不可忽。

雖然技法宜講，但又不宜拘於成法。縱觀古代文章學，雖有技法之總結和傳教，亦是為指示初學者以門徑和應科考之指導，卻並不主張拘泥於死法。姚永樸《文學研究法》云：「不善用法，或反為所拘。拘則迫，迫則蹙，蹙則氣餒，氣餒則筆呆蹇而不活，其病亦鉅。」〔註173〕劉大櫆《論文偶記》云：「古人文章可告人者惟法耳。然不得其神，徒守其法，則死法而已。」〔註174〕林紓《春覺齋論文》云：「文之入手，不能無法。必終身束縛於成法之中，不自變化，縱使能成篇幅，然神木而形索，直是枯木朽株而已，不謂文也。」〔註175〕不拘泥於死法，就要明瞭法之神明變化，「不明變化，則千篇一律，而文亦易入板俗矣」〔註176〕。宋景濂云：「於房論文有曰：『陽開陰闔，俯仰

〔註169〕明·莊元臣《論學須知》，王水照《歷代文話》（第三冊），上海：復旦大學出版社，2007：2212。

〔註170〕清·劉寶楠《論語正義》（諸子集成本），北京：中華書局，1957：349。

〔註171〕清·姚範《援鶉堂筆記》，王水照《歷代文話》（第四冊），上海：復旦大學出版社，2007：4126。

〔註172〕清·朱景昭《論文劄說》，王水照《歷代文話》（第六冊），上海：復旦大學出版社，2007：5749。

〔註173〕姚永樸《文學研究法》卷一，王水照《歷代文話》（第七冊），上海：復旦大學出版社，2007：6859。

〔註174〕清·劉大櫆《論文偶記》，北京：人民文學出版社，1959：4。

〔註175〕林紓《春覺齋論文》，北京：人民文學出版社，1959：112～113。

〔註176〕清·魏禧《日錄論文》，王水照《歷代文話》（第四冊），上海：復旦大學出版社，2007：3610。

變化，出無入有，其妙若神。」何其言之善也。蓋文主於變，變而無跡之可尋，則神矣。」〔註177〕劉熙載《文概》云：「通其變，遂成天地之文。一闔一闢謂之變，然則文法之變可知已矣。」〔註178〕對於文法之變，魏禧結合具體文法論述云：「文字首尾照應之法，有明明繳應起處者，有竟不顧者，有若無意牽動者，有反罵破通篇大意、實是照應收拾者。不明變化，則千篇一律，而文亦易入板俗矣。又古文接處用提法，人所易知；轉處用駐法，人所難曉。凡文之轉，易流便無力，故每於字句未轉時，情勢先轉，少駐而後下，則頓挫沉鬱之意生。譬如駿馬下坡，雖疾驅如飛，而四蹄著石處，步步有力。若駑馬下峻坡，只是滑溜將去，四蹄全作主不得。更有當轉而不用轉語，以開為轉，以起為轉者。以起為轉，轉之能事盡矣。」〔註179〕張謙宜在《繭齋論文》中亦論述了照應法的神妙變化：「照應法是文字血脈流通處。拙手止於交絡首尾，幾成爛套，惟王道思神明此法，通身俱是筋節，步步回顧，處處勾連，或以應為發揮，或以應為詠歎，或以應為關攔，或以應為申繳，或以應為催趲，或以應作餘波，顛倒縱橫，各極其妙。」〔註180〕

　　對於如何實現文法的神明變化，古代文章家多強調文法的「熟練」。歐陽修曾誨其侄為文之法云：「只是要熟耳。變化姿態，皆從熟處出也。」毛稺黃云：「讀書作文，總妙在一熟。熟則無不得力，或謂文亦有生而佳者，答曰：此必熟後之生也。熟後而生，生必佳。若未熟之生，則生疏而已矣，焉得佳乎？」〔註181〕唐彪云：「故凡人一切所為，生不如熟，熟不如極熟。極熟則能變化推廣，縱橫高下，無乎不宜。」〔註182〕吳德旋云：「章有章法，句有句法，字有字法。到純熟後，縱筆所如，無非法者。」〔註183〕文法熟則來自多

〔註177〕清・葉元墀《睿吾樓文話》卷十，王水照《歷代文話》（第六冊），上海：復旦大學出版社，2007：5461。

〔註178〕清・劉熙載撰，劉立人、陳文和點校《劉熙載集》，上海：華東師範大學出版社，1993：81。

〔註179〕清・魏禧《日錄論文》，王水照《歷代文話》（第四冊），上海：復旦大學出版社，2007：3610。

〔註180〕清・張謙誼《繭齋論文》卷二，王水照《歷代文話》（第四冊），上海：復旦大學出版社，2007：3886。

〔註181〕清・唐彪《讀書作文譜》卷三，王水照《歷代文話》（第四冊），上海：復旦大學出版社，2007：3427。

〔註182〕清・唐彪《讀書作文譜》卷三，王水照《歷代文話》（第四冊），上海：復旦大學出版社，2007：3426。

〔註183〕清・吳德旋《初月樓古文緒論》，北京：人民文學出版社，1959：20。

做。沈虹野曰：「文章硬澀，只是不熟。不熟，由於不多做。」永叔有言：「為文有三多：多讀，多做，多商量也。」永叔嘗與孫莘老言：「文無他術，惟勤讀書而多為之自工。」唐彪云：「諺云『讀十篇不如做一篇』，蓋常做則機關熟。」〔註184〕「天下事未經歷者，必不如曾經歷者之能稍知其理也。經歷一周者，必不如經歷四五周者之能詳悉其理也。經歷四五周者，又不如終身練習其事者之熟知其理，而能圓通不滯也。」〔註185〕王元啟云：「學文之法，在乎勤作。」〔註186〕文法神明變化從熟練中來，而熟練亦非文法機械、被動地使用，而是要達神明之變化。清人趙吉士針對時人「以整齊為鍊，變化為靈，分而言之」「鍊者死於繩墨之中，靈者蕩於規矩之外」的狀況，認為「『鍊』『靈』二字不可分拆」，鍊而達於靈方為正途，其以將之鍊卒與冶之鍊金為喻云：「鍊也者，如將之鍊卒，教之營陣、隊伍、進退、擊刺之方，久之，而風雲變化，臂指如意，則靈矣。如冶之鍊金，千槌百鍊，去其頑鈍，久之而鋒鍔爛肰，繞指截鐵，則靈矣。」而文亦然，「鍊氣也，鍊骨也，鍊局也，鍊意也，鍊機也，鍊調也，鍊句、鍊字也。種種鍊，時時鍊。始鍊之有得，未已也，更鍊之，又有進矣，又鍊之，而至於心手相應，左右逢源，則靈矣」。所以與世俗「整齊格局，修飾字句，使之妥當」之「鍊」不同，趙之鍊指向不是整齊死板，而是變化靈動，「格局板而不化者，鍊之使化；字句舊而不新者，鍊之使新；始之無定者，鍊之使有定；繼之有定者，鍊之使無定」。所以，鍛鍊為文技法，必須要以靈動變化為目的，「心追手摹，懸一靈境而鍊之」，否則必將拘拘於死法之中。而且，鍊向靈的轉變是一個循序漸進的過程，不同階段，鍊不同，靈的境界亦不斷提高，「譬如鍊步者，未鍊步，先鍊爬，能爬則靈矣。再鍊步，能步則靈矣。進而為趨，為跑，無不皆然」。所以「鍊無定功，靈亦無盡境」〔註187〕。

　　由鍊至靈，就要談到古代和技相關的一個非常重要的命題：道進乎技。「道進乎技」源自《莊子・養生主》中「庖丁解牛」的寓言：

〔註184〕清・唐彪《讀書作文譜》卷五，王水照《歷代文話》（第四冊），上海：復旦大學出版社，2007：3461。

〔註185〕清・唐彪《讀書作文譜》卷三，王水照《歷代文話》（第四冊），上海：復旦大學出版社，2007：3426。

〔註186〕清・王元啟《惺齋論文》，王水照《歷代文話》（第四冊），上海：復旦大學出版社，2007：4154。

〔註187〕清・趙吉士《萬青閣文訓》，王水照《歷代文話》（第四冊），上海：復旦大學出版社，2007：3315～3316。

　　　　庖丁為文惠君解牛，手之所觸，肩之所倚，足之所履，膝之所
　　　踦，砉然嚮然，奏刀騞然，莫不中音，合於桑林之舞，乃中經首之
　　　會。

　　　　文惠君曰：「譆，善哉！技蓋至此乎？」庖丁釋刀對曰：「臣之
　　　所好者道也，進乎技矣。〔註188〕

　　庖丁所追求的是超越「技」的「道」。任何操作一旦達到道的境界，就不
但不是件苦差使，而是一種美的享受，庖丁解牛如樂如舞，正是如此。這種
境界也正是文章家孜孜以求的。蘇軾為文「止乎所當止，行乎所當行」「姿態
橫生，文理自然」正是達道的境界。他曾云：「平生無快意事，惟作文章，意
之所到，則筆力曲折，無不盡意。自謂世間樂事，無逾此者。」〔註189〕所描
述的正是這樣一種沉浸在藝術享受中的境界，這種為文境界一直成為後世豔
羨的對象和追求的目標。相反，為文生硬艱澀則遭致文章家詬病。《仕學規範》
引徐公仲車言曰：「為文正如為人，若有辛苦態度，便不自然。」〔註190〕《初
月樓古文緒論》云：「文章自當從艱難入手，卻不可有艱澀之態。」〔註191〕庖
丁解牛所昭示的自由暢達境界對文章寫作產生了深遠影響。

　　對於「道進乎技」命題，多數論者從「熟能生巧」立論，認為技法純熟後
就能達自由靈動境界。有的論者雖能進一步探討其中深蘊，但仍立足於「熟
能生巧」，如臺灣清華大學楊儒賓先生提出：「解牛不是庖丁在解，而是帶動
全身運動的無名主體在解……完美技藝的創造者不是意識，而是身體。只有
意識的作用散佈到全身，全身精神化以後，技藝才可以有質的飛躍，由匠藝
昇華至道的展現。」「完美的技藝乃是知識溶進意識再溶進牛的全體生命，三
者泯不可分，卻又可以達成技藝的目的，這才叫以天合天。」但同時認為「『道
也，進乎技矣！』我們如果將這句話的語言顛倒一下，改成『由技進於道矣！』
似乎更能突顯此故事的主旨。『由技進於道』意味著熟能生巧，這是日常經驗
中常見到的事實」〔註192〕。李壯鷹提出：「在莊子的哲學中，『道』與『技』
雖然有密切聯繫，但『道』又超越單純『技』的層面，此謂之『道進乎技』。

〔註188〕陳鼓應《莊子今注今譯》（上冊），北京：中華書局，1983：95～96。
〔註189〕元・陳秀明《東坡文談錄》，王水照《歷代文話》（第二冊），上海：復旦大
　　　　　學出版社，2007：1517。
〔註190〕宋・張鎡《仕學規範》卷三十二，文淵閣《四庫全書》本。
〔註191〕清・吳德旋《初月樓古文緒論》，北京：人民文學出版社，1959：19。
〔註192〕楊儒賓《技藝與道——道家的思考》，《原道》，2007：245～270。

而『技』之進於『道』，既與操作者把握事物規律的深度廣度有關，也與他的心靈境界有關。」但亦首先認為「庖丁解牛」的故事「是以純熟的技藝來說明得道之境界」〔註193〕。如果這樣理解，趙吉士由鍊至靈的理論似乎正與之相通達。實際上，該命題的真正蘊義仍有進一步探討的必要。

首先，莊子崇尚「自然」，反對人為智慧，認為這種「小智」會損毀人的「渾樸」狀態。他所講述的「渾沌之死」「象罔尋珠」等寓言都是這種思想的體現。而人為之技巧恰恰是這種「小智」的體現，足可以導致人真純渾樸狀態的喪失。《莊子・天地》篇中那位鑿隧而入井、用甕打水澆灌圃畦的丈人，對子貢用機械澆灌的建議是忿然作色，曰：「有機械者必有機事，有機事者必有機心。機心存於胸中，則純白不備；純白不備，則神生不定；神生不定者，道之所不載也。吾非不知，羞而不為也。」〔註194〕所以，「技」在莊子思想中絕無地位。

其次，莊子不但認為「技」足以損毀人的真純渾樸，而且認為以「技」對待萬物，足以損毀萬物的真性。因此，他反對「以人戕天」。《秋水》中北海若與河伯有一段對話：

> 河伯曰：「何謂天？何謂人？」北海若曰：「牛馬四足，是謂天；落馬首，穿牛鼻，是謂人。故曰，無以人滅天，無以故滅命，無以得殉名。謹守而勿失，是謂反其真。」〔註195〕

莊子不但反對以人為損害動物的天然，而且反對以人為來製作器物，違背萬物的天然，其《馬蹄》中云：

> 陶者曰：「我善治埴，圓者中規，方者中矩。」匠人曰：「我善治木，曲者中鈎，直者應繩。」夫埴木之性，豈欲中規矩鈎繩哉？然且世世稱之曰「伯樂善治馬」而「陶匠善治埴木」，此亦治天下者之過也。〔註196〕

再次，「道」的境界與技也無關聯。庖丁解牛出神入化的境界是「目無全牛」「依乎天理」「因其固然」「官知止而神欲行」，是基於對牛生理結構的掌握，而不是基於技法純熟。《莊子・達生》中魯侯神奇於梓慶削成的鐻，問梓

〔註193〕李壯鷹《談談莊子的「道進乎技」》，《學術月刊》，2003（3）：65～69。
〔註194〕陳鼓應《莊子今注今譯》（中冊），北京：中華書局，1983：318。
〔註195〕陳鼓應《莊子今注今譯》（中冊），北京：中華書局，1983：428～429。
〔註196〕陳鼓應《莊子今注今譯》（中冊），北京：中華書局，1983：244～245。

慶：「子何術以為焉？」認為技術是成就的核心，豈不料梓慶答云：「臣工人，何術之有？」梓慶闡述他的鬼斧神工之道云：

> 將為鐻，未嘗敢以耗氣也，必齋以靜心。齋三日，而不敢懷慶賞爵祿；齋五日，不敢懷非譽巧拙；齋七日，輒然忘吾有四枝形體也。當是時也，無公朝，其巧專而外骨消。然後入山林，觀天性，形軀至矣，然後成見鐻，然後加手焉，不然則已，則以天合天，器之所以疑神者，其是與！〔註197〕

梓慶削鐻之所以神妙是因為他虛靜忘我，天性自適，隨手而成。所以，「道」的境界是與物的天然化合，根本就沒有「技」的影子。

最後，問題關鍵是對「道，進乎技」之「進」的理解。一般學者將之理解為「超過」「超越」：「進，過也。」〔註198〕「進，過也。所好者養生之道，過於解牛之技耳。」〔註199〕「進，越過。」〔註200〕陳鼓應翻譯「臣之所好者道也，進乎技矣」句云：「我所愛好的是道，已經超過技術了。」〔註201〕「超過」「超越」都有循技而進的意味，也就直接導致「技法純熟達至靈巧」的理解。「道」和「技」的差異最終變異為技法純熟和技法生硬的區別，無論在技法純熟上怎樣生發，「全身精神化」也好，「把握事物規律」也好，「心靈境界」也好，終歸是在技法熟練上盤繞。倘若這就是莊子所謂的「道」，那莊子的「道」也就不具有真正的哲學價值。「道，進乎技」之「進」並非循技而進，更不能如楊儒賓先生那樣顛倒語句改成「由技進於道矣」。其真正義蘊是「忘」，「道進乎技」即「忘乎技」，不但要「忘乎技」，還要「忘我」「忘物」。《莊子·達生》中「痀僂者承蜩」的故事常被用來引證熟能生巧，因為痀僂者似乎有一個訓練的過程，「五六月累丸二而不墜，則失者錙銖；累三而不墜，則失者十一；累五而不墜，猶掇之也」。但痀僂者明確表示自己無「巧」，而是「有道」，最終達到的境界並不是技巧的熟練，而是「吾處身也，若厥株拘；吾執臂也，若槁木之枝；雖天地之大，萬物之多，而唯蜩翼之知」〔註202〕，是忘我忘物的凝神境界。《達生》中另一則「紀渻子為王養鬥雞」的故事則更能說明問題：

〔註197〕陳鼓應《莊子今注今譯》（中冊），北京：中華書局，1983：489。
〔註198〕清·王先謙《莊子集解》，上海：上海書店，1986：19。
〔註199〕劉文典《莊子補正》，昆明：雲南人民出版社，1980：106。
〔註200〕沙少海《莊子集注》，貴陽：貴州人民出版社，1987：37。
〔註201〕陳鼓應《莊子今注今譯》（上冊），北京：中華書局，1983：99。
〔註202〕陳鼓應《莊子今注今譯》（中冊），北京：中華書局，1983：471～472。

十日而問：「雞可鬥已乎？」曰：「未也，方虛驕而恃氣。」十日又問，曰：「未也，猶應向影。」十日又問，曰：「未也，猶疾視而盛氣。」十日又問，曰：「幾矣。雞雖有鳴者，已無變矣，望之似木雞矣，其德全矣，異雞無敢應，見者反走矣。」〔註203〕

紀渻子訓鬥雞，並沒有進行技擊技法的訓練，使其強壯幹練，而是使其呆若木雞。這種境界就是「形全精復，與天為一」〔註204〕「純氣之守」〔註205〕。《莊子‧達生》曾以醉者墜車來形象地說明「形全精復，與天為一」的境界：「夫醉者之墜車，雖疾不死。骨節與人同而犯害與人異，其神全也，乘亦不知也，墜亦不知也，死生驚懼不入乎其胸中，是故迕物而不慴。彼得全於酒而猶若是，而況得全於天乎？」〔註206〕「形全精復，與天為一」無論如何是無法通過技藝的純熟來達到的，相反卻如醉者一樣，無物無我。《莊子‧大宗師》中女偊向南伯子葵描述他如何引導卜梁倚達到「道」境云：「吾猶告而守之，三日而後能外天下；已外天下矣，吾又守之，七日而後能外物；已外物矣，吾又守之，九日而後能外生；已外生矣，而後能朝徹；朝徹，而後能見獨；見獨，而後能無古今；無古今，而後能入於不死不生。殺生者不死，生生者不生。其為物，無不將也，無不迎也；無不毀也，無不成也。其名為攖寧。攖寧也者，攖而後成者也。」〔註207〕其要旨就是「忘」，忘天下、忘物、忘生。莊子曾闡述自己「忘」的理論云：「忘足，屨之適也；忘腰，帶之適也；知忘是非，心之適也；不內變，不外從，事會之適也。始乎適而未嘗不適者，忘適之適也。」（《莊子‧達生》）〔註208〕忘即是虛空，即是達到無，是身居環中，與天相合，無往而不適。所以，「道進乎技」並不是超越技，而是對技巧的忘卻。從技巧純熟出發談論「道」都是違背莊子原旨的誤讀。以技法純熟來論說「道」，在古代文章領域也無法得到完全認同。

首先，某些文章家總結出的文法遭到質疑。先秦唐宋大家往往是文成法立，事先並無「抑揚開合起伏呼照之法」，後人卻循其軌跡，總結出為文之法

〔註203〕陳鼓應《莊子今注今譯》（中冊），北京：中華書局，1983：485。
〔註204〕陳鼓應《莊子今注今譯》（中冊），北京：中華書局，1983：465。
〔註205〕陳鼓應《莊子今注今譯》（中冊），北京：中華書局，1983：468。
〔註206〕陳鼓應《莊子今注今譯》（中冊），北京：中華書局，1983：468。
〔註207〕陳鼓應《莊子今注今譯》（上冊），北京：中華書局，1983：184。
〔註208〕陳鼓應《莊子今注今譯》（中冊），北京：中華書局，1983：492。

訣，王夫之就曾質疑道：「陋人以鉤鎖呼應法論文，因而以鉤鎖呼應法解書，豈古先聖賢亦從茅鹿門受八大家衣缽邪？」〔註209〕

其次，為文技法純熟並不一定能成佳作。王夫之就指斥唐宋派所總結的文法是「魔法」：「有皎然《詩式》而後無詩，有《八大家文鈔》而後無文，立此法者，自謂善誘童蒙，不知引童蒙入荊棘，正在於此。」認為「魔法」流行，貽誤後生，為害不淺。清人孫萬春譏評以死法教人云：「弟子靈明漸啟，全在二十歲以內，若以此拘之，心中毫無靈動，及至遊泮後，錮蔽已深，人慾漸甚，永不能入，遂使終身為門外漢矣。即使不如是，作文倘二十歲以內心思不開，以後亦永無開期。況心思本可開，而故意使之閉乎？」〔註210〕技法不當，反而成為寫作文章的障礙。以此技進，無論如何也無法達「道」。

再者，從創作實踐來看，技法純熟亦並非是工文章的必備條件。在後世看來，先秦時期文成法立，似乎並無法可尋，但文章自然好。朱熹論文反對「做」「巧」，提倡「說」和「拙」，他引林艾軒語云：「班固、揚雄以下，皆是做文字。已前如司馬遷、司馬相如等，只是恁地說出。」〔註211〕並云：「古人文章，大率只是平說而意自長。後人文章務意多而酸澀。如《離騷》初無奇字，只恁說將去，自是好。後來如魯直恁地著力做，卻自是不好。」〔註212〕認為做導致文氣衰弱。

老莊思想的核心和根基是「道法自然」，從而達致「無為而無不為」的境界。對莊子中大量談論「技」「術」的言論，如不加深入考察，很容易與道家思想相違拗。「道進乎技」的真正蘊義是順應自然、「無為而無不為」。庖丁解牛境界的形成，正是因為他能依乎天理，因其故然，達到與牛自由合一的自如境界，即自然無為的境界。如此立論，「道進乎技」是否會導致技法虛無論？莊子是有反人為技藝的傾向，但是，莊子卻不反對順應物性自然行事。《莊子·達生》中游水的呂梁丈夫回答孔子「蹈水有道乎？」的疑問云：「吾無道。吾始乎故，長乎性，成乎命。與齊俱入，與汩偕出，從水之道而不為私焉。此吾所以蹈之也。」「吾生於陵而安於陵，故也；長於水而

〔註209〕清·王夫之《夕堂永日緒論外編》，戴鴻森《薑齋詩話箋注》，北京：人民文學出版社，1981：221。
〔註210〕清·孫萬春《繩山書院文話》卷二，王水照《歷代文話》（第六冊），上海：復旦大學出版社，2007：5930。
〔註211〕宋·黎靖德《朱子語類》卷一百三十九，北京：中華書局，1986：3297。
〔註212〕宋·黎靖德《朱子語類》卷一百三十九，北京：中華書局，1986：3299。

安於水，性也；不知吾所以然而然，命也。」〔註213〕孔子所問「有道」和
呂梁丈夫所答「無道」之「道」並非莊子哲學義蘊之「道」，而是指方法。
呂梁丈夫駁斥孔子「蹈水有道」的看法，明確提出「蹈水無道」，他之所以
蹈水如神，是因為長期與水相處、順應水性而已，根本就沒有什麼方法。「自
然」一詞在漢語中由「自」和「然」兩個漢字組成。許慎在《說文解字》中
將「自」字的原義追溯到「鼻」字〔註214〕，中國人是用手指著鼻子來指稱
自己的，所以，「自」就是「自己」。「然」字在古漢語中多用作指示代詞，
意義為「這樣」。所以「自然」的原初意義就是「自己如此」「自己而然」，
強調個體的獨特個性和自我價值。「自然」是一個萬物自己自然而然產生並
不斷自我發展、完善的過程。所以，遵循「道」來製作器物，並不是以技製
器，不是「以人裁天」，而是根據器物本身的特性順應而成罷了，是「以天
合天」。梓慶是根據山林中天然呈現的鐻來「加手焉」，這種思想引入文論領
域，意味著文章的形成絕非作者的「做」，而是作者根據文章自身特性自然
生成。這一點在小說創作領域已成為共識，優秀的小說並非根據作者的預想
發展故事情節，而是根據故事人物的發展而發展。例如托爾斯泰寫《復活》
本想讓男女主人公結合收場，終究抵不過人物命運的發展而以安娜臥軌身亡
結尾。但這種順應物性的狀態是至精至微、無法言傳的，是輪扁之巧不能「以
喻其子」，其子也不能「受之於輪扁」。儘管無法言傳，它仍是一種客觀存在，
在某種程度上可以說是至精至微的「技」。畢沅《文則敘》云：「故謂古人無
一定之則可也，謂古人本無則，而熙甫強命之不可也。」〔註215〕正是意識
到古人為文雖無固定技法，但還是有「則」存在的。所以，「道進乎技」命
題並非會導致技法虛無論，只不過是要探尋這至精至微的「技」罷了。蘇軾
創作之所以能達到「行於所當行，止於所不可不止；文理自然，姿態橫生」
「與山石曲折，隨物賦形而不可知也」的境界，正是由於他對這種至精至微
創作技藝的領悟，正所謂「有道而不藝，則物雖形於心，不形於手」，蘇軾
認識到這種技藝的重要性，卻沒有進一步探討具體為文技法，也正是因為這
種精微技藝的難以言說和傳達。唐順之深受莊子思想影響，提出「本色」論，

〔註213〕陳鼓應《莊子今注今譯》（中冊），北京：中華書局，1983：486～487。
〔註214〕清・段玉裁《說文解字注》（據經韻樓原刻本整理影印），上海：上海古籍出
　　　　版社，1981：136。
〔註215〕明・歸有光《歸震川先生論文章體則》（附錄），王水照《歷代文話》（第二
　　　　冊），上海：復旦大學出版社，2007：1741。

一方面認為文章家「其繩墨布置奇正轉折，自有專門師法」，同時意識到「中一段精神命脈骨髓，則非洗滌心源，獨立物表，具今古隻眼者，不足以與此」，認為具千古隻眼的人「即使未嘗操紙筆呻吟學為文章，但直據胸臆，信手寫來，如寫家書，雖或疏鹵，然絕無煙火酸餡習氣，便是宇宙一樣絕好文字」〔註216〕，亦是出於對至精至微文章技藝的領悟。這種看似神妙的境界，如果等而下之，就是要求在具體文章寫作中不因法生文，而要因文生法。王若虛《文辨》云：「文豈有定法哉，意所至則為之，題意適然，殊無害也。」〔註217〕呂留良先生云：「非謂可以無法也。法從理生，即虛神語氣，亦從理生，理不足而單論法，此時下之似法而非法也。」〔註218〕李紱云：「文貴有法，而時義尤嚴。然時文之法，極有定而極無定者也。長章累節，隻字單辭，題之增減，稍異毫釐，法之神明，便去千里。要須即題生法，使通篇恰如題位，一語不可移易，乃為盡善。」〔註219〕

　　《莊子·天道》云：「書不過語，語有貴也。語之所貴者，意也，意有所隨。意之所隨者，不可以言傳也。」〔註220〕「夫精粗者，期於有形者也；無形者，數之所不能分也；不可圍者，數之所不能窮也。可以言論者，物之粗也；可以意致者，物之精也。言之所不能論，意之所不能察致者，不期精粗焉。」〔註221〕後世文章家所總結出的為文技法都不是行文精髓，而是行文最為外在的「粗」者，倘不能領悟為文之「道」，這些技法甚至是糟粕而已，王夫之抨擊唐宋派以法教人是「引童蒙入荊棘」正是緣於此。《孟子·盡心下》云：「梓匠輪輿，能與人規矩，不能使人巧。」但「古人文章可告人者惟法耳」〔註222〕，文章家能言傳給後學的也就只能是這些粗顯的為文之法罷了。《老子》云：「天下萬物生於有，有生於無。」〔註223〕「無名，天地始；有名，萬物母。常無，欲觀其妙；常有，欲觀其徼。此兩者同出而異名。同謂之玄。玄

〔註216〕明·唐順之《荊川先生文集》卷七，《四部叢刊》本。
〔註217〕元·王若虛《滹南遺老集》卷三十六，《四部叢刊初編》本。
〔註218〕清·呂留良《呂晚邨先生論文匯鈔》，王水照《歷代文話》（第四冊），上海：復旦大學出版社，2007：3326。
〔註219〕清·李紱《秋山論文》，王水照《歷代文話》（第四冊），上海：復旦大學出版社，2007：4005。
〔註220〕陳鼓應《莊子今注今譯》（中冊），北京：中華書局，1983：356。
〔註221〕陳鼓應《莊子今注今譯》（中冊），北京：中華書局，1983：356。
〔註222〕清·劉大櫆《論文偶記》，北京：人民文學出版社，1959：4。
〔註223〕朱謙之《老子校釋》，北京：中華書局，1963：107。

之又玄,眾妙之門。」〔註224〕「有」生於「無」,而「無」卻又在「有」之中,明白「有」只是認識客觀事物,而明白「無」方能領悟其生長神變之妙。所以,問題關鍵不在「有」,而在不要被「有」遮蔽,要探究生「有」之「無」。由法而入,卻不能入而不能出,而要通往至精至微之處,畢沅《文則敘》云:「學者誠能究心於此,因之師古聖賢以求道之源,而充以養氣之功,必將有神明變化,行乎不得不行,止乎不得不止者。」〔註225〕吳曾祺云:「總而言之,法之所在,守其常,不可不知其變;明其一,不可不會其通。昔人論文如行雲流水,雲水之為物,至無定也,則又何法之可言?惟於無法之中,未常不有法在;用法之處,反不見其有法存。嗚呼!此乃所謂神而明之,存乎其人,可與知者言,而不可與不知者道也。」〔註226〕只是,識「有」尚且不易,更煌論通「無」。呂居仁《遠遊堂詩集序》云:「世之學者,知規矩固已甚難,況能遽出規矩之外而有變化不測乎?」〔註227〕所以,自古而今,上下幾千年,真正的文章大家卻並不多見。

技法極工雖亦能文章佳,但總比自然成文等而下之。陳平原在談到學者之文時說:「在黃宗羲看來,學者本無意為文,可一旦出手,可能會超過唐宋八大家。就像《李杲堂文鈔序》所說的,此類文章『脫略門面』,不以歐、曾、《史》《漢》為模仿目標,反而有自家面目,這正是學者之文的好處。這話說得在理。諸位不信,請讀讀從歸有光到桐城諸家,再到民國時期有名的散文家,比如說朱自清等人,你會明顯地感覺到,文章很好,可隱約有一個門面在。也就是說,由於著意經營,長期揣摩,容易形成一種套路。」〔註228〕

〔註224〕 朱謙之《老子校釋》,北京:中華書局,1963:3~4。

〔註225〕 明·歸有光《歸震川先生論文章體則》(附錄),王水照《歷代文話》(第二冊),上海:復旦大學出版社,2007:1742。

〔註226〕 吳曾祺《涵芬樓文談·明法》,上海:商務印書館,1933:16。

〔註227〕 宋·王正德《餘師錄》卷三,文淵閣《四庫全書》本。

〔註228〕 陳平原《從文人之文到學者之文》,北京:三聯書店,2004:120。

第五章　古文與時文文法的影響與滲透

　　古代文章中，有二種文類極為重要，對古代文章創作影響極其廣泛和深遠：一曰古文，一曰時文。古代文法建設也主要奠基於這二種文體。古文其來久遠，尤其自唐宋而後成為中國古代文章主流文體，是古代文法論得以生發的基礎。時文是隨科考而生的一種應試文體，本以律賦為主，宋代科考改革後漸以經義為主並有所發展演變，因與古文在載道之內容、為文之法上有會通之處，古代形成以古文之法為時文以提高時文水平的理論與實踐，同時也促進了對古文文法的探討和總結。

第一節　科考改革與古文時文之會通

　　古文是中國古代文治政教文章的典型文體，其外在特徵是與駢文相對奇句單行、不講對偶聲律的散體文。魏晉以後駢儷文盛行，文章出現脫離文治教化宗旨而尋求審美自目的性傾向，這種審美性追求主要體現為語句的駢儷浮華，北朝後周蘇綽仿《尚書》文體作《大誥》，以為文章標準體裁，試圖扭轉駢儷浮華之風，向六經政教文本回歸。其後，至唐代以韓愈、柳宗元為代表的古文家，發起回歸文治政教文章的古文運動，主張恢復先秦和漢代散文內容充實、長短自由、樸質流暢的傳統。韓愈《題歐陽生哀辭後》云：「愈之為古文，豈獨取其句讀不類於今者邪？思古人而不得見，學古道則欲兼通其辭。」〔註1〕《師說》云：「李氏子蟠……好古文，六藝經傳皆

〔註1〕唐・韓愈撰，馬其昶校注，馬茂元整理《韓昌黎文集校注》，上海：上海古籍出版社，1986：304。

通習之，不拘於時，學於余。」〔註2〕正式提出古文名稱，並為後世沿用。唐代以韓愈為首的古文家雖以復古為號召，卻能繼承創新，自鑄偉辭，開創一種「文道合一」的新型文體。「道」統與「文」統的合一使得該文體成為中國古代文治文化語境中最適宜的文體，後經宋代文家推闡發展，巍為大觀，日漸成為文章主流文體。所謂時文，即科舉應試之文。科舉是古代王朝通過考試選拔官吏的一種制度，始於隋朝大業元年（605年），終於清朝光緒三十一年（1905年），歷經一千三百多年，對中國古代士子產生了極為深遠的影響。古代士人深受儒家思想薰染，多抱積極入世進取心態，倘僅作一讀書文人卻無功名事業，很令人恥辱，亦會受到別人鄙視。魯叔孫豹在《左傳》裏認為人有三不朽：「太上有立德，其次有立功，其次有立言，雖久不廢，此之謂不朽。」〔註3〕立言雖列三不朽，但卻位次最後。而自隋唐興科舉以來，科舉考試就成了取得功名、達至儒家人生理想幾乎唯一的途徑。因此，古代士子少有不深深沾染於科舉時文者。歷代古文名家亦多自科考步入仕途，明代唐宋派中堅歸有光更是九歲屬文，六十方及第，可說是終身不離時文。

　　時文與古文發生聯繫，始於宋代科舉改革。科舉分科考試，科目極多，唐代以明經、進士為主要科目，此兩種考試，在唐代內容雖有變化，但基本精神是進士重詩賦，明經重貼經、墨義，與古文關係不大。宋代科舉基本上沿襲唐制，考帖經、墨義和詩賦，進士以聲韻為務，多昧古今；明經只強記博誦，學而無用。王安石出於通經致用之目的，對科考內容進行改革，取消詩賦、帖經、墨義，專以經義、論、策取士。《宋史》「選舉志」云：「宋之科目有進士，有諸科，有武舉……神宗始罷諸科，而分經義、詩賦以取進士，其後遵行，未之有改。」〔註4〕所謂經義，與論相似，是篇短文，只限於用經書中的語句作題目，並用經書中的意思去發揮。此種科目經元延及明清，變為八股，謂之制義，成為最重要的科考文類。有學者指出：「宋代的主要時文如策、論、經義等，北宋前期本來就是用古文寫作，只是後來逐漸程式

〔註2〕唐・韓愈撰，馬其昶校注，馬茂元整理《韓昌黎文集校注》，上海：上海古籍出版社，1986：44。

〔註3〕晉・杜預注，唐・孔穎達疏《春秋左傳正義》卷三十五，上海：上海古籍出版社，1990：609。

〔註4〕元・脫脫等《宋史》卷一百五十五，北京：中華書局，1977：3604。

化，成了所謂『時文』，而與古文拉開了距離。」〔註5〕宋紹聖元年置宏詞
科，考試章表、戒諭、露布、檄書等十種文體。大觀四年改為詞學兼茂科，
加試制、詔。紹興三年改為博學宏詞科，考制、詔、誥、表等十二種文體。
王應麟《辭學指南》即為應試詞科而編著的專書，從應試角度，闡釋各類文
體命名之義，尋根溯源，輔以例證，指點做法，示以門徑、法式。其《辭學
指南序》敘述了詞科的變更過程及應試內容：

> 博學宏辭，唐制也，吏部選未滿者試文三篇（賦、詩、論），中
> 者即授官。韓退之謂所試文章亦禮部之類，然名相如裴、陸，文人
> 如劉、柳，皆由此選。制舉又有博學通議、博通墳典、學兼流略、
> 辭擅文場、辭殫文律、辭標文苑、手筆俊拔、下筆成章、文學優贍、
> 文辭秀逸、辭藻宏麗、文辭清麗、文辭雅麗、藻思清華、文經邦國、
> 文藝優長、文史兼優之名。皇朝紹興初元，取士純用經術。五月，
> 中書言唐有辭藻宏麗、文章秀異之科，皆以眾人之所難勸率學者，
> 於是始立宏辭科。二年正月，禮部立試格十條（章表、賦、頌、箴、
> 銘、誡論、露布、檄書、序、記），除詔誥、赦敕不試，又再立試格
> 九條，曰章表、露布、檄書（以上用四六），頌、箴、銘、誡論、序、
> 記（以上依古今體，亦許用四六）……朱文公謂是科習諂諛誇大之
> 辭，競駢儷刻雕之巧，當稍更文體，以深厚簡嚴為主。然則學者必
> 涵泳六經之文，以培其本。〔註6〕

據王應麟該書介紹，宋代詞科並非全是四六，「制用四六，以便宣讀」，
而誥則亦可四六亦可散文。他引東萊先生言曰：「詔書或用散文，或用四六，
皆得。」而檄「唐以前不用四六」，後有用四六者，「然散文為得體」。因此，
也就為向古文學習提供了契機，「散文當以西漢詔為根本，次則王岐公、荊公、
曾子開詔，熟觀然後約以今時格式，不然則似今時文策題矣」，「記序用散文，
須揀擇韓柳及前輩文與此科之文相類者熟讀」〔註7〕。南宋科考改革，大大增
加應試中文章寫作比重，為時文與古文之間架起聯繫的橋樑。但時文真正向
古文靠攏，還在於科考風氣的轉變。徽宗時科場流行王安石「道德性命」之

〔註5〕祝尚書《論宋代時文的「以古文為法」》，《四川大學學報》（哲學社會科學版），
　　　　2007（4）：19。
〔註6〕宋·王應麟《辭學指南》，《玉海》卷二百一，文淵閣《四庫全書》本。
〔註7〕宋·王應麟《辭學指南》，《玉海》卷二百四，文淵閣《四庫全書》本。

學，高宗時代秦檜專權，重新抬出「王學」，實行政治高壓，因此，科考諂媚
諛佞之風盛行，方回《讀宏詞總類跋》曰：「自紹聖創學（按：指設宏詞科）
以至靖康之亂，凡有司之命題，與試者之作文，無非力詆元祐，以媚時相，四
六於是愈工，而祖宗時文章正氣掃地。」〔註8〕科考文風的轉變起於紹興二十
五年（1155）秦檜病死。二十七年（1157）是貢舉年，高宗御筆宣示殿試官道：
「對策中有指陳時事、鯁亮切直者，並置上列，無失忠讜，無尚諂諛，用稱朕
取士之意。」（《宋會要輯稿・選舉》）〔註9〕孝宗於隆興元年（1163）貢舉年
下詔繼續圖變科場風氣，「令省試諸科進士務取學術深淳，文詞劖切，策畫優
長，其阿媚闒茸者可行黜落。」〔註10〕孝宗並為《蘇軾文集》作序，力倡蘇
軾文章。接著，陳亮編《歐陽文忠公文粹》二十卷，意圖以歐文拯時文之弊，
其作《後敘》云：

> 二聖相承又四十餘年，天下之治大略舉矣，而科舉之文猶未還
> 嘉祐之盛。蓋非獨學者不能上承聖意，而科制已非祖宗之舊，而況
> 上論三代！始以公之文，學者雖私誦習之，而未以為急也。故予姑
> 掇其通於時文者，以與朋友共之。由是而不止，則不獨盡究公之文，
> 而三代兩漢之書蓋將自求之而不可禦矣。先王之法度猶將望之，而
> 況於文乎！則其犯是不疑，得罪於世之君子而不辭也。〔註11〕

政治上暫時的寬鬆雖開啟時文向古文學習的大門，但科考終歸是科考，
時文終歸是時文，其根本目的還是以求售身，是「士君子求見於君子之羔雉
耳」（王守仁《文章軌範序》）〔註12〕。朱熹曾云：「科舉是無可奈何，一以門
戶，一以父兄在上責望。」〔註13〕其寫作指歸是合乎規範和程序，入考官法
眼，根本無法與古文相比擬。蘇明允在《與孫叔靜書》中曾指出其文中時文
之病云：「所示文字已細觀。必欲求所未至，如《中正論》引舜為正，此時文
之病。凡作論，但欲意立而理明，不必覓事應副，誠未之思爾。」〔註14〕而

〔註 8〕元・方回《桐江集》卷三，清嘉慶《宛委別藏》本。

〔註 9〕《宋會要輯稿》，北京：中華書局，1957：4395。

〔註10〕元・佚名《宋史全文》（下冊）卷二十四上，哈爾濱：黑龍江人民出版社，2004：
　　　　1628。

〔註11〕宋・陳亮撰，鄧廣銘點校《陳亮集》（增訂本），北京：中華書局，1987：246。

〔註12〕宋・謝枋得《文章軌範》，文淵閣《四庫全書》本。

〔註13〕宋・黎靖德《朱子語類》卷一百三十九，北京：中華書局，1986：3319。

〔註14〕宋・王正德《餘師錄》卷一，文淵閣《四庫全書》本。

且長期從事時文寫作，往往會形成時文習氣，不利於古文創作。東坡曾云：
「妄論利害，才說得失，為制科習氣。」吳子良則藉此指責當世詞科習氣云：
「余謂近世詞科亦有一般習氣：意主於謟，辭主於誇，虎頭鼠尾，外肥中枵，
此詞科習氣也。能消磨盡者難耳。東萊早年文章在詞科中最號傑然者，然藻
繢排比之態，要亦消磨未盡。中年方就平實，惜其不多作而遂無年耳。」〔註15〕
又論陳止齋云：「止齋之文，初則工巧綺麗，後則平淡優游，委蛇宛轉，無一
毫少作之態。其詩意深義精，而語尤高，後學但知其時文，罕有識此者。」
「但水心取其學，取其詩，不甚取其文，蓋其文頗失之屑，始初時文氣，終消
磨不盡也。」〔註16〕因此，在文章家心目中，時文在層次上遠低於古文。南
宋陳騤《文則序》云：

> 余始冠，遊泮宮，從老於文者問焉，僅得文之端緒。後三年，
> 入成均，復從老於文者問焉，僅識文之利病。彼老於文者，有進取
> 之累，所有告於我與夫我所得，惟利於進取。後四年，竊第而歸，
> 未獲從仕，凡一星終，得以恣閱古書，始知古人之作，歎曰：文當
> 如是！〔註17〕

　　時文在價值上自無法與古文相提並論，但作為進身之階，讀書人卻又不
得不精工於此，由此形成中國文化史上一個非常奇異的景觀：以古文改造、
提升時文。這不是個別的、短期的行為，而是整個社會層面和歷代沿承的文
化行為。以古文入時文其主要目的在於借鑒古文文法提高應試技巧，以求售
身。這是外在實用性動機，而其深層次尚有以古文提升時文價值，以求平衡
自己卑身從事時文的心理，這實際是讀書人的尊嚴和臉面在作祟。以致後來
出現古文與時文相會通，甚至名異本同的論調，這都不僅僅是提升時文的需
要，還蘊涵著讀書人得以心安理得地從事時文創作的心理慰藉。當然，在更
高層次上則是向時文注入儒家之品格，賦予時文精神品格和社會價值。明代
王守仁在《文章軌範序》中就針對當時「由科第而進者，類多徇私媒利，無事
君之實」現象，強調舉業要有「恭敬之實」「有其誠」〔註18〕。因此，無論從
實際需求出發，還是從讀書人心理需求出發，以古文入時文，都是必要的。

〔註15〕宋・吳子良《荊溪林下偶談》卷三，文淵閣《四庫全書》本。
〔註16〕宋・吳子良《荊溪林下偶談》卷四，文淵閣《四庫全書》本。
〔註17〕宋・陳騤撰，劉彥成注譯《文則注譯》，北京：書目文獻出版社，1988：12。
〔註18〕宋・謝枋得《文章軌範》，文淵閣《四庫全書》本。

而當讀書人不再僅僅從載道明理的視角去審視古文，而是出於實際需要去反觀古文時，古文的行文之法就得到空前廣泛和深入的探討與總結。古文理論著述自南宋得以萌興，並歷金元明清興盛不衰，究其緣由，科考需求的推動功不可沒。其證據有二：一是大量古文理論著述、古文編選和評點與科舉相關，留有明顯的時文印記，甚至就是應舉業而設，如宋代呂祖謙《古文關鍵》、謝枋得《文章軌範》、元代陳繹曾《文荃》、明代茅坤《唐宋八大家文鈔》等；二是許多文章學著述屢屢得以重刊流傳，甚或日久淹沒而得以重新整理刊印的動機亦是指導科舉應試之需。如謝枋得《文章軌範》歷代多有刻本，焦袁熹廣期氏《重刻〈文章軌範〉跋》述重刻原因云：「所論著《軌範》一書，為舉業家開示蘊奧，於古人為文之指示，亦一覽可得其要領矣。流傳既久，間有缺偽，戴子讓濱迺出家藏善本，細加校讎而重付之梓。」〔註19〕因此，以古文入時文的過程，即是以時文的實際需要重新審視古文，探尋古文技法，更深一步建構古文文法理論的過程。

第二節　以古文入時文的理論與實踐

以古文入時文的論調歷久不衰，可說是古代整個讀書界的共識。在以古文入時文的整體理論架構下，其基本理念歷經「以古文為法」「時文之精，即古文之理」、古文與時文「文一而已」的發展過程，古文與時文經歷代文章家不斷彌合的努力，實現了從借鑒、滲透到會通乃至同一的理論跨越。在具體操作上，則實現了從純粹技法上的借鑒到以古文靈活之法突破時文程序，乃至以古文之神韻賦予時文的跨越。

宋代在處理古文與時文的關係上，是「以古文為法」。北宋徽宗時作家唐庚在《上蔡司空（京）書》中寫道：

> 邇來士大夫崇尚經術，以義理相高，而忽略文章，不以為意……唐世韓退之、柳子厚，近世歐陽永叔、尹師魯、王深父輩，皆有文在人間，其詞何嘗不合於經？其旨何嘗不入於道？行之於世豈得無補，而可以忽略，都不加意乎？竊觀閣下輔政，既以經取士，又使習律習射，而醫、算、書、畫皆置博士。此其用意，

〔註19〕宋・謝枋得《文章軌範評文》，王水照《歷代文話》（第一冊），上海：復旦大學出版社，2007：1061。

豈獨遺文章乎？而自頃以來，此道幾廢，場屋之間，人自為體，
立意造語，無復法度。宜詔有司，以古文為法。所謂古文，雖不
用偶儷，而散語之中暗有聲調，其步驟馳騁，亦皆有節奏，非但
如今日苟然而已。今士大夫間亦有知此道者，而時所不尚，皆相
率遁去，不能自見於世。宜稍稍收聚而進用之，使學者知所趨向。
不過數年，文體自變，使後世論宋朝古文復興，自閣下始，此亦
閣下之所願也。〔註20〕

　　唐庚（1071～1121），字子西，眉州丹棱（今四川丹棱）人，紹聖元年（1094）
進士。唐庚此論主要針對當時舉業重經術而忽略文章，主張時文不能僅「以
義理相高」，還要重視文法，而文法就是要向古文學習。而時文之所以可以古
文為法，是因為古文與時文有相通之處：古文亦「詞合於經」「旨入於道」，這
與時文之闡明義理相通；古文亦「暗有聲調」「皆有節奏」，這與時文之偶儷
相通。雖具體如何以古文為法，唐庚語焉不詳，但他所提出的時文以古文為
法的理論卻成為後代文章家的共識。王應麟《辭學指南》引西山先生曰：「序
多以典籍文書為題，序所以作之意。此科所試，其體頗與記相類。姑當以程
文為式，而措辭立意則以古文為法可也。」〔註21〕魏天應《論學繩尺‧行文
要法》云：「接題須援引，結題須壯健。據古文為文法。」〔註22〕

　　蒙古人不看重開科取仕，滅宋後一度不舉辦科舉。對此元代一些學者極
為贊同，甚至頗感幸運，如劉壎《答友人論時文書》云：「蓋宋朝束縛天下英
俊，使歸於一途，非工時文，無以發身而行志，雖有明智之材，雄傑之士，亦
必折抑而局於此，不為此，不名為士，不得齒薦紳大夫，是以皇皇焉，竭蹶以
趨，白頭黃冊，翡翠蘭苕，至有終老而不識高明之境者，可哀也。今幸科目
廢，時文無用，是殆天賜讀書歲月矣。」〔註23〕至元仁宗延祐二年（1315年）
下詔再次興科舉。當時士人雖反對科舉時文，但在社會設科取士的現實面前，
又頗顯通達，如吳澄雖對時文抨擊甚激，曾云：「科目興，而取人不稽其本實，
所取者辭章之虛而已。就使辭章如馬、班、韓、柳，抑不過為藝之下下，其視
古者禮、樂、射、御、書、數之藝，天壤絕也。況其辭章之鄙淺，何嘗夢見

〔註20〕宋‧唐庚《眉山唐先生文集》卷二十三，《四部叢刊三編》本。
〔註21〕宋‧王應麟《辭學指南》，《玉海》卷二百四，文淵閣《四庫全書》本。
〔註22〕宋‧魏天應《論學繩尺‧行文要法》，王水照《歷代文話》（第一冊），上海：
　　　　復旦大學出版社，2007：1078。
〔註23〕元‧劉壎《水雲村稿》卷十一，文淵閣《四庫全書》本。

馬、班、韓、柳之彷彿乎？」（《送崔德明如京師序》）〔註24〕但他認為讀書之
人可從俗而為，關鍵是不能為時文所拘縛，而要由時文轉為古文，並以唐宋
大家為例證實時文轉古文的可行性，「韓文公自幼專攻古學，既長，人勸之舉
進士，始以策論詩賦試有司。歐陽文忠公、王丞相、曾舍人、蘇學士，皆由時
文轉為古文者也。柳刺史初年不脫時體，謫官以後，文乃大進。老蘇亦於中
年棄其少作而趨古。」（《遺安集序》）〔註25〕尤其值得注意的是，這個時期出
現了時文之「法」與古文之「法」相會通的理論，劉將孫云：

> 文字無二法，自韓退之創為古文之名，而後之談文者必以經、
> 賦、論、策為時文，碑、銘、敘、題、贊、箴、頌為古文。不知辭
> 達而已，時文之精，即古文之理也。（《題曾同公文後》）〔註26〕

元代文論大家陳繹曾則認為：「古文一主於實，實題實做，虛題亦實做，
敘事則實敘，議論則實議論是也；時文一主於虛，虛題虛做，實題亦虛做。只
此是古文、時文分處也。」〔註27〕除內容一實一虛外，古文與時文在基本原
理上是相通的。宋代雖主張時文以古文為法，卻沒有對二者會通可行性進行
理論上的闡述，唐庚所論亦僅是注意到二種文體之間的相似之處而已。古文
與時文雖有差異，但都屬於「文」，自有其相通之處。有元代此論為先導，明
代在八股取士推動下，以古文入時文獲得更深層次的發展。

明代科舉取士試以「制義」，《明史·選舉志》云：「科目者沿唐宋之舊，
而稍變其試士之法，專取四子書，及易、詩、書、春秋、禮記五經命題試士。
蓋太祖與劉基所定，其文略仿宋經義，然代古人語氣為之，體用排偶，謂之
八股，通謂之制義。」〔註28〕八股文以四書、五經中的文句做題目，只能依
照題義闡述其中的義理，措詞要用古人語氣，即所謂代聖賢立言。格式很死，
文章用八個排偶組成，以起股、中股、後股、束股四個段落為主要部分，每個
段落各有兩段。明代鄉試、會試頭場考八股文，而能否考中則主要取決於八
股文的優劣。所以，一般讀書人往往把畢生精力用在八股文上。八股文是明
代新興文體，也是影響最大的文體，李贄、袁宏道及清代焦竑等人甚至將八

〔註24〕元·吳澄《吳文正集》卷二十六，文淵閣《四庫全書》本。
〔註25〕元·吳澄《吳文正集》卷二十二，文淵閣《四庫全書》本。
〔註26〕元·劉將孫《養吾齋集》卷二十五，文淵閣《四庫全書》本。
〔註27〕元·陳繹曾《文章歐冶》，王水照《歷代文話》（第二冊），上海：復旦大學出
版社，2007：1237。
〔註28〕清·張廷玉等《明史》，北京：中華書局，1974：1693。

股文視為有明一代之文學。八股文所取得的成就與以古文為時文理論的深入發展和創作實踐是分不開的。明代士子自始就具有以古文之法為時文的意識。元末明初的曾鼎交互參訂《文場式要》《文章精義》《學范》《文說》《文則》等書，編成《文式》二卷，其自序云：「予未弱冠時，遊邑庠，從先輩得《文場式要》一帙，其後予以《古今文章精義》嘗予自錄之，然未知其為何說。既冠，於舉子業之暇，時一讀之，則見其序次作文之法，井然有條，竊謂規矩繩墨之器欲為方圓曲直者，必由是而入焉。」〔註29〕具有明顯的以古文入時文的意識。到天順年間，福建按察僉事、提督學校遊明重刊南宋魏天應編撰的《論學繩尺》，該書「編選南渡以降場屋得雋之文，而筆峰林子長為之箋釋，以遺後學者也」，為舉業指導用書。何喬新為其作序將以古文入時文的意識闡述得更為清楚：

> 予少時從事舉子業，先公嘗訓之曰：「近時場屋論體卑弱，當以歐蘇諸論為法，乃可以脫凡近而追古雅。」予因取歐蘇諸論熟讀之，間仿其體，擬作一二，出示同舍生，莫不駭且笑之。雖予亦不能自信，蓋當是時科舉之士未見此書故也。今遊君惓惓於此，以嘉惠後學，其用心勤矣。是書一出，予知四方之士疾讀而力追之，上下馳騁，不自逾於法度，如工之有繩尺焉，而場屋之陋習為之一變矣。凡世之學者，本之經史，以培其根；參之賈、班、夏、劉，以暢其支；廓之蘇、韓，以博其趣；旁求之歐、蘇諸論，以極其變。而其法度，一本此書，庶乎華實相副，彬彬可觀，豈直科舉之文哉！〔註30〕

王守仁在重刊《文章軌範序》中更是指出：「故夫求工於舉業而不事於古作，弗可工也。」〔註31〕王世貞一方面批評時文「不過剽竊儒先之緒，而微餖飣組織之」「疏而且雜，徒耗學子之精力」（《彭戶部說劍餘草序》）〔註32〕，一方面又欲以古文入時文：

> 夫時義者，上之不能得聖人，下之而異歧於古文辭，以希有司一薦者，此其義故時也。乃聖人之精神含寓若引而未發者，吾忽然

〔註29〕明‧曾鼎《文式序》，王水照《歷代文話》（第二冊），上海：復旦大學出版社，2007：1535。

〔註30〕明‧何喬新《論學繩尺序》，王水照《歷代文話》（第一冊），上海：復旦大學出版社，2007：1069～1070。

〔註31〕宋‧謝枋得《文章軌範》，文淵閣《四庫全書》本。

〔註32〕明‧王世貞《弇州四部稿》續稿卷五十五，文淵閣《四庫全書》本。

而發之；先秦兩京之筋脈步驟能出入吾手而不使人覺……故夫善為時義者，未有不譯經而驅古者也。(《雲間二生文義小敘》)〔註33〕

　　明代真正深入進行古文入時文理論探討並付諸寫作實踐的是唐宋派作家。唐宋派作家多為八股文大家，「明代舉子業最擅名者，前則王鏊、唐順之，後則震川、思泉」〔註34〕，他們兼擅古文與時文，擁有豐富的為文經驗，主觀上欲以古文文法改革八股文，提升八股文的品位，而客觀上亦帶來了八股文的興盛，方苞曾云：「至正、嘉作者，始能以古文為時文，融液經史，使題之義蘊，隱顯曲暢，為明文之極盛。」(《進四書文選表》)〔註35〕這個時期，不但以古文入時文的創作實踐得到深入推進，而且在會通古文與時文的理論上也向前邁進了一大步。茅坤善作時文，並認為八股文「苟得其至，即謂之古文亦可也」(《復王進士書》)〔註36〕。與歸有光同年登第的詹仰庇在為《文章指南》作序時則提出古文與時文「文一而已」的理論：「文一而已矣，後世科舉之學興，始歧而二焉。學者遂謂古文之妨於時文也，不知其名雖異，其理則同。欲業時文者，捨古文將安法哉。」〔註37〕此論調上承元代劉將孫「時文之精，即古文之理也」之論，而有所發展，是歷代長期以來以古文入時文理論探討和實踐的結果。

　　在以古文為時文的具體操作上，茅坤提出「以古調行今文」，其在《文訣五條訓緝兒輩》中云：「格者，譬則風骨也。吾為舉業，往往以古調行今文。汝輩不能知，恐亦不能遽學。個中風味，須於六經及先秦、兩漢書疏與韓、蘇諸大家之文涵濡磅礡於胸中，將吾所為文打得一片湊泊處，則格自高古典雅。即如不能高古，至於典雅二字，絕不可少。」〔註38〕是以古文之法為時文的一大突破。自南宋而降，「以古文為法」就有一個嚴重的先天缺陷：即多在技法層面上法古文，以之提高時文為文技巧。茅坤在具體做法上，亦是以技法教人，因為「文章可告人者，惟法而已」。但古文之妙確不能以法論之，法只

〔註33〕明‧王世貞《弇州四部稿》續稿卷四十一，文淵閣《四庫全書》本。
〔註34〕清‧張廷玉等《明史》，北京：中華書局，1974：7384。
〔註35〕清‧方苞撰，劉季高校點《方苞集》，上海：上海古籍出版社，1983：580。
〔註36〕明‧茅坤撰，張大芝、張夢新點校《茅坤集（上）》，杭州：浙江古籍出版社，1993：321。
〔註37〕明‧歸有光《歸震川先生論文章體則》（附錄），王水照《歷代文話》（第二冊），上海：復旦大學出版社，2007：1738。
〔註38〕明‧茅坤撰，張大芝、張夢新點校《茅坤集（下）》，杭州：浙江古籍出版社，1993：875。

能算是古文之「末」，是粗淺的形式。茅坤「以古調行今文」實有超越技法的意味，其以古文為時文的方式不是純技巧運用，而是在胸中融會貫通古文，並追求高古典雅。明末八股文大家艾南英則提出「制舉業之道，與古文常相表裏，故學者之患，患不能以古文為時文」，並對古文與時文都提出「潔」的審美標準。其云：

> 不能以古文為時文，非庸腐者害之也，好誇大而剽獵浮華以為古，其弊亦歸於庸腐。古文自周、秦而後，莫如太史公遷。遷之文，近代推擬之者，百千言而未已，而吾以為皆未得其要也。獨柳子常序述其所用心者而曰：「本之太史以著其潔。」予常因是言以考其書，竊謂遷之文，去其所載《尚書》《左》《國》、荀卿、屈、賈、長卿諸篇，而獨觀其所序次論略者，可謂潔矣。文必潔而後浮氣斂、昏氣除，情理以之生焉。其馳驟跌宕，嗚咽悲慨，倏忽變化，皆潔而後至者也。或疑吾信柳子之過，而以一潔盡史遷，及觀蘇明允之論，以為遷之辭淳健簡直，蓋亦如柳子所謂潔者，而獨病其裂取六經傳記，雜於其間，以破碎汨亂其體。明允蓋曰：《尚書》《左傳》《國語》《論語》之文，非不善也，雜之則不善也。由明允之論推之，則潔之為言，史遷尚未之盡也。剽他人之言，以足吾書，雖史遷猶見譏於後世，而況其他乎？又況其所剽非《尚書》《左》《國》乎？予常以是繩今之古文者，而因並以是繩今之為時文者。（《金正希稿序》）〔註39〕

艾南英亦重文法，他曾譏諷王、李之所以不學宋文，乃是「畏宋人首尾開合、抑揚錯綜之嚴」，「徒見漢以前之文似於無法也，竊而傚之，決裂以為體，餖飣以為詞，盡去宋以來開合首尾、經緯錯綜之法，而別為一種臃腫窘澀浮蕩之文，其氣離而不屬，其意卑，其語澀，乃真無法之至者」（《答陳人中論文書》）〔註40〕。他提出「潔」的標準，亦正是其尚法的表現，是反駁秦漢派的產物，但他能以之入時文，超越具體技法層面而對時文提出整體性風貌要求，這也說明到明代中後期以古文之法為時文已經實現從技法到整體風貌的轉變。

以古文為時文理論到清代則得到進一步完善。清於順治二年（1645）實行科舉取士，其中文科沿襲明代制度，以八股文作為考試主要內容。清代繼

〔註39〕明・艾南英《天傭子全集》卷三，道光間刻本。
〔註40〕明・艾南英《天傭子全集》卷五，道光間刻本。

續沿承以古文入時文的做法,並在理論和實踐上取得突破性進展。古文與時
文相會通、以古文入時文成為有清一代學者文人的共識。趙吉士云:「至於時
文,不過備格式、習法度而已,即其佳者,亦必自古文得來。」〔註41〕「文
章之體變矣。然體雖變,而法則同,古文者,散八股也,八股者,整古文也。
學八股而不學於古,惟觀乎今,是猶取水於橫污,而資明於爝火也。」〔註42〕
呂留良云:「有德者必有言,八股與詩、古文只體格異耳,道理、文法非有異
也。」〔註43〕唐彪《讀書作文譜》引武叔卿云:「文章未有不學古而能佳者,骨
格調法,盡備之古文。不讀之,則俗氣稚氣尚不能脫去,而況能佳乎?讀之,
自然有以渾其氣,蒼其格,高其調,秀其色,脫胎換骨於其中而不自覺,是獲
益於古文者無窮矣。豈必摭拾其字句,以用入時文,始稱有益哉?」〔註44〕楊
繩武云:「古人文字各有所從出,時文何獨不然?先秦、《史》《漢》險峻,或
未易攀,八家氣味漸近矣,為時文於八家無所得,便是熟爛時文。」〔註45〕
葉元愷云:「不知時文之佳者,皆從古文來也。未有不能為古文,而能為佳時
文者也。」〔註46〕並引白湖三伯父語:「嘗謂不窮經、史,不可以作詩、古文;
不能為詩、古文,亦斷不能作好時文。」〔註47〕明代唐宋派興盛的一個重要
原因是會通古文與時文,佔領時文教學領地。清代承襲此種做派的是桐城古
文派。開桐城風氣之先的戴名世倡導會通古文與時文文法云:「舉業之文號曰
時文,其體不列於古文之中,而要其所發明者聖人之道,則亦不可不以古文
之法為之者。」(《汪武曹稿序》)〔註48〕戴名世以古文入時文超越前人之處在

〔註41〕 清・趙吉士《萬青閣文訓》,王水照《歷代文話》(第四冊),上海:復旦大學
　　　　出版社,2007:3309。

〔註42〕 清・趙吉士《萬青閣文訓》,王水照《歷代文話》(第四冊),上海:復旦大學
　　　　出版社,2007:3316。

〔註43〕 清・呂留良《呂晚邨先生論文匯鈔》,王水照《歷代文話》(第四冊),上海:
　　　　復旦大學出版社,2007:3327。

〔註44〕 清・唐彪《讀書作文譜》卷十一,王水照《歷代文話》(第四冊),上海:復
　　　　旦大學出版社,2007:3550。

〔註45〕 清・楊繩武《論文四則》,王水照《歷代文話》(第四冊),上海:復旦大學出
　　　　版社,2007:4056。

〔註46〕 清・葉元塏《睿吾樓文話自序》,王水照《歷代文話》(第六冊),上海:復旦
　　　　大學出版社,2007:5363。

〔註47〕 清・葉元塏《睿吾樓文話》卷七,王水照《歷代文話》(第六冊),上海:復
　　　　旦大學出版社,2007:5435。

〔註48〕 清・戴名世《戴名世集》,北京:中華書局,1986:100。

於力圖突破時文文法的程式化。時文最遭世人詬病的是文章程式化，束縛作者的自由表達。顧炎武《日知錄》卷十六《程文》曰：「文章無定格，立一格而後為文，其文不足言矣。唐之取士以賦，而賦之末流最為冗濫。宋之取士以論、策，而論、策之弊亦復如之。明之取士以經義，而經義之不成文又有甚於前代者。皆以程文格式為之，故日趨而下。」〔註49〕前代文章家論時文亦多重程序，以古文入時文亦是從古文中尋求技法以提高時文寫作技巧。而戴名世一方面強調時文之定規，「御題之法者，相其題之輕重緩急，審其題之脈絡腠理，布置謹嚴，而不使一毫髮之有失，此法之定者也」（《己卯行書小題序》）〔註50〕。所謂御題之法，即是基於文題之上的立意構思與布局謀篇之法，八股文闡發義理極其精密，立意構思與布局謀篇之法關涉義理闡發之關鍵，故不得妄為。但具體行為之法，則無一定之規，「至於向背往來，起伏呼應，頓挫跌宕，非有意而為之，所云文成而法立者，此行文之法也，法之無定者也」（《己卯行書小題序》）〔註51〕。戴名世儘管無法更改時文之程序，但他在現有程序下力圖以古文之文法予以突破。戴氏更與蘇軾「自然成文」論相聯繫，甚至使僵化的時文富有一定的文藝美感：

> 夫文章之事，千變萬化。眉山蘇氏之所謂如行雲流水，初無定
> 質，其馳騁排蕩，離合變滅，有不自知其所以然者。既成，視之，
> 則章法井然，血脈貫通，迴環一氣，不得指某處為首，某處為項，
> 某處為腹，某處為腰，某處為股也。（《小學論選序》）〔註52〕

李淦在《文章精義》中曾說：「古人文字，規模間架，聲音節奏，皆可學，惟妙處不可學。譬如幻師塑土木偶，耳目口鼻，儼然似人，而其中無精神魂魄，不能活潑潑地，豈人也哉？此須是讀書時，一心兩眼，痛下工夫，務要得他好處，則一旦臨文，惟我操縱，惟我捭闔，一莖草可以化丈六金身。此自學之得，難以筆舌傳也。」〔註53〕時文不但形式僵化，而且沒有作者個性化色彩的注入，「無精神魂魄，不能活潑潑地」。歷代文章家以古文入時文

〔註49〕清・顧炎武撰，清・黃汝成集釋《日知錄集釋》卷十九，上海：上海古籍出版社，1985：1270。
〔註50〕清・戴名世《戴名世集》，北京：中華書局，1986：109。
〔註51〕清・戴名世《戴名世集》，北京：中華書局，1986：109。
〔註52〕清・戴名世《戴名世集》，北京：中華書局，1986：91。
〔註53〕元・李淦《文章精義》，王水照《歷代文話》（第二冊），上海：復旦大學出版社，2007：1187。

都是以古文之末技誨人，少有論及古文妙處入時文，戴名世卻能獨闢時文傳神之論調，不能不說是以古文入時文理論的極至，其云：「蘇子瞻論傳伸之法曰：『凡人意思各有所在，頰上添三毫者，其人意思蓋在顴頰間也。』吾以為一題亦各有一題之意思，今之論文者不論其意思之所在，一概取其耳目口鼻具而已，而反笑傳神者之為多事，不已陋乎。」（《丁丑房書序》）〔註54〕「每一題必有一題之目焉、顴頰焉、眉與鼻口焉」「題之目與顴頰者，其義理也；題之眉與鼻口，其語氣也。目與顴頰之精神得，而眉與鼻口之精神亦無不得矣。」（《有明歷朝小題文選序》）〔註55〕論時文到傳神，可謂至矣，極矣，不可加矣。

第三節　以古文入時文對古文文法論的作用與影響

　　歷來學者重視以古文為時文對時文的重要價值和意義，卻很少去反觀這項歷史久遠、大規模的文化運動對古文所產生的重要作用和影響。

　　古代學者文士多對時文持鄙視態度，當然反對以時文為古文，尤其是對久染時文所導致的時文習氣深惡痛絕。元代劉壎以古文是倡，追蹤宋代歐、曾、王、蘇等大家，他在《隱居通議》卷一八中云：「工舉業者力學古文，未嘗不欲脫去舉文畦徑也，若且淘汰未盡，自然一言半語不免暗犯。故作古文而有舉子語在其中者，謂之金盤盛狗矢。」〔註56〕但是，文人為進身著想，勢必長期浸淫於時文，即使舉筆為古文，亦難免不沾染時文習氣，影響古文創作。黃宗羲評價歸有光古文說：「議者以震川為明文第一，似矣。試除去其敘事之合作，時文境界，間或闌入，較之宋景濂尚不能及。」（《明文案序上》）〔註57〕袁枚《隨園詩話》載：「或言八股文體制，出於唐人試帖，累人已甚。梅式庵曰：『不然。天欲成就一文人、一儒者，都非偶然。試觀古文人如歐、蘇、韓、柳，儒者如周、程、張、朱，誰非少年科甲哉？蓋使之先得出身，以捐棄其俗學，而後乃有全力以攻實學。試觀諸公應試之文，都不甚佳，晚年得力於學之後，方始不凡。不然，彼方終日用心於五言八韻、對策三條，豈足

〔註54〕清・戴名世《戴名世集》，北京：中華書局，1986：93。
〔註55〕清・戴名世《戴名世集》，北京：中華書局，1986：98～99。
〔註56〕元・劉壎《隱居通議》卷一八，文淵閣《四庫全書本》。
〔註57〕清・黃宗羲撰，沈善洪主編《黃宗羲全集》（第10冊），杭州：浙江古籍出版社，2005：18～19。

以傳世哉？就中晚登科者，只歸熙甫一人，然古文雖工，終不脫時文氣息，而且終身不能為詩，亦累於俗學之一證。」〔註58〕

時文妨於古文是古代文章家的主流意識，但亦有少數意識到時文對於古文初學者的指導價值和意義。如蘇軾《與侄帖》云：

> 二郎：得書知汝安，並議論可喜，書字亦進。文字亦若無難處，止有一事與汝說。凡文字，少小時須令氣象崢嶸，秋色絢爛，漸老漸熟，乃造平淡。其實不是平淡，乃絢爛之極也。汝只見爹伯而今平淡，一向只學此樣，何不取舊日應舉時文字看，高下抑揚，如龍蛇捉不住。當且學此，書字亦然，善思吾言。〔註59〕

元代提出「時文之精，即古文之理也」論調的劉將孫甚至認為工時文則能工古文，其云：

> 予嘗持一論云：能時文未有不能古文。能古文而不能時文者有矣，未有能時文為古文而有餘憾者也。如韓、柳、歐、蘇，皆以時文擅名，及其為古文也，如取之固有。韓《顏子論》、蘇《刑賞論》，古文何以加之？而蘇之進論、進策，終身筆力，莫不汪洋奇變於此，識者可以悟矣。每見皇甫湜、樊宗師、尹師魯、穆伯長諸家之作，寧無奇字妙語、幽情苦思？所為不得與大家作者並，時文有不及焉故也。(《題曾同父文後》)〔註60〕

劉將孫之論頗有以時文為古文門徑的意味，同時代王惲《玉堂嘉話》中載鹿庵先生言則闡述得更為明白，「作文字亦當從科舉中來，不然，豈唯不中格律，而汗漫披猖，無首無尾，是出入不由戶也」，甚至認為「後學雖不業科舉，至於唐一代時文律賦，亦當披閱而不可忽，其中體制規模多有妙處」〔註61〕。這些論調都認識到程式化時文對古文寫作的基礎性作用，但認為古文必自時文入確是偏頗。當然，以時文入，以之掌握行文技法尚可，倘泥於其中，老死時文程序之中，其中弊病自不待言，這一點已被歷代文章家深以為戒。

〔註58〕清·袁枚撰，顧學頡校點《隨園詩話》卷七，北京：人民文學出版社，1982：224。
〔註59〕宋·張鎡《仕學規範》卷三十二，文淵閣《四庫全書》本。
〔註60〕元·劉將孫《養吾齋集》卷二十五，文淵閣《四庫全書》本。
〔註61〕元·王惲撰，楊曉春點校《玉堂嘉話》，北京：中華書局，2006：63。

　　實際上，時文對古文的意義並不在具體寫作的指導，而是出於以古文為時文的實踐需要，極大地推進了古文文法的深入探討和總結。中國古代文章創作歷來有重道輕文的傳統，由此形成中國傳統文章學中一個重大缺失：過分關注文章之道，而忽略筆墨技巧的訓練和運用。真正使文章創作技法得到重視是科舉考試改革的推動。南宋科舉改革就催生了專門指導應試科考的寫作指導用書，如王應麟的《玉海·辭海指南》、謝枋得的《文章軌範》和魏天應的《論學繩尺·行文要法》等，此類編著雖專為科舉而設，指點做法，示以門徑、法式，但多有超出科舉程序而涉及文章寫作理論、技巧者，對文章技法的探討多有助益。王應麟《玉海·辭海指南》是為應試詞科而編著的專書，從應試角度，闡釋各類文體命名之義，尋根溯源，輔以例證，指點做法。如探討為文體制轉換云：「如《喜雨亭記》『亭以雨名，誌喜也』，柳《文宣王廟碑》『仲尼之道，與王化遠邇』，似此之類，此作記起頭體制也。歐公《真州發運園記》中間一節，此記中間鋪敘體制也。柳《萬石亭記》附零陵故事之類，此記末後體制也。」〔註62〕切中古文實際。謝枋得《文章軌範》更是「取古文之有資於場屋者，自漢迄宋，凡六十有九篇，標揭其篇章句字之法」，雖「古文之奧，不止於是，是獨為舉業者設耳」，但對文法之探討卻極為精到，「為舉業家開示蘊奧，於古人為文之指，亦一覽可得其要領矣」（王守仁《文章軌範序》）〔註63〕。其評柳宗元《送薛存義序》云：「章法、句法、字法皆好，轉換關鎖緊，謹嚴優柔，理長而味永。」〔註64〕評韓愈《送孟東野序》云：「此篇凡六百二十餘字，『鳴』字四十，讀者不覺其繁，何也？句法變化凡二十九樣。有頓挫，有升降，有起伏，有抑揚，如層峰疊巒，如驚濤怒浪，無一句懈怠，無一字塵埃，愈讀愈可喜。」〔註65〕都深得為文之法。

　　元代科舉制度基本沿襲宋代，用「經義」「經疑」為題述文。當時科舉制度規定「蒙古、色目人作一榜，漢人、南人作一榜」，「漢人、南人，第一場明經經疑二問，《大學》《論語》《孟子》《中庸》內出題，並用朱氏章句集注，復以己意結之，限三百字以上；經義一道，各治一經，《詩》以朱氏為主，《尚

〔註62〕宋·王應麟《辭海指南》，《玉海》卷二百四，文淵閣《四庫全書》本。
〔註63〕宋·謝枋得《文章軌範》，文淵閣《四庫全書》本。
〔註64〕宋·謝枋得《文章軌範》卷五，文淵閣《四庫全書》本。
〔註65〕宋·謝枋得《文章軌範》卷七，文淵閣《四庫全書》本。

書》以蔡氏為主，《周易》以程氏、朱氏為主。以上三經，兼用古注疏，《春秋》許用《三傳》及胡氏《傳》，《禮記》用古注疏，限五百字以上，不拘格律。第二場古賦、詔誥、章表、內科一道，古賦、詔誥用古體，章表四六，參用古體。第三場策一道，經史時務內出題，不矜浮藻，惟務直述，限一千字以上成」〔註66〕元朝自仁宗至順帝時滅亡止，科舉時辦時廢，共舉辦過十六次，取士一千餘人。而且元代科舉錄取漢人、南人名額很少，科舉競爭異常激烈，時文文法成為熱門話題，陳繹曾的《文說》、倪士毅的《作義要訣》等舉業指導用書廣為流行。尤其是陳繹曾認為時文與古文除了內容一實一虛外，在基本原理上是相通的，所以其古文理論深受科舉時文影響，其《文筌》《古文矜式》以論古文為主，但明顯有以時文論古文的傾向。如他論文特重題，將文章之題分為朝廷題、聖賢題、河嶽題、武功題、山林題、仙隱題等共計 16 題。在寫作中強調要先識題，主張從題生發，如：開題法，「盡開題中景意事情，而悉區分用之」；合題法，「收斂題中景意事情，合為一片，而融化其精英用之」〔註67〕，都與科舉時文因題生文相關。在文章體段上，分「起、承、鋪、敘、過、結」六節，亦頗具後來八股之雛形。其讀書方法也與古文家不同，「其法先立題目，貼壁間，求其精力好學朋友數人，分題立限，相與一一勾銷之。不為則已，為則必要其精；不精則已，精則必歸於正。實用工夫，亦不過數年耳。但初用工時，頗覺事多，其後工夫積累漸廣，彼此互自相解釋，初無多也」〔註68〕，明顯是應考的做派。雖說陳繹曾古文論時文色彩頗濃，但終究是論古文，而非時文，在論述中他亦時時注意區別古文與時文的不同，如在論及文章起、承、鋪、敘、過、結的結構時，指出古文與程式化的時文不同，應根據文章需要靈活安排結構，「可隨宜增減，有則用之，無則已之。若強布擺，即入時文境界矣」〔註69〕。而且其所論並不與古文相牴牾，而是使古文理論更加精細化，授人以為文之「筌」，可以說是古文理論的發展和推進。這一點從後世對其著述的推崇即可見一斑。明人朱權重刻《文筌》並更名為

〔註66〕明・宋濂等《元史》卷八十一，北京：中華書局，1976：2019。
〔註67〕元・陳繹曾《文章歐冶》，王水照《歷代文話》（第二冊），上海：復旦大學出版社，2007：1237～1238。
〔註68〕元・陳繹曾《文章歐冶》，王水照《歷代文話》（第二冊），上海：復旦大學出版社，2007：1235。
〔註69〕元・陳繹曾《文章歐冶》，王水照《歷代文話》（第二冊），上海：復旦大學出版社，2007：1243。

《文章歐冶》，其序云：「汶陽陳繹曾演先聖之未發，泄英華之秘藏，撰為是書，名曰《文筌》，可謂奇也。然出乎才學，見乎製作規模，又可謂宏遠矣。」並云其之所以更名為《文章歐冶》是為使後學「知夫文章體制有如此法度，庶不失其規矩也」〔註70〕，甚為推崇此書闡發文章寫作規範和法度之價值。該書後流傳至朝鮮、日本，日本元祿元年伊藤長胤在其刊本後序中云：「《文章歐冶》者，作文之規矩準繩也。凡學為文者，不可不本之於六經，而參之於此書。」「此書簡袠雖少，然作文之法悉矣。」〔註71〕《文筌》之所以能成為文章寫作的規矩準繩，時文之影響不能不說是其中一個極其重要的因素。陳繹曾在受時文影響建構古文規矩繩墨的同時，亦以古文之法論時文，他的《文說》「乃因延祐復行科舉，為程試之式而作」〔註72〕，但其基本思想卻與《文筌》相類。陳繹曾曾云：「今世為學不可不隨宜者，科舉之文是也。」〔註73〕可見他亦是認為科舉時文乃不得已而作，古文仍是其推崇對象。陳繹曾以自己的文章理論建設，很好地說明了古文與時文理論並非截然不同，而是可以互相影響和滲透。

真正深入進行以古文入時文理論探討並付諸寫作實踐的唐宋派大家都企圖以古文筆法來提高八股文寫作技巧，反之，即用八股文的題義章法來評點古文。八股文最講起承轉合、繩墨布置，唐宋派論法亦偏重於文章結構，認為文章之法在於「開合首尾經緯錯綜」，而指斥秦漢派「決裂以為體，餖飣以為詞」，喪失了文章之法。唐宋派之所以從「有法可窺」的唐宋文入手，而不從「密不可窺」的秦漢文入，並不單單是與秦漢派古文理論不同，更重要的因素是出於適應科考的實際需要。舉子業雖倡導通經學古，但多為急功近利之徒，當然不會亦不願著力於通經學古，而是要在文法上尋求捷徑，這也就促使文章家將師古的關注點從整體格調轉向具體行文之法。歸有光總結古文法則六十六條，除首十二則著眼於文章的整體性，其餘皆是論修辭、章法結構、下字造句法，尤其是末十八則專論文章結尾樣式。如章法結構有「前後

〔註70〕元・陳繹曾《文章歐冶附古文矜式》，王水照《歷代文話》（第二冊），上海：復旦大學出版社，2007：1222～1223。

〔註71〕元・陳繹曾《文章歐冶附古文矜式》，王水照《歷代文話》（第二冊），上海：復旦大學出版社，2007：1332。

〔註72〕《四庫全書總目》卷一九六，北京：中華書局，1965：1791。

〔註73〕元・陳繹曾《文說》，王水照《歷代文話》（第二冊），上海：復旦大學出版社，2007：1347。

相應則」「總提分應則」等，字句之法有「疊上轉下」「相題生字」等，結尾樣式有「竿頭進步」「結末垂戒」等〔註74〕。茅坤《文訣》提出「佈勢」「調格」「煉辭」等文章法，如「佈勢」之法云「勢者，一篇之起伏呼應、虛實開合。大段處勢欲其輕以揚，無令重滯；欲其疏以暢，無令窒瑟；欲其雄以偉，無令單弱；欲其婉以遒，無令粗厲」（《文訣五條訓縉兒輩》）〔註75〕，都對為文極具指導作用。受其影響所及，秦漢派後學亦以「法」論秦漢之文，孫鑛就以評點探尋六經之文法，其《孫月峰評經》十六卷，含《詩經》四卷、《書經》六卷、《禮記》六卷，每經皆加圈點評語，《四庫提要》批評云：「竟用評閱時文之式，一一標舉其字句之法。」〔註76〕

　　科舉時文對古文的另一重大影響是推動古文評點的興盛。評點是中國古代文學批評一種非常獨特的形式。按照吳承學的觀點，評點方式的萌芽很早即已產生，但作為一種自覺的批評方式，其真正形成時期是宋代，而其興盛的原因是宋代文學批評的發達、熟讀精思的讀書風氣及書籍出版的繁榮等〔註77〕，而祝尚書則認為古文評點在宋代興起最根本、最核心的原因是科舉考試的現實需要〔註78〕。祝先生的分析甚是，細考當時主要的古文評點著作大都有科舉程序的印記。呂祖謙編選的《古文關鍵》開啟古文評點之先聲，卷首列《看古文要法》，分《總論看文字法》《論作文法》《論文字病》三部分，著眼於文章體式源流、命意結構、筆法技巧。如他主張看文字，包括「看綱目、關鍵：如何是主意首尾相應，如何是一篇鋪敘次第，如何是抑揚開合處」，「看警策、句法：如何是一篇警策，如何是下句下字有力處，如何是起頭換頭佳處，如何是繳結有力處，如何是融化屈折、剪裁有力處，如何是實體帖題目處」，關注之點均在古文之技法。其「論作文法」云：「文字一篇之中，須有數行齊整處，須有數行不齊整處。或緩或急，或顯或晦，緩急顯晦相間，使人不知其為緩急顯晦。常使經緯相通，有一脈過接乎其間然後可。

〔註74〕明‧歸有光《歸震川先生論文章體則》，王水照《歷代文話》（第二冊），上海：復旦大學出版社，2007：1713～1742。

〔註75〕明‧茅坤撰，張大芝、張夢新點校《茅坤集（下）》，杭州：浙江古籍出版社，1993：875。

〔註76〕《四庫全書總目》卷三四，北京：中華書局，1965：1583。

〔註77〕吳承學《評點之興——文學評點的形成和南宋的詩文評點》，《文學評論》，1995（1）：24～33。

〔註78〕祝尚書《南宋古文評點緣起發覆——兼論古文評點的文章學意義》，《四川大學學報》（哲學社會科學版），2005（4）：74～82。

蓋有形者綱目,無形者血脈也。」「筆健而不塵,意深而不晦,句新而不怪,語新而不狂。常中有變,正中有奇。題常則意新,意常則語新。辭源浩渺而不失之冗,意思新轉處多則不緩。結前生後,曲折斡旋,轉換有力,反覆操縱。」都有對為文技法進行總結的明確意識。尤其是他將文章分成「上下、離合、聚散、前後、遲速、左右、遠近、彼我、一二、次第、本末、明白、整齊」〔註79〕等格制,具有明顯的文章程式化印跡。呂祖謙之後,其後學樓昉祖其師《古文關鍵》,並矯其過簡過嚴之失,編選《崇古文訣》,收錄《史》《漢》至宋人古文近二百篇,其評文論文之字法、句法、布置收拾之法等,對為文技法頗多總結和探討。其評《上秦皇逐客書》云:「中間兩三節,一反一覆,一起一伏,略加轉換數個字,而精神愈出,意思愈明,無限曲折變態,誰謂文章之妙不在虛字助詞乎?」〔註80〕評《北山移文》云:「此篇當看節奏紆徐,虛字轉折處。」〔註81〕且樓昉評文明顯更重篇章之法,其評《殿中少監馬君墓銘》云「敘事有法」「結尾絕佳」〔註82〕,評《柳州羅池廟碑》云「敘事有倫,句法矯健」〔註83〕,評《平淮西碑》云「布置迴護,敘事有法」〔註84〕,評《送窮文》云「前面許多鋪陳布置,結果收拾盡在後面」〔註85〕,評《燕喜亭記》云「看他規模布置、前後節級相承處」〔註86〕,評《東池戴氏堂記》云「脈絡相生,節奏相應,無一字放過。此文如引繩貫珠,循環之無端,如常山之蛇,救首救尾,如累九層之臺,一級高一級而豐約不差毫釐」〔註87〕,評《峽州至喜亭記》云「不言蜀之險,則無以見後來之喜;不言險之不測,則無以見人情喜幸之深。此文字布置斡旋之法」〔註88〕。樓昉更進一步歸納出為文一些「格」「體」「格式」,如評《爭臣論》云「此篇是箴規攻擊體,是反難文字之格」〔註89〕,認為《張中丞後傳序》是「論難折服格」〔註90〕,

〔註79〕宋・呂祖謙《古文關鍵》,文淵閣《四庫全書》本。
〔註80〕宋・樓昉《崇古文訣》卷一,文淵閣《四庫全書》本。
〔註81〕宋・樓昉《崇古文訣》卷七,文淵閣《四庫全書》本。
〔註82〕宋・樓昉《崇古文訣》卷九,文淵閣《四庫全書》本。
〔註83〕宋・樓昉《崇古文訣》卷九,文淵閣《四庫全書》本。
〔註84〕宋・樓昉《崇古文訣》卷九,文淵閣《四庫全書》本。
〔註85〕宋・樓昉《崇古文訣》卷十,文淵閣《四庫全書》本。
〔註86〕宋・樓昉《崇古文訣》卷十一,文淵閣《四庫全書》本。
〔註87〕宋・樓昉《崇古文訣》卷十二,文淵閣《四庫全書》本。
〔註88〕宋・樓昉《崇古文訣》卷十八,文淵閣《四庫全書》本。
〔註89〕宋・樓昉《崇古文訣》卷八,文淵閣《四庫全書》本。
〔註90〕宋・樓昉《崇古文訣》卷九,文淵閣《四庫全書》本。

《與孟簡尚書書》是「文字抑揚格」〔註91〕，《論狄青》是「曲盡人情事體」〔註92〕。「格」是一種整體性的文章法式，可模擬襲用，正為指導科舉應試之用。謝枋得《文章軌範》前二卷題「放膽文」，後五卷題「小心文」，各有批註圈點。其「小心文」曰：「議論精明而斷制，文勢圓活而婉曲，有抑揚，有頓挫，有擒縱，場屋程文論當用此種文法。」〔註93〕顯然是為指導科舉應試。明代王守仁在明刊本序中更是明確指明是書「取古文之有資於場屋者，自漢迄宋，凡六十九篇，標揭其篇章字句之法……是獨為舉業者設耳」〔註94〕。

　　古文評點自南宋興起，至明代後期為盛。而其中尤以唐宋派茅坤《唐宋八大家文鈔》影響最廣，「其書盛行海內，鄉里小生無不知茅鹿門者」〔註95〕。茅坤該書一直為後世學者所詬病，該書評點古文以勾畫腠理脈略為重，王夫之《夕堂永日緒論外編》譏之云：「鉤鎖之法，守溪開其端，尚未盡露痕跡，至荊川而以為秘藏。茅鹿門所批點八大家，全持此以為法，正與皎然《詩式》同一陋耳。本非異體，何用環紐？搖頭掉尾，生氣既已索然。並將聖賢大義微言，拘牽割裂，止傀儡之線牽曳得動，不知用此何為？」〔註96〕四庫館臣亦認為「其圈點勾抹多不得要領」。對茅坤編選該書及其廣泛流行的原因，四庫館臣所論切中實際：「今觀是集，大抵為舉業而設……然八家集浩博，學者遍讀為難，書肆選本又漏略過甚，坤所選錄，尚得煩簡之中，集中評語，雖所見未深，而亦足以為初學之門徑。一二百年以來，家弦戶誦，固亦有由矣。」〔註97〕可說是明代八股文造就了茅坤和他的這本《唐宋八大家文鈔》。

　　用評閱時文之式去評點古文，自是為指導舉業而設，其中弊端自不待言，如王夫之批評茅坤評《八大家文鈔》云：「陋人以鉤鎖呼應法論文，因而以鉤鎖呼應法解書，豈古先聖賢亦從茅鹿門受八大家衣缽邪？如『哀公問政』章，於『知仁勇』之仁，鉤上『仁義禮』之仁；『不動心』章，以『勿求於心』之心，鉤上『不動』之心，但困死呼應法中，更不使孔孟文理得通，何況精義？

〔註91〕宋·樓昉《崇古文訣》卷十一，文淵閣《四庫全書》本。
〔註92〕宋·樓昉《崇古文訣》卷十八，文淵閣《四庫全書》本。
〔註93〕宋·謝枋得《文章軌範》卷三，文淵閣《四庫全書》本。
〔註94〕宋·謝枋得《文章軌範》，文淵閣《四庫全書》本。
〔註95〕清·張廷玉等《明史》，北京：中華書局，1974：7375。
〔註96〕清·王夫之《夕堂永日緒論外編》，戴鴻森《薑齋詩話箋注》，北京：人民文學出版社，1981：205。
〔註97〕《四庫全書總目》卷一八九，北京：中華書局，1965：1718～1719。

魔法流行，其弊遂至於此！」〔註98〕以時文眼光解讀古文，難免會有拘牽附會、失卻本旨之處，在一定程度上偏離古文妙處，僅得其外在技法。但倘若沒有科舉之需，古文文法的探討亦不會如此深入，祝尚書云：「相當詳細而精確地討論了於古文、時文都適用的寫做法則，既有理論高度又有可操作性，從此不僅將時文、也將古文的創作置於理論指導之下，具有極重要的文章學意義。南宋以降，直至清代桐城派，研究時文、古文文法成為潮流，範圍和意義也由科舉而後超越科舉，文章學於是與詩學、詞學鼎足而三。古文評點家揭示了許多文章學規律，其中的精華部分，就是在今天也不過時。」〔註99〕

第四節　科考時文「以古文為法」與古文之復興

　　倘若說時文對古文文法建構的價值與意義尚有可商榷之處的話，那麼時文對古文廣泛流傳的推動作用則是絕無疑議的。對於唐宋時期古文之復興，歷來學界多歸於駢文之華靡與古文家的積極倡導，似乎古文僅靠質樸實用就可戰勝、取代當時風靡一時的華麗駢文。實際上，任何事物倘沒有實際需求作支撐，儘管可在小範圍內得到讚賞和認同，卻絕不可能大眾化，比如崑曲、京劇，古文亦是如此。雖經韓愈、柳宗元力行倡導，古文在唐代並未勃興，其原因自是當時駢文習慣勢力使然，但最根本的因素還是當時古文於科考派不上用場。延至宋初，從太祖到真宗五六十年間，文章格調，主要沿五代餘習，襲「唐人聲律之體」，即四六文體。對於當時古文之不興，歐陽修在《記舊本韓文後》中將原因闡述得非常明白：「天下學者，楊、劉之作，號為時文。能者取科第，擅名聲，以誇榮當世，未嘗有道韓文者。」〔註100〕古文後來之所以能復興，正是搭上了科考時文這輛社會功利性快車，即科考時文的「以古文為法」。可以說，倘沒有科考時文實際需求的催動，也許就沒有古文的復興與繁盛。明代王守仁在《文章軌範序》中即云：「夫自百家之言興，而後有六經，自舉業之習起，而後有所謂古文。」〔註101〕

〔註98〕清・王夫之《夕堂永日緒論外編》，戴鴻森《薑齋詩話箋注》，北京：人民文學出版社，1981：221～222。

〔註99〕祝尚書《南宋古文評點緣起發覆——兼論古文評點的文章學意義》，《四川大學學報》（哲學社會科學版），2005（4）：81。

〔註100〕宋・歐陽修撰，李逸安點校《歐陽修全集》，北京：中華書局，2001：1056。

〔註101〕宋・謝枋得《文章軌範評文》，王水照《歷代文話》（第一冊），上海：復旦大學出版社，2007：1040。

　　古代士人深受儒家思想薰染，多抱積極入世心態，而自隋唐興科舉以來，科考就成為取得功名、達至儒家人生理想幾乎唯一的途徑。因此，古代士子少有不深深沾染於科考時文者，其寫作取向亦在很大程度上為科考時文這個功利性文體所左右。古文之所以能在宋代復興，和宋代科考改革不無關係。宋代科考改革，在時文與古文之間架起了聯繫的橋樑。北宋徽宗時，作家唐庚在《上蔡司空（京）書》中首次提出時文應「以古文為法」。南宋時期許多文章家與唐庚桴鼓相應。宋代科舉改革開啟了時文向古文學習的大門，而有識之士也有意識地試圖借助質樸暢達的古文來改變科考時文僵化之弊，使古文得以借助科考進入眾多士子的閱讀和學習視野。肇始於宋代的科考時文「以古文為法」，得到後代學者的響應。元代出現時文之「法」與古文之「法」相會通的理論，劉將孫云「時文之精，即古文之理也」（《題曾同公文後》）〔註102〕。明代士子則自始就具有以古文之法為時文的意識，明代唐宋派作家多為八股文大家，他們兼擅古文與時文，擁有豐富的為文經驗，唐宋派興盛的一個重要原因即是會通古文與時文，佔領時文教學領地。以古文入時文成為有清一代學者文人的共識，桐城古文派正是由於承襲了唐宋派的做派，才得以開一代文風。唐庚提議科考之文以古文為法，表面看來，是要用古文之法拯時文之弊，實際上，是要借科考來振興古文，對此，唐庚表述得非常清楚不過：「不過數年，文體自變，使後世論宋朝古文復興，自閣下始，此亦閣下之所願也。」事實證明，唐庚給古文指出了一條極其便捷的復興之路，古文一旦與功利性的時文聯繫在一起，其復興也就指日可待了。正是借助時文這一功利性推手的巨大推動作用，古文使自己得以復興、繁盛，歷宋、元、明、清而不衰。

　　儘管古代學者文士多對時文持鄙視態度，對久染時文所導致的時文習氣深惡痛絕。但歷史告訴我們，一旦時文失去存在的價值，古文也就喪失了巨大的生存空間。光緒二十七年七月（1901），在內憂外患的局面之下，出於實學救國之考慮，下詔改革科舉：「我朝沿用前明舊制，以八股文取士……乃行之二百餘年，流弊日深，士子但視為弋取科名之具，剿襲庸濫，於經史大義無所發明，急宜講求實學，挽回積習。況近來各國通商，智巧日辟，尤貴博通中外，儲為有用之材，所有各項考試，不得不因時變通，以資造就。」「自明年為始，嗣後鄉會試，頭場試中國政治史事論五篇，二場試各國政治藝學策

〔註102〕元·劉將孫《養吾齋集》卷二十五，文淵閣《四庫全書》本。

五道，三場試《四書》義二篇、《五經》義一篇。考官評卷，合校三場，以定去取，不得全重一場。」「一切考試，凡《四書》《五經》義均不准用八股文程序。」〔註103〕繼而，在中國資產階級興學校、廢科舉的革命輿論壓力下，光緒三十一年八月（1905年）宣布：「自丙午科為始，所有鄉會試一律停止。各省歲科考試，亦即停止。」〔註104〕在中國實行了一千三百多年的科舉制度從此結束。科舉制度結束了，時文喪失了對讀書人的價值和意義，也就不再需要以古文入時文，古文亦隨之而遠離了士子們的實際需求，與時文緊密相關的古文也就隨著科舉考試的廢除而日漸衰微。

科舉時文的價值與功過是非，本文無意去評說，但倘若沒有科舉時文實際需求的催動，古文的歷史發展絕對會展現出另外一番場景，可供參證的是科舉廢則駢文即有興起之勢。劉師培的《論文雜記》原分載於《國粹學報》一至十期（一九〇五年二月二十三日至十一月十六日），時在科舉廢除前後，即以駢文為文體正宗，而把韓、柳以來古文逐出「文」之領域。劉師培是揚州學派的殿軍，早在清中葉，揚州學派的汪中、凌廷堪等人就開始重視《文選》，頗作駢文。稍後該派大師阮元（1764～1849）作《文言說》《文韻說》等文，重提「文」「筆」之分，提倡講究「沉思翰藻」的「文」，反對不講聲律辭藻而風行一時的桐城派古文，但「辭筆或詩筆對舉，唐世猶然，逮及宋元，此義遂晦，於是散體之筆，並稱曰文，且謂其用，所以載道，提挈經訓，誅鋤美辭，講章告示，高張文苑矣。清阮元作《文言說》，其子福又作《文筆對》，復昭古誼，而其說亦不行」（魯迅《自文字至文章》）〔註105〕。《文選》派擊敗桐城文派是劉師培1917年到北京大學任教之後〔註106〕。《文選》派勝出的原因是多方面的，但，倘若科考仍在，八股取士仍在，桐城古文派的敗退是不可想像的。陳平原先生就認為「真正打倒桐城文章的，不是『五四』新文化人，而是廢除科舉。倘若不是晚清的廢科舉、開學堂，你再罵也沒用，桐城依舊是天下第一文派」，「如果不是1905年後廢除了實行千年的科舉制度，我們今天還得學桐城文章」〔註107〕。

〔註103〕朱壽朋《光緒朝東華錄》（第五冊），北京：中華書局，1958：4697。
〔註104〕朱壽朋《光緒朝東華錄》（第四冊），北京：中華書局，1958：5392。
〔註105〕魯迅《漢文學史綱要》，北京：人民文學出版社，1973：5。
〔註106〕李帆《劉師培與北京大學》，《北京大學學報》（哲學社會科學版），2001（6）：108～118。
〔註107〕陳平原《從文人之文到學者之文》，北京：三聯書店，2004：227。

第六章　古代文法的「自然」指歸

　　「自然」作為中國獨特文化語境下形成的一套獨具的詩學話語體系，作為最高旨歸影響著詩文創作與欣賞。中國古代文法正是以「自然」為指歸的。

　　古代文章創作源於「自然」，最高的追求是達到「誠」，即自然狀態的創作主體順其自然創作出「自然」之作品。但是，如果將古代文章領域的「自然」指歸定位在這個層面上，既膚淺，又與古代文章創作不符。在中國古代，文章絕非以娛耳目、悅心情為指歸，曾子曰：「士不可以不弘毅，任重而道遠。仁以為己任，不亦重乎？死而後已，不亦遠乎。」（《論語‧泰伯》）探尋美好社會之「道」，實現人的完善和完滿，建立美好的社會生活是古代士大夫們永久的歷史使命和追求，作為士大夫濟世利器的文章亦是以造就「自然」和諧之心性、「自然」和諧之社會為旨歸，這才是古代文章領域更高層次的「自然」指歸。當然，這裡的「自然」並不是道家的天性之「自然」，而是儒家「必然」意義上的「自然」。文學藝術活動並不是單向的運動過程，而是循環往復、螺旋式上升的過程。前人的文章影響讀者的心性，影響讀者的小宇宙，讀者又轉化為作者，作者創作出更加自然的作品，從而對後面的讀者產生影響，如此循環類推，人日趨「自然」和諧，社會亦日趨「自然」和諧。只是中國古代文章創作具有濃厚的宗經法古情結，以孔孟聖人是非為是非，對「自然」的追求始終沒有跳出儒家的窠臼。文章創作的「自然」指歸亦在循環往復中最終指向了儒家經典。

第一節 「道是自然底」──文之自然本體論

「由於中國古代文化發展的獨特性，中國古代詩學範疇、概念以及負載它們的話語形式常常表現出某種不規範、多義項、隨機性等特徵……一個詩學範疇常常同時又是一個重要的哲學範疇或道德範疇」，「自然」並不是一個純粹的詩學概念，其最根本的意指來自「哲學和道德觀念的『入侵』」〔註1〕。作為詩學範疇的「自然」是在中國古代傳統文化語境下的「自然」生成物，離開對中國古代傳統文化「自然」意旨的探討，作為詩學範疇的「自然」亦就失去了根基。在文的「自然」本體論上，就是道家之哲學範疇與儒家之道德範疇的聯姻。從「自然」話語提出的文化語境來看，「自然」這一範疇並不代表實體。西方所謂實體性的「自然」概念，在中國多由「天地」「萬物」等概念來表述。中國思想中的「自然」概念，起源於道家，指「自然而然」「自己如此」「本來如此」，這是文之自然本體論的哲學基礎。但中國古代的文與儒家之道有著血肉聯繫，文之自然必定奠基在儒道自然的基礎上，否則，儒道不自然，用來明道、載道、貫道，甚至與道合一的文安能自然？而自然常道又正是儒家思想的內核與基本特色。這又使文之自然本體負載了儒家倫理道德之內涵。文之自然本體論是在魏晉玄學的文化語境之下，劉勰受到玄學自然本體論和自然儒化的影響，既賦予儒家之道以「自然」的本有性和神聖性，又賦予明道之文以「自然」的終極合理性。

一、自然：儒道之共同意旨

「自然」論誕生於春秋戰國時期「禮崩樂壞」的獨特背景和「士文化」的獨特語境之下。孕誕於農耕生活方式的古代先民敬天、畏天、順天的思想，至周代已被符合血緣宗法制度的禮樂文化系統所替代。「天」「神」的主宰地位被顛覆，已失去了對萬物的規約性。春秋戰國之際，周代的這種宗法制度又土崩瓦解，整個社會「禮崩樂壞」，急需一種新的價值體系來實現對社會的規約。多元化政治格局促生的士人階層，面對社會的動盪，價值的失範，既要尋求動盪社會中的棲身之所，又力求建立一套令社會恢復秩序的價值體系。作為士人代表的老子與孔子基於歷史的責任感，對中國古代文化進行了歷史的重構。高於「天」「神」「禮樂」的「自然」作為一切存在的

〔註1〕李青春《論自然範疇的三層內涵──對一種詩學闡釋視角的嘗試》，《文學評論》，1997（1）：26～35。

最高價值原則孕誕而出，並以此作為「道統」制衡「政統」的有效憑藉。一方面揭示了萬物存在的合理性、合法性根源，另一方面，又凌駕於「神」之上，成為制約君權、規範社會的普遍有效力量，同時也成為個人修身、處世的價值本原，成為中國古代傳統文化的最高意旨，被人們在各個領域奉為言行的旨歸。

「自然」概念首現於《老子》，《老子》全書共出現「自然」五處，含義為「自然而然」「自己如此」〔註2〕，作為宇宙的普遍原則和終極價值，突出萬物所具有的自然生成性和本然自在性。對此，論家多有論述，勿需贅述。老子是以「自然」來消解任何外在的價值，而將價值歸向於萬物自身，並從而以自然的價值和無為的方法取消和限制上層的傾軋爭奪和對下層的干涉與控制。因與中國古代根深蒂固的血緣宗法制度相背離，道家的這種道德理想和政治理念並沒有取得主流地位，但其萬物「自然」的哲思則成了中國傳統文化的根基。孔子則根基於中國古代血緣宗法制度，以「自然」來賦予倫理道德以必然性。道家講自然生成，《易傳》亦有「生生」之論，梁漱溟先生認為「生」字是儒家最重要的觀念：「這一個『生』字是最重要的觀念，知道這個就可以知道所有孔家的話。孔家沒有別的，就是要順著自然道理，頂活潑頂流暢地去生發，他以為宇宙總是向前生發的，萬物慾生，即任其生，不加造作必能與宇宙契合，使全宇宙充滿了生意春氣。」〔註3〕與老子處於相同社會背景和文化語境下的孔子曾向老子問「禮」，作為儒家思想的開拓者，孔子雖沒有直接運用「自然」這一概念，卻並不表明其對自然意旨的背離，他的以「仁」為中心價值的思想體系正是以自然為最高旨歸的。《論語・顏淵》云：「克己復禮為仁。一日克己復禮，天下歸仁焉。為仁由己，而由人乎哉？」指出成「仁」在於自身，不在於外界的壓制和強迫。孔子強調仁是安於本心仁的自然狀態，而不是外在壓力下的「強仁」，《禮記・表記》即載：「子曰：仁有三……仁者安仁，知者利仁，畏罪者強仁。」正所謂「知之者不如好之者，好之者不如樂之者」(《論語・雍也》)，「強仁」不是出自內心，而是由於外在知性的束縛，是不自然的。在人際關係上，孔子也強調「忠恕」，主張「己欲立而立人，己欲達而達人」(《論語・雍也》)、「己所不欲，勿施於人」(《論語・

〔註2〕劉笑敢《老子之自然與無為概念新詮》，《中國社會科學》，1996（6）：136～149。

〔註3〕梁漱溟《西文化及其哲學》，北京：商務印書館，1999：121。

顏淵》），人要互相尊重，自然和諧地相處。孔子是希望用「出於自然」的仁
學，通過自然和諧的人際關係，重建社會道德秩序和政治秩序，雖然與老子
進行社會重構的途徑和手段大異旨趣，但其「自然」旨歸卻是相同的。只是
老子強調個體在自然、自為、自在的基礎上互不干涉地和平共處，是一種具
有濃鬱個人主義色彩的自然主義思想，而孔子則追尋自然狀態下的道德倫理
的當然性和必然性，賦予自然以社會秩序和倫理道德的外在價值指向，是以
集體主義為價值指向的自然主義思想。儒家思想自誕生起，就具有潛在的「自
然」旨趣，自然常道不但成為道家思想的根基，而且是中國儒家思想的內核
與基本特色。朱子、王夫之、戴震等一些思想大師，都自覺不自覺地持有天
道自然觀思想。自然常道已經成為春秋「思想軸心」時期出現「疑天」思想後
中國思想的基因，一直在延續並活躍著。

　　稟承孔子學說的是思孟學派。孟子力舉「性善」，將「仁義禮智」內化為
人性的必有之義：「惻隱之心，人皆有之；羞惡之心，人皆有之；恭敬之心，
人皆有之；是非之心，人皆有之。惻隱之心，仁也；羞惡之心，義也；恭敬之
心，禮也；是非之心，智也。仁義禮智，非由外鑠我也。我固有之，弗思耳
矣。」（《孟子‧告子上》）。至魏晉，在儒道合流的文化語境之下，儒家思想正
式披上了「自然」的外衣。玄學家先是承道家之旨，將「自然」本體化，認為
「自然」就是「道」，「自然者，道也」（何晏《無名論》）〔註4〕，「自然者，
無稱之言，窮極之辭也」〔註5〕，並把始於漢武帝時期，以儒家三綱五常為核
心的名教歸入「自然」名下，「萬物以自然為性，故可因而不可為也，可通而
不可執也」〔註6〕，「天地以自然運，聖人以自然用」（東晉張湛《列子‧仲尼
注》引夏侯玄語）〔註7〕。向秀、郭象更是把名教等同於「自然」。王戎曾問
阮瞻：「聖人貴名教，老莊明自然，其旨同異？」瞻曰：「將無同。」（《晉書‧
阮瞻傳》）因此，在魏晉玄學那裡，「自然」戰勝「名教」的表象之下，卻有著
一個「自然」儒化的潛在過程，儒家倫理與「自然」得到了進一步的融合。唐
代李翱繼承並突破韓愈的「道統說」，遠承孟子的性善論，主張性善情惡：「凡
人之性猶聖人之性，故曰：桀、紂之性，猶堯、舜之性也，其所以不睹其性

〔註4〕清‧嚴可均《全上古三代秦漢三國六朝文》第二冊《全三國文‧何晏》，北京：
　　　　中華書局，1958：1275。
〔註5〕魏‧王弼《老子道德經注》二十五章，上海：上海書店，1986：15。
〔註6〕魏‧王弼《老子道德經注》二十九章，上海：上海書店，1986：17。
〔註7〕楊伯峻《列子集釋》卷四，北京：中華書局，1979：121。

者，嗜欲好惡之所昏也，非性之罪也。」(《復性書》)〔註8〕認為「情惑其性」，而不是「滅其性」，把名教綱常說成是與「天地合其性」的宇宙永恆秩序，又是人人固有的普通人性。

　　宋明理學則建立了典型的自然主義基礎上的人文思想系統，自周敦頤始，理學家無不言天道而及人道，天道自然觀是他們探討人性論的根本基礎。在道德本體論上，他們吸取道家本體論的精神模式，提出「天理」的概念，把「人理」與宇宙本體融為一體，把天道與人道合一，將人道上升為天道，人理上升為天理，既使天道、天理具有人道、人理的內涵，又使人道、人理具有絕對的天經地義的神聖性質，為人倫之理找到本然的根據與最終的根源。上接韓愈、李翱，下啟宋明理學的周敦頤所著《太極圖說》與《通書》，旁求之道家而又深得於《易》，故而有深刻的天道自然觀思想，認為「仁」是天地萬物之心，是孕育萬物的本體，「天以陽生萬物，以陰成萬物。生，仁也；成，義也。故聖人在上，以仁育萬物，以義正萬民」(《通書‧順化》)〔註9〕。融宇宙生成論和道德倫理為一體，訓仁為生，將儒家道德倫理範疇的「仁」昇華為宇宙自然的本原，成為能化生萬物的精神實體。張載以「氣」論天道自然之真實，「太虛者，自然之道」〔註10〕，繼而以體天道而合物我。二程則認為「一陰一陽之謂道，自然之道也」〔註11〕，又以天地萬物之理，無獨必有對，皆自然而然，非有待安排，故進而論「天理自然當如此，人幾時與」。〔註12〕謝良佐則明言：「所謂理者，自然底道理，無毫髮杜撰。」「天理，當然而已矣。當然而為之，是為天之所為也。」〔註13〕作為理學集大成的朱熹，則言：「天道者，天理自然之本體。」〔註14〕「天道者，謂自然本體所以流行而付與萬物。」〔註15〕宋明理學家認為，作為與道體具有同等意義的最高範

〔註8〕清‧董皓《全唐文》，上海：上海古籍出版社，1990：2851。
〔註9〕宋‧周敦頤《周子通書》，上海：上海古籍出版社，2000：36。
〔註10〕宋‧張載《張載集》，北京：中華書局，1978：325。
〔註11〕宋‧程顥、程頤撰，王孝魚點校《二程集‧程氏遺書》卷十二，北京：中華書局，1981：135。
〔註12〕宋‧程顥、程頤撰，王孝魚點校《二程集‧程氏遺書》卷二，北京：中華書局，1981：30。
〔註13〕清‧黃宗羲撰，清‧全祖望補修，陳金生、梁連華點校《宋元學案》卷二十四《上蔡學案‧語錄》，北京：中華書局，1986。
〔註14〕宋‧黎靖德《朱子語類》卷二十八，北京：中華書局，1986：725。
〔註15〕宋‧黎靖德《朱子語類》卷二十八，北京：中華書局，1986：726。

疇的「理」體的顯現流行是自然而然，非有意造作的。二程提出：「天理云者，這一個道理，更有甚窮已？不為堯存，不為桀亡，人得之者。故大行不加，窮居不損。」〔註16〕朱熹認為理是在自然與社會產生以前就存在的精神實體，派生著世界上萬事萬物，「未有天地之先，畢竟也只是理。有此理，便有此天地，若無此理，便亦無天地，無人無物，都無該載了！有理，便有氣流行，發育萬物」〔註17〕，「未有這事，先有這理。如未有君臣，已先有君臣之理；未有父子，已先有父子之理。不成元無此理，直待有君臣父子，卻旋將道理入在裏面！」〔註18〕。這個「天理」在哲學範疇上與道家「自然」範疇具有相同的意旨，只不過理學家創立理學的宗旨，其重心不在解釋天道自然，而是作為一種修身養性、治國平天下的學問推薦給統治者。拯救人心，匡時救世，以天說人，以天道說人道，是其根本旨趣。陸王心學與程朱理學同重「理」，具有相同的根本旨趣，只是陸王認為程朱將天理本體向內心性情的轉化過於煩瑣，則遠宗思孟，糅合道釋，把程朱客觀外在的「天理」變成了人所固有的「本心」，提出「心即理」的命題，用主觀性的「心」代替了程朱的「道」或「天理」，認為「心只是一個心，某之心，吾友之心，上而千百載聖賢之心，下而千百載復有一聖賢，其心亦只是如此」（陸九淵《語錄》）〔註19〕，「人皆有是心，心皆具是理，心即理也。所貴乎學者，為其欲窮此理，盡此心也」（陸九淵《與李宰》）〔註20〕，主張不假外求，反心內求，盡心明理。

明清之際的王夫之提出「仁義之本」的思想：「然仁義自是性，天事也；思則是心官，人事也。天與人以仁義之心，只在心裏面。唯其有仁義之心，是以心有其思之能，不然，則但解知知覺運動而已。此仁義為本而生乎思也。」〔註21〕清末戴震則構建了必然與自然相統一的精神格局，「實體實事，罔非自然，而歸於必然」〔註22〕，自然就是事物運動本來如此的狀態，而必然則是事物的「不變之則」。具體地說，自然就是人性，必然就是人性之善，「善，其

〔註16〕宋・程顥、程頤撰，王孝魚點校《二程集・程氏遺書》卷二，北京：中華書局，1981：31。
〔註17〕宋・黎靖德《朱子語類》卷一，北京：中華書局，1986：1。
〔註18〕宋・黎靖德《朱子語類》卷九十五，北京：中華書局，1986：2436。
〔註19〕宋・陸九淵撰，鍾哲點校《陸九淵集》卷三十五，北京；中華書局，1980：444。
〔註20〕宋・陸九淵撰，鍾哲點校《陸九淵集》卷十一，北京：中華書局，1980：149。
〔註21〕明・王夫之《船山全書》第6冊，長沙：嶽麓書社，1996：1091。
〔註22〕清・戴震《孟子字義疏證》卷上，北京；中華書局，1961：12。

必然也；性，其自然也。歸於必然，適完其自然，此之謂自然之極致，天地人物之道於是乎盡」〔註23〕，「自然之於必然，非二事也。就其自然，明之盡而無幾微之失焉，是其必然也。如是而後無憾，如是而後安，是乃自然之極則。若任其自然而流於失，轉喪其自然，而非自然也。故歸於必然，適完其自然」〔註24〕。必然是為了適完自然，是自然的需要，在理論上克服了宋儒天理先驗、外在、神秘的性質，同時又為必然提供了一個重要的價值標準：自然。

二、文之自然本體論

　　文的自然本體論正是在中國古代傳統文化獨特語境下提出來的。在中國古代哲學中，本體論又叫本根論，是探究萬物產生、存在和發展變化根本原因和根本依據的學說，是一種追終思遠的深邃哲思。文的本體論也就是追問文存在和發展變化的終極原因是什麼。對文的自然本體論，劉勰的論述最為周詳、深邃，後人無能及其肩者。《文心雕龍》對中國古代文章學產生了重要的影響，歷代引述《文心雕龍》論文之語不在少數，而且對之頗為推崇，明代朱荃宰甚至仿傚《文心雕龍》而作《文通》三十一卷。因此，此處將《文心雕龍》的文學本體思想作為古代文章學本體思想的典型代表來分析。

　　《文心雕龍・序志篇》謂文心之作也「本乎道」，因此以《原道》開篇。「原道」即「原於道」，可作兩種理解：一是說文是道衍生出來的，一是說文要秉承道的精神。劉勰正是將第一種理解基於道家之道的自然特質，而將第二種理解基於儒家之道，以偷換概念的方式貫通了道家之道與儒家之道，既不違背儒家宗旨，又構建起了文的自然本體論。魏晉時期，王弼、何晏融合《老》《易》為玄論，出現儒道合流的趨勢，儘管學界就劉勰對玄論的態度仍存在異議，但劉勰確乎從玄學那裡汲取了學養是肯定無疑的，其《論說》篇就指出：「是以莊周《齊物》，以論為名……迄至正始，務欲守文，何晏之徒，始盛玄論。於是聃、周當路，與尼父爭途矣。詳觀蘭石之《才性》，仲宣之《去代》，叔夜之《辨聲》，太初之《本玄》，輔嗣之『兩例』，平叔之『二論』，並師心獨見，鋒穎精密，蓋人倫之英也。至如李康《運命》，同《論衡》而過之；陸機《辨亡》，效《過秦》而不及，然亦其美矣。次及宋岱、郭象，銳思於幾神之區；夷甫、裴頠，交辯於有無之域，並獨步當時，流聲後代。」劉勰尊

〔註23〕　清・戴震《孟子字義疏證》，北京：中華書局，1961：44。
〔註24〕　清・戴震《孟子字義疏證》，北京：中華書局，1961：18。

孔、崇儒，昌言文必「宗經」，但儒家基於「天道遠」而「人道邇」的認識，只說人道不說天道，邇可行，遠易玄，劉勰在《原道》篇中卻要給文以一個終極的合理性，卻是既遠又玄的。劉勰給文尋求的終極合理性就是「自然」，這應該是受到了魏晉玄學自然本體化的影響。劉勰先指出天地萬物之「文」的「自然」特性：

> 文之為德也大矣，與天地並生者何哉？夫玄黃色雜，方圓體分：日月疊璧，以垂麗天之象；山川煥綺，以鋪理地之形。此蓋道之文也。

> 旁及萬品，動植皆文：龍鳳以藻繪呈瑞，虎豹以炳蔚凝姿；雲霞雕色，有逾畫工之妙；草木賁華，無待錦匠之奇。夫豈外飾，蓋自然耳。(《文心雕龍·原道》)

劉勰此處的「文」是廣義的概念，許慎《說文解字》釋：「文，錯畫也，象交文。」〔註25〕《周易·繫辭》說：「物相雜，故曰文。」〔註26〕文從那裡來？「蓋自然耳」。有天就有天文，有地就有地文，有萬物就有萬物之文，文是天地萬物的自然呈現、自己如此，非由外力。劉勰從天地萬物的「自然」特性進而延展到人「文」的「自然」特性：「夫以無識之物，郁然有采，有心之器，其無文歟？」(《文心雕龍·原道》)為「性靈所鍾」「五行之秀」「天地之心」的人當然也必然有文，這就是人文，人文如同天文、地文、萬物之文一樣，是人自然而然的呈現，是人自己如此。人文是人的自我呈現，是基於人為「心」，《禮記·禮運》云：「故人者，天地之心也。」〔註27〕《文心雕龍·原道》云：「心生而言立，言立而文明，自然之道也。」天高地卑，兩儀既定，如沒有匯聚著「性靈」的人居於其間，則天地不靈。人稟承最優異的「五行」，能認識到天地所蘊藏的道理，產生情感，發之於外就形成語言，語言自會蘊含文采，這是自然而然的。基於儒家式的信仰，又受到魏晉玄學「自然」儒化的影響，劉勰在賦予文「自然」特性的同時，又將文具體指向了儒家經典：

> 人文之元，肇自太極，幽贊神明，易象惟先。庖犧畫其始，仲尼翼其終。而《乾》《坤》兩位，獨制《文言》。言之文也，天地之心哉！

〔註25〕漢·許慎撰，南唐·徐鉉校《說文解字》，北京：中華書局，1963：185。
〔註26〕《四書五經·周易本義》，北京：北京古籍出版社，1996：326。
〔註27〕《四書五經·禮記集說》，北京：北京古籍出版社，1996：789。

若乃河圖孕八卦，洛書韞乎九疇，玉版金鏤之實，丹文綠牒之
華，誰其尸之，亦神理而已。(《文心雕龍·原道》)

人文是自然的呈現，發端於上古，以《易》的卦象為首，《易》象「幽贊神明」，深刻闡明了微妙的道理，尤以孔子的《言文》表達最為詳盡，且語言最富文采，可為「天地之心」。劉勰此處將前文人是「天地之心」向儒家經典是「天地之心」的置換，是他的矛盾所在，亦是他為奉儒家經典為經而採取的策略。因為，若人為「天地之心」，則「心生而言立，言立而文明，自然之道也」。而在儒家看來，自然的心性如不經過主觀努力來「存心」，來進行道德提升，就會「放心」，孔子曰：「性相近也，習相遠也。」(《論語·陽貨》)孟子云：「人之所以異於禽獸者幾希，庶民去之，君子存之。」(《孟子·離婁下》) 所以，同樣的心性也會有君子和小人之別。如僅從人的自然心性著眼，就很難歸結到必然的儒道，就會為文的失範奠基合理性的依據，這是有違尊崇儒家的劉勰論文宗旨的。於是，他賦予儒家之文以更自然的特性：天地造儒家經典。甚至借傳說中《易》《河圖》《洛書》等這些神授天賜之物的傳奇性出場賦予儒家經典以神秘的色彩。賦予儒家經典以「天地之心」的地位，就使其與為「天地之心」的人具有同樣尊貴的特性，這就比僅從心生的文具有了更權威、更終極的合理性。隨後，劉勰歷述歷代「人文」的變遷：「鳥跡代繩」「唐虞文章」「夏后世興」「逮至商周」「文王患憂」「至夫子繼聖」，而特推崇周、孔，尤尊仲尼，《文心雕龍·原道》云：「至夫子繼聖，獨秀前哲，熔鈞六經，必金聲而玉振；雕琢情性，組織辭令，木鐸起而千里應，席珍流而萬世響，寫天地之輝光，曉生民之耳目矣。」儒家經典歷經變遷，最終以孔子為大成。而這些經典莫不是「原道心以敷章，研神理而設教，取象乎河洛，問數乎著龜，觀天文以極變，察人文以成化」(《文心雕龍·原道》)，都是秉承了自然而然的特性。

中國傳統哲學具有理在事中、以用顯體、即體成用、體用不二的思維特徵，劉勰亦是如此。《文心雕龍·原道篇》首句即云：「文之為德也大矣」。「德」為「道」之用。老子說：「有物混成，先天地生。寂兮寥兮，獨立而不改，周行而不殆，可以為天下母。吾不知其名，字之曰道。」(《老子》第二十五章)「道生一，一生二，二生三，三生萬物。」(《老子》第四十二章)「道」是「物」，「為天下母」，「道」是客觀存在的物質實體嗎？不是。「道可道，非常『道』；名可名，非常『名』。無，名天地之始；有，名萬物之母。故常『無』，欲觀其

妙；常『有』，欲以觀其徼。」（《老子》第一章）「天下萬物生於『有』，『有』生於『無』。」（《老子》第四十章）從作為「天地之始」來說，「道」是「無」，所謂「無」，就是「無名」（《老子》第三十二章）、「無極」（《老子》第二十八章）、「迎之不見其首，隨之不見其後」（《老子》第十四章）。所以，「道」「寂兮廖兮」「無狀之狀，無物之象」（《老子》第十四章），沒有具體形象，無法單憑感覺把握，道不是物質實體。那麼，「道」是類似於柏拉圖「理式」的客觀外在精神實體嗎？也不是。《老子》全書中，我們找不到關於「道」的精神性的明確規定。柏拉圖的「理式」是最高的精神實體，是萬物的「範型」「範相」，產生萬物，但並不存在於萬物之中。但「道」不同，「道」與萬物之間是一種「月映萬川」式的分享。萬物都分享「道」，都體現「道」，這就是老子在道之外提出的又一個核心範疇「德」。「德」，「得也」〔註28〕，就是萬物所得到的「道」，所體現的「道」。老子將看似玄妙的「道」具體化為萬事萬物之中所體現出的「道」──「德」，道在「屎溺」（《莊子‧知北遊》）就是最好的說明。劉勰此篇名為「原道」，卻並不是論道，而是論文，其開篇即云「文之為德也大矣，與天地並生者何哉？」不是從論道始，而是直接從「文」切入。「爰自風性，暨於孔氏，玄聖創典，素王述訓，莫不原道心以敷章，研神理而設教」，什麼是所原的「道心」？什麼是所研的「神理」？劉勰都沒有進行論述，而是以「文」顯道：「道沿聖以垂文，聖因文而明道，旁通而無滯，日用而不匱。」（《文心雕龍‧原道》）由此，劉勰之「道」，學林爭議殊多，儒「道」、道「道」、儒「道」道「道」合一，各執一辭，皆有所據。實際上，劉勰是處在魏晉玄學「自然」本體化和「自然」儒化的文化語境之下，玄學家雖是從道家出發，以「自然」為最高價值，對儒家「名教」予以否定，但其論證的核心卻又是緊緊圍繞儒家的「名教」，所以說，玄學家在風格表現與精神機制上是道家，而在其思想深層、心理深處與根本宗旨上卻是儒家。名教與自然的關係實際上是封建倫理綱常與人的本性的關係，中國文化是血緣文化，儒家倫理是以血緣為根基、家族為本位的，因為血緣倫理扎根於人性之中，社會倫理植根於血緣倫理之中，所以儒家倫理與自然本應是統一的，但董仲舒以三綱取代五倫，破壞了這種統一，玄學家以自然為出發點來衡量名教、否定名教，其中就隱含著對先秦儒家倫理的認同與復歸的傾向。在這一點上，劉勰與玄學家具有共同的旨趣。只是玄學家外玄內儒，而劉勰卻是借玄崇儒，

〔註28〕魏‧王弼《老子道德經注》二十三章，上海：上海書店，1986：13。

直接賦予先秦儒家經典以「自然」之本有性和神聖性。在魏晉玄學文化語境之下，一切的最高價值就是「自然」，一切的本體就是「自然」。因此，跳出道之論爭，直取「自然」本體，使「自然」成為文產生、存在和變化的合理性的終極依據，應是符合劉勰論文旨趣的。

劉勰之後，很少有論者對文再做如此玄妙的哲思。中國古代文章學並不熱心於文的本體問題，缺乏對文進行終極追問的熱情，大都延承宗經法古的文學思想，縱論文之「宗」「主」，喜推源溯流，沉溺於為作家、為著作、為篇章、甚至為字句尋其宗，探其源，樂此不疲，甚或為此爭論不休。文的最終源頭或歸之儒家經典，「《易》《詩》《書》《儀禮》《春秋》《論語》《大學》《中庸》《孟子》皆聖賢明道經世之書，雖非為作文設，而千萬世文章從是出焉」〔註29〕；或各有歸宗，「漢興，文章有數等，亦各有宗主：蒯通、隋何、陸賈、酈生游說之文，宗《戰國》；賈山、賈誼政事之文，宗《管》《晏》《申》《韓》；司馬相如、東方朔譎諫之文，宗《楚辭》；董仲舒、匡衡、劉向、揚雄說理之文，宗經傳；李尋、京房術數之文，宗讖緯；司馬遷紀事之文，宗《春秋》。嗚呼盛矣」〔註30〕，都是溯源而不追終，使得中國古代的文章理論缺乏了一種深邃的哲思。古代對「文」的本根問題避而不談，是否就意味著對文的本根不重視，或壓根就沒有這種追終思遠的理念呢？不是，不追問文的本體，而就文來談文，恰恰是最好地解決了文之本根的難題。因為萬物存在的本根不在別處，而正在它自身。萬物都是自己如此，自然而然地存在。

但劉勰論文之自然本體的兩個層面在中國古代文學理論批評史上都得到了延展：一是「心生而言立，言立而文明，自然之道也」，由此形成了中國古代文論中的一對核心範疇：「文」與「心」，強調創作主體真實而自然地流露；一是「道沿聖以垂文，聖因文而明道」，由此形成了中國古代文論中的另一對核心範疇：「文」與「道」，並有文以載道、文以貫道、文以明道、文與道俱、文道合一等流變。中國的詩文創作分別秉承這兩種自然成文的層面，在共同的「自然」旨趣之下，呈現出不同的意趣。中國雖然有「溫柔敦厚」的儒家詩教，但中國古代是以抒情詩為主，強調情感的真實抒發，正是以「言為心生」為理論基礎。而對於中國古代文章創作而言，深受儒家思想浸潤，以明理教

〔註29〕元・李淦《文章精義》，北京：人民文學出版社，1960：59。
〔註30〕清・田同之《西圃文說》卷一，王水照《歷代文話》（第四冊），上海：復旦大學出版社，2007：4078。

化為主，正是以「道沿聖以垂文，聖因文而明道」為理論基礎，即使提到心，也是指「道心」。

中國古代文的「自然」意旨正是以道家的自然與儒家的天道自然為根基。而儒家之道是人在「自然」基礎上的「必然」，且「歸於必然，適完其自然」。那麼創作主體只有達到「必然」之境，方能成為自然的創作主體，才能創作出自然之文，而這種「必然」之境就是「誠」。

第二節 「修辭立其誠」——文之自然主體論

在文章創作中，主體是與客觀存在的文相對而言的人，既可指創作主體，即文人；又可指接受主體，即讀者。從文生成的角度看，主體主要指文人。但在中國古代文章創作領域，純粹的讀者很少，不是為讀而讀，而是為作而讀，讀是為作，讀者就是作者，讀者與作者是融合為一的。從主體的維度看，要生成自然之文，只能奠基於主體的自然心性。與率性任情的詩人自然主體不同，文創作自然主體的核心是真誠無偽、自由合道的「誠」之境界，這就是歷代文論一直強調的「修辭立其誠」「文以行為本，在先誠其中」（柳宗元《報袁君陳秀才避師名書》）〔註31〕。古代文人首先要達到「誠」的境界，才有可能創作達於自然境界的文，才能保證文的自然生成。

一、儒家之「誠」論

「誠」的本義是真實無欺，「誠，信也」〔註32〕。這個涵義，是儒道兩家的共同指向。道家主張「法天貴真」：「真者，精誠之至也。不精不誠，不能動人。故強哭者雖悲不哀，強怒者雖嚴不威，強親者雖笑不和。真悲無聲而哀，真怒未發而威，真親未笑而和。真在內者，神動於外。」（《莊子·漁父》）孔子亦強調「安仁」，反對「強仁」，崇真斥偽。延及文學領域，就要求創作主體「為情造文」，真實自我的自然流露，而不能「為文造情」，矯揉造作。劉熙載《文概》云：「介甫文每言及骨肉之情，酸惻嗚咽，語語自肺腑中流出。」〔註33〕這

〔註31〕唐·柳宗元撰，吳文治等校點《柳宗元集》卷三十四，北京：中華書局，1979：880。
〔註32〕漢·許慎撰，南唐·徐鉉校《說文解字》，北京：中華書局，1963：52。
〔註33〕清·劉熙載撰，劉立人、陳文和點校《劉熙載集》，上海：華東師範大學出版社，1993：76。

是情真，情真自然感人，若「無可寄慨而必要感慨」則「反支離矣」〔註34〕。
但「真」並不等同於真情實感，並不僅侷限在情感的領域，而是包含了性情、
學養、人生閱歷等內容的創作主體的真實自我。文要與創作主體的真實自我
相符，來不得虛假作偽。林紓《春覺齋論文》云：「乃知《騷經》之文，非文
也，有是心血，始有是至言⋯⋯即劉勰所謂真也，實也。不實不真，佳文又胡
從出哉？」〔註35〕王若虛《文辨》云：「予謂《醉翁亭記》雖涉玩易，然條達
迅快如肺肝中流出，自是好文章。」〔註36〕所以寫文章「是其人皆可，不是
其人皆浮逐也。不知為不知，而就事言事皆可，未得為得而專作誇己掃人之
詞，又不如藏拙矣」〔註37〕，「惟其有之，是以似之，文章之學通於性命，
不容假借」〔註38〕。非率性真誠的作品，虛假偽飾，登不得大雅之堂，所以
「不得已應酬之作，則入集時必去之」〔註39〕，「文必逢人，志士不屑，故
賀壽、遷官諸體，不作為高。至哀誄等文，非道義相知，情不容己者，斷不
可為」〔註40〕。

　　但古代文章是實用性很強的文學樣式，其本質特徵是「經世致用」，創作
主體亦不以擅長浮豔之文的「文士」為主，而是既「登作者之壇」，更要「列
儒林之班」的士大夫〔註41〕，而「一自命為文士，便不足觀」〔註42〕。文士
之文，「鴻裁豔辭，綺文縟旨」，無關世用，為「遊戲之屬」〔註43〕，劉熙載
《文概》直斥為「如實用何！」〔註44〕，一直為文論家所鄙。《文心雕龍》謂
「賈生俊發，故文潔而體清」，劉熙載甚為不滿，認為此種評語「似將賈生作

〔註34〕清・吳德旋《初月樓古文緒論》第 14 條，北京：人民文學出版社，1959：22。
〔註35〕林紓《春覺齋論文》，北京：人民文學出版社，1959：49。
〔註36〕元・王若虛《滹南遺老集》卷三十六，《四部叢刊初編》本。
〔註37〕清・方以智《文章薪火》，王水照《歷代文話》（第四冊），上海：復旦大學出
　　　　版社，2007：3207～3208。
〔註38〕明・張次仲《瀾堂夕話》，王水照《歷代文話》（第三冊），上海：復旦大學出
　　　　版社，2007：3110。
〔註39〕清・吳德旋《初月樓古文緒論》第 15 條，北京：人民文學出版社，1959：22。
〔註40〕清・張謙誼《絸齋論文》卷四，王水照《歷代文話》（第四冊），上海：復旦
　　　　大學出版社，2007：3907。
〔註41〕清・張謙誼《絸齋論文》卷一，王水照《歷代文話》（第四冊），上海：復旦
　　　　大學出版社，2007：3870。
〔註42〕清・吳德旋《初月樓古文緒論》盛跋，北京：人民文學出版社，1959：35。
〔註43〕清・張秉直《文談》序，青照堂叢書本。
〔註44〕清・劉熙載撰，劉立人、陳文和點校《劉熙載集》，上海：華東師範大學出版
　　　　社，1993：63。

文士看矣」，因為他認為「在漢朝之儒，惟賈生而已」(《文概》) 〔註45〕。因此，談「誠」要與儒家思想聯繫在一起，方能探其精髓和真實含義。歷來談論「修辭立其誠」，往往注重其「真誠」的涵義，而忽略了其儒道的深層內涵，而後者才是其核心層面。在儒家那裡，「誠」是人的一種必然和自由的狀態，亦即自然的狀態。說「誠」是人的一種必然狀態，因為「誠」在儒家思想裏具有「自然天道」與「必然人道」的含義。《中庸》以「誠」為自然的天道：「誠者，真實無妄之謂，天理之本然也。」〔註46〕儒家不但賦予「誠」以自然天道的地位，而且認為「誠」亦是人道的必然。《中庸》在強調「誠者，天之道」的同時，又強調「誠之者，人之道」〔註47〕。周敦頤則繼承並發揮了《中庸》「誠」的觀點，認為「誠，五常之本，百行之源也」〔註48〕，直接將「誠」看作道德倫理的本原，賦予「誠」以「人道的必然」。所以「誠」是人的必然狀態。但「誠」雖是一種必然，卻需要人的主觀努力來達到。《中庸》以「誠」來標誌天地之所以實現其生生的最終原因：「誠者，自成也；而道，自道也。誠者，物之終始，不誠無物。是故，君子誠之為貴。」〔註49〕因此，在儒家思想裏，「誠」含有自我運動、自我實現、自我完善的意義，是一個動態的概念。「誠」雖出自人的天性，但又要發揚人的主觀能動性來復明天道與人性之「誠」，從而達到「誠」的境界，這就是「誠之」。從「誠」之必然性來看，儒家的「誠」與道家的「自然」是同等的範疇，只是兩者雖同以自然主義為根基，但道家偏重於順隨自然人性而為，儒家則偏重通過「自強不息」的主觀努力以「厚德」，從而達到與自然天道的化合渾融。「誠」既是一種道德境界，亦是一個主觀通過修養達「誠」的過程。因此，不論是古典儒家的「由人及人」的道德思維路線，還是新儒家的「由天及人」的道德思維路線，如何實現人性的自我提升與完滿一直是儒家探討的核心問題。孔子認為「為仁由己」，提倡通過「克己復禮」，來達到「從心所欲不逾矩」(《論語・為政》) 的道德自由境界。孟子則提出通過「存心」「養氣」「寡欲」的修養，達到「盡心知天」(《孟子・盡心上》) 的道德境界。到周敦頤則糅儒家聖人的人格內涵與道佛

〔註45〕清・劉熙載撰，劉立人、陳文和點校《劉熙載集》，上海：華東師範大學出版社，1993：58。
〔註46〕宋・朱熹《中庸章句集注》，《四書五經》，北京：北京古籍出版社，1996：26。
〔註47〕宋・朱熹《中庸章句集注》，《四書五經》，北京：北京古籍出版社，1996：26。
〔註48〕宋・周敦頤《周子通書》，上海：上海古籍出版社，2000：32。
〔註49〕宋・朱熹《中庸章句集注》，《四書五經》，北京：北京古籍出版社，1996：28。

的修煉方法於一爐，提出了「主靜滅欲」的理學修養方法。道學的奠基者二程則棄「靜」主「敬」，朱熹發揮此說形成「居敬窮理」的修養途徑，主張以「內無妄思，外無妄動」〔註50〕的「敬」，通過「學、問、思、辨」來「窮理」，從而達到「窮天理，明人倫，講聖言，通世故」（《答陳齊仲》）〔註51〕的道德境界。而儒家這種人性提升的過程又是以順隨自然為前提的。孔子強調「安仁」，而反對「強仁」。孟子修養論的前提是「萬物皆備於我」（《孟子‧盡心上》），而道德修養就是先驗善之人性的復歸與擴充。周敦頤提出「無欲故靜」的自然修養論，朱子則主張「主敬」。「靜」並非斷絕思慮，而是要通過收斂此心，達到「湛然無事，自然專一」〔註52〕的境界。而「敬」自然而然地有「靜」的境界在內，「敬則自然靜，不可將靜來喚做敬」〔註53〕。由「敬」則自然「靜」，可達於自然之收斂，「心無不敬，則四體自然收斂，不待十分著意安排，而四體自然舒適」〔註54〕，不著意安排而自然收斂進入到自然和樂的境界，「但得身心收斂，則自然和樂」，從而又轉至整齊肅然的持敬主一境界，「持敬之說……所謂主一，自然不費安排，而身心肅然，表裏如一矣」〔註55〕，「若是敬時，自然『主一無適』，自然『整齊嚴肅』，自然『常惺惺』」〔註56〕。如此，若涵養至「不待致覺而無不覺」（《答游誠之》）〔註57〕的境界則可實現人慾的自然消治，從而真正達到「無一分著力」的高遠超邁、心與理一的自然境地，正所謂「人能存得敬，則吾心湛然，天理粲然」〔註58〕。

「誠」的境界並不是道理文字熟爛於胸中，僅僅將道理文字倒背如流並不能謂之「誠」。「誠」貴在「自得」，是自身對道的真切體悟，是自身與道的自然貼合。中西對世界認識和把握的方式是有差異的，西方是以主客二分基礎上的邏輯認知，而中國是建立在天人合一上的感悟和體驗。正因為人與天道可通為一，所以才有了人可以通過自身的體驗獲得對外界和「道」的把握。孟子說：「君子深造之以道，欲其自得之也。自得之，則居之安；居之安，則

〔註50〕宋‧黎靖德《朱子語類》卷十二，北京：中華書局，1986：725。
〔註51〕宋‧朱熹《朱文公文集》卷三十九，《四部叢刊初編》本。
〔註52〕宋‧黎靖德《朱子語類》卷十二，北京：中華書局，1988：217。
〔註53〕宋‧黎靖德《朱子語類》卷九十六，北京：中華書局，1986：2470～2471。
〔註54〕宋‧黎靖德《朱子語類》卷十二，北京：中華書局，1986：211～212。
〔註55〕宋‧黎靖德《朱子語類》卷十二，北京：中華書局，1986：211。
〔註56〕宋‧黎靖德《朱子語類》卷十七，北京：中華書局，1986：371。
〔註57〕宋‧朱熹《朱文公文集》卷四十五，《四部叢刊初編》本。
〔註58〕宋‧黎靖德《朱子語類》卷十二，北京：中華書局，1986：210。

資之深；資之深，則取之左右逢其原，故君子欲其自得之也。」(《孟子‧離婁下》)朱熹對孟子的「自得」予以闡釋云：「深造之者，進而不已之意。道，則其進為之方也……言君子務於深造而必以其道者，欲其有所持循，以俟夫默識心通，自然而得之於己也。自得於己，則所以處之者安固而不搖；處之安固，則所藉者深遠而無盡；所藉者深，則日用之間取之至近，無所往而不值其所資之本也。」朱熹又引程子之言：「學不言而自得者，乃自得也。有安排布置者，皆非自得也。」〔註59〕二程把儒家「仁」的境界提升為普遍的宇宙關懷，提出「渾然與物同體說」「天地萬物一體說」，以此淵藪，強調自得，「『鳶飛戾天，魚躍于淵，言其上下察也』，此一段子思吃緊為人處，與『必有事焉而勿正心』之意同，活潑潑地。會得時，活潑潑地；不會得時，只是弄精神」〔註60〕。二程在講治學時尤為重視「自得」，「『致知在格物』，非由外鑠我也，我固有之也。因物而遷，迷而不知，則天理滅矣，故聖人慾格之」，「學莫貴於自得，得非外也，故曰自得」，「自其外者學之，而得之於內者，謂之明。自其內者得之，而兼於外者，謂之誠。誠與明一也」〔註61〕。

「誠」並不是僅僅讀書明理，亦不僅僅是直覺悟道，而要「體諸心」「踐諸行」「驗諸事」方可謂之「誠」。「誠」的自我實現就是人固有本性的最可靠、最真實、最誠實、最完全的表現，只有復歸「誠」，才能成為真正意義上的人。「誠」既是一切道德觀念與道德規範的淵源，又是道德行為的極致和最高道德境界，它中正不偏，無知無欲，無所不為，照明一切。因此，經過努力復「誠」，達到「誠」的境界，就是一種自由合道的境界，「誠者，不勉而中，不思而得，從容中道，聖人也」〔註62〕，「理而曰解，即庖丁解牛之解。遊心於造化，故能不觸肯綮」〔註63〕。

二、修辭立其誠

「修辭立其誠」，也就是說創作主體在為文之先，須達到「誠」這種必然

〔註59〕宋‧朱熹《孟子章句集注》，《四書五經》，北京：北京古籍出版社，1996：187～188。

〔註60〕宋‧程顥、程頤撰，王孝魚點校《二程集‧程氏遺書》卷三，北京：中華書局，1981：59。

〔註61〕宋‧程顥、程頤撰，王孝魚點校《二程集‧程氏遺書》卷二十五，北京：中華書局，1981：317。

〔註62〕宋‧朱熹《中庸章句集注》，《四書五經》，北京：北京古籍出版社，1996：26。

〔註63〕林紓《春覺齋論文》，北京：人民文學出版社，1959：74。

和自由的境界，在這種自然的狀態下，方可提筆為文。因此，古代非常重視創作主體的修養，並提出了「虛靜」「絕欲」──「讀書」「歷世」──「養氣」「養心」的途徑和方法，以達到「道足」「氣盛」「文成」的自由合道、自然成文的境界。「虛靜」「絕欲」是創作主體修養的前提，「屏欲棄染，息慮澄神。靜定瑩澈，此心光明普遍，如青天白日，上也；虛明圓瑩，如澄秋皎月，次也；清冷淵靜，如萬頃寒潭，又其次也；如清池、如明鏡，則可小用而已。以此照物，何物不燭？以此照理，何理不明？以此役神，何神不妙？以此屬辭，何辭不精？上智君子，敬之敬之」〔註64〕，「嗜欲淡，則神氣清；色慾節，而血氣盛；飲食不過，則昏氣少；天理獨行，則志氣明。心欲平，平則無刻鑿之過；氣欲易，易則無艱苦之失。須平日動靜食息養之有素，則元氣自然充盛，不可臨文強為也」〔註65〕，要「十年絕欲」〔註66〕，要「先把靈府中淘滌乾淨」〔註67〕。修養先要有一個虛靜空明的心境，這和老子的「滌除玄鑒」（《老子》第十章）、「致虛極，守靜篤」（《老子》第十六章），莊子的「心齋」（《莊子·人間世》）、「坐忘」（《莊子·大宗師》），宗炳的「澄懷味象」（《畫山水序》）〔註68〕和管子的「潔其宮，開其門」（《管子·心術上》）是一脈相承的。中國古代文學理論很重視「虛靜」心胸的構建，多有論述。劉勰在《文心雕龍·神思》篇直接引用《莊子·知北遊》之言云：「是以陶鈞文思，貴在虛靜；疏淪五藏，澡雪精神。」唐代劉禹錫《秋日過鴻舉法師寺院便送歸江陵·引》云：「虛而萬景入。」〔註69〕宋代蘇軾《送參寥師》詩云：「欲令詩語妙，無厭空且靜。靜故了群動，空故納萬境。」〔註70〕都是強調「虛靜」心胸的重要性。古代不但強調虛靜，還強調要「絕欲」。儒家將「欲」作為惡的根源，一直強調對人慾的限制，認為只有寡欲、甚至絕欲才能實現道德的提升。孟

〔註64〕元·陳繹曾《文章歐冶·古文譜一·養氣法》，王水照《歷代文話》（第二冊），上海：復旦大學出版社，2007：1231。

〔註65〕元·陳繹曾《古文矜式·培養·養氣》，王水照《歷代文話》（第二冊），上海：復旦大學出版社，2007：1293。

〔註66〕清·張次仲《瀾堂夕話》，王水照《歷代文話》（第三冊），上海：復旦大學出版社，2007：3114。

〔註67〕林紓《春覺齋論文》，北京：人民文學出版社，1959：73。

〔註68〕清·嚴可均《全上古三代秦漢三國六朝文》第三冊，北京：中華書局，1958：2545。

〔註69〕唐·劉禹錫《劉禹錫集》卷二十九，上海：上海人民出版社，1975：271。

〔註70〕宋·蘇軾撰，清·王文誥輯注，孔凡禮點校《蘇軾詩集》卷十七，北京：中華書局，1982：906。

子認為「養心莫善於寡欲」(《孟子‧盡心下》)，周敦頤則發展了孟子的寡欲說，主張「窒欲」「無欲」，開啟了宋明理學「滅人慾」的先河。二程則把天理絕對化，把物慾非道德化，使理、欲絕對對立，認為只有滅人慾，才能有天理，「無人慾，即皆天理」〔註71〕。朱熹則提出「明天理，滅人慾」，認為「天理人慾，不容並列」(《孟子章句集注‧滕文公上》)〔註72〕「人之一心，天理存，則人慾亡；人慾勝，則天理滅，未有天理人慾夾雜者」〔註73〕。而「虛靜」「無欲」並不是象道禪那樣脫離塵世，而是以入世為指向的。因為只有「虛靜無欲」才能達到「誠」的境界，周敦頤《養心亭說》載：「孟子曰：『養心莫善於寡欲……』予謂：養心不止於寡欲而存耳。蓋寡欲焉以至於無，無則誠立。」〔註74〕

　　創作主體不但要「虛靜」「絕欲」，而且要在此基礎上「讀書」「歷世」，「讀經以明聖人之用，讀子以擇百家之善，讀史以博古今之變，讀集以究文章之體」，「自家涉歷世故不深，則於人情事理不諳練，發之筆則淺近陳腐，不足以警世動物……毋偷安一室，而有經營天下之心；毋閉戶讀書，而有擔笈萬里之益；毋老為蠹魚，而實為家國通濟之用。茹荼如飴，履險若平，久久心解自當見之」〔註75〕，「讀書多則學力富」「歷世深則材力健」。讀書是為了明理，不讀書，不由學，則不能為文，「不由於學，則出之無本；不衷於道，則言之寡要：以無本寡要之文，胡能自立於世」〔註76〕。但讀書明理，並不是要食而不化，不是拿理學來充門面，而是人與理的化合為一，這就要求讀書明理要歸於「養氣」「養心」，使理融化成自身道德人格的力量。張謙宜《絸齋論文》云：「為文，當先養氣。氣於何養？當先明理。」〔註77〕「文者，理之胚，心之神，力之銳，積數十年讀書以養之，然後可用。」〔註78〕「氣」

〔註71〕宋‧程顥、程頤撰，王孝魚點校《二程集‧程氏遺書》卷十五，北京：中華書局，1981：144。

〔註72〕宋‧朱熹《孟子章句集注》，《四書五經》，北京：北京古籍出版社，1996：162。

〔註73〕宋‧黎靖德《朱子語類》卷十三，北京：中華書局，1986：224。

〔註74〕宋‧周敦頤《周敦頤集》，長沙：嶽麓書社，2002：59。

〔註75〕元‧陳繹曾《古文矜式‧培養‧養力》，王水照《歷代文話》(第二冊)，上海：復旦大學出版社，2007：1292～1293。

〔註76〕林紓《春覺齋論文》，北京：人民文學出版社，1959：95。

〔註77〕清‧張謙宜《絸齋論文》卷六，王水照《歷代文話》(第四冊)，上海：復旦大學出版社，2007：3938。

〔註78〕清‧張謙宜《絸齋論文》卷二，王水照《歷代文話》(第四冊)，上海：復旦大學出版社，2007：3884。

在中國古代文化語境中是一個十分複雜的概念，有多重含義和多重用途：一指宇宙自然之氣；二指生物生命之氣；三指精神之氣，包括人的品質道德、人格性情；四指器物所內蘊的人文之氣，如文中的文氣。就創作主體來說，主要指創作主體的生命之氣、精神之氣。先秦儒道兩家的氣論可謂養氣說的源頭。莊子在《知北遊》中指出：「人之生，氣之聚也。聚則為生，散則為死。」「通天下一氣耳。」從自然生命力來言氣。儒家則主要從仁義等道德範疇論氣。孟子提出「養氣」說：「夫志，氣之帥也；氣，體之充也。夫志至焉。故曰：『持其心，無暴其氣。』」「『敢問夫子惡乎長？』曰：『我知言，我善養吾浩然之氣。』『敢問何謂浩然之氣？』曰：『難言也！其為氣也，至大至剛，以直養而無害，則塞於天地之間。其為氣也，配義與道；無是，餒也。是集義所生者，非義襲而取之也。行有不慊於心，則餒矣。」（《孟子·公孫丑章上》）與道家的自然之氣不同，孟子明確將氣視為道德人格之氣、精神之氣。建安文學家曹丕《典論·論文》首開以「氣」論文，而這種氣主要是指作家的先天稟賦，其云：「文以氣為主，氣之清濁有體，不可力強而致。譬諸音樂，典度雖均，節奏同檢，至於引氣不齊，巧拙有素，雖在父兄，不能以移弟子。」因此，作家各有所長，難可兼擅，如「王粲長於辭賦，徐幹時有齊氣」，「琳、瑀之章表書記，今之雋也。應瑒和而不壯，劉楨壯而不密。孔融體氣高妙……然不能持論，理不勝辭」，主要是從自然之氣來論文。至劉勰《文心雕龍》則雜糅儒道兩家的思想，既注重精神之氣，又主張以道家的「虛靜」「清和其心，調暢其氣」的方式來養氣。後世多承其說，即強調以道家的方式來養道德人格之氣。而從道德人格著眼論氣，養氣先要養心。劉熙載主張「易其心而後語」（《文概》引《易·繫傳》）〔註79〕，為文先易其心，易心就是將人心易為道心。二程認為人心、道心為二，「人心，私欲也，危而不安；道心，天理也，微而難得」〔註80〕。而天理，是真善美的最高境界，「人之所以為人者，以有天理也。天理之不存，則與禽獸何異矣」〔註81〕。朱熹認為道心為體，人心為用，道心只能在人心之中，

〔註79〕清·劉熙載撰，劉立人、陳文和點校《劉熙載集》，上海：華東師範大學出版社，1993：79。

〔註80〕宋·程顥、程頤撰，王孝魚點校《二程集·程氏粹言》卷二，北京：中華書局，1981：1261。

〔註81〕宋·程顥、程頤撰，王孝魚點校《二程集·程氏粹言》卷二，北京：中華書局，1981：1272。

難免要受人心私欲的蒙蔽，只有通過修身養心，使人心轉危為安，道心由隱而顯。

「誠」是創作主體自由合道的狀態，這種「誠」的狀態溢於外就是「氣盛」，是一種道德人格之氣和塞天地之間的精神之氣。古代多以「氣」論文，而少談及「誠」，但從創作主體而言，不達「誠」的境界，也就無法「氣盛」，不「誠之」，亦無法「養氣」。陳繹曾《文說·養氣法》云：「切不可作氣，氣不能養而作之，則昏而不可用。所出之言，皆浮辭客氣，非文也。」〔註82〕所謂「作氣」就是無實誠在胸臆，而勉強為氣，此種氣就為昏氣、暴氣、矜氣、耗氣，皆不能成自然之文。所以「誠」是氣的根基，氣是誠的外溢，二者雖名為二，而實為一。實誠在胸臆，氣盛於外，就會形成一種強大的人格和精神力量，文因氣順勢而成，張謙誼《絸齋論文》云：「為文，當先養氣。氣於何養？當先明理。洞然確然，即孟子所謂集義順理，說下勃勃不可遏，即孟子所謂浩然充積，極盛則亦有拔樹潰堤之力矣。」〔註83〕若無實誠在胸臆，則氣亦不盛，能為「畫工之文」，卻不能至「化工之文」，清代方宗誠《讀文雜記》云：「有化工之文，有畫工之文。化工之文，義理充足於胸中，觸處洞然，隨感而見，未嘗有意為文，自然不蔓不支，如天地之元氣充周，四時行，百物生，曷嘗有意安排？自然物各肖物，無不得所，四子六經之文是也。畫工之文，義理未能充積於中，惟於古人之文摹其意，會其神，縱能自成一家，終非從義理源頭上流出，如畫家之山水花卉，縱能神似，終不免參以人為之功，古今所謂文士之文是也。」〔註84〕「畫工之文」正是為歷代所鄙的「文士之文」。

「實誠在胸臆，文墨著竹帛」（《論衡·超奇》）〔註85〕，文是一個由內至外自然流佈的過程。對此古代文章家論述頗多，如「足於道者，文必自然流出」（劉熙載《文概》）〔註86〕、「大抵道勝者文不難而自至」（歐陽修《答吳

〔註82〕元·陳繹曾《文說》，王水照《歷代文話》（第二冊），上海：復旦大學出版社，2007：1339。

〔註83〕清·張謙誼《絸齋論文》卷六，王水照《歷代文話》（第四冊），上海：復旦大學出版社，2007：3938。

〔註84〕清·方宗誠《讀文雜記》，柏堂遺書本。

〔註85〕漢·王充《論衡》，上海：上海古籍出版社，1990：136。

〔註86〕清·劉熙載撰，劉立人、陳文和點校《劉熙載集》，上海：華東師範大學出版社，1993：62。

充秀才書》）〔註87〕、「理解者文不期工而自工」（林紓《春覺齋論文》）〔註88〕、「未臨文之先，心胸朗澈，名理充備，偶一著想，文字自出正宗」（林紓《春覺齋論文》）〔註89〕等等。「足於道」「道勝」「理解」「心胸朗澈，名理充備」都是指創作主體「誠」的自由狀態，而「誠」正是人最自然的一種狀態，創作主體只有在這種「誠」的自然狀態下方可提筆為文，而一旦達到這種「誠」的自然狀態，文則自然而成。

第三節　「有德者必有言」──文之自然生成論

　　《論文偶記》云：「論氣不論勢，文法總不備。」〔註90〕文的自然生成論的核心範疇就是「勢」，包括兩個層面：一是內積外發，這是從創作主體到文學作品的「勢」；二是文因「勢」而成，這是文學作品內部的文「勢」。而「勢」的形成則主要來自於內在道德之涵養。

一、道充理積，斂氣蓄勢

　　孔子曾云：「有德者必有言。」（《論語・憲問》）東漢王充《論衡・超奇》認為：「實誠在胸臆，文墨著竹帛，外內表裏，自相副稱。」歐陽修云：「君子之欲著於不朽者，有諸其內而見於外者，必得於自然。」（《唐元結陽華岩銘》）〔註91〕因此，受儒家影響的藝術理論家，大都認為文章從內到外是一個自然流佈的過程，是內積勢滿、自然外發的成文過程。而創作主體的內積主要可從兩個層面來概括：一是人生遭際影響其胸臆心態而產生的氣勢效應；二是道充理積，誠中形外，文自然而成。

　　創作主體胸中意勢的累積，是以一定的時代背景和個人的先天稟賦為底色的。創作主體無法擺脫時代的限制，一代有一代之文，「六經是治世之文，《左傳》《國語》是衰世之文，《戰國策》是亂世之文」（李塗《文章精義》）〔註92〕，

〔註87〕宋・歐陽修撰，李逸安點校《歐陽修全集》（第二冊），北京：中華書局，2001：664。

〔註88〕林紓《春覺齋論文》，北京：人民文學出版社，1959：87。

〔註89〕林紓《春覺齋論文》，北京：人民文學出版社，1959：74。

〔註90〕清・劉大櫆《論文偶記》第七條，北京：人民文學出版社，1959：4。

〔註91〕宋・歐陽修撰，李逸安點校《歐陽修全集》（第五冊）（《集古錄跋尾》卷七），北京：中華書局，2001：2240。

〔註92〕元・李塗《文章精義》，北京：人民文學出版社，1960：67。

「文章蹊徑好尚，自《莊》《列》出而一變；佛書入中國又一變；《世說新語》成書又一變。此諸書，人鮮不讀，讀鮮不嗜，往往與之俱化」（劉熙載《文概》）〔註93〕，「文之道，時為大。《春秋》不同於《尚書》，無論矣。即以《左傳》《史記》言之，強《左》為《史》，則噍殺；強《史》為《左》，則嘽緩。惟與時為消息，故不同正所以同也」（劉熙載《文概》）〔註94〕，正所謂「氣味有厚薄，力量有大小，時代使然，不可強也」〔註95〕。先天稟賦亦能影響創作主體的創作態勢，蘇軾就從個人稟賦著眼，指出了自己與子由文的不同：「子由之文，詞理精確，有不及吾；而體氣高妙，吾所不及。雖各欲以此自勉，而天資所短，終莫能脫。」〔註96〕以時代背景和先天稟賦為底色，創作主體在長期的生活磨練中會積累起獨特的創作意勢，尤其是人生大的特殊遭際更會激發起這種獨特的創作意勢，司馬遷在《報任安書》中說：「西伯拘而演《周易》；仲尼厄而作《春秋》；屈原放逐，乃賦《離騷》；左丘失明，厥有《國語》；孫子臏腳，《兵法》修列；不韋遷蜀，世傳《呂覽》；韓非囚秦，《說難》《孤憤》；《詩》三百篇，大抵聖賢發憤之所為也。」後來韓愈提出「大凡物不得其平則鳴」「人之於言也亦然，有不得已者而後言，其歌也有思，其哭也有懷，凡出乎口而為聲者，其皆有弗平者乎！」（《送孟東野序》）〔註97〕古代文論有「和平之辭難工，感慨之詞易好」之說，「非窮愁不能著書，以自見振精能於綴述之場，其有所激之使然也」〔註98〕，正是看到了人生遭際對創作意勢的激發作用。而且生活的遭際、人生的閱歷會引起創作主體創作意勢的改變，如「柳州碑誌中，其少作尚沿六朝餘習，多東漢字句，而風骨未超，此不可學。貶謫後之文，則篇篇古雅」〔註99〕。柳宗元之所以貶謫之後，文能古雅，正因為「永州諸遊記，全是寫其忿怒鬱屈，如史太公之《貨殖》《任俠傳》，意思與人不同，

〔註93〕清·劉熙載撰，劉立人、陳文和點校《劉熙載集》，上海：華東師範大學出版社，1993：57。

〔註94〕清·劉熙載撰，劉立人、陳文和點校《劉熙載集》，上海：華東師範大學出版社，1993：59。

〔註95〕清·劉大櫆《論文偶記》，北京：人民文學出版社，1959：10。

〔註96〕元·陳秀民《東坡文談錄》，王水照《歷代文話》（第二冊），上海：復旦大學出版社，2007：1519。

〔註97〕唐·韓愈撰，馬其昶校注，馬茂元整理《韓昌黎文集校注》卷四，上海：上海古籍出版社，1986：233。

〔註98〕清·溫秀崖《讀書一間鈔》（第二冊），溫氏叢書第七種，民國二十五年九月校印鉛印本。

〔註99〕清·吳德旋《初月樓古文緒論》第33條，北京：人民文學出版社，1959：26。

是以必傳」〔註100〕。吳德旋《初月樓古文緒論》云：「蘇長公晚年之作，有隨筆寫出，不待安排，而自然超妙者……其少年之作，滔滔數千言，才氣真不可及，然精義究不能多。」〔註101〕唐以後文以平淡為上，而這種平淡風格的形成正是由特定人生閱歷累積而成的意勢所為，如宋人陳模《懷古錄》評價歐陽修之文云：「蓋其晚年所見愈高，不作文而自不能不文，不用字照當，而其血脈有自然之照當……歐文亦自霜降水涸，自然收斂到平淡。」晚生後輩，若沒有其經歷、見識，「才用功而便要學其中平淡，則先失之易矣」〔註102〕。

　　對於深受儒家影響的古代文章創作而言，創作主體的積勢主要是指道充理積。劉勰在《文心雕龍・徵聖》中就已經指出「精理為文，秀氣成采」，韓愈在《與李翊書》中重申了這種觀點：「養其根而俟其實，加其膏而希其光。」〔註103〕歷代對此多有論述，如「學文莫先於窮理」〔註104〕，「學者當師經。師經必先求其意，意得則心定，心定則道純，道純則充於中者實，中充實則發為文者輝光」〔註105〕，「（孟子）言曰：『我知言，我善養吾浩然之氣。』知言則理無不明，養氣則義無不集。明理集義，根心而發，其言自充實而有光輝」〔註106〕，「精心研練，積理積氣於平日」「不先求文之工，而先積理，則亦未有不工者」「積理厚，凡所吐屬，皆節節依經而附聖」〔註107〕。古代之所以如此強調創作主體「積理厚」，是根基於中國傳統文化語境之下文與道的特殊關係。在古代文章創作領域，最重要的一對關係不是文與詞，而是文與道。對文道關係的認識，古代文學理論家經歷了「文以明（貫）道──文以載道──文與道俱──文從道流出」的過程，道不斷內化，並最終與創作主體渾融整一，與文渾融為一。早在《文心雕龍・原道》中，劉勰就已經奠基了文與道的特殊關係：「道沿聖以垂文，聖因文而明道。」中唐古文運動，開始重新

〔註100〕 清・張謙誼《絸齋論文》卷四，王水照《歷代文話》（第四冊），上海：復旦大學出版社，2007：3908。

〔註101〕 清・吳德旋《初月樓古文緒論》第36條，北京：人民文學出版社，1959：27。

〔註102〕 宋・陳模《懷古錄》，北京：中華書局，1993：73。

〔註103〕 唐・韓愈撰，馬其昶校注，馬茂元整理《韓昌黎文集校注》卷三，上海：上海古籍出版社，1986：169。

〔註104〕 清・張秉直《文談・作文之本》，青照堂叢書本。

〔註105〕 宋・歐陽修撰，李逸安點校《歐陽修全集》（第三冊）（《答祖擇之書》），北京：中華書局，2001：1010。

〔註106〕 清・方宗誠《文章本原》卷三《孟子總論》，柏堂遺書本。

〔註107〕 林紓《春覺齋論文》，北京：人民文學出版社，1959：105、42、44。

提出文與道的關係。韓愈云：「君子居其位，則思死其官；未得位，則思修其辭，以明其道。」（《爭臣論》）〔註108〕柳宗元云：「始吾幼且少，為文章以辭為工。及長，乃知文者以明道，是固不苟為炳炳烺烺，務彩色、誇聲音而以為能也。」（《答韋中立論師道書》）〔註109〕是一種非常機械的文為形式、道為內容的文學思想，既忽視了文學形式本身所具有的獨立意義，又忽視了作家心性在創作中的重要作用。宋代理學家周敦頤在《通書》中提出「文以載道」的觀點，雖仍判文道為二，但是以道德為「實」，把儒者內省的道德修養放在第一位，注重創作主體內在心性的重要作用。歐陽修則形成了道充內積，自然成文的思想：

> 聞古人之於學也，講之深而信之篤。其充於中者足，而後發乎外者大以光。譬夫金玉之有英華，非由磨飾染濯之所為，而由其質性堅實，而光輝之發自然也。《易》之《大畜》曰：「剛健篤實，輝光日新。」謂夫畜於其內者實，而後發為光輝者日益新而不竭也。（《與樂秀才第一書》）〔註110〕

> 夫學者未始不為道，而至者鮮焉。非道之於人遠也，學者有所溺焉爾。蓋文之為言，難工而可喜，易悅而自足。世之學者往往溺之……聖人之文雖不可及，然大抵道勝者文不難而自至也。（《答吳充秀才書》）〔註111〕

歐陽修已不再判文道為二，而是文道合一，文與道俱。道已經從純客觀的道內化為作者的體認，內化為作者的心性，成為「剛健篤實，輝光日新」的精神，文章則是這一精神的外現。朱熹則提出「文皆是從道中流出」〔註112〕，文直接就是道的體現。而這個道是融化為作者道德心性的道，所謂「從道中流出」就是作者內心道的外化，也就是「誠中形外」。理學家認為聖人並非有意為文，而是道心蘊於內，不能自己而為文，《二程粹言》云：「學以養心，奚

〔註108〕唐‧韓愈撰，馬其昶校注，馬茂元整理《韓昌黎文集校注》卷二，上海：上海古籍出版社，1986：113。

〔註109〕唐‧柳宗元撰，吳文治等校點《柳宗元集》卷三十四，北京：中華書局，2000：873。

〔註110〕宋‧歐陽修撰，李逸安點校《歐陽修全集》（第三冊），北京：中華書局，2001：1024。

〔註111〕宋‧歐陽修撰，李逸安點校《歐陽修全集》（第二冊），北京：中華書局，2001：664。

〔註112〕宋‧黎靖德《朱子語類》卷一百三十九，北京：中華書局，1986：3305。

以文為？五經之言，非聖人有意於文也，至蘊所發，自然而成也。」張秉直
《文談·作文之害》云：「君子之學，以求道也。濂溪先生曰：『聖人之道入乎
耳，存乎心，蘊之為德行，行之為事業，彼以文辭而已者，陋矣。故文非君子
所急也，雖然仁人賢者有不忍於天下後世之故，或自剖中之所蘊蓄，以闡明
乎天理，將見諸論說，溢為辭章，亦自不能已。」〔註113〕方宗誠《文章本原》
云：「孟子並非有意為文……知言則理無不明，養氣則義無不集。明理集義，
根心而發，其言自充實而有光輝。」〔註114〕受儒家思想影響的文論家普遍認
為思想道德在內心積累取得滿勢，就會發言為文。劉勰《文心雕龍·程器》
說：「固宜蓄素以弸中，散采以彪外。」韓愈在《答李翊書》中云當他對「古
書之正偽」「雖正而不至焉者」的識別能「昭昭然黑白分矣」，便達到了「浩然
其沛然矣」的氣盛境地，寫作時，「當其取於心而注於手也，汩汩然來矣」，
「言之短長聲之高下者皆宜」。

　　所以為文不應從文入手，而要從根本上入手，「道者，文之根本」，「惟其根
本乎道，所以發之於文，皆道也」。蘇軾作文，文自文，而道自道，不是「先理
會得道理了，方作文」，朱熹就批評他「大本都差」〔註115〕。曾鞏「初亦只是
學為文，卻因學文，漸見些子道理。故文字依傍道理做，不為空言。只是關鍵
緊要處，也說得寬緩不分明」，朱熹就將其原因歸咎於「本無根本工夫」〔註116〕。
所以「學文莫先窮理」〔註117〕，「理精後，文字自典實」〔註118〕。讀聖人之
書，其目的不是求文，而是求聖人之心，「反求諸道，反求諸心」，「文章與性
道一也。故觀文之惻怛，須知由心之惻怛；文之剛直，須知由心之剛直；文之
明快，須知由心之明快；文之曲盡，須知由心之曲盡；文之從容不迫，須知由
心之從容不迫；文之易簡不支，須知由心之易簡不支；文之變化不測，須知
由心之變化不測；文之純一無偽，須知由心之純一無偽；文之精神團聚、氣
焰光昌，須知由心之精神團聚、氣焰光昌；文之整飭典則、有條有理，須知由
心之整飭典則、有條有理」〔註119〕。積理是一個長期的工夫，要「無望其速

〔註113〕清·張秉直《文談·作文之害》，青照堂叢書本。
〔註114〕清·方宗誠《文章本原》卷三《孟子總論》，柏堂遺書本。
〔註115〕宋·黎靖德《朱子語類》卷一百三十九，北京：中華書局，1986：3319。
〔註116〕宋·黎靖德《朱子語類》卷一百三十九，北京：中華書局，1986：3313～3314。
〔註117〕清·張秉直《文談·作文之本》，青照堂叢書本。
〔註118〕宋·黎靖德《朱子語類》卷一百三十九，北京：中華書局，1986：3320。
〔註119〕清·方宗誠《文章本原》卷二《論文章本原二》，柏堂遺書本。

成，無誘於勢利」（《答李翊書》）〔註120〕，不能「揠苗助長」。「見個道理了，忍不住張眉努目，擦掌磨拳，惟恐說不盡，以此便是少涵養」〔註121〕，「非所見之確，所蘊之深，吐辭不能括眾義而歸醇，析理不能抑群言而立幹，不如不作之為愈」〔註122〕，此正如《莊子·秋水》中所云：「水之積也不厚，則其負大舟也無力；風之積也不厚，則其負大翼也無力。」所以，古代特別強調要厚積薄發，「書要只管讀，理要只管析。蓄之洊多，所見透底，可以言矣。且勿輕出。遲之又久，如饑鷹掣臂，如秋水崩堤，浩浩勃勃，禁止不住，斯為得之」〔註123〕。

　　但積理又是一個與理化合的過程，讀書窮理不能死讀書，死讀書縱然腹中有萬卷書，亦不能為文，「胸中無書做不得，胸中書多又做不得」。什麼是「胸中書多」呢？「凡為佶屈聱牙組織豔冶之文，皆中無所見，務在藏拙邀名」即為「胸中書多」〔註124〕，也就是食而不化，沒有自己的所得。讀書窮理要內化成自己的識見、胸襟、胸次，「文章首貴識，次貴議論。然有識則議論自生，有議論則詞章不能自己。何者？人得一見，必伸其說，發之未罄說，必不得止也。夫忿怒冤抑之意積於中，則慷慨激烈之言沛然而莫御」〔註125〕，「做大文字，須放胸襟如太虛始得。太虛何心哉？輕清之氣旋轉乎外，而山川之流峙，草木之榮華，禽獸昆蟲之飛躍，遊乎重濁渣滓之中，而莫覺其所以然之故。人放得此心，廓然與太虛相似，則一旦把筆為文，凡世之治亂，人之善惡，事之是非，某字合當如何書，某句合當如何下，某段當先，某段當後，如妍醜之在鑒，如低昂之在衡，決不至顛倒錯亂，雖進而至之聖經之文可也。今人作文，動輒先立主意，如經賦論策，不知私意偏見，不足以包盡天下之道理。及主意有所不通，則又勉強遷就，求以自伸。若是者，皆時文之陋

〔註120〕　唐·韓愈撰，馬其昶校注，馬茂元整理《韓昌黎文集校注》卷三，上海：上海古籍出版社，1986：169。

〔註121〕　清·張謙誼《絸齋論文》卷一，王水照《歷代文話》（第四冊），上海：復旦大學出版社，2007：3872。

〔註122〕　林紓《春覺齋論文》，北京：人民文學出版社，1959：61。

〔註123〕　清·張謙誼《絸齋論文》卷一，王水照《歷代文話》（第四冊），上海：復旦大學出版社，2007：3871。

〔註124〕　清·張謙誼《絸齋論文》卷一，王水照《歷代文話》（第四冊），上海：復旦大學出版社，2007：3877。

〔註125〕　清·魏際瑞《伯子論文》，王水照《歷代文話》（第四冊），上海：復旦大學出版社，2007：3595。

習也，不可不戒」〔註126〕。

明清間有「胸襟以為基」之說，認為作文的基礎是人的胸襟，「有胸襟，然後能載其性情智慧，聰明才辨以出，隨遇發生，隨生即盛」（葉燮《原詩·內篇》）。林紓《春覺齋論文》則以「意境」論文，強調「後文采而先意境」，「意者，心之所造；境者，又意之所造也」，所以意境的營造要歸結到養心，林紓《春覺齋論文》云：「凡學養深醇之人，思慮必屏卻一切膠轕渣滓，先無俗念填委胸次，吐屬安有鄙倍之語？須知不鄙倍於言，正由其不鄙倍於心。」「文章唯能立意，方能造境。境者，意中之境也。譬諸盛富極貴之家兒，起居動靜，衣著食飲，各有習慣，其意中決無所謂甕牖繩樞、啜菽飲水之思想。貧兒想慕富貴家饗用，容亦有之，而決不能道其所以然，即使虛構景象，到底不離寒乞。」「先把靈府中淘滌乾淨，澤之以《詩》《書》，本之以仁義，深之以閱歷，馴習久久，則意境自然遠去俗氛，成獨造之理解。」〔註127〕創作主體經過讀書明理，達到「胸襟真開闊，知識真高明，聞見真廣博，氣象真涵養」「學問真篤實，性情真不偏，氣質真不駁，好惡真不乖戾」的境界，就可以出辭不鄙倍〔註128〕。創作主體如果不讀書窮理，就會「反置臆屬」，「不根於經史，自然流於臆屬」，此種「造臆之文」「其不出於險怪，鮮矣」〔註129〕。文要從「道中流出」，要奠基在「道充理積」的基礎上，只要心性足，道充理積，為文則達到自由的境界，「孟子之文，至簡至易，如舟師執柁，中流自在，而推移費力者不覺自屈」，為什麼能達到這種境界，龜山楊氏一語中的：「千變萬化，只說從心上來」（劉熙載《文概》）〔註130〕。張謙誼《絸齋論文》云：「明理非以為文，而文實從此出。方其初入，不免苦澀，久而洊甘，又久而融汁，又久而弩芒生葉，勢勃勃而無所發，其必發於文乎？當其構思，思即理也。已而造意，意即理也。以至湊機佈勢，波瀾橫溢，蓋無一非理。其實心與理俱忘，手與心相忘，莫知其然，吾之好惡予奪，已不謬於聖人矣。」〔註131〕

〔註126〕元·李淦《文章精義》，北京：人民文學出版社，1960：79。
〔註127〕林紓《春覺齋論文》，北京：人民文學出版社，1959：73。
〔註128〕清·方宗誠《文章本原》卷二《論文章本原二》，柏堂遺書本。
〔註129〕林紓《春覺齋論文》，北京：人民文學出版社，1959：95。
〔註130〕清·劉熙載撰，劉立人、陳文和點校《劉熙載集》，上海：華東師範大學出版社，1993：55。
〔註131〕清·張謙誼《絸齋論文》卷六，王水照《歷代文話》（第四冊），上海：復旦大學出版社，2007：3938。

一旦強調創作主體與道的合一，不能有「造臆之文」，那麼文不就是千人一面了嗎？但「學貴有諸己」，「若能得聖人之心，則雖言語各別，不害其為同」〔註132〕，所以心同而面異，道同而言別，文還得「有個自家在內」，要「從肺肝中流出」，「是自家有底物事」。

「執筆以習鑽研華采之文，務悅人者，外而已」〔註133〕，如不內積氣厚，僅執筆為文，則有「皮膚鮮澤，骨鯁過弱」的毛病，此類人「知文之門徑，知文之弊病，知文之步驟，知文之取捨，應有盡有，而終不名之為能文」，「即徒知斤削之利，而無梧檟之材資之以成器，此則讀書不多，積理不厚之過也」〔註134〕。唐彪《讀書作文譜》云：「文章，小技也。然精神不聚，則不工；識見不高，則不工；理路不熟，則不工；涵養不到，則不工；有一毫俗事入其肺腑，則不工。」〔註135〕但《易・繫辭下》曰：「其旨遠，其辭文。」《左傳・襄公二十五年》曰：「言之無文，行之不遠。」「文欲理明，亦欲辭暢。」〔註136〕孔子繫《易》曰「言有物」，又曰「言有序」，「言中之物，即所謂要、元也。言而無物則是空文、閒文、浮偽之文，聖賢之所惡也。然有物而不能有序，則不能發揮其理，曲暢其義，鼓舞其神」〔註137〕。劉大櫆《論文偶記》云：「自古文字相傳，另有個能事在。」〔註138〕「作文本以明義理，適世用。而明義理，適世用，必有待於文人之能事，朱子謂『無子厚筆力發不出。」〔註139〕「蓋人不窮理讀書，則出詞鄙倍空疏。人無經濟，則言雖累牘，不適於用。故義理、書卷、經濟者，行文之實，若行文自是另一事。譬如大匠操斤，無土木材料，縱有成風盡堊手段，何處設施？然即土木材料，而不善設施者甚多，終不可為大匠。故文人者，大匠也；義理、書卷、經濟者，匠人之材料也。」〔註140〕所以為文還要積「文法」，須熟讀前代文章，覽「經書、子書、性理書、禮書、樂書、政術書、兵書、法律書、天文書、地理書、姓氏

〔註132〕宋・黎靖德《朱子語類》卷九十三，北京：中華書局，1986：2356。
〔註133〕清・張秉直《文談・作文之本》引《朱子語類》，青照堂叢書本。
〔註134〕林紓《春覺齋論文》，北京：人民文學出版社，1959：45。
〔註135〕清・唐彪《讀書作文譜》卷一之《文源》，王水照《歷代文話》（第四冊），上海：復旦大學出版社，2007：3400。
〔註136〕清・張秉直《文談・作文之法》，青照堂叢書本。
〔註137〕清・方宗誠《文章本原》卷一《論文章本原一》，柏堂遺書本。
〔註138〕清・劉大櫆《論文偶記》，北京：民文學出版社，1959：4。
〔註139〕清・劉大櫆《論文偶記》，北京：民文學出版社，1959：4。
〔註140〕清・劉大櫆《論文偶記》，北京：民文學出版社，1959：3。

書、小學書、名物書、圖譜書、史書、道書、傳記書、草木蟲魚書、醫書、卜
筮書、陰陽書、古緯書、器物書、百工書、雜藝書、異端百家書、小說雜書、
總集、別集」諸書〔註141〕，「本諸《書》以求質，《詩》以求恒，《禮》以求
宜，《春秋》求斷，《易》以求動。此取道之原也。參之《穀梁》厲氣，《孟子》
暢支，《老》《莊》肆端，《國語》博趣，《離騷》致幽，《太史公》著潔。此旁
推交通而以為文也」〔註142〕。

　　積文法要學古、法古，但「為文當肖自己，不當求肖古人」，不能泥古，
要做「古人子孫」，而不能做「古人奴婢」，能承六經之旨、師古之意，而不師
其辭、襲其文，能「自出機杼」「成一家之言」。這就要求學古人要做到「熟」
「化」，要做到文法與自身相融。「章有章法，句有句法，字有字法，到純熟
後，綜筆所如，無非法者」〔註143〕，「善飲食者，殽蔌脯醢，酒茗果物，雖是
食盡，須得其化，則清者為脂膏，人只見肥美而已。若是不化，少間吐出，物
物俱在。為文亦然：化則說出來都融作自家底；不然，記得雖多，說出來未免
是替別人家說話了」〔註144〕，讀古人書要至「使其言若出於吾之口，其意若
出於吾之心」〔註145〕。而要做到「化」，一要根據自己的品行和稟賦選擇正
確的學習對象和漸進次序，「上等之資從韓入，中資從柳、王二家入」〔註146〕，
「學文既有根柢，即宜從事八家，韓取其奇崛，柳取其鑱削，歐陽取其紆曲，
東坡取其汪洋，若曾若王若老泉穎濱，各有專長，貴兼收而博觀，視吾性之
所近而特取之」〔註147〕；二要「熟讀深思」，得其心血精髓。清人張次仲《瀾
堂夕話》云「淵明讀書不求甚解，此是淵明高處」，但「孔子服菖蒲三年乃知
其味」，「昔東方朔獻書萬卷，天子於上林苑讀之，每夜輒乙其處，凡三月而
盡」，「吾儕根器淺劣須拼徹底精神」「於紙上吸取心血，無以平淡為無奇，無

〔註141〕元・陳繹曾《文筌・古文譜一・養氣法》，王水照《歷代文話》（第二冊），
　　　　上海：復旦大學出版社，2007：1234。
〔註142〕清・方以智《文章薪火》引劉子厚言，王水照《歷代文話》（第四冊），上海：
　　　　復旦大學出版社，2007：3214。
〔註143〕清・吳德旋《初月樓古文緒論》第5條，北京：人民文學出版社，1959：20。
〔註144〕林紓《春覺齋論文》，北京：人民文學出版社，1959：99。
〔註145〕清・張謙誼《絸齋論文》卷六，王水照《歷代文話》（第四冊），上海：復旦
　　　　大學出版社，2007：3936。
〔註146〕清・吳德旋《初月樓古文緒論》第16條，北京：人民文學出版社，1959：
　　　　23。
〔註147〕清・張秉直《文談・序》，青照堂叢書本。

以玄奧為弔詭，澄神冥對，養德養身」〔註148〕。張謙誼《絸齋論文》云：「凡讀文，當低心伏氣，誦畢再細細玩味，務令眼光透出冊子裏，精神溢出字句外，久之熨貼，漸能熔化，不知不覺，手筆移入隊中，從此自成局面。若獐慌失措，只講皮毛，強吞活剝，只似戲子穿行頭，干你甚事！」〔註149〕熟讀深思並不是要死讀書，「讀書必開眼，開眼乃能讀書」〔註150〕，要有自己的識見，要獨具慧眼發現文章中的獨特意蘊，方宗誠《讀文雜記》載：「趙簡子告諸子曰：『吾藏寶符於常山上，先得者賞。』諸子馳之常山上，求無所得。毋恤還曰：『已得之矣。從常山上臨代，代可取也。』簡子大悅。讀書人亦須俱如此會心，乃不死於句下耳。」〔註151〕

養文法亦不能望其速成，不能隨意就執筆為文，「技癢欲寫，即宜痛禁止之，慎勿拈紙筆便作文也，一拈紙筆，昏氣隨至，前功廢矣。如此久之，欲寫愈甚，禁之愈切，直至隨所見題目，分明有一片文字，首尾中間議論句法字樣見成，了了自然成文，胸中不費尋思，直拈筆便寫去，方可拈紙筆矣」〔註152〕。當然，養文法除卻熟讀深思之外，就是要多練，「看題目，與古人何篇相似，以為體式，依仿而作間架、措辭，如此日久，自然馴熟。七擒七縱，皆可如意，不拘於準繩，而亦不越於規矩矣」〔註153〕，「永叔謂為文有三多：看多，做多，商量多也」〔註154〕，「以文字問之，（文忠公）云：無他術，惟勤讀書而多為之，自工」〔註155〕。為文還要養文氣。陳繹曾將文分為「肅、壯、清、和、奇、麗、古、遠」六類，認為「朝廷之文宜肅，聖賢道德宜肅」「長江大海之文宜壯，軍陣英雄之文宜壯」「山林之文宜清，風月貞逸宜清」「宴樂之文宜和，通人達士宜和」「鬼神之文宜奇，俠客高士宜奇」「宮苑之

〔註148〕清・張次仲《瀾堂夕話》，王水照《歷代文話》（第三冊），上海：復旦大學出版社，2007：3111。

〔註149〕清・張謙誼《絸齋論文》卷六，王水照《歷代文話》（第四冊），上海：復旦大學出版社，2007：3939。

〔註150〕清・方以智《文章薪火》，王水照《歷代文話》（第四冊），上海：復旦大學出版社，2007：3207。

〔註151〕清・方宗誠《讀文雜記》，柏堂遺書本。

〔註152〕元・陳繹曾《文說》，王水照《歷代文話》（第二冊），上海：復旦大學出版社，2007：1352。

〔註153〕明・曾鼎《文式》卷下引蘇伯衡《述文法》，王水照《歷代文話》（第二冊），上海：復旦大學出版社，2007：1578。

〔註154〕元・王構《修辭鑒衡》卷二引《後山詩話》，文淵閣《四庫全書》本。

〔註155〕元・王構《修辭鑒衡》卷二引《三蘇文》，文淵閣《四庫全書》本。

文宜麗，富貴美人宜麗」「遊覽古蹟之文宜古，上古人事宜古」「登高眺遠之
文宜遠，大功業人宜遠」，「澄心靜慮，以此景此事此人此物默存於胸中，使
之融化，與吾心為一，則此氣油然自生，當有樂處，文思自然流動充滿而不
可遏矣」〔註156〕。所謂養文氣就是在動筆之先，仔細觀察、體悟寫作對象，
做到物我合一，從而能根據寫作對象的具體情況「隨物賦形」，自由為文。

　　內積深厚，為文就會膽大，「文章不可不放膽做」〔註157〕，「凡作文，才
有個講究的便不是」〔註158〕。但這種「膽」，正是以內積為根基的，「惟明理
足以壯吾膽，惟有識足以擴充吾膽，惟養氣足以推行吾膽」〔註159〕。養此心
至「活潑潑地」，放膽為文，就能不為成法所拘，「不法度而自法度」。在這種
文隨意至的創作之中，創作主體就會體會到創作的樂趣，蘇軾曾云：「某平生
無快意事，惟作文章，意之所到，則筆力曲折，無不盡意。自謂世間樂事，無
逾此者。」〔註160〕

二、順勢成文，因內符外

　　未臨文之先，「心胸朗澈，名理充備」，「斂氣蓄勢」，「澄心靜慮，以此
景此事此人此物存於胸中，使之融化與吾心為一，則此氣油然自生，當有樂
處，文思自然流動，充滿而不可遏矣」。如此，在落筆之先，已形成文章「大
意大勢」，此「大意大勢」「正如霧中之山，雖未分明，而偏全正側胚胎已具」，
作者只要「保此意勢經營出之，便與初情相肖」〔註161〕，林紓《春覺齋論
文》云：「凡理足神王，法精而明澈，一篇到手，已全盤打算，空際具有結
構矣，則宜吐宜茹，宜伸宜縮，於心了了，下筆自有主張。」〔註162〕張謙
誼《絸齋論文》云：「凡文之未成，胸中先有個緣故。文機一動，心中先定

〔註156〕元・陳繹曾《文說》，王水照《歷代文話》（第二冊），上海：復旦大學出版
　　　　社，2007：1338～1339。
〔註157〕清・吳德旋《初月樓古文緒論》第13條，北京：人民文學出版社，1959：
　　　　22。
〔註158〕清・劉大櫆《論文偶記》，北京：人民文學出版社，1959：3。
〔註159〕清・張謙誼《絸齋論文》卷一，王水照《歷代文話》（第四冊），上海：復旦
　　　　大學出版社，2007：3871。
〔註160〕元・陳秀民《東坡文談錄》，王水照《歷代文話》（第二冊），上海：復旦大
　　　　學出版社，2007：1517。
〔註161〕清・魏際瑞《伯子論文》，王水照《歷代文話》（第四冊），上海：復旦大學
　　　　出版社，2007：3597。
〔註162〕林紓《春覺齋論文》，北京：人民文學出版社，1959：77。

個主意。」〔註 163〕而這種胸中的意勢表現在文章中，就是文章的「文勢」，就是文章的整齊與參差、斷與續、疏與密，或波瀾起伏、或迴環蕩漾、或平穩舒緩等等態勢。文章的氣勢並非文章狀態本身，而是存在於這種狀態並使這種狀態成型的功能。韓愈對氣勢有一個形象的比喻：「氣，水也；言，浮物也。水大而物之浮者大小畢浮。」（《答李翊書》）〔註 164〕以水浮物來為喻，強調的就是這種功能。《文心雕龍·定勢》從文章的生成立論：「勢者，乘剩而為制也。」勢是文章「形」的靈氣、凝聚劑。我國古代品論文章不重形象而著眼聲氣韻味，這與「文道統一」論是一致的。從詞源來說，文（紋）章（彰）就是形象，所以古代品文不再去尋找「象」。他們所關心的是文章這個載體所載的道，但道並非審美的對象，而文章要使人欣賞閱讀，有美感，便需在說理論道時以氣勢吸引人。從這個意義上說，「文章氣勢」與「詩歌意境」同是美學概念。一般文章不像音樂、小說、詩歌把審美當作目的，但它在傳達信息時，流動其中的氣勢，使論文、史傳、詔書、奏章等文體具有可欣賞性。《文心雕龍·知音》「六觀」第一是「觀位體」，觀察文章的體勢，不只是體裁形式，更重要的是指體態氣勢。體態氣勢才是領悟文章的門戶。

「古人行文至不可阻處，便是他氣盛」〔註 165〕，「文之運往莫御，如雲驅飆馳，如馬之行空，一往無前者，氣也。其提振轉折關鎖飛渡處，以一語發動機關，便發起下面數行、數十行，一齊俱動，所謂筆所未到，氣已吞者，勢也」〔註 166〕。這種勃然不可遏的氣就是勢，勢壯為美，文隨勢成，這就要求為文之時，「當一鼓鑄成，方可觀也，若逐段逐句而為之，則非所以為文矣」〔註 167〕，「須如東坡云先有成竹於胸中，悍然落筆，如兔起鶻落，少縱則逝矣」〔註 168〕。方宗誠《文章本原》云：「首一層是草創，草言其略，創言其造。凡作文字，開首不要在字斟句酌，且須得其大略，創通大意，因事立言，

〔註163〕清·張謙誼《絸齋論文》卷二，王水照《歷代文話》（第四冊），上海：復旦大學出版社，2007：3886。

〔註164〕唐·韓愈撰，馬其昶校注，馬茂元整理《韓昌黎文集校注》卷三，上海：上海古籍出版社，1986：171。

〔註165〕清·劉大櫆《論文偶記》，北京：人民文學出版社，1959：4。

〔註166〕清·薛福成《論文集要》卷二之《梅伯言論文》，文學津梁本。

〔註167〕明·曾鼎《文式》卷下引蘇伯衡《述文法》，王水照《歷代文話》（第二冊），上海：復旦大學出版社，2007：1578。

〔註168〕清·張謙誼《絸齋論文》卷二，王水照《歷代文話》（第四冊），上海：復旦大學出版社，2007：3885。

因時生意。」〔註169〕但草創之後，即已成篇，有的卻須修飾潤澤，「五日一山，十日一石」，清代田同之《西圃文說》引王世貞之語云：「才有工而速者，如淮南王、禰正平、陳思王、王子安、李太白之流是也。然《鸚鵡》一揮，《子虛》百日，《煮豆》七步，《三都》十年，不妨兼美。」〔註170〕溫秀崖《讀書一間鈔》云：「袁宏倚馬作露布，俄得七紙；左思作賦十年，二陸見而心折，可見文章工拙不以遲速為定衡。正如枚皋、司馬相如，或戎馬之間，或廟堂之上，各適其用焉。」〔註171〕為文雖然有遲有速，但都不能刻意為文，都必須文隨勢成。速者，勢滿文湧，一揮而就，此乃上等才資方可為，「蘇長公晚年之作，有隨筆寫出，不待安排，而自然超妙者，非天資高絕，不能學之」〔註172〕。所謂速，是指為文之速，實則為文之先必有一個刻苦經營的過程，吳德旋《初月樓古文緒論》云：「古人文章，似不經意，而未落筆之先，必經營慘淡。」〔註173〕遲者，或勢不滿或文不稱，只能假以時日。張謙誼《絸齋論文》云：「刻苦鍛鍊之文與天趣流行之作，本非二致，學者其細參之。」〔註174〕張次仲《瀾堂夕話》以長康畫龍點睛為喻論為文之法，「長康畫龍，龍成而睛不點。非不點也，畫思未至，龍性未全」，若勉強為之，則非真龍也，只有等到「解衣槃礡」之際，畫思洞開之時，方可有點睛之筆，方能睹「夭矯騰驤」的真龍形象〔註175〕。所以，為文不可求速，「好做段落，狠其容，亢其氣，硬斷硬接」則是為文「大病痛」〔註176〕。

　　古代普遍認為文一揮而就實非易事，所以「草創討論，修飾潤澤」乃為「文章家律令」：

　　　　草創討論，修飾潤澤，此文章家律令也。宇內至文，衝口而成者無幾；《三都》《二京》，越歷寒暑，用能昭回萬象，鼓吹六經。今

〔註169〕清·方宗誠《文章本原》卷二《論文章本原二》，柏堂遺書本。

〔註170〕清·田同之《西圃文說》卷三，王水照《歷代文話》（第四冊），上海：復旦大學出版社，2007：4097。

〔註171〕清·溫秀崖《讀書一間鈔》（第三冊），溫氏叢書第七種，民國二十五年九月校印鉛印本。

〔註172〕清·吳德旋《初月樓古文緒論》第36條，北京：人民文學出版社，1959：27。

〔註173〕清·吳德旋《初月樓古文緒論》第34條，北京：人民文學出版社，1959：27。

〔註174〕清·張謙誼《絸齋論文》卷一，王水照《歷代文話》（第四冊），上海：復旦大學出版社，2007：3879。

〔註175〕清·張次仲《瀾堂夕話》，王水照《歷代文話》（第三冊），上海：復旦大學出版社，2007：3111。

〔註176〕清·吳德旋《初月樓古文緒論》第48條，北京：人民文學出版社，1959：30。

日諸君子，五夜一燈，曉窗萬字，三年之間，潑墨成溪，意興淋漓，或有潦倒不刪之習，才鋒湧射，則多縱橫無忌之言，不辭誕妄，謬為點抹。知無當於千古，要不負於寸心。語云：「建安亦無朱晦庵，青田亦無陸子凈。」文章之事，上觀千世，下觀千世，互相商略，乃成不朽。有執予言而簡點其疵漏者，真吾臭味中人也。〔註177〕

「歐公每為文既成，必自竄易至有不留本初一字者，其為文章則書而傳之屋壁，出入觀省之，至於尺牘單簡，亦必立稿，其精審如此」〔註178〕，「歐陽文忠公作《晝錦堂記》，原稿首兩句是『仕宦至將相，富貴歸故鄉』，再四改訂，最後乃添兩『而』字。作《醉翁亭記》原稿起處有數十字，黏之臥內，到後來只得『環滁皆山也』五字」〔註179〕，歐陽修之所以如此反覆刪改、千錘百鍊，正是因為他要因勢成文。正所以如此，「每一篇出，士大夫皆傳寫諷誦，惟睹其渾然天成，莫究斧鑿之痕也」〔註180〕，只有因勢成文才能做到文章的渾然無斧鑿痕。

文因勢而成則似斷實續，「《史記》及韓文，其兩三句一頓，似斷不斷之處極多，要有灝氣潛行，雖陡峻亦寓綿邈，且自然恰好，所以風神絕世也」〔註181〕。文因勢而成，則為文「有不容於不多者，有不容於不少者」：

馬遷傳平原君使楚，毛遂願行。君曰：「先生處勝門之下幾年於此矣？」曰：「三年於此矣。」君曰：「先生處勝門之下三年於此矣，左右未有所稱誦，勝未有所聞，是先生無所有也。先生不能，先生留。」又傳魯仲連，新垣衍曰：「吾聞魯仲連先生，齊國之高士也。衍，人臣也，使事有職，吾不願見魯仲連先生。」及見衍，衍曰：「吾視居此圍城之中者，皆有求於平原君者也，今吾觀先生之玉貌，非有求於平原君者也。」洪容齋批云：「是三者重沓熟復，如駿馬下駐千丈坡，其文勢正爾。風行於上而水波，真天下之至文也。」老泉《禮論》云：「彼為吾君，彼為吾父，彼為吾兄。而聖人者，必使

〔註177〕 清·張次仲《瀾堂夕話》，王水照《歷代文話》（第三冊），上海：復旦大學出版社，2007：3110。
〔註178〕 元·王構《修辭鑑衡》卷二，文淵閣《四庫全書》本。
〔註179〕 清·梁章鉅《退庵論文》，《退庵隨筆》卷十九，《續修四庫全書》1197冊，上海：上海古籍出版社，2002：412。
〔註180〕 元·王構《修辭鑑衡》卷二，文淵閣《四庫全書》本。
〔註181〕 清·吳德旋《初月樓古文緒論》第8條，北京：人民文學出版社，1959：21。

之拜其君，必使之拜其父，必使之拜其兄。」若減之云「彼為吾君
父兄，而聖人者必使之拜其君父兄」，則上下文勢便不好，便接不
著。〔註182〕

文因勢而成，則「造語皆自然」，「古人下一語，如山崩，如峽流，覺攔擋
不住，其妙只是個直的」〔註183〕。文因勢而成，「情性厚，道理足，書味深，
凡近忠孝文字，偶而縱筆，自有一種高騫之聲調」〔註184〕。甚至只要文勢到，
拙語亦佳，「譬如王右軍寫字，或作一兩筆拙筆時，卻拙得來好」〔註185〕，魏
際瑞《伯子論文》云：「古人文字有累句澀句不成句處而不改者，非不能改也，
改之或傷氣格，故寧存其自然。名貼之存敗筆，古琴之仍焦尾是也。昔人論
《史記‧張蒼傳》有『年老口中無齒』句，宜刪曰『老無齒』；《公羊傳》『齊
使跛者逆跛者，禿者逆禿者，眇者逆眇者』，宜刪云『各以類逆』。簡則簡矣，
而非公羊、史遷之文，又於神情特不生動。」〔註186〕文勢到，奇險之筆亦當，
「古人作字於楷細秀婉中，忽作一重大奇險者，蓋其精神機勢所發，無能自
遏，不覺縱筆」，若無此文勢，學此奇險則流於怪異，正如「有人呵欠噴嚏必
舒肆震動而瀉之，苟無是而學為張口伸腰，豈得快哉？」〔註187〕因此，文是
否自然，關鍵就在其是否順勢成文，文從字順正是佳處，只是今天將文從字
順看得過於膚淺和率易。

文因勢而成，並不是要「一瀉千里」，而是「一波三折」最佳，因為「簡勁
明切，作家之文也；波瀾激盪，才士之文也；迂徐敦厚，儒者之文也」〔註188〕。
寫文章不能憑才情馳騁，而要寓以深厚之道，要「敦厚」。由於受儒家韜光養
晦思想的影響，古代既反對內心無物，人「枯槁如灰如瓦」，亦反對人「光彩
奪目」，張謙誼《絸齋論文》云：「美玉加以琢磨，光彩耀目，入土千年，光華
內斂，一種古色，若隱若顯，此人間至寶也……學者多讀書，深涵養，久久乃

〔註182〕宋‧陳模《懷古錄》，北京：中華書局，1993：83～84。
〔註183〕清‧劉大櫆《論文偶記》，北京：人民文學出版社，1959：5。
〔註184〕林紓《春覺齋論文》，北京：人民文學出版社，1959：80。
〔註185〕宋‧陳模《懷古錄》，北京：中華書局，1993：95。
〔註186〕清‧魏際瑞《伯子論文》，王水照《歷代文話》（第四冊），上海：復旦大學
　　　　出版社，2007：3595。
〔註187〕清‧魏際瑞《伯子論文》，王水照《歷代文話》（第四冊），上海：復旦大學
　　　　出版社，2007：3602。
〔註188〕清‧魏禧《日錄論文》，王水照《歷代文話》（第四冊），上海：復旦大學出
　　　　版社，2007：3615。

有此象。」〔註189〕創作主體要有深厚的涵養,文章則講究「蓄」,宋代陳騤《文則》云:「文之作也,以載事為難;事之載也,以蓄意為工。」〔註190〕元代王構《修辭鑒衡》引《麗澤文說》云:「文章有三等:上焉藏鋒不露,讀之自有滋味;中焉步驟馳騁,飛沙走石;下焉用意庸常,專事造語。」〔註191〕劉大櫆《論文偶記》云:「意盡而言止者,天下之至言也,然言止而意不盡者尤佳。意到處言不到,言盡處意不盡,自太史公後,惟韓、歐得其一二。」〔註192〕劉大櫆在《論文偶記》中提出「文貴遠」,其意亦是以意蓄味永為貴,「文貴遠,遠必蓄」〔註193〕。《春覺齋論文》中以「神味」來論文,其中論文以「味」亦是要求文章意思含蓄,「味者,事理精確處耐人咀嚼之謂……使言盡意盡,掩卷之後,毫無餘思,奚名為味?」〔註194〕文要「蓄」,先要蓄「勢」,「文以氣為主,氣不可以不貫;鼓氣以勢壯為美,而氣不可以不息」〔註195〕,「氣欲前,而勢欲逆,必處處取逆勢而氣乃盛,二者交相為用也。機得而後勢勝,勢勝而後氣盛」〔註196〕。「氣不王,則讀者固索然;勢不蓄,則讀之亦易盡」,蘇明允《上歐陽內翰書》稱昌黎之文:「如長江大河,渾浩流轉,魚鱉蛟龍,萬怪惶惑,而抑遏蔽掩,不使自露。」北齊顏之推曰:「凡為文章,猶人乘騏驥,雖有逸氣,當以銜勒制之,勿使流亂軌躅,放意填坑岸也。」但勢蓄,亦不是故意為之,「若下筆呻吟,於欲盡處力為控勒,於宜伸處故作停留,不惟流為矯偽,而且易致拗晦」〔註197〕。

《文心雕龍·體性》云:「夫情動而言形,理發而文見,蓋沿隱以至顯,因內而符外者也。」但「情動」而「言形」與「理發」而「文見」卻在「沿隱以至顯」的方式上大異其趣。詩重「情」,文則偏「理」,兩者雖同追求因內符外的自然成文之道,卻有著很大的差異。歸莊《吳門唱和詩序》云:

〔註189〕清·張謙誼《絸齋論文》卷二,王水照《歷代文話》(第四冊),上海:復旦大學出版社,2007:3883。

〔註190〕宋·陳騤《文則》,劉彥成《文則注譯》,北京:書目文獻出版社,1988:15。

〔註191〕元·王構《修辭鑒衡》卷二引《麗澤文說》,文淵閣《四庫全書》本。

〔註192〕清·劉大櫆《論文偶記》,北京:人民文學出版社,1959:8。

〔註193〕清·劉大櫆《論文偶記》,北京:人民文學出版社,1959:7。

〔註194〕林紓《春覺齋論文》,北京:人民文學出版社,1959:86。

〔註195〕清·劉大櫆《論文偶記》,北京:人民文學出版社,1959:5。

〔註196〕清·薛福成《論文集要》卷二之《梅伯言論文》,文學津梁本。

〔註197〕林紓《春覺齋論文》,北京:人民文學出版社,1959:77。

　　　　余嘗論作詩與古文不同：古文必靜氣凝神，深思精擇而出之，
　　是故宜深室獨坐，宜靜夜，宜焚香啜茗。詩則不然，本以娛性情，
　　將有待於興會。夫興會則深室不如登山臨水，靜夜不如良辰吉日，
　　獨坐焚香啜茗不如與高朋勝友飛觥痛飲之為歡暢也……南皮之遊，
　　蘭亭之集，諸名勝之作，一時欣賞，千古美談。雖鄴下、江左之才，
　　非後世之可及，亦由興會之難再也。〔註198〕

清人吳喬在《圍爐詩話》中亦云：

　　　　詩思與文思不同，文思如春氣之生萬物，有必然之道；詩思如
　　醴泉朱草，在作者亦不知所自來，限以一韻，即束詩思。〔註199〕

黃與堅明確指出為文與做詩「難易懸殊」：

　　　　文之為道，甚深且大，加功一二十年，卒未竟其底裏，較之詩
　　道，難易懸殊。〔註200〕

　　從詩的生成來看，主要呈現為直尋興會，無意天成，追求一種自然天成、
不假思索、不期而相遇的神妙境界。鍾嶸的《詩品序》就主張通過「即目即
景」的「直尋」方式追求詩的「自然英旨」。唐代司空圖則標舉「直致所得」，
如此詩文則「妙處皆自現前實境得來」（清・許印芳《與李生論詩書》）〔註201〕。
不論是「直尋」「直致」，都是主張人與物的直覺合一，即景會心，自然寫出，
不需理性的判斷和推理，具有無目的、非功利、自發性和偶然性的特點。古
人謂好的詩句是「盡日覓不得，有時還自來」〔註202〕，表現在創作方式上「須
其自來，不以力構」「佇興而就」〔註203〕。以這樣方式寫出的詩句，必然自然
靈妙，具有自然、真切、鮮明、生動的特點。「情景適會，與造物同其妙，非
沉思苦索而得」〔註204〕，「自然者，自然而然，本不期然而適然得之，非有心

〔註198〕清・歸莊《歸莊集》，上海：上海古籍出版社，1984：191。
〔註199〕清・吳喬《圍爐詩話》卷一，郭紹虞編選、富壽蓀校點《清詩話續編（一）》，
　　　　上海：上海古籍出版社，1983：486。
〔註200〕黃與堅《論學三說》，北京：中華書局，1985：5。
〔註201〕北京師範大學中文系文藝理論教研室《文學理論學習參考資料（上）》，瀋陽：
　　　　春風文藝出版社，1981：689。
〔註202〕明・謝榛《四溟詩話》卷二，丁福保《歷代詩話續編（下）》，北京：中華書
　　　　局，1983：1161。
〔註203〕清・王士禎《漁洋詩話》卷上，清・王夫之等《清詩話》，上海：上海古籍
　　　　出版社，1999：182。
〔註204〕明・謝榛《四溟詩話》卷二，丁福保《歷代詩話續編（下）》，北京：中華書
　　　　局，1983：1171。

求其必然也」〔註205〕，偶然詩思的背後有其必然性，但這種必然性卻是潛在的，是以偶然性為表徵的，是無法刻意追尋的。儘管「腹有詩書氣自華」，儘管心有千千結，若無外物與之「興會」，也無好的詩作。而文不同，文排斥偶然，強調必然；排斥「不以力構，佇興而就」，強調「沉思苦索」；排斥自然靈妙，強調學養積理；排斥直尋興會，強調日積月累。儘管文與詩相比，有較多的「人為」色彩，但只要順勢成文，就會寫出「渾然天成無斧鑿痕」的作品。

第四節 「渾然天成無斧鑿痕」——文之自然客體論

不論是「心生而言立，言立而文明，自然之道也」，還是「道沿聖以垂文，聖因文而明道」，作品都是自然而然的產物，但這個自然而然是「人為」的自然而然。作品是創作主體創作出的客體，那麼「人為」是否與「自然」背離呢？無論是道家還是儒家，都不反對「有為」，道家在反對外界干涉的同時強調自身順其自然的有為，強調自身的完善與發展。儒家更是強調個體在順隨自然的基礎上通過主觀努力來對人性進行提升。儒道兩家都是基於「自然」基礎上來構建和諧社會，只是道家更強調個性風采，而儒家則偏重於集體的整合。

將道家之「自然」等同於天然，而無涉於人為，並批評道家哲學「蔽於天而不知人」（《荀子‧解蔽》）是對道家哲學的誤讀。「自然」一詞在漢語中由「自」和「然」兩個漢字組成。許慎在《說文解字》中將「自」字的原義追溯到「鼻」字，和西方人用手指著心口不同，中國人往往是用手指著鼻子來指稱自己。所以，「自」就是「自己」「自身」。「然」字在古漢語中多用作指示代詞，意義為「這樣」「如此」，另「然」字還常常被用作對疑問句的肯定詞，「自然」又具有自我肯定的意味，所以「自然」的原初意義就是「自己如此」「自己而然」，並強調個體的獨特個性和自我價值。「自然」是一個萬物自己自然而然產生並不斷肯定自己、發展自己、完善自己的過程。既然「自己如此」「自然而然」，為什麼要「人法地，地法天，天法道，道法自然」（《老子》第二十五章）？人要效法地，要效法天，要效法道，通過如此途徑才達到效法自然的境界，為什麼不能「人法自然」？在道—天—地—人的序列中，人處

〔註205〕清‧朱庭珍《筱園詩話》，郭紹虞《清詩話續編（下）》，上海：上海古籍出版社，1983：2340。

於最底層,而且這個序列就已經否定了個體的獨立性和獨然性。我認為,春秋戰國時期,「天」的至上性已被打破,並且老子亦云:「道大,天大,地大,王亦大。域中有四大,而王居其一焉。」(《老子》第二十五章)既然同為「大」,應是平行而不是序列。唐朝道學家李約在《道德真經新注》中的解讀也許可以給我們一個嶄新的視角。李約改變了傳統的斷句方法,將之斷為:「人法地地,法天天,法道道,法自然。」其義是人要象地之為地、天之為天、道之為道那樣自我呈現,這樣人、地、天、道之間就是一種平行的關係,其本質特性都是「法自然」。可對此做一注腳的是王弼評注老子所云:「法自然者,在方而法方,在圓而法圓,於自然無所違也。」〔註206〕所以,所謂法自然,就是法自己,就是以自己為法,就是保持自己的獨特性而不被異化。出於對自我的肯定,老子非常強調自我的作為:

> 道生之,德蓄之,物形之,而器成之。是以萬物尊道而貴德。道之尊也,德之貴也,夫莫之爵而恒自然也。道生之,蓄之,長之,遂之,亭之,毒之,養之,覆之。生而弗有也,為而弗持也,長而弗宰也,此之為玄德。(《老子》第五十一章)

「道」即不是物質實體,亦不是精神實體,只不過是「強名之曰」的虛無玄妙的東西。之所以說「生而弗有也,為而弗持也,長而弗宰」,其意就在於並沒有一個凌駕於個體之上的主宰存在。所以「生之,蓄之,長之,遂之,亭之,毒之,養之,覆之」都只不過是個體自身的「自然而然」。既然強調自身的作為,為何又強調「無為」?強調自身的「有為」是基於自然概念的哲學範疇,強調「無為」則是基於自然概念的政治範疇和道德範疇。有為是對自身而言,無為是對他人而言。蔣錫昌先生評注《老子》「希言自然」云:

> 《老子》「言」字多指聲教法令而言,如二章「行不言之教」,五章「多言數窮」,十七章「悠哉其貴言」,均是。「希言」與「不言」「貴言」同誼,而與多言相反。「多言」者,多聲教法令之治;「希言」者,少聲教法令之治。故一即有為,一即無為也。「自然」即自成之誼。「希言自然」,謂聖人應行無為之治,而任百姓自成也。〔註207〕

所以,所謂的「無為」是不干涉別的個體,讓別的個體「自然而然」,尤指統治者對下層老百姓而言。因此,同樣是「自然」,在自身是「順其自然」

〔註206〕魏·王弼《老子道德經注》二十五章,上海:上海書店,1986:15。
〔註207〕蔣錫昌《老子校詁》,上海:商務印書館,1937:156。

的有為，對別人則是「順其自然」的無為。道家認為如果萬物不順其自然地
有為，就是異化，「壽陵餘子之學行於邯鄲，未得國能，又失其故行矣，直匍
匐而歸耳」（《莊子・秋水》）。與邯鄲學步相反，如果順隨自然而為，就會像
「庖丁解牛」那樣達到自由快樂的境界。

雖然儒家一直在調和道德倫理的必然性與人性的自然性之間的矛盾，但
強調順其自然地進行人性提升是其堅持的道德提升之路，至戴震則以「歸於
必然，適完其自然」之論解決了儒家道德倫理的必然性與人性的自然性矛盾
的難題：「自然之於必然，非二事也。就其自然，明之盡而無幾微之失焉，是
其必然也。如是而後無憾，如是而後安，是乃自然之極則。若任其自然而流
於失，轉喪其自然，而非自然也。故歸於必然，適完其自然。」所以，進行道
德提升正是最自然的事情。儒道兩家都是在順其自然的基礎上強調有為，而
人為的目的是「適完其自然」。同樣是由「技」向「道」的轉化，道家認為是
個性自由的完善，而儒家則認為是個體融合到道德倫理之中。儘管價值指向
不同，但兩者都強調一種渾化無跡、自由合道的境界。作為人為的作品，是
人的外化，是人的衍生物，是依附於人存在的，是與人融合為一的。但是，作
品並不僅是創作主體個人心性的產物，因為達到渾化無跡、自由合道境界的
創作主體，其創作並不是「師心獨往」，而是本於「天地之心」來進行創作，
劉勰甚至賦予儒家經典以天造地設的神秘色彩，創作出的作品本身就具有了
天地萬物本然的生命秩序，具有了渾樸、本色等規定性。當然，「作文豈可廢
雕琢？但須是清雕琢耳。工夫成就之後，信筆寫出，無一字一句吃力，卻無
一字一句率易，清氣澄澈中，自然古雅有風神，乃是一家數也」〔註208〕，「文
章自當從艱難入手，卻不可有艱澀之態」〔註209〕，作品的自然並不是排斥創
作主體順其自然地有為，而正是「既雕既琢，復歸於樸」。

一、渾樸性

《莊子・應帝王》中講述了一個故事：

> 南海之帝為儵，北海之帝為忽，中央之帝為渾沌。儵與忽時相與
> 遇於渾沌之地，渾沌待之甚善。儵與忽謀報渾沌之德，曰：「人皆有
> 七竅以視聽食息，此獨無有，嘗試鑿之。」日鑿一竅，七日而渾沌死。

〔註208〕清・吳德旋《初月樓古文緒論》第4條，北京：人民文學出版社，1959：20。
〔註209〕清・吳德旋《初月樓古文緒論》第3條，北京：人民文學出版社，1959：19。

　　「自然」地存在就是「渾沌」地存在，生命力就在於渾沌性與完整性。
「左氏森嚴，文贍而義明，人之盡也。《檀弓》渾化，語疏而情密，天之全也」
（劉熙載《文概》），《左傳》竭盡人力，雖能做到文理森嚴，但仍有做作的痕
跡在，不是文章至境。《檀弓》則達到了渾化天全的地步，所以「文之自然無
若《檀弓》」（劉熙載《文概》）〔註210〕。《檀弓》是完整的不可分割的整體，
一字不可移易，「鳧脛雖短，續之則憂；鶴脛雖長，斷之則悲。《檀弓》文句，
長短有法，不可增損，其類是哉」〔註211〕。自然存在的作品不能有任何人為
的痕跡，「文章只如作家書方是」〔註212〕，強調的就是為文不能做作。韓退
之《祭十二郎文》，其敘情已極自然，然宋人陳模仍嫌其「猶有做作處」，並推
崇淡然無痕的歐陽修，其云：「歐公《論尹師魯墓誌》，未嘗作文，而文字亦自
然好。」〔註213〕學古要善化，而不能有擬古的痕跡，「（柳子厚）其學《國語》
《水經》，不見其痕，是為融化。歐陽學韓而不見其為韓，東坡學孟子而不見
其為孟子，南豐學劉向、匡衡而不見為向、衡，老泉、荊公各學申、韓而各成
一門戶，善於變也。如糞壤之培麥稻，脫穗生華；如麥稻之為飯餌，蒸溲為
餈」〔註214〕。用事亦要無痕，張謙誼《絸齋論文》批評時人云：「今人作文，
好用典故襯帖實跡，如割死人肉黏在活人面上，模樣更看不得。」〔註215〕用
事「當如水中著鹽，但存鹽味，不見鹽質」〔註216〕，「用故事須如訟人告干
證，又如一花一石，偶然安放，否則，窮人補衣，但貼上一塊而已」〔註217〕。
為文要雕琢，其目的不是文辭的華麗，而是要消除人為做作的痕跡。無痕就
是拙，但「拙者，巧之至，非真拙也」；無痕就是樸，但樸卻能「不著脂粉而
精彩濃麗」；無痕就是疏，「凡文力大則疏，氣疏則縱，密則拘；神疏則逸，密

〔註210〕清・劉熙載撰，劉立人、陳文和點校《劉熙載集》，上海：華東師範大學出
　　　　版社，1993：53。
〔註211〕宋・陳騤撰，劉彥成注譯《文則注譯》，北京：書目文獻出版社，1988：115。
〔註212〕宋・陳模《懷古錄》，北京：中華書局，1993：95。
〔註213〕宋・陳模《懷古錄》，北京：中華書局，1993：95。
〔註214〕清・張謙誼《絸齋論文》卷二，王水照《歷代文話》（第四冊），上海：復旦
　　　　大學出版社，2007：3882。
〔註215〕清・張謙誼《絸齋論文》卷一，王水照《歷代文話》（第四冊），上海：復旦
　　　　大學出版社，2007：3880。
〔註216〕林紓《春覺齋論文》，北京：人民文學出版社，1959：44。
〔註217〕清・魏際瑞《伯子論文》，王水照《歷代文話》（第四冊），上海：復旦大學
　　　　出版社，2007：3597。

則勞；疏則生，密則死」〔註218〕，語疏而意密；無痕就是淡，但「淡非淡薄之謂」，文淡而意濃。

「自然」的作品整體呈現出一種風貌、氣象，而不是僅憑一二句妙語增采，「通篇之古淡，而不必有可圈之句」〔註219〕。這種文章不是「無精神魂魄，不能活潑潑地」的「文字規模間架聲音節奏」，「譬如幻師塑土木偶，耳目口鼻儼然似人」，卻沒有生命力，而是具有自身的生命力。「讀其文可想見其人」，作品的生命力正是創作主體生命力的折射，如「讀六經便見聖人氣象，讀孟子便見泰山崖崖氣象……雖有偽者，不能強飾以欺人也」〔註220〕，「漢人之文自以董子、賈生、劉子政、諸葛武侯諸文為有儒者氣象」，「宋賢之文惟韓歐有儒者氣象，其次則曾子固，至王介甫、三蘇皆非儒者氣象」〔註221〕，「文肅公說夏英公『文章有館閣氣象，異日必顯』，後亦如其言」〔註222〕。

二、本色

「『白賁』占於『賁』之上爻，乃知品居極上之文，只是本色」（劉熙載《文概》）〔註223〕，「自然」地存在就是本真地存在，就是以自己本身的面貌存在。老莊提出「法自然」就是要「歸真」，郭象注《莊子・大宗師》曰：「夫真者，不假於外物而自然也。」顏師古注《漢書・楊王孫傳》曰：「真者，自然之道也。」作品之真包括三個層面：一是對創作主體而言，是創作主體的真實流露；一是對所反映的客體而言，是對客觀現實的真實反映；三是對作品自身而言，語言文字真實地反映內容，做到形式與內容的統一。

「文品以人品為本」「文章通與性命」，文章是創作主體的真實流露，「是其人皆可，不是其人皆浮逐也。不知為不知，而就事言事皆可，未得為得而專作誇己掃人之詞，又不如藏拙矣」〔註224〕。因此，文章的本色正是創作主體本色的體現，但本色並不就等同於創作主體的真實面貌，本色並不是淺

〔註218〕清・劉大櫆《論文偶記》，北京：人民文學出版社，1959：8。
〔註219〕清・吳德旋《初月樓古文緒論》第7條，北京：人民文學出版社，1959：20。
〔註220〕清・張秉直《文談・鄙說》，青照堂叢書本。
〔註221〕清・方宗誠《讀文雜記》，柏堂遺書本。
〔註222〕元・王構《修辭鑒衡》卷二引《皇朝類苑》，文淵閣《四庫全書》本。
〔註223〕清・劉熙載撰，劉立人、陳文和點校《劉熙載集》，上海：華東師範大學出版社，1993：86。
〔註224〕清・方以智《文章薪火》，王水照《歷代文話》（第四冊），上海：復旦大學出版社，2007：3207～3208。

薄，本色並不是無識。淺薄無識之文真則真矣，卻不能謂之本色。本色正是
創作主體的獨特之見，「觀秦漢以前之文，每家各有本色，且莫不各有一段
千古不可磨滅之見。是以老家必不肯勸儒家之說，縱橫家必不肯借墨家之談。
各自其本色而鳴之為言，雖為術雜駁，要皆本色也」；若自身並無獨特之見，
用華麗的辭藻來掩蓋自己的無識，以艱深之辭飾淺陋之說，正如「貧人借富
人之衣，莊農作大賈之飾」〔註225〕，皆非本色，且只能是欲蓋彌彰，「大家
文如故家子弟，雖破巾敝服，體氣安貴，小家文如暴富，渾身盛服，反增醜
態」〔註226〕。

　　張次仲《瀾堂夕話》云：「文章未論妍媸，先辨真偽。蘇、張家詐則真詐，
申、韓家刻則真刻。渠於父子夫婦之間，語言嚬笑之際，反覆無端，殘忍百
至，寧使天下欲殺，不忍吾眼不傳。今人有此才情，無此見識；有此見識，無
此心膽。」〔註227〕這裡的「真」就是要求文章要真實地刻畫出現實狀態。而
要做到文章之「真」實非易事，正如張次仲所言，不但要有才情，要有見識，
更重要的要具有心膽，要具有「寧使天下欲殺，不忍吾眼不傳」的勇氣和膽
量。《覘齋論文》讚賞「古人書陳橋一事」具有「天雷劈案而不懼，書枋頭一
敗，嚇以湛族而不悔」的「定力」〔註228〕。

　　王若虛在《文辨》中最突出的理論建樹，是「真」「是」二字，指出「夫
文章惟求真是而已」〔註229〕，並以此權衡上下古今文章。統觀王若虛《文辨》，
所謂的「真是」，就是要求文章能夠真切地表現所寫的內容，恰當地描寫對象。
因此，在風格上他推崇「自然」，反對模擬，反對擬古不化，反對過分追求奇
險語新，認為「文貴不襲陳言，亦其大體耳，何至字字求異」〔註230〕。如何
能做到形式與內容的相符呢？這就是「辭，達而已矣」（《論語・衛靈公》）。在
語言的傳達上，過去有一種理論認為中國古代文章創作尚「簡」。尚簡確是某

〔註225〕清・田同之《西圃文說》卷三，王水照《歷代文話》（第四冊），上海：復旦
　　　　大學出版社，2007：4093。
〔註226〕清・魏際瑞《伯子論文》，王水照《歷代文話》（第四冊），上海：復旦大學
　　　　出版社，2007：3600。
〔註227〕清・張次仲《瀾堂夕話》，王水照《歷代文話》（第三冊），上海：復旦大學
　　　　出版社，2007：3114。
〔註228〕清・張謙誼《覘齋論文》卷一，王水照《歷代文話》（第四冊），上海：復旦
　　　　大學出版社，2007：3871。
〔註229〕元・王若虛《滹南遺老集》卷三十四，《四部叢刊初編》本。
〔註230〕元・王若虛《滹南遺老集》卷三十四，《四部叢刊初編》本。

些文論家的追求，比如陳騤《文則》云：「事以簡為上，言以簡為當。言以載事，文以著言，則文貴其簡也。」〔註231〕劉大櫆《論文偶記》云：「文貴簡。」「簡為文章盡境。」〔註232〕在評文上，一些文論家也常從繁簡的角度論文之優劣。但語言文字的傳達是要真實、真切地表現內容，因此「文章有宜簡者，《孟子》『河東凶亦然』是也。有不宜簡者，『今王鼓樂於此』『先生以利說秦楚之王』是也……又有宜簡而不得不詳者……文有自然之情，有當然之理。情著為狀，理著為法。是斷然而不容穿鑿者也」〔註233〕，「文有以繁為貴者」〔註234〕。因此，對於古代文章創作領域中的「簡」不能膚淺地看待，簡在古代文章創作領域有著獨特的規定性和內涵，「若庸絮懈蔓，一句亦謂之煩，切到精詳，連篇亦謂之簡」〔註235〕，「豐不餘一言，約不失一辭」〔註236〕，「一一如見，不待注釋解說而後明。如此，乃謂真簡，真化工之筆矣」〔註237〕。如仔細閱讀推崇簡為上的文論著作，就會發現，此類文論家大都會對「簡」作一番必要的闡釋，如《文則》繼「事以簡為上，言以簡為當。言以載事，文以著言，則文貴其簡也」後，即云：「文簡而理周，斯得其簡也。讀之疑有缺焉，非簡也，疏也。」〔註238〕劉大櫆《論文偶記》則賦予簡諸多意蘊：「凡文筆老則簡，意真則簡，辭切則簡，理當則簡，味淡則簡，氣蘊則簡，品貴則簡，神遠而含藏不盡則簡。」〔註239〕在如此詮釋的基礎上，方提出「簡為文章盡境」這一命題。由於以「簡」為尚，易引起誤解，所以有些文論家反對以簡衡文，王若虛《文辨》云：「若以文章正理論之，亦惟適其宜而已，豈專以是為貴哉？蓋簡而不已，其弊將至於儉陋而不足觀矣。」〔註240〕田同之《西圃文說》云：「論文者或尚繁，或尚簡。然

〔註231〕宋·陳騤撰，劉彥成注譯《文則注譯》，北京：書目文獻出版社，1988：12。
〔註232〕清·劉大櫆《論文偶記》，北京：人民文學出版社，1959：8。
〔註233〕清·魏際瑞《伯子論文》，王水照《歷代文話》（第四冊），上海：復旦大學出版社，2007：3595。
〔註234〕元·王構《修辭鑒衡》卷二，文淵閣《四庫全書》本。
〔註235〕清·魏際瑞《伯子論文》，王水照《歷代文話》（第四冊），上海：復旦大學出版社，2007：3601。
〔註236〕元·王構《修辭鑒衡》卷二引《呂氏童蒙訓》，文淵閣《四庫全書》本。
〔註237〕清·魏禧《日錄論文》，王水照《歷代文話》（第四冊），上海：復旦大學出版社，2007：3614。
〔註238〕宋·陳騤撰，劉彥成注譯《文則注譯》，北京：書目文獻出版社，1988：12。
〔註239〕清·劉大櫆《論文偶記》，北京：人民文學出版社，1959：8。
〔註240〕元·王若虛《滹南遺老集》卷三十六，《四部叢刊初編》本。

繁非也，簡非也，不繁不簡亦非也……論文者當辨其美惡，不當以繁簡難易也。」〔註241〕

　　衡量文辭最恰當的標準，還是孔子的主張，「孔子曰：辭，達而已矣。辭主乎達，不論其繁與簡也」「是故辭主乎達，不主乎簡」〔註242〕，「蘇長公云『吾為文惟行乎其當行，止乎所不得不止』二語，論文家無不以為口實矣。然究其所以之故，吾得一言以蔽之，曰『辭達而已矣』」〔註243〕。那麼，什麼是達呢？「辭達」是一種不雕琢、行雲流水、自由無礙的狀態，即蘇東坡《與謝民師推官書》所云：「求物之妙，如繫風捕影，能使是物了然於心者，蓋千萬人而不一遇也。而況能使了然於口與手者乎？是之謂辭達。辭至於能達，則文不可勝用矣。」〔註244〕能夠對客觀事物的特性有深刻的瞭解，同時又能自然流暢地將它表達出來，才叫做「辭達」，是一種看似容易、實則很難達到的境界。方孝孺《與舒君書》云：「文者，辭達而已矣。然辭豈易達哉……夫所謂達者，如決江河而注之海，不勞餘力，順流直趨，終焉萬里。勢之所觸，裂山轉石，襄陵蕩壑，鼓之如雷霆，蒸之如煙雲，登之如太空，攢之如綺穀，迴旋曲折，抑揚噴伏，而不見艱難辛苦之態，必至於極而後止。此其所以為達也，而豈易哉！」〔註245〕方以智《文章薪火》引《譚苑醍醐》曰：「『辭達而已矣』，恐人溺於辭而忘躬行也。淺陋者借之。《易傳》《春秋》，孔子之特筆，其言玩之若近，尋之益遠；陳之若肆，研之益深，天下之至文也，豈止達而已哉？」並予以進一步闡釋云：「夫意有淺言之而不達，深言之而乃達者；詳言之而不達，略言之而乃達者；正言之而不達，旁言之而乃達者；俚言之而不達，雅言之而乃達者。故東周、西漢之文最古，而其能道人意中事最徹。今以淺陋為達，是烏知達哉！」〔註246〕方宗誠《文章本原》云：「達，通也……通乎天道，通乎人情，通乎物理之謂達……不達則為詖辭。達而已，

〔註241〕清・田同之《西圃文說》卷三，王水照《歷代文話》（第四冊），上海：復旦大學出版社，2007：4098。

〔註242〕清・張秉直《文談・作文之法》引《日知錄》，青照堂叢書本。

〔註243〕清・田同之《西圃文說》卷三，王水照《歷代文話》（第四冊），上海：復旦大學出版社，2007：4094。

〔註244〕宋・蘇軾撰，孔凡禮點校《蘇軾文集》，北京：中華書局，1986：：1418。

〔註245〕方孝孺《遜志齋集4》，王雲五《萬有文庫》第二集471冊，北京：商務印書館，1935：349。

〔註246〕清・方以智《文章薪火》，王水照《歷代文話》（第四冊），上海：復旦大學出版社，2007：3218。

則言皆順理而發，自無邪遁之失。」〔註247〕文辭只有做到「達」，方能情理畢現。

正如張謙宜在《絸齋論文》中所言：「文字一真，便兼眾妙。」〔註248〕古代對作品的最高評價不是「好」，不是「美」，而是「妙」。劉大櫆《論文偶記》云：「文章到極妙處，便一字不可移易。所謂無一定之律，而有一定之妙。」〔註249〕而「妙」正是自然的特性。「妙」這個範疇是老子第一次提出來的。老子說：

> 道可道，非常道；名可名，非常名。無，名天地之始；有，名萬物之母。故常無，欲以觀其妙；常有，欲以觀其徼。此兩者，同出而異名。同謂之玄。玄之又玄，眾妙之門。（《老子》第一章）

道家所謂的「玄」正是對現象界的一種終極追思，而這種終極的追思正是指向「自然」，因為世間萬物，包括「道」，都是「法自然」。所以，「妙」正是對自然的一種描述。老子稱讚「古之善為道者」「微妙玄通，深不可識」（《老子》第十五章），所謂「善為道」「微妙玄通」正是達到了順隨自然的自由境界。只有「自然」方能稱妙，「自然」的作品也就「妙不可言」了。

〔註247〕清·方宗誠《文章本原》卷二《論文章本原二》，柏堂遺書本。
〔註248〕清·張謙誼《絸齋論文》卷一，王水照《歷代文話》（第四冊），上海：復旦大學出版社，2007：3875。
〔註249〕清·劉大櫆《論文偶記》，北京：人民文學出版社，1959：13。

結語　古代文法的場域與內核

　　中國是詩和文的國度，但文與詩相較，作為載道之具和人格之體徵，在古代讀書人心目中居有更高的地位，因此文法與純技藝性的詩法相較，更多受到文治文化的影響，富有政教色彩和人文光輝。由於古代文章所用的文言是與口語脫節的書面語，文章創作的核心不是思維的自然言說，而是借用文言以達意，因此與當代文法注重思維的邏輯表達、探求「語順」不同，古代文法關注以文見意，探求的是「辭達」。

一、道與文的緊張與融合是古代文法的獨特場域

　　《易》云：「觀乎天文，以察時變；觀乎人文，以化成天下。」中國古代「文」自始即非具有審美追求自目的性的獨立、自為的存在，而是承擔宣教佈道功能他為的、工具性的存在，是中國古代文治文化政教建制中的一部分。道與文在中國古代文化背景下，是既對立又依存的關係：道無文不足以自明，道的存在要以文來呈現；文之小技必須要以政教聖道為自己最根本的價值依存，文因道而貴。漢代大賦及魏晉時期駢文都試圖爭脫道的制約與內控，追求自身審美性，這種努力被唐代韓柳所倡導的古文運動所遏止，韓柳所倡導的古文就是以政教經典文本為範本的政教之文，古文運動的目的就是扭轉文之審美目的性，實現教化功能的回歸，並力圖達到道與文之間的融合。道對文的制約與文本身審美自目的性追求之間的緊張與融合，貫穿整個中國文學發展史，文法的構建和發展正是在這樣一種獨特的場域下進行的。

　　道與文的緊張，使得古代學者對「文」的態度極其複雜。道要因文而顯，勢必使文法指向文本本身，劉勰正是認識到「道沿聖以垂文，聖因文而明道」，

從而第一次系統地對為文之「術」進行較為全面的論述，韓愈亦是因「好道」從而「好辭」。但對文本本身的過分關注，又使學者產生文本對道遮蔽的不安與焦慮，從而反覆強調「道」的重要性，使道成為駕御文的力量。「道勝者文不難而自至」「理解者文不期工而自工」「足於道者，文必自然流出」等論調皆使文法指向「道」，而非「文」。甚至個別道學家試圖徹底消除道對文的依存，達到道本身的自為性與自足性。程頤提出「作文害道」說，朱熹則以道的呈現即為文，提出「這文皆是從道中流出」，把文異化為道外化的結果。這就使古代文法經歷了在「道」與「文」之間長期的游移和滑動，而二者的依存性最終導致古代文章寫作中的達道意識，道對文的制約與內控轉化為如何寫出符合道要求的文章的問題。所以，南宋末期出現的文法技法轉向，並非文審美本性的彰顯，而是道與文經過長期緊張進一步融合的結果。明茅坤《唐宋八大家文鈔‧序》云：「文特以道相盛衰，時非所論也。其間工不工，則又繫乎斯人者之稟，與其專一之致否何如耳……孔子之所謂『其旨遠』，即不詭於道也；『其辭文』，即道之燦然，若象緯者之曲而布也。斯固庖犧以來人文不易之統也。」〔註1〕明顯體現出道統與文統的合一。但是，宋代以後，道統的弱化亦是不爭的事實，李贄對偽道「假」的批判正切中時弊，加之科考的極度功利性，始於南宋末期的文法轉向到明代就因缺乏崇高的人文信念為支撐，而日趨瑣細，反而成為文章寫作的桎梏，導致文的質量江河日下。在古代文治文化的獨特語境下，此弊亦只能依靠「道統」起而拯之，明代出現的「真情」「性靈」之說主要在詩、戲曲領域，而對於中國古代以文化精英自居的文人學士而言，是將「文」看作良知信念和天道人心之所在，是其價值信念之載體。因此，將文章拉出死法泥潭的力量只能來自對「道」的識悟，這也就是明清文論家反覆強調的「識」「識量」「識力」。清代姚鼐《答翁學士書》云：「詩文，皆技也。技之精者必近道。故詩文美者，命意必善……故聲色之美，因乎意與氣而時變者也。是安得有定法哉？」〔註2〕倘沒有「道」對文章價值的支撐，技法亦只能成為毫無人文意義和價值的「魔法」而已。

　　道與文的緊張與融合，是古代獨特文化語境之下發生的文學現象，從根本上決定著文法的基本走向，並賦予文法以政教色彩和人文光輝。

〔註1〕明‧茅坤《唐宋八大家文鈔》，文淵閣《四庫全書》本。
〔註2〕清‧姚鼐《惜抱軒全集》，國學整理社，1936：64。

二、以文示意是古代文法建設的內在理路

　　與白話文「話怎麼說就怎麼寫」不同，文言並非日常口語的言說，文言文也不是思維的自然表達，而是超思維性的示意。古代對「言」「意」關係的困惑與論述都表明文言的示意性追求與思維活動的非同步性、非同質性及其在文學創作中的扞格與互動。因此，古人論文法的動機和指向是「達意」，而不是思維的言說。其文章好壞的標準也不在於是否明確地言說作者的思想，而在於是否將作者的思想意識和整體品格內涵完整清晰地予以呈現。當下，語言是思維的工具，完整的思維必定是完整的言說，思維的清晰往往也就意味著表達的明確，因此文法是針對思維言說的交流效果而設。而文言並非思維的工具，而是達意的工具，古代文法所面對的關鍵問題是「辭」如何達「意」，這也就是孔子提出的文辭目標：「辭，達而已矣」。因此，中國古代文法的目的和指向是提高文構示意的效果。

　　達意首先要煉意。古代文章家所談之意並非僅指文意，而是包括作者思想、心理、品格、學養、膽識和才情在內的整體內涵。因此，古代文法極其強調作家的修養，提出「修辭立其誠」「為文當先養氣」，認為只有養成「剛健篤實，輝光日新」的精神，才能發文之光輝，成文章之采。而這種意的呈現則是文章技法所要面對和解決的核心問題，可以說古代文法技法論都是圍繞著文的示意性而展開。唐杜牧《答莊充書》云：「凡為文以意為主，氣為輔，以辭采章句為之兵衛。」〔註3〕黃庭堅云：「每作一篇，先立大意，長篇須曲折三致意乃成章耳。」〔註4〕古代文章寫作必須要以示意性目的為根本，這是中國古代文化獨特背景下文章寫作的一個最為核心的命題。

　　由於意的呈現性而非言說性，意實非言可盡，古代文章最高追求不是思維的明確表達，而是「言止而意不盡」的文之韻味。既要達必有之意，又要呈無窮意味，由此，使得古代文法理論充滿了辯證色彩，出現文與質、繁與簡、豐與約、實與虛、密與疏、結實與空靈、華與樸、明與奧、續與斷等等術語與命題。以繁簡而論，文章過度文飾可能會遮蔽欲示之意，因此，有尚簡之論，其深意在於力圖使文示內涵充分凸現出來。但過於簡省又會對充分示意造成障礙。這些辯證性的術語及其相關論爭，使得古代文法論呈現出豐富的意蘊。

〔註3〕唐・杜牧撰，陳允吉校點《杜牧全集》，上海：上海古籍出版社，1997：124。
〔註4〕宋・張鎡《仕學規範》卷三十九，文淵閣《四庫全書》本。

　　雖然由於非自然言說性，文言無法達到充分的思維性內化，成為困擾中國古代文人的一大難題。但是，這種文言的示意性卻造就了中國古代文章獨特的示意之美。文章的美學意蘊不在於思想和思維，而是超越於思想和思維的無限意味。文言雖然不利於思想的自然言說，卻可以達致這種思想和語言無法完全言說的意識、意味與意蘊。也正因如此，古代文章所煥發出的示意之美，其整體意象性的呈現、餘味無窮的深長意味和妙不可言的文字表達都使之散發出西方文字和文學不具備的獨特魅力。古代文字和文言的示意特性決定了古代文法獨特的「意」向性，並使之煥發出美之韻味。

主要參考文獻

1. （宋）朱熹撰《周易本義》，天津古籍出版社（據清明善堂刻本影印），1986 年。

2. （唐）孔穎達撰《周易正義》，十三經注疏本，中華書局，1957 年。

3. （漢）毛亨傳，鄭玄箋，（唐）孔穎達疏《毛詩注疏》，文淵閣《四庫全書》本。

4. （漢）鄭玄注，（唐）賈公彥疏《周禮注疏》，中華書局，1957 年。

5. （漢）鄭玄注，（唐）孔穎達正義，黃侃經文句讀《禮記正義》，上海古籍出版社，1990 年。

6. （戰國）管仲撰，（清）戴望校《管子校正》，諸子集成本，中華書局，1954 年。

7. （清）劉寶楠撰《論語正義》，諸子集成本，中華書局，1957 年。

8. （魏）何晏等注，（宋）邢昺疏《論語注疏》，上海古籍出版社，1990 年。

9. 楊伯峻《論語譯注》，中華書局，1980 年。

10. （清）焦循撰《孟子正義》，諸子集成本，中華書局，1954 年。

11. （清）王先謙撰，沈嘯寰、王星賢點校《荀子集解》，中華書局，1988 年。

12. （宋）朱熹撰《四書章句集注》，新編諸子集成本，中華書局，1983 年。

13. 朱謙之撰《老子校釋》，新編諸子集成本，中華書局，1984 年。

14. 陳鼓應撰《莊子今注今譯》，中華書局，1983 年。

15. （戰國）韓非撰，（清）王先慎集解《韓非子集解》，諸子集成本，中華書局，1954 年。

16.（戰國）商鞅撰，（清）嚴萬里校《商君書》，諸子集成本，中華書局，1954年。

17.（戰國）孫武撰，（魏）曹操等注《孫子十家注》，諸子集成本，中華書局，1954年。

18.（清）孫詒讓撰《墨子閒詁》，新編諸子集成本，中華書局，1986年。

19.（漢）董仲舒撰，（清）蘇輿義證，鍾哲點校《春秋繁露義證》，新編諸子集成本，中華書局，1992年。

20.（漢）揚雄撰《揚子法言》，諸子集成本，中華書局，1954年。

21.（漢）桓寬撰《鹽鐵論》，諸子集成本，中華書局，1954年。

22.（漢）劉安撰，（漢）高誘注《淮南子》，諸子集成本，中華書局，1954年。

23.（漢）王充撰《論衡》，上海古籍出版社，1990年。

24.（漢）蔡邕撰《獨斷》，《四部叢刊三編》本。

25.（東晉）葛洪撰《抱朴子》，諸子集成本，中華書局，1954年。

26.（南北朝）顏之推撰《顏氏家訓》，諸子集成本，中華書局，1954年。

27. 徐元誥撰，王樹民、沈長雲點校《國語集解》，中華書局，2002年。

28.（晉）范甯集解，（唐）楊士勳疏《春秋穀梁傳注疏》，上海古籍出版社，1990年。

29.（晉）杜預注，（唐）孔穎達疏《春秋左傳正義》，十三經注疏本，上海古籍出版社，1990年。

30.（漢）司馬遷撰《史記》，中華書局，1959年。

31.（漢）班固撰《漢書》，中華書局，1964年。

32.（南朝宋）范曄撰，（唐）李賢等注《後漢書》，中華書局，1965年。

33.（梁）沈約撰《宋書》，中華書局，1974年。

34.（唐）房玄齡等撰《晉書》，中華書局，1974年。

35.（梁）蕭子顯撰《南齊書》，中華書局，1972年。

36.（元）脫脫等撰《宋史》，中華書局，1977年。

37.《宋會要輯稿》，中華書局，1957年。

38.（元）佚名撰《宋史全文》，黑龍江人民出版社，2004年。

39.（明）宋濂等撰《元史》，中華書局，1976年。

40.（清）張廷玉等撰《明史》，中華書局，1974年。

41. 朱壽朋編《光緒朝東華錄》，中華書局，1958 年。

42.（漢）許慎撰，段玉裁注《說文解字注》，上海古籍出版社（據經韻樓原刻本整理影印），1981 年。

43.（晉）郭璞注，（宋）邢昺疏《爾雅疏》，清阮刻十三經注疏本。

44.（宋）沈括撰，胡道靜校注《新校正夢溪筆談》，中華書局，1957 年。

45.（漢）揚雄撰，張震澤校注《揚子雲集》，上海古籍出版社，1993 年。

46.（唐）呂溫撰《呂衡州集》，文淵閣《四庫全書》本。

47.（唐）韓愈撰，馬其昶校注，馬茂元整理《韓昌黎文集校注》，上海古籍出版社，1986 年。

48.《五百家注昌黎先生文集》，文淵閣《四庫全書》本。

49.（宋）朱熹撰《昌黎先生集考異》，上海古籍出版社，1981 年。

50.（唐）柳宗元撰，吳文治等校點《柳宗元集》，中華書局，1979 年。

51.（唐）杜甫撰，（清）仇兆鰲注《杜詩詳注》，中華書局，1979 年。

52.（唐）李翱撰《李文公集》，文淵閣《四庫全書》本。

53.（唐）沈亞之撰，肖占鵬，李勃洋校注《沈下賢集校注》，南開大學出版社，2003 年。

54.（唐）李德裕撰《李文饒集》，《四部叢刊》本。

55.（唐）李商隱撰，（清）馮浩詳注，錢振倫、錢振常箋注《樊南文集》，上海古籍出版社，1988 年。

56.（唐）杜牧撰，陳允吉校點《杜牧全集》，上海古籍出版社，1997 年。

57.（宋）唐庚撰《眉山唐先生文集》，《四部叢刊三編》本。

58.（宋）柳開撰《河東集》，文淵閣《四庫全書》本。

59.（宋）王禹偁撰《小畜集》，文淵閣《四庫全書》本。

60.（宋）歐陽修撰，李逸安點校《歐陽修全集》，中華書局，2001 年。

61.（宋）蘇軾撰，孔凡禮點校《蘇軾文集》，中華書局，1986 年。

62.（宋）蘇軾撰，孔凡禮點校《蘇軾詩集》，中華書局，1982 年。

63.（宋）蘇轍撰，陳宏天、高秀芳點校《蘇轍集》，中華書局，1990 年。

64.（宋）王安石撰《臨川先生文集》，中華書局，1959 年。

65.（宋）張耒撰，李逸安、孫通海、傅信點校《張耒集》，中華書局，1990 年。

66.（宋）張孝祥撰《于湖集》，文淵閣《四庫全書》本。

67.（宋）黃庭堅撰，劉琳，李勇先，王蓉貴校點《黃庭堅全集》，四川大學出版社，2001 年。

68.（宋）周敦頤撰《周濂溪集》，叢書集成初編本，中華書局，1985 年。

69.（宋）陸九淵撰，鍾哲點校《陸九淵集》，中華書局，1980 年。

70.（宋）程顥，程頤撰，王孝魚點校《二程集》，中華書局，2004 年。

71.（宋）朱熹撰《晦庵集》，卷八十四，文淵閣《四庫全書》本。

72.（宋）黎靖德編《朱子語類》，中華書局，1986 年。

73.（宋）陳傅良撰《止齋集》，文淵閣《四庫全書》本。

74.（宋）陳亮撰，鄧廣銘點校《陳亮集》（增訂本），中華書局，1987 年。

75.（元）方回撰《桐江集》，清嘉慶《宛委別藏》本。

76.（元）吳澄撰《吳文正集》，文淵閣《四庫全書》本。

77.（元）王若虛撰《滹南遺老集》，《四部叢刊初編》本。

78.（元）王惲撰《秋澗集》，文淵閣《四庫全書》本。

79.（元）郝經撰《陵川集》，文淵閣《四庫全書》本。

80.（元）劉壎撰《水雲村稿》，文淵閣《四庫全書》本。

81.（元）劉將孫撰《養吾齋集》，文淵閣《四庫全書》本。

82.（明）楊士奇撰《東里集續集》，文淵閣《四庫全書》本。

83.（明）羅萬藻撰《此觀堂集》，《四庫存目叢書》本。

84.（明）宋濂撰，羅月霞主編《宋濂全集》，浙江古籍出版社，1999 年。

85.（明）朱右撰《白雲稿》，文淵閣《四庫全書》本。

86.（明）方孝儒撰《遜志齋集》，《四部叢刊》本。

87.（明）王鏊撰《震澤集》，文淵閣《四庫全書》本。

88.（明）李夢陽撰《空同集》，文淵閣《四庫全書》本。

89.（明）何景明撰《何大復集》，中州古籍出版社，1989 年。

90.（明）李開先撰，路工輯校《李開先集》，中華書局，1959 年。

91.（明）王慎中撰《遵巖集》，文淵閣《四庫全書》本。

92.（明）唐順之撰《荊川先生文集》，《四部叢刊》本。

93.（明）王世貞撰《弇州四部稿》，文淵閣《四庫全書》本。

94.（明）李贄撰《焚書·續焚書》，中華書局，1975 年。

95. （明）徐渭撰《徐渭集》，中華書局，1983 年。

96. （明）袁宏道撰，錢伯城箋校《袁宏道集箋校》，上海古籍出版社，1981 年。

97. （明）袁中道撰《珂雪齋集》，上海古籍出版社，1989 年。

98. （明）李維楨撰《大泌山房集》，《四庫存目叢書》本。

99. （明）鍾惺撰，李先耕，崔重慶標校《隱秀軒集》，上海古籍出版社，1992 年。

100. （明）譚元春撰，陳杏珍標校《譚元春集》，上海古籍出版社，1998 年。

101. （明）茅坤撰，張大芝、張夢新點校《茅坤集》，浙江古籍出版社，1993 年。

102. （明）孫鑛撰《月峰先生居業次編》，明萬曆四十年呂胤筠刻本。

103. （明）艾南英撰《天傭子全集》，道光間刻本。

104. （清）金人瑞撰，曹方人，周錫山標點《金聖歎全集》，江蘇古籍出版社，1985。

105. （清）錢謙益撰《牧齋有學集》，上海古籍出版社，1996 年。

106. （清）黃宗羲撰，沈善洪主編《黃宗羲全集》，浙江古籍出版社，2005 年。

107. （清）侯方域撰，王樹林校《侯方域集校箋》，中州古籍出版社，1992 年。

108. （清）魏際瑞撰《魏伯子文集》，道光二十五年珍溪之綏園書塾重刊本。

109. （清）魏禧撰《魏叔子文集》，中華書局，2003 年。

110. （清）魏禮撰《魏季子文集》，道光二十五年珍溪之綏園書塾重刊本。

111. （清）陳玉璂撰《學文堂集》，光緒二十三年《常州先哲遺書》本。

112. （清）汪琬撰《堯峰文鈔》，《四部叢刊》本。

113. （清）戴名世撰《戴名世集》，中華書局，1986 年。

114. （清）方苞撰，劉季高校點《方苞集》，上海古籍出版社，1983 年。

115. （清）程廷祚撰《青溪集》，《金陵叢書》本。

116. （清）錢大昕撰《潛研堂集》，上海古籍出版社，1989 年。

117. （清）姚鼐撰《惜抱軒全集》，國學整理社，1936 年。

118. （清）姚鼐撰，冀復初標點《姚惜抱尺牘》，上海新文化書社，1935 年。

119. （清）梅曾亮撰，彭國忠，胡曉明校點《柏硯山房詩文集》，上海古籍出版社，2005 年。

120.（清）劉開撰《劉孟塗集》,《續修四庫全書》本。

121.（清）王元啟撰《祗平居士集》,清嘉慶十七年刻本。

122.（清）曾國藩撰《曾國藩全集》,嶽麓書社,1986 年。

123.（清）劉熙載撰,劉立人,陳文和點校《劉熙載集》,華東師範大學出版社,1993 年。

124.（清）方宗誠撰《柏堂集》,清光緒年間桐城方氏刻本。

125.（清）吳汝綸撰《吳汝綸全集》,黃山書社 2002 年。

126.（清）嚴可均輯《全上古三代秦漢三國六朝文》,中華書局,1958 年。

127.（梁）蕭統編,（唐）李善注《文選》,上海古籍出版社,1986 年。

128.（宋）姚鉉編《唐文粹》,《四部叢刊初編》本。

129.（明）茅坤撰《唐宋八大家文鈔》,文淵閣《四庫全書》本。

130.（清）黃宗羲編《明文海》,中華書局,1987 年。

131.（西晉）陸機撰,張少康集釋《文賦集釋》,上海古籍出版社,1984 年。

132.（南朝梁）劉勰撰,王利器校箋《文心雕龍校證》,上海古籍出版社,1980 年。

133.（日）遍照金剛撰,盧盛江校考《文鏡秘府論匯校匯考》,中華書局,2006 年。

134.（宋）王銍撰《四六話》,《叢書集成初編》本。

135.（宋）唐庚撰《子西文錄》,《歷代詩話》本。

136.（宋）陳善撰《捫虱新話》（據涵芳樓舊版影印）,上海書店,1990 年。

137.（宋）陳騤撰,劉彥成注譯《文則注譯》,書目文獻出版社,1988 年。

138.（宋）朱熹撰,曾抗美校點《昌黎先生集考異》,上海古籍出版社,2001 年。

139.（宋）呂祖謙撰《古文關鍵》,文淵閣《四庫全書》本。

140.（宋）葉適撰《習學記言序目》,中華書局,1977 年。

141.（宋）張鎡撰《仕學規範》,文淵閣《四庫全書》本。

142.（宋）王正德撰《餘師錄》,文淵閣《四庫全書》本。

143.（宋）孫奕撰《示兒編・文說》,《歷代文話》本。

144.（宋）樓昉撰《過庭錄》,《歷代文話》本。

145.（宋）樓昉撰《崇古文訣》,文淵閣《四庫全書》本。

146.（宋）陳模撰，鄭必俊校注《懷古錄》，中華書局，1993 年。

147.（宋）吳子良撰《荊溪林下偶談》，文淵閣《四庫全書》本。

148.（宋）黃震撰《黃氏日抄》，文淵閣《四庫全書》本。

149.（宋）王應麟撰《玉海·辭學指南》，文淵閣《四庫全書》本。

150.（宋）謝枋得撰《文章軌範》，文淵閣《四庫全書》本。

151.（宋）魏天應撰《論學繩尺》，《歷代文話》本。

152.（宋）葛立方撰《韻語陽秋》，《歷代詩話》本。

153.（宋）陸游撰，李劍雄、劉德權點校《老學庵筆記》，中華書局，1979 年。

154.（元）劉壎撰《隱居通議》，文淵閣《四庫全書本》。

155.（元）李塗撰《文章精義》，人民文學出版社，1960 年。

156.（元）王構撰《修辭鑑衡》，文淵閣《四庫全書》本。

157.（元）陳繹曾撰《文章歐冶》，《歷代文話》本。

158.（元）陳繹曾撰《文說》，《歷代文話》本。

159.（元）潘昂霄撰《金石例》，文淵閣《四庫全書》本。

160.（元）倪士毅撰《作義要訣》，文淵閣《四庫全書》本。

161.（元）陳秀民編《東坡文談錄》，《歷代文話》本。

162.（元）揭傒斯撰《詩學正宗》，清乾隆《詩學指南》本。

163.（元）王惲撰，楊曉春點校《玉堂嘉話》，中華書局，2006 年。

164.（明）曾鼎撰《文式》，《歷代文話》本。

165.（明）吳訥撰，于北山校點《文章辨體序說》，人民文學出版社，1962 年。

166.（明）王鏊撰《震澤長語》，文淵閣《四庫全書》本。

167.（明）楊慎撰《丹鉛餘錄》，文淵閣《四庫全書》本。

168.（明）歸有光撰《歸震川先生論文章體則》，《歷代文話》本。

169.（明）王世貞撰《藝苑卮言》，《歷代詩話續編》本，中華書局，1983 年。

170.（明）徐師曾撰，羅根澤校點《文體明辨序說》，人民文學出版社，1962 年。

171.（明）高琦撰《文章一貫》，《歷代文話》本。

172.（明）莊元臣撰《論學須知》，《歷代文話》本。

173.（明）莊元臣撰《行文須知》，《歷代文話》本。

174.（明）莊元臣撰《文訣》，《歷代文話》本。

175.（明）屠隆撰《文章四題》，《歷代文話》本。

176.（明）譚濬撰《言文》，《歷代文話》本。

177.（明）李騰芳撰《文字法三十五則》，《歷代文話》本。

178.（明）張次仲撰《瀾堂夕話》，《歷代文話》本。

179.（明）左培撰《書文式‧文式》，《歷代文話》本。

180.（清）李漁撰，單錦珩校點《閒情偶記》，浙江古籍出版社，1985 年。

181.（清）錢謙益撰《列朝詩集小傳》，上海古籍出版社，1983 年。

182.（清）方以智撰《文章薪火》，《歷代文話》本。

183.（清）顧炎武撰，（清）黃汝成集釋《日知錄集釋》，上海古籍出版社，1985 年。

184.（清）王夫之撰，戴鴻森箋注《薑齋詩話箋注》，人民文學出版社，1981 年。

185.（清）趙吉士撰《萬青閣文訓》，《歷代文話》本。

186.（清）呂留良撰《呂晚邨先生論文匯鈔》，《歷代文話》本。

187.（清）唐彪撰《讀書作文譜》，《歷代文話》本。

188.（清）魏際瑞撰《伯子論文》，《歷代文話》本。

189.（清）魏禧撰《日錄論文》，《歷代文話》本。

190.（清）王之績撰《鐵立文起》，《歷代文話》本。

191.（清）徐枋撰《論文雜語》，《歷代文話》本。

192.（清）葉燮撰，霍松林校注《原詩》，人民文學出版社，1979 年。

193.（清）張謙宜撰《覘齋論文》，《續修四庫全書》本。

194.（清）李紱撰《秋山論文》，《歷代文話》本。

195.（清）李紱撰《古文辭禁》，《歷代文話》本。

196.（清）楊繩武撰《論文四則》，《歷代文話》本。

197.（清）夏力恕撰《菜根堂論文》，《歷代文話》本。

198.（清）田同之撰《西圃文說》，《歷代文話》本。

199.（清）劉大櫆撰《論文偶記》，人民文學出版社，1959 年。

200.（清）姚範撰《援鶉堂筆記‧文史談藝》，《歷代文話》本。

201.（清）王元啟撰《惺齋論文》，《歷代文話》本。

202.（清）朱宗洛撰《古文一隅》，《歷代文話》本。

203. （清）吳德旋撰《初月樓古文緒論》，人民文學出版社，1959 年。

204. （清）張秉直撰《文談》，《歷代文話》本。

205. （清）李元春撰《四書文法摘要》，《歷代文話》本。

206. （清）梁章鉅撰《退庵論文》，《續修四庫全書》本。

207. （清）包世臣撰《藝舟雙楫・論文》，《歷代文話》本。

208. （清）曹宮撰《文法心傳》，《歷代文話》本。

209. （清）黃本驥撰《讀文筆得》，《叢書集成續編》本。

210. （清）葉元塏撰《睿吾樓文話》，《歷代文話》本。

211. （清）方宗誠撰《文章本原》，《柏堂遺書》本。

212. （清）方宗誠撰《讀文雜記》，《柏堂遺書》本。

213. （清）朱景昭撰《論文芻說》，《歷代文話》本。

214. （清）薛福成撰《論文集要》，《文學津梁》本。

215. （清）顧雲撰《盍山談藝錄》，《歷代文話》本。

216. （清）孫萬春撰《縉山書院文話》，《歷代文話》本。

217. （清）何家琪撰《古文方》，《歷代文話》本。

218. （清）鄧繹撰《藻川堂譚藝》，《歷代文話》本。

219. （清）袁枚撰，顧學頡校點《隨園詩話》，人民文學出版社，1982 年。

220. （清）林紓撰《春覺齋論文》，人民文學出版社，1959 年。

221. （近）吳曾祺撰《涵芬樓文談》，商務印書館，1933 年。

222. （近）姚永樸撰《文學研究法》，《歷代文話》本。

223. （近）唐文冶撰《國文大義》，《歷代文話》本。

224. （近）唐文冶撰《國文經緯貫通大義》，《歷代文話》本。

225. （近）來裕恂撰，高維國，張格注釋《漢文典注釋》，南開大學出版社，
   1993 年。

226. （近）劉師培撰《漢魏六朝專家文研究》，《歷代文話》本。

227. （近）劉師培撰《論文雜記序》，《歷代文話》本。

228. 魯迅撰《漢文學史綱要》，人民文學出版社，1973 年。

229. 《四庫全書總目》，中華書局，1965 年。

230. （清）何文煥編《歷代詩話》，中華書局，1981 年。

231. （近）丁福保編《歷代詩話續編》，中華書局，1983 年。

232. 郭紹虞編選《清詩話續編》，上海古籍出版社，1983 年。

233. 王水照編《歷代文話》（全十冊），復旦大學出版社，2007 年。

234. 羅根澤撰《中國文學批評史》，1984 年，上海古籍出版社。

235. 王運熙，顧易生編《中國文學批評通史》（先秦兩漢卷），上海古籍出版社，1996 年。

236. 王運熙，顧易生編《中國文學批評通史》（魏晉南北朝卷），上海古籍出版社，1996 年。

237. 王運熙，顧易生編《隋唐五代文學批評史》，上海古籍出版社，1994 年。

238. 顧易生，蔣凡，劉明今撰《宋金元文學批評史》，上海古籍出版社，1996 年。

239. 袁震宇，劉明今撰《明代文學批評史》，上海古籍出版社，1991 年。

240. 鄔國平，王鎮遠撰《清代文學批評史》，上海古籍出版社，1995 年。

241. 葉朗撰《中國美學史大綱》，上海人民出版社，1985 年。

242. 錢鍾書撰《談藝錄》，中華書局，1984 年。

243. 陸德海撰《明清文法理論研究》，上海古籍出版社，2007 年。

244. 汪湧豪撰《中國古代文學理論體系：範疇論》，復旦大學出版社，1999 年。

245. 吳承學撰《中國古典文學風格學》，花城出版社，1993 年。

246. 程千帆撰《程千帆詩論選集》，1990 年，山西人民出版社。

247. 陳平原撰《從文人之文到學者之文》，三聯書店，2004 年。

248. 梁漱溟撰《東西文化及其哲學》，商務印書館，1999 年。

249. 胡適撰《中國哲學史大綱》，東方出版社，1996 年。

250. 徐行言編《中西文化比較》，北京大學出版社，2004 年。